秋燈憶語

张宗和 著

张以𪨗 整理

張宗和書
克和題

[signature seal]

ZHEJIANG UNIVERSITY PRESS
浙江大学出版社

《秋灯忆语》1945初版封面

就读于清华大学时的张宗和

结婚前的孙凤竹

孙凤竹

孙凤竹与朋友们

孙凤竹与曲友们在青岛

孙凤竹与家人

张宗和与孙凤竹结婚照

张宗和夫妇与小以靖

张宗和与小以靖

年幼时的张以靖与张以达

张宗和与张以靖在苏州家中

孙凤竹写的昆曲折子

为《秋灯忆语》而写的几句话

早在六十八年前,我还不懂得什么是"死"的时候,我的妈咪就溘然离开了我们。一年后,我爸在安徽立煌古碑冲教书,课余闲暇时,写了这本小册子,取名《秋灯忆语》,以此纪念我二十五岁就离世的母亲以及他俩在一起的那段刻骨铭心、催人泪下的日子。书写好后,由于当时地方小,印刷条件和纸张都很差,用草粉纸印了约百本,分送给各地亲朋好友,也没有发表。

"文革"把我家造得天翻地覆,所有的文字及相片均被抄走,劫后还回一部分,但大部分业已荡然无存,其中就包括《秋灯忆语》。

等到了20世纪80年代,一切走上正轨,在亲朋的点拨下,我猛然醒悟这本书的意义,心想"一定要找回这本书",为了我不久前去世的父亲和已去世多年的母亲。我四处打听,所有的长辈、亲友同样遭洗劫,像这样的"四旧"谁还敢保存? 最后打听到昆明一家姓周的亲戚,名字不记得了,他说他家还有一本,世上仅存的一本。我万分感激地到昆明去拿了回来,已经很旧了。

后来,我四姑回国时把它带到美国去抄写。几经辗转寄回来时已经很破旧,快散架了。我的高班学友、贵州作家、书法家戴明贤先生爱书如命。他借去后细心加上封面,亲手用针线缝合,写上书名。在他的引荐下,热心肠的小妹张以泯认识了人民文学出版社的杜丽编辑,杜丽对书中记录的抗战时期大后方的文人生活很感兴趣,认为具有珍贵的社会学意义。同时,书中涉及的一些现代文化名人及父母通信中的闲谈也是难得的野史材料。

在我有生之年终于得以见到该书面世，我感到十分慰藉。

在此之前，《香港笔荟》在小妹的努力奔走下也曾连载过四期。感谢所有帮助、支持过我们的人，尤其是戴明贤老先生。我和我的妹妹们都感念在心。

很老的"小以靖"

目　录

甲　编　**秋灯忆语**(宗和战时回忆录) / 1

　　给凤竹(代序) / 5

　　(一)北平→青岛→苏州→南京→合肥→汉口 / 7

　　(二)汉口→长沙→桃源→广州 / 13

　　(三)广州→柳州→贵阳→重庆→昆明 / 19

　　(四)昆明→宣威→呈贡 / 29

　　(五)呈贡→宣威→昆明→昭通 / 36

　　(六)昭通→昆明 / 42

　　(七)昆明→重庆 / 50

　　(八)重庆→成都→西安→洛阳→界首→六安→张老圩 / 59

　　(九)张老圩→张新圩→立煌 / 75

　　后记 / 84

乙　编　**战时两地书**(宗和凤竹战时书信) / 85

　　宗和致凤竹 / 87

　　凤竹致宗和 / 166

丙　编　**烽火**(宗和自传体小说) / 241

　　(一)武汉 / 243

　　(二)广州 / 289

丁　编　**月色**(宗和战时散文) / 317

　　别离 / 319

　　初恋 / 322

感伤 / 324

红叶 / 326

生死 / 328

谈战时男女关系 / 330

湘君 / 335

信件 / 338

眼泪 / 340

音乐趣味 / 342

月色 / 344

生气 / 346

温情 / 349

寂寞 / 351

纳凉 / 354

附录一　关于《秋灯忆语》的通信 / 356

巴金致张兆和(两封) / 356

张充和致刘文思(一封) / 358

张充和致张以靖(两封) / 360

张兆和致刘文思(两封) / 362

附录二　张宗和存诗小辑 / 364

《秋灯忆语》的故事(代后记)……………………… 张以靳 / 367

再版后记………………………………………… 张以靳 / 370

甲 编

秋灯忆语

宗和战时回忆录

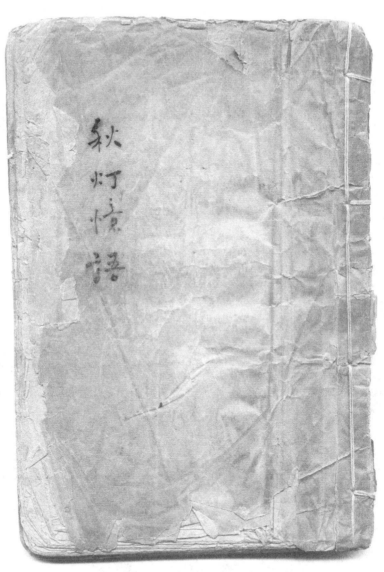

装订修复后的《秋灯忆语》封面

张宗和战时履迹

(1936—1945)

北平→青岛→苏州→南京→合肥→汉口→长沙→桃源→广州→柳州→贵阳→重庆→昆明→宣威→呈贡→宣威→昆明→昭通→昆明→重庆→成都→西安→洛阳→界首→六安→张老圩→张新圩→立煌

　　凤竹死已将近五个月了，因为死在乡下，没有发讣文，也不曾为她写行述行状一类的文字，可是我心里老想写一篇文字纪念她。到立煌古碑冲之后，一切较安定，课后闲暇无事，在水声风声雨声中的灯下，翻看旧时信件和日记，颇多感触，信笔写来，断断续续不成篇幅，写时我极力压制自己，想用平淡的笔、第三者的态度来追述过去的事。写好一段总拿给赵景深先生看。后来我们谈到题目，他说冒辟疆有《影梅庵忆语》，可以仿照一下，就叫《秋灯忆语》吧。我也很同意这个题目，不过冒记的是他的爱姬，而凤竹是我的妻子，不知她在地下会不会对这个题目生气。写时并不预备发表，只想等战后，好好地印几百份，附上凤竹的照片、日记和信札，送送熟人，作为纪念，所以文字中所提到的人，全是真名，现在在这儿发表，还要请各位先生原谅。

1944 年 11 月 20 日夜

给凤竹(代序)

凤竹:

我们分别有一年多了。我总不以为你已经死了,还像在云南时那样,你在呈贡,我在宣威,你在昭通,我在昆明。不过我们在一起七年,这一次的分别最长了。

我好像有很多话要告诉你,你最关心的自然是我和小以靖。好,现在就从我和小以靖说起。这一年来我们都很好,我在立煌住了一年,一直没有生过病,除了最近身上有点疮,叫人心里发烦,但疮现在也快好了,以为生疮,人瘦了点,这正是你所乐意的,你不是总觉得我应该瘦一点才好吗?

今年暑假我回圩子一趟,住了一个多月,见到小以靖,她从床上跌下来,把腿跌坏了(你一定要骂我了吧),走路一歪一歪的,是靠五婶妈天天拿药给她敷,现在也好了。我回家去,她脸正在生暑痘子,一脸的包,难看极了,一直到我回立煌之前,她脸上的暑痘子才好,脸也漂亮了。你以前担心她的肚子大,像我一样,怪难看的,现在却不然,她的身段也苗条了,将来长大了,一定会和你一样漂亮,你放心好了。她现在在新圩子跟五婶妈,乖得很,五婶妈很会照应孩子。等暑假我们回来,再带她到上海去见见她的舅舅舅妈们。

关于《秋灯忆语》,现在快要出版了。你看了也许会哭,也许会生气。以前你在我日记上看到我写你们在广州的情形,你不是哭了吗?现在我写我们在成都上坟,你也许还会哭。至于生气,一定有许多地方会惹你生气的,譬如写你们家窨的情形和一些闺房秘事。大老姑缫和她们都觉得太那个的地方,你一定也不愿意人知道,你一定会骂我说:"倒头的张宗和,尽写些丑事,好的他全不说。"本来这本书我不想在这里印,想到上海去印,后来平和大姐鼓励我,说在这儿写的,就在这儿印,也留个痕迹。我也想快点印出来,可以送人,所以就决定在这儿印了。还有原来在《世界月刊》上发表的,没有登完,还差最后一段。现在总算全了,印出来,也了了一桩心愿。

忽然想不出什么可写的了,愿意梦见你,吻你。

宗和1945年9月24日于立煌

（一）北平→青岛→苏州→南京→合肥→汉口

大学毕业那一年，1936年夏天，同学们正忙着找事，而我却在计划怎样到青岛去玩。暑假之前我就和四姐通信要她从苏州到上海，然后再坐海船到青岛，我呢，就预备从北平坐火车到济南转青岛。我打听青岛的旅馆很贵，如果住一个暑假一定要找一个住处。于是我找到一个研究院同学许宝骁君，他有一位亲戚在青岛有座别墅，请他写了一封信给那位管理别墅的管事先生。一放假我就同一位山东同学习集亭一同乘车经济南转赴青岛。

我们都是第一次到青岛，一个熟人也没有，也都是才踏出学校门的，对什么都很嫩。一下车就上了当，太平路就在车站边上，而我们却花了不少钱坐洋车才找到刘氏静寄庐。管事先生已经不是许君知道的那一位了，换了一位张先生，我们怕他不招待我们，因为我们这两位客人太转弯了，是他们主人亲戚的朋友，他要不招待我们，我们只好去找旅馆。还好，他没有不容纳我们的意思，但看样子也不见得欢迎，一直到下午，他才指定我们一间房，我们才到车站把行李取了来。

好像是第二天，我们在码头很顺利地就接到了从上海来的四姐，她住在我们隔壁，有了三个人，我们这避暑团就热闹一点了。

四姐是个曲迷，在上海时就打听到以前替我们拍曲子的沈传芷也在青岛替人拍曲，且抄得有他的地址和电话号码。别墅里也有电话，我们马上打了个电话找他,他果然马上就赶来了。于是我们就谈到青岛曲界的情形,他告诉我们路秘书是唱冠生的,孙主任是唱老旦的,某科长唱得最不好,路小姐、孙小姐是初学,但全唱得好,又说他们听到曲友来了,自然马上会来接你们的。说着说着,他有拍期就走了。

果然,到晚上,有路秘书的汽车来接我们了,同学刁君虽然不会唱昆曲,也跟了我们去凑热闹。四姐打扮得漂漂亮亮的,我们坐在汽车上都好笑,一个人也不认得,糊糊涂涂地就去赶人家的曲会,假如这辆汽车不是路家派来的,我们不是都要被绑去了吗?车子在一所小洋房前停了下来,传芷先出来接我们,也只有他和我们熟。一间大客厅坐满了人,全都穿得很考究。路家是主人,自然他家的人最多,而会唱曲子的人也多。路秘书自己不用说,是老曲家,老太太也不反对,且喜听曲子,少爷路仲宽夫妇也会唱,小孙女凤兮才七八岁,也会唱"小春香",路家三、四、五、六四位小姐都会唱,此外孙家父女连我们一房也有十几个人了。

因为全都陌生,而且女客多,使我有些窘,我只好和老秘书谈话。原来老秘书是贵州人,老住在四川,知道我们祖父。祖父曾经在前清时做过一任川东道,老秘书说他德政很好,使我感到光荣。我虽然没有见过我的祖父,但常听人说起。父亲八岁时,祖父就逝世了。

我们觉得他们的曲会还不够正式,因为大家都还唱清曲,也不嵌白,有的还要带铺盖。因为我们在苏州所参加的大曲会都不看本子的。但我们总留心听别人唱。我们唱完了,他们也都拍手。他们招待得很好,大客厅也叫人非常舒适。四姐和那些小姐们不久也就熟了。夜已很深了,他们才又用车子送我们回静寄庐。

睡觉之前,我和四姐自然在批评他们。四姐说孙小姐不错,唱也唱得好,人虽不十分漂亮,却很charming,我也同意她这句话。我们还谈到她牙齿太稀,缝太大,年纪仿佛在许多人中也最小,不打扮,短头发,是个中学生的样子。

此后我们在青岛反是到海水浴场的时间少,而唱曲子的时候多了。同学刁君因为职业关系,又到济南去了,只剩我们姐弟二人。我们游过崂山,青岛又没有什么地方可去了。湛山汇泉我们都常去,我记得下水一共不过五六次,孙小姐游得很好,她教我们,我们也都勉强会了。我的姿势最不好,他们说我是狗划水。孙老伯最好玩,穿了游泳衣,套了救命圈,在海水浴场两头走,也算是游水。沙滩上的确很好玩,可以做种种游戏,我常常把身体埋在沙里,在海边的人,都晒得很黑,就是我一个人白,身体又肥,一点也不好看。孙小姐有一次说,她的同学问她,你那位朋友怎么那么白?在海水浴场,白是一件丢人的事。她的身体倒是不错,黑黑的,圆圆的,丰润而不肥壮,很玲珑。可惜她那件游泳衣太大了点,一沾上水更松,常常背心会掉下来,露出小部分丰满的胸部来,我常叫四姐替她挂好,但有时她游得正上劲,却讨厌人去惹她。而海水浴场就很少有这种伤风化的思想,我们太顽固了。

每次曲会总有人请客,我们吃了人家不少顿,很不好意思,于是我们也请人一顿,一切请孙老伯办理,因为他是曲会里的总务主任,常常贴钱,而事总办得十分令人满意。所以我们这次请客,也请他主办。地点就在他家客厅里。他家的客厅很大,长长的玻璃门,很透气。那晚上的酒席也非常丰盛,我不能吃酒,孙小姐在我玻璃杯中倒上很多汽水,一小点啤酒,别人都暗笑她帮我忙。在青岛短短的一个月中,我和孙小姐见面最多不过十次,她也到我们住处来过几次,但总是我们到她家的时候多。我们一同看过电影,吃过小馆子,在海边散过步。虽然是暑假,但她们(圣功女学里)还有什么劳动服务,日里总不很有空。四姐已和她很熟了,而且很要好,她告诉我们,第一次见我们印象很不好,尤其是四姐,她还擦了口红,而事先传芷又说我们刚从上海唱了戏来，她们还以为我们是戏子，及至四姐唱完了，大家拍手，她又站起来拱拱手，这一点她们的印象最坏了。心想到底是戏子，怎么女人还拱手。其实苏州唱曲子的老规矩，大家都拱手，也不以为怪了。她告诉我们，我们都很好笑。一个月中我对她已很注意，觉得她活泼、大方、聪明、有趣、会说话。我还曾经很冒昧地问她几岁，她也答我才十七岁。真还是小孩子呢。以为我对她还好，四姐便常常开我的玩笑，也很赞成她，但我知道她那时对我的印象，只是还不坏而已，却一点没想到要嫁我。

父亲从家里发来一份电报，要我赶快回到苏州去，在自己家里办的学校里（乐益女中）教书。我于是不得不走了。我没有让这一般新曲友知道，因为怕他们又要饯行，仅仅只有孙小姐一个人知道。我第一天就买了船票，第二天一早开船，头一天晚上虽说好请她不必来送，但我心里却很想她会来送我。果然，天刚亮，她一个人便来了，我们一同坐汽车到船码头。送我上船的还有四姐（她不回去，还要在青岛住住，我真羡慕她）和一位宋汉篪君。我们一同先上了船，是个日本船，好像叫青岛丸，很干净。快开船的时候，他们都下去了，买了三卷纸带，我站在船沿上，他们站在岸上，我和孙小姐拉的是一根紫色的。船开了，我眼睛老望着她，她也望着我，远了，纸带断了，人也看不见了，我收了三根纸带的断头，怀着十分喜悦、三分惆怅的心情进了舱。

因为她不会化妆，四姐在教她，叫我在上海买一盒三花牌胭脂寄去，借了这一点因头，我们开始通信。在苏州教了半年书，我们来往的信上全说的是废话，但也不知有那么多废话讲。她信写得很好，第一次有改动过的字，这表示她很细心，第二封信很叫人爱看，写得流利有趣。她告诉我说，她母亲因为看到我的信很密，于是叫她读给她听，她读完了，她母亲说："张宗和真是没事做，尽说些没要紧的话，五分邮票白花了。"老太太当然不懂得这些废话的功用啊！

1944年11月3日晚追忆于立煌古碑冲皖院

在自己家办的乐益女中教书，总觉得不大好：一来是怕人说我找不到事，所以才在自己家开的学校里教书；二来是自己就把钱拿到学校里，又由学校发给我六十元一月薪水，这太没有意思，所以决定过年之后不干了。刚好中学时的同学李宗斌在南京励志社中学教书，来信叫我去，所以过了年便到南京去教书了。后来四姐也到南京来编副刊，于是为了方便在国府路香铺营口租了一家杂货店楼上的两间房住下来，还带了四姐的张妈为我们洗衣煮饭。在南京的那半年，我和孙小姐仍然维持着通信的关系，信虽不密，但我有一封去，她总有回信来。

二十六年（1937）上学期结束之后，我们都回到苏州家里，到家的那一天正是卢沟桥事变的那一天。四姐因为应了孙老伯的邀请，于七月十号动身到青岛。她说去替我说亲去的。我本来也想去，但是当时似乎有些不好意思，而家里还有许多事要做。

自"七七"之后，时局一天一天地紧张起来了，八月初青岛的风声很紧，我曾打电报叫四姐回来。"八一三"事变发生，我们当天下午就在号外上见到，晚上四姐由青岛回苏州，而我们全家除了我之外，都在八月九号乘车回合肥老家了。四姐到家，当晚我们自然谈的是青岛的事，她说孙老伯孙伯母都愿意，孙小姐自己自然也不反对，他们已经常开玩笑了，甚至于他爸爸也拿女儿开玩笑。但关于她的肺病的情形，却没有谈多少，好像她的病并不严重似的。

"八一三"上海战事爆发，十五号苏州第一次遭敌机轰炸，那时的人从来没有遭遇过轰炸，都非常惊慌，我们当夜就到了木渎。因为那时许多城里人都向乡下跑去躲飞机。在木渎朋友徐君家住了一天,怎么办呢?商量结果,决定再坐小船到香山,那儿有二姨三姨家在。

香山是太湖边上一个小镇,每天都有飞机从头上飞过。战事似乎大有延长下去的趋势,我们不能老住在这小镇上,于是半月之后,我们又回到苏州,乘车回合肥老家,和家里人聚齐。

合肥城里也有飞机来了,于是又到西乡张老圩。在乡下住着,似乎很安静,我们从无线电中知道上海失守、苏州失守、南京沦陷,渐渐敌人已经在巢县附近出现了。

二十七年(1938)春天,我们又从六安乘汽车到汉口,那时励志社已改为"军委会战地服务团",我在犒赏科里当一个小职员。

在逃难之中我和孙小姐的信仍没有断。从函件中知道她们全家由青岛到了香港,在香港、九龙、广州都住过。后来知道她进了医院,才想到她的病也许相当严重。但她信上从没有提到她病重的消息,好像是在休养,没有什么大病。我们在汉口住定了,她们家也在广州住定了。

1944年11月16日听从胡嘉先生建议补记于古碑冲皖院

(二)汉口→长沙→桃源→广州

七月底,马当、武穴相继失守之后,我们的机关也奉命退到湖南桃源。我因为晕船,没有随同大家一起走。得到上司许可,准许我单独坐火车到长沙转桃源。因为坐火车迟走了一天,所以能在汉口遇到由广州赶来的孙老伯。由大陆银行副理凌宴池先生介绍,请了一天客,登了三天报,我们就订婚了。而我对于我的未婚妻仅仅在两年前相聚过一个月,虽然不断地通信,但在一块儿的时间太少,心里总有些别扭。

八月初,我独自由汉口坐火车到长沙,住在一位在空军招待所当主任的朋友(李宗斌)那儿。他把我当空军招待,在潇湘吃醉了酒,把他们的新汽车吐得一塌糊涂。坐小汽艇渡湘江到水陆洲上时,我已经清醒了,躺在软软的床上,吃了红茶、水果之后,脑子更空。人静后,在紫色的窗帘下,我写第一封情书给我刚订婚的未婚妻。以前虽常有信,但信上总说一些废话,从没有一句情话,这是第一封情书,我写得很长,可是我自己觉得写得一点也不好。

由长沙坐汽车,经过常德到桃源,因为我坐的是火车同汽车,比大队坐的船要快多了,到了桃源,还只有筹备处在那儿。桃源并不如沈从文描写的那样子,地方太小,吊脚楼上也并没有见到漂亮女人,倒是面里的辣子实在叫我们这些住惯江苏的人不易进口。机关离桃源县城还有十几里路,和桃源县还隔一条沅江,地名渔父乡。我们机关租

的是杨保长家的新房子。房子太新了点，连门窗都还没有装。楼上的
走廊也没有栏杆，房顶上的瓦也没有铺好。好在湖南出竹子，我们睡
的全都是竹床，用具也都是竹器。才搬进去，一切还不能安定下来，我
们这一股根本没有什么事可做，我于是每天总伏在那张已经快要发霉
的蓝桌布上写情书，晚上也常常做新家的梦。记得有一次梦见家里有
洋瓷浴缸，但房子好像并不是洋房。下班之后，因为公路上汽车太多，
土大，我总爱一个人跑到沅江边上的小山里，偷偷地读她的来信，看她
的照片。那时没有别的欲望，只想能赶快到广州去看她一趟就定
心了。

一个月之后，我连最著名的桃花源也没去玩，请准了假，我丢了行
李，只带了两个小皮箱，先一天打了个电话到广州，又经长沙乘车
南下。

广州，这个遭敌机轰炸最多的南方大城，确实很镇静，毫不显出被
炸得很狼狈的样子，大约是因为它太大的缘故。广州粤汉路车站上的
水泥全炸得翻了身，但架了芦席棚，旅客照样上下，这不能不感谢抗战
以来这里的铁路工作人员。我花了很大的价钱叫了一辆洋车，拉我到
四牌楼中华中路玉华坊惠园九号。

这是一所在弄堂里的半旧的小洋房，问门上说，孙家住在楼上。
我正要从边上的一个小门里上去，楼梯上却跑下来了她，虽然还像在
青岛那样活泼，但瘦多了，样子也似乎变了些。我不记得我们第一句
话说的是什么，反正她马上就扑到我身上来，我两只手里都有东西，使
我毫无办法，被她拥上了楼。因为虽然是未婚妻，但是一点也不熟习，
倒使我非常窘。

因为她大方活泼，我们马上就熟了。于是她家里的人也熟了。当
时她家里有一位生子宫癌躺在床上的母亲，一个整天在外面游荡的吸
鸦片烟的抱来压子的大哥，以及整天忙厨房和孩子的大嫂，另外还有

两个赤脚满地爬的侄儿和一个广东女佣人阿二。

洋房旧了,我觉得比中国老房子还要怕人,再住着病人,更是倒霉的样子。无怪她对我说:"接到你的电报后,我又是高兴又是难过。高兴的自然是能见到你,但难过的是家里弄得这样倒霉,而你又偏要这个时候来。"我也问她:"你病了,瘦了,怎么信上也不说? 我还以为你没有什么病呢。"她回答得很好:"不乐意的事何必一定要人知道,叫人也不快乐呢? 还不如不说的好。"

岳母的病真是厉害,她告诉我,为了许多医院不收,她真哭过好多场,现在除非到香港去用镭医治。但是即使现在就去恐怕也来不及了。没有别的办法,只有等死。我觉得人生最可怕的事莫过于知道自己什么时候要死。而她母亲却并不怕,好像很坦然。有时候还和我开玩笑。譬如有一次她说:"宗和,你为什么偏要娶这么一个棺材瓢子呢?"(指她女儿有肺病而言)但有时看我们并肩站在露台上谈话,她也会露出微笑来。

她自己的病也不轻,人是瘦多了,饭也吃不下,以为不服水土,身上还生了许多湿气,正如她母亲开玩笑,"一身都是杨梅疮疤"。我第一次抱她吻她,直使她兴奋了一夜,发了一夜的烧,害得她母亲连连问她为什么不睡,而她也只好说谎,说是天气太热了。

她已经不像在青岛时那样小姑娘气了,她已经是个大姑娘了。她知道为家事发愁,她知道为妈妈的病流泪,她知道讨厌她那抽鸦片烟的哥哥,她知道为她小哥哥的生意着急,她也知道怎样爱我,怎样接受我的爱。我有点懊悔来广州,许多事已经使她受不住了,还要加上她这一份爱情的负担;为她身体着想,我也不该来。

九月中我到的广州,那时候广州整天在警报声中,从早上五点起就放警报,一直到下午五点才解除。许多店家整天关着门,但也有许多店照常营业。街上来往的人还是很多,可是我却没有吃过一回真正的广东菜,也没有好好地玩。我们这一段恋爱经过,没有一个美丽的电影镜头。有一次我邀她一同到公园去,被许多擦皮鞋的小孩子围着,硬叫擦皮鞋,大煞风景而归。以后我们便再也不出去了。她也不大能走路,于是我们总腻在家里。渐渐地我看出她家的窘态来。爸爸正在到成都的途中,事还没有定,二哥还在汉口未回,家里全是些不赚钱的人,余下的一点存款,在这战事爆发后的一年中,东逃西奔再加上为她们治病,也全用完了。现在一家的开支全靠当当度日。起先她还不肯告诉我,后来熟了,她才告诉我的。她吃不下饭,我也吃不下,我们常常在一处谈话,我们一同站在露台上望着对过一大片灰墙。她告诉我,她曾点着灰墙,一天想我无数遍。我们望着敌机从我们头上飞过,我们听到炸弹在附近爆炸,我们全都镇定。我知道,那时她们家的恐慌不是怕轰炸,却是没有钱。

到香港去了一次,只住了十天,十天之中,她差不多每天都有信给我。本想由香港到海防转入昆明,在香港的亲戚也劝我不要回广州了,但是爱情的力量到底大,我仍然回广州来了。

不幸的事是孪生的,这一点也不假,回广州后,他们全家正为她父亲由重庆到成都汽车翻车而担忧。后来得到她父亲由成都来的亲笔信,方才放心。但是她父亲仍卧在床上。做生意的二哥也回来了,见到母亲病到这样,他自己又是个学医的,知道这种病没有办法,除了见面母子痛哭一场外,还有什么办法呢?而且最糟的就是他没有带钱回来。

大约是不服水土,从香港回来后,我就病了,也没有什么大病,记得病中还和她一同读《淮海词》。一病就是一星期,躺在床上没有起来,可是这一星期中时局大变,日军于十月十三日由大亚湾登陆,进展出人意外的快,惠州、博罗相继失守。等我起来时广州人又都在准备逃难了。我在广州的朋友不多,病好我就去找主持文化生活出版社的李沛甘先生[1],我们在北平时就熟,一谈起他们也正预备撤退,还有一个文化机关宇宙风社和他们一同走。于是我决定和他们一同先到桂林再说。但是她们家呢,这就很困难了,母亲病在床上不能动,儿子媳妇能丢开母亲不顾去逃难吗?而最大的困难还是没有钱。经过多次的商讨,最后才决定都不走,只叫她跟我走。一因为她是女孩子,二因为她已和我订了婚,反正已是我的人了。决定之后,倒也定心了。于是准备走的事,她的冬衣都在当铺里,于是替她去赎。还有我身上也仅余四十元了,不够,我俩商量商量,把才戴上没有几天的一对订婚戒指去变卖了。我们是一同去的。看到金子店的伙计,当着我们的面就把戒指一剪两断,我们心里都非常难受,但是两人的戒指换了四十元,却又使我释然了。因为戒指在汉口打的时候,好像才十几元一个,我们以为是赚了钱了。

广州情形大变,逃难的人很多。大约她二哥的朋友也都逃走了,借不到一个钱。在我走的前一天,岳母轻轻把我叫到她床前,问我有钱没有,我不记得是借了五元还是十元,借给她过后,我想到不是明天没有米吃的万不得已的时候,她也决不至于开口向一个还没有和她女儿结婚的女婿借这么一点钱。直到现在,我还懊悔没有多借一点给她老人家。但是当时我知道我的路费是一定不够的。

一切弄妥了,决定十月十九日夜动身,先坐船(木船有轮船拖)到梧州,然后再到桂林。

谁都承认,生离和死别是人生两件最痛苦的事,但在我眼里倒是把这两件事合在一起了。岳母的病最多不过一两月了,而我们这一去,两个月又决不会回来的,这一别是永别了。我们不能说再会,说再会是骗人,骗自己。我看到岳母拉着她女儿的手大哭的时候,我不忍

---

[1] 即巴金。

看，先下了楼。我想到世界上居然会有比小说中所写的还要不幸的事。我沉默了半晌，眼泪含在眼里。

十九日船不开，我们在李先生处住了一夜。二十日我们又回到惠园。这一天我相信是岳母最高兴的一天，自然同时也最难受。她说："我昨夜想了一夜没有睡觉。不是想别的，我替你想，你从来没有离开我上过路，我怕你不会照应自己，宗和也是个小孩子。"这一天过得很慢，但是同时也太快，我看到她特别顺从她母亲。

下午我们真走了，孙二哥送我们到珠江边。这一天的景象已大不同，警察挨家叫门，叫人撤退。珠江边堆满了行李，划子许久也叫不到一艘，我们的船还在江心，必须坐划子去。我们在邮局门口等同行的人，一直到天黑了我们才由小船上到我们所坐的大货船上。

孙二哥低低地叮嘱他妹妹说："人家不比我们，在路上不要闹脾气，不要累人。"我装着没有听见。满江灯火的时候，孙二哥才跳上小船回到岸上。

当夜船开行，我们到三水后，听说广州在二十一号就失陷了。

1944年11月5日从旧日记追记于立煌古碑冲

（三）广州→柳州→贵阳→重庆→昆明

　　船是只货船，很大，有点像轮船拖，乘客只有我们十人。十人之中又分两组，一组是宇宙风社，由林翰庐老先生为领袖，此外有他的一位公子和三位宇宙风社的职员。另一组是文化生活社，以李沛甘先生为首，此外有他的女友陈小姐①和弟弟李采臣先生。我和孙小姐虽然不是文化生活社的职员，但因为和巴金先生比较熟一点，所以我们属于后一组。我们在船上把行李打开，整天不是躺在铺上就是坐在铺上闲谈。林老先生十分健谈，他又带着福建红茶，常泡好茶给我们吃。我们很愿意听他说故事。船上供给我们一天两餐。凭良心说，这样的逃难，总算是舒服的。但是也不知为什么总怕别人知道我们已经订婚，我介绍她给李先生他们时，说她是我朋友的妹妹，这一点恐怕使她很不舒服。有一夜她哭醒了，告诉我说，梦见她母亲死了，我劝她也不中用。

　　西江上的风景也不错，可是谁又有欣赏风景的雅兴呢？我记得我是整天躺在铺上，很少说话，思虑很多，有一种前途茫茫之感。林老先生同李先生他们到桂林有事业可做，他们要恢复宇宙风社，恢复文化生活社，我们呢，到桂林干什么呢？身上路费都不充足，船停了，看见

_____

① 即陈蕴珍，笔名萧珊，后来成为巴金的妻子。

别人上岸去买腊肠买糖吃,我们也不敢买。孙小姐呢,也不说话,心里当然更愁闷,她愁着她的家,她母亲的病。也许还感觉到我不大说话,对她冷淡。后来她告诉我,她真是伤心,她懊悔不该和我一同撇开家从广州出来。我们虽然订了婚,但她和我还很生疏,以为我并不爱她,觉得她是个累赘。所以有一晚她独自想了一夜,想要乘我睡着留下一封信,一个人从岸上跑回广州去,但是她最后到底没有走。

船走得很慢,夜里还不开。一路经过佛山、三水、高要、禄步、太平、德庆到都城。原说到梧州的,现在只到都城了。幸亏当晚就有船到梧州,我们换了船,第二天早上开船,一直到深夜才到梧州。一下船,所有的旅馆全住满了逃难的人,我们好容易打开一家"名利客栈"的门,在楼上走廊上睡了一晚,而林老先生他们那一组,却在马路上露宿了一宵。

梧州已属广西,是浔桂两江的合会处,当我们到梧州时,梧州也已经很紧张了,有几条马路上的石子都拆了,说是拿去封江去了,每天都有警报,警报一来,大家都往山上跑。山里有许多防空洞。山虽然在马路边,但孙小姐还是跑不动,所以我们常常守着旅馆不出去。梧州有孙二哥的几个朋友,原在广州药厂做事的,孙二哥预先写了介绍信给我们,到梧州后便到江中的三角嘴上去找他们,想向他们借一点钱,但并没有借到。在梧州客栈里住了有一星期的样子,才由巴金先生买到了到柳州的船票,而且是房舱票,大家都很高兴。

浔江黔江的风景,又和西江不同,完全是广西风味,和画片上的桂林阳朔风景一样。小小的山,奇奇怪怪的样子,一列一列地排列在江边,躺在铺上就可以看到一幅一幅的山水名画。阳历的十月时,又正是柚子上市的时候,我们几乎拿柚子当饭吃。浔江黔江上的旅情,似乎要比在西江上好,也许是习惯了,我的心情也不像在西江上那样恶劣了。同行的人也都混熟了,孙小姐大约再也不会有离开我逃回去的心思了。同行的人虽不说，我知道他们也一定知道我们的关系不寻常。巴金先生和他的女友很亲热，陈小姐很会撒娇，我们常常背后笑他们。

船不能直达柳州，只到石龙，石龙是一个小镇，找不到旅馆，我们借宿在一家老百姓人家的楼上，没有铺，就睡在楼板上。这一夜几乎酿成了大祸。李采臣先生在他的枕头前点了一盘蚊香，他睡着了，把枕头睡到蚊香上，烧了起来，满房都是烟，大家都睡晕了，拿鞋压也压不熄，巴金先生还叫大家吐口水。闹了半天，不行，最后还是巴金先生把枕头丢到街心去，才免了这场火灾。但人家的地板已烧焦了一大块。

第二天下午，李采臣先生费了好大力气几乎和人打架，才包了一架汽车。当晚就到了柳州，也是和到梧州时一样，大大小小的旅馆全客满。找到一家家伙铺，糊糊涂涂地睡了一夜。第二天一看，夜晚除了我们一组五个人之外，另外还有两位男宾也睡在我们一张大铺上。帐子真大，但也脏得可以。我们马上再出去找旅馆，一家"陆海通"旅社很大，可惜只有一间房，我们已经很满意了。预备让陈小姐和孙小姐一床、李氏兄弟一床，我睡地板。但天下事往往不能尽如人意，一会儿查夜的宪兵来了，一问女的和男的什么关系，说是朋友。"不行！男女混杂，你们今晚决不能在一间房睡，十二点钟还要来查，查出了，一定要把你们抓去！"我们知道广西查得很厉害，无奈旅馆里又没有第二间空房，没法，我们三个男的，全挪了出来。睡在茶房床上，每人多出了一块钱，倒便宜了她们两位女士，每人睡一张大床，但是当晚十二点宪兵并没有来查。

在柳州，孙二哥也有个朋友，在省立医院，我们去看过他，他送了孙小姐一瓶咳嗽药，又送了我一瓶擦癣的药。

原来我们想到桂林，但桂林一个熟人也没有，李采臣先生要回重庆，因为他是四川人，我的二姐、三弟又在重庆做事，所以我们决定先到重庆；孙小姐也愿意，因为她父亲在成都，到重庆就可以很快到成都了。采臣先生又愿意借路费给我们，于是我们便乘了西南公路局的汽车又上路了。

汽车当然没有船舒适，而孙小姐又从来没有坐过长途汽车，况且她的病也不宜于坐汽车，但没有办法，也还只得坐。第一天宿河池，第二天宿独山，有中国旅行社招待所，还算好，但南方人没有见过高山，见到汽车整天在山上云里雾里爬行，也着实有些心惊。第三天上午就到了贵阳。但人已经受不住了。一下汽车，大旅馆也找不到，在中山门内找到一家小旅馆，一停下来她就吐血了。

贵阳天气真是坏，"天无三日晴"一点也不错，才阳历十一月初，天已经非常冷了。我们从广州出来，还是夏天，一到贵阳，就变成冬天了。我们住一间小房，又脏又漏风，睡在床上，整夜不得暖。她又病倒在床上，她告诉我一种止血的药，我跑遍贵阳的各大西药房也买不到，这时候真有些穷途末路之感。自己直想哭，却又偏偏在这种时候，遇到汉口时常一同玩的女友，真叫我尴尬。

在旅馆住了两天，买不到药，她又不肯找医生看，于是勉强买了一种云南白药来吃。所幸血总算不吐了。但小旅馆太坏，李采臣先生说蹇先艾先生在贵阳住家，我们去看他一趟，也许有办法。于是我们一同找到院前街六十八号，蹇先生曾当过北平北海松坡图书馆的馆长，在沈从文兄家见过几次，在青岛路家也见过一次，但不很熟。可是一进他家门，他倒先认得我，自然我们马上谈住的问题。蹇先生很直爽，马上就邀请我们到他家去住，因为他家还有一间空房可以安插孙小姐，而请我们两位男士住在客厅里。

李采臣先生因为急着要到重庆，所以先走了，借了一笔钱给我们。我们就在蹇家住了下来，让她好好地休息几天。蹇家一家人都待我们非常好,蹇太太人很真诚,和孙小姐也谈得来,只一两天,已经很熟了,于是赶着给孙小姐做棉衣,冷房里已经生火盆了。蹇家小妹尤其可爱,才七八岁,真文雅,常常陪着孙小姐谈心。有一次我出去了,孙小姐独自在房里伤心,蹇太太和小妹都来劝她。在贵阳住了十天,我们已相处得很好,临走的时候,大家都有些黯然。明知她不能坐汽车,但不坐汽车又怎能到重庆呢?于是硬着头皮又坐上了西南公路局的客车。十一月十七日动身,十九日已到南岸海棠溪,李采臣先生来接我们,广州到重庆这一段旅途,整整走了一个月。

二姐夫周耀平[①]在农本局做事,下车过江,就由李先生送我们到七星岗农本局办事处。找到了耀平兄,他马上派人送我们到他家嘉庐去见二姐,二姐一见孙小姐就很喜欢她。他们只住一间房,又小,于是她替我们在门口找到一家旅馆,"蜀天府"。我记得好像只八毛钱一天。于是我们又在旅馆里住了十天。一到重庆,她又吐血;但因怕我着急,总不告诉我,直到在旅馆里住定了,已经不吐了,她才说。

房间在旅馆三层楼上,上下不方便,尤其对她不方便,而每天在外面吃馆子也吃腻了。在路上巴金先生老要吃鸡三味,已经吃怕了馆子里的菜。而且老住在旅馆里也不对劲,商量结果,把孙小姐送到仁爱堂医院去住,一方面可以医病,一方面住的问题也解决了。那时二等病房连吃药才一块半钱一天,算是很便宜的了。我呢,就住在曾家岩农本局宿舍里,和三弟同住。于是两个人住的问题都解决了。我每天从曾家岩乘公共汽车到七星岗领事巷的仁爱医院去看我的未婚妻。医生给她一个很好的诊断,说她不是肺结核,而是支气管炎,这使她很兴奋。她在日记里写道:"内科罗医生与二姐原是熟人,所以特别仔细,他听我肺部,认真地听了又听之后,他放下听筒,用极严肃的态度

---

① 即周有光。

与声调说：'我要告诉你。'听了这样一个话头，我不由一惊，他们也捏着一把汗。谁知他接着说道：'我看你的病不是TB①，所以你应该快活点儿。你这病初起时不应该施行人工气胸，而又不该割横膈膜神经，现在我们要把它治好。'"

医生走后，大家都笑嘻嘻地谈论着，但后来我们又在别的医院里验过痰，说是确有TB菌。这我没有告诉她。

到重庆之后，她唯一的希望就是可以到成都去见她的父亲，但是更不幸的是她的父亲已经在成都病故了。大约是因为之前翻车跌伤的缘故吧。这个消息怎能告诉她呢！于是我给在成都的路家写信，要他们来信骗她，说她父亲已经到青城山道士庙养病去了。于是她在日记上写道："真是！爸爸，你一个人住在道士庙里，即使不病，这情景也就凄凉了，何况又有病呢！要来看看你，又怎能够呢？我也是病着。晚上在一盏昏暗的灯光下想你，流着泪，房里虽睡着几个人，然而与我有什么关系呢！我的爸爸不是寻常的父亲啊，只是苦啊，我们的命运，我们一家的命运，竟走到这一步，想不到，还希望这不是命运的尽头，还有完聚的日子，平静的日子在后头。假如不幸就此……我将含恨千古，因为这不是我们应得的啊。"孙老伯是父亲兼慈母的人，她爱父亲甚于母亲，所以她说"我的爸爸不是一个寻常的父亲啊"。

在重庆住了一个多月，老碰到下雨，但我每天总去看她，每次去总带一点东西去，不是水果即是菜。有时我们也过得很好，但似乎总是苦的时候多。因为她在医院里，写了二十天日记，从这些日记中，可以看到我们那时的生活。现在择抄几段：

---

① 英文 Pulmonary Tuberculosis 的简称，即肺结核。

十一月四日　宗哥来得很早,带来罐头、草纸、脚布、面盆等东西。我们见没有人来(虽然明知道里面房间的南京老太婆坐在床上并没有睡着,但总欺她年高,目力一定不行),就 kiss 一下。谁知过了一会,南京老太婆竟将宗和叫了进去,训了一顿,说你家夫人有病,你不能和她接近。真是十分多谢她的好意。

十一月六日　整日在高温中。

十一月七日　宗哥下午买来扬州酱菜,打开来完全不对,一股蒜味,蒜味也不妨,有怪味,简直不能吃,还是八毛钱买来的,越想越叫人不高兴,他又尽顾看书,我真有点气了。但结果脾气没有发成功。他的脾气真好! 他走后,我有点懊悔。

十一月八日　早上医生来后,还不见他来,心里有点着慌,他或者生气不来了。正在这时许太太脚痛得厉害,她哭了,哭得很凄惨,于是我也哭了。本来心里就有些酸。他还是来了,也没生气。

十一月十日　昨晚想得太多,夜来真是睡不着。窗外雨声越来越大,雨点落在芭蕉叶上,听来十分清脆。宗哥来得很早,穿着雨衣,棉袍子边上全是污泥,鞋子也是一塌糊涂,还是那双新的黄皮鞋呢。

十一月十二日　宗哥在这里陪我一天,有谈有笑,一点看不出他心里有什么事情。晚上临去的时候,他告诉我,昨晚接大姐电报说"父逝,告弟妹"。我很惊愕,问他为什么这一天都不说。他说:"你又不认识他,告诉你做什么呢!"他这人是很奇怪的。

十一月十八日　这些日子我就像什么呢? 像一个新年时候小孩玩的气球,里面装着一包苦水,只要稍微碰它一下,苦水就流出来了……其实这几个月的变动,是我希望的吗? ……为什么那时候不顾一切现实,只把些木材硫磺掷向那燃着爱火的炉中! 记得订婚的那些日子，我是如何的昏迷，简直是醉了。眼前的世界，是另一个甜美的理想世界，全凭着燃烧的感情，赤裸裸地写在信里，一封一封地寄去，寄去，像一个妖精的符咒似的，迷他，诱惑他，令他昏脑，令他颠倒！啊！这是什么样的行为啊！天啊！当时我的理智哪里去了？为何不想一想生活，想想战争、国家、妈妈的病、自己的病以及书一样的当票和债务！……唉！总是愿望快快地一切平静下来，国家、政治、家庭、爱情都是一条正常的路。那样生活着才有幸福可言。

十一月十九日　他来得很早，第一句话就是："昨晚又哭了吧？""没有。"我说，的确没有，想想真是羞惭，难道我是个全不懂理性的人？他昨晚临走时那样地温慰我，走后还怕我哭……他常常是那样注意我，他发现我吐的痰是粉红色，我起初还怪他多虑，接下来几口，证明了他的话不错……他马上就慌起来，又要找医生又要找修女，什么都不高兴了。坐在那儿写了一半的文章，也不写了，拿本书在手里也不看，只是想心事，中饭也没有出去吃。他这样使我心里很难过。以后当自己留心身体才好。

十一月二十日　夜里睡得很好，粉红痰没有再吐。

十一月二十一日　宗念萧伯纳情书给我听，他的性情真好，温柔得像个姑娘一样，从来没有不耐烦过，然而我这个正经的姑娘却常要冒火，相形之下，不免惭愧。

在重庆的一个多月中，除了在医院里陪她，也曾一同看过话剧，吃过馆子，照过相。那时候的钱全是借耀平兄的，而工作总没有头绪，一直到二十七年（1938）年底才决定工作。由教育部派到云南去教书。因为不能再让她坐汽车了，所以我坐汽车先走，再让她乘飞机去昆明。二十八年（1939）一月四日，我又从南岸上车，经贵阳转昆明去了。

1944年11月16日抄旧日记及凤竹日记，补记于立煌古碑冲皖院河边村

　　许多人都说云南的天气好，果然，车一过盘县，入云南，路也平了，天也晴了，土地是红的，样样叫人兴奋。从曲靖到昆明，是一片大平原，车在平原上疾驰，不要半天功夫就到了昆明。在昆明的自家人，有三姐、四姐和五弟。

　　一月二十一日，孙小姐由重庆飞昆明，二月五日，我们借蒋梦麟先生家结婚。因为他那儿客厅多，地方大一点。对于结婚，亲友之中，有许多人反对，所以这事颇费周折，亲友们为我们两个人将来打算，都劝我不要结婚。因为孙小姐既有病，应该休养，结婚对她不利，同时对我也不利。我感谢这一般人的好意。但是更知道我们一点的人，如三姐、四姐，却都主张我们结婚。因为她们都知道孙老伯已死，孙小姐是个无家可归的人，身体不好，不能再继续升学，又不能做事，既已和我订婚，跟着我走，不结婚有种种的不便，最后，我们决定结婚。好在战时结婚，可以一切从简，所以从孙小姐来后，到结婚时，半个月之中，也都预备好了。其中最忙得高兴的是四姐，我和孙小姐的衣裳都是她送的。

　　二月五号到了，一切都很简单，没有仪式，只请了五桌客，大半是在昆明的清华师友。可是孙家没有一个人，这一点使凤竹很伤心。而我在那一天也特别没有精神，我感到太简单了。我以前老幻想我结婚时一定要大热闹一下，而事实竟如此简单，也颇使我难过。谢谢蒋太太，替我布置了很雅洁的礼堂和客厅。我们并没有行礼，仅仅在吃酒

席的时候,由证婚人杨振声先生宣布了一下。此后有梅校长[①]演说。后来大家就闹着要我们讲恋爱经过,本来不会喝酒的我,喝了两杯,脸就红了,于是更是涨红了脸,站起来语无伦次地说了一阵。孙凤竹也用山东话说了两句,她学山东话学得很像,虽然她原籍是镇江,但因她在青岛住得久了,特别是即墨话,她很会说。

晚上大家一同回到北门街四十五号,三姐他们的家里,因为旅馆里找不到房间,临时把四姐的房布置一下,就算我们的新房。又买了一盏大红纱灯罩,套在电灯上,桌上点着大大小小的红蜡烛,窗子上也是红玻璃纸,床上也是红被面,倒也像个新房。到房里来坐的客人,大多是会唱昆曲的,以及爱好昆曲的师友。如朱自清、浦江清诸先生,陶兄等。我吹笛子,一直玩到十二点之后,客人才散去。

第二天一早,凤竹又吐血了,睡了一天没有起来。我勉强安慰她说,见红是喜事,可是我心里总觉得不祥,为什么刚结婚就吐血呢?

1944年11月20日晚于立煌古碑冲皖院

---

① 即当时清华大学校长梅贻琦。

(四)昆明→宣威→呈贡

一到昆明我就拿了教育部的证件，到教育厅去接洽工作，由廖科员的介绍，认识了宣威乡村师范学校的校长胡尔干①先生，胡先生短小精干，十分可亲，经过几次谈话之后，我便决定到宣威了。倒并不是要去吃火腿，却是为了在小地方生活要便宜一点。而宣威离昆明又只有一天的汽车路程，所以结婚十天，我便带来了凤竹，随同胡校长到了宣威。学校在县政府隔壁，校门很堂皇高大，一进门就是大办公室，教室是楼房，就是我们有家眷的教员宿舍最破烂，在最后。给我们预备的一间房，根本没有窗子，我开了一个小窗子，还有人反对，说是破了风水。地既不平又湿，开的窗子朝北，整年没有太阳进来，而云南人的灶又都没有烟囱，早上一生煤炉，满房的烟，这对于一个肺病病人是最不合适的。但我们也勉强在那一间小房里度过了新婚后的第一个半年。

在宣威，我教三班历史，两班地理，两班国文，一班英文，每周二十四小时，除了上课之外，就是改卷子，没有一点空闲。

宣威是一个小城，热闹的地方只有两条街，上铺街和下铺街。城里也还赶场。隔一天一场，许多乡下人都拿了布到街上来卖。城里的男人也和乡下一样，都扎着包头，据说不扎包头，风一吹，脑壳就要痛；

---

① 即宣威乡村师范学校的首任校长胡永桢。

文明一点的人用围巾扎，更文明的就整体戴着帽子。衣裳都做得很小，很合身，男人的大褂就像旗袍一样裹在身上。而女人的褂子倒很长，因为天气好，不很冷，于是很少有人穿棉衣，最多穿两件褂子，再冷就烤火了。好在炭（煤，宣威人叫炭）同木炭都便宜，我们才去的时候，炭八毛钱一车，木炭一元钱一百斤，我们整天烧木炭。再说宣威是个有名的出火腿的地方，猪很多，黑猪、花猪，还有咖啡色的猪，火腿倒确实好，不咸，很嫩。而尤其好的是火腿蹄筋，放两三块蹄筋，一碗水，老炖，炖上半天，汤鲜，蹄筋也烂了。真是一味好菜，我们常这样吃。

我课多，常不在房，凤竹除了做做针线外，就躺在床上，所以她总盼望我早点下课去陪她，而且她时常病，发烧，不能起来，偶尔也吐血。我们先雇了一个女佣人，叫小秀，看样子还干净，可是我们自从发现她上厕所不带手纸，又不洗手后，我们就不敢要她煮饭了。于是我们煮饭给她吃。既不要她煮饭，我们也没有什么事要她做了，她饭又吃得很多，我们想，煮饭养她有些不值当，于是辞了她，什么都自己来做。每天在升旗之前，我就起来生炉子，烧水，先总生不着，后来慢慢也熟练了。

说老实话，云南学生都还可爱，虽然年龄有的大一点，也都还天真，他只要相信你，便会相信到底，什么事都肯帮你做。我们这个乡村师范，是正师，等于高中程度，专收初中毕业生，迤东（云南东部）算是一个最高学府，学生出去，到乡下，乡下人都非常尊敬他们，我们这些教书先生都被称为老师，也算是地方上的一种名人。因为在"长"字辈下（如县长、团长、大队长之类），就是"老"字辈了。

宣威也有风景，叫东山寺。离城不近，凤竹走不动，只坐滑竿去过一次。到交通门外去散步，因为路不平，所以也不常去。我们总是在房里的时候多。

记得那半年好像不常吵架，只有一次，不知为什么，她关了房门，不让我进去，结果我从窗子跳了进去，也就没有事了。有时她和我闹别扭，我总不睬她，等她气消了，晚上上了床慢慢地说给她听，她也就听话了。到底是小孩子，结婚时才十九岁，比我小六岁，我总当她小妹妹看待，娇惯她一点，于是许多同事都说我怕她。

这半年之中，广州的信也通了，孙二哥把她母亲死时的情形，详细地写信来，寄了照片来。凤竹倒不大悲伤，反而常常思念她父亲。我总不敢告诉她父亲的死信。我怕她吐血，怕她的病加重。

在学期快结束的时候，学校里发生了风潮，据说这学期还算好的，没有在学期中闹。这次风潮的起因，是为了一个本地女学生，坐在一个外省教员的床上，让男学生看见了，闹了出来。于是变成了外省人侮辱云南女人，这罪名可不小，我们这一班外省人都在内，都有危险。可是后来教导主任用了一点小小的手段，把学生弄得一致对外了。原因是宣威城里有一个绅士，平常学生都恨他，他好像也和学生很不对，学校出了这件事，这位绅士大约在背地里骂学校，学生知道了，就找着去打他一顿，于是县长帮绅士带卫兵打学生，在街上打了起来。县长用枪柄把学生的头打破了，所幸还没有开枪。学生中也有枪，于是，几乎开火。还是我们这些当教员的一面向县长赔罪，一面阻止学生，这才停了。可是事情还不完，学生夜夜站岗，怕县政府攻打学校，县府也怕学生攻打县府。谣言又说被打的绅士到城外去招土匪，要把外省人的腿都打断。这使我们很惊慌，常彻夜不睡，讨论对策。凤竹自然受不了这种紧张的局面，于是我们找到叙昆铁路①运材料的汽车，让她和一位同事的太太同行，先到呈贡三姐处，我

---

① 叙昆铁路，自叙府（四川宜宾）至昆明的铁路，途经盐津、昭通、威宁、宣威、曲靖。全长 865 公里。

也随后就到了。

呈贡是昆明附近的一个小城,滇越铁路的第一站。城离车站还有十里路,一半在山上,小得可爱,面对着滇池,颇有江南水乡风味。我们住在龙街,离呈贡还有半里路,是一个小镇。四围都是水田,乡下人也很丰庶,晚上没有事,抱着月琴在月下弹弄,许多云南小调都非常悦耳,可惜我记不得了。

我们住在镇上一家富农的后楼上,房子很讲究。我们住在他们家的佛堂边上,后来我们替它起了个名字叫"云龙庵",因为那的确是一个安静的好所在。佛堂边上一共有四间房,我们夫妻占一间,四姐一间,郑小姐一间,殷炎麟一间。我们全是来避暑的,其实在云南不必避暑,天气绝不会热得叫你睡不着,夏天晚上也总得盖点东西才能睡,不然会冻着的。我们因为在宣威住的房子太不好,不能让凤竹好好养病,所以想在呈贡让她好好地养一阵子,结婚对她本不相宜,所以想暑假后,我仍回宣威教书,让她在呈贡,好在三姐、四姐都会照应她。不过我们结婚才半年就分开来过,自然都会十分想念的。

那一个暑假,我们过得还好,许多人一同煮饭、烧菜,一同赶场、买菜,晚上一同闲谈、唱昆曲。但凤竹身子总是不好,只要多劳动一下,就咳得凶,而她的脾气又急,无论做什么事总想一下子就做好,往往就累了,她又不大肯听我的话,欢喜说"偏不""一定""一生""一辈子""从此"等一类太绝对的话,累了,咳得凶了,她便急得大哭,说:"病不得好了。"我安慰她也不中用。总要费许多口舌,劝她半天才成。

暑假两个月,很快就过去了,我到底撇下了凤竹,一人到宣威去了,我要试一试,看她离开我半年病是不是会好一点。我很理智,压住感情,离开了她。从八月三十日到十月二十九,这两个月的第一次分别,使我们两人都非常不安。我们写了不少信,诉说各人的相思,感情到底是感情,理智压制不了它。她离开了我身体并不见好,她整天地想念我,没有人能安慰她,她还大病了一次。这证明我们的想法完全错误。我们懊悔为什么要分开,我们的信比未结婚之前还要热,真是情书。她在信上写道:

> 晚上他们都在前楼玩,我独自在后楼。一盏油灯,又害怕,又想你,我哭了。你要是在这里一定会陪我的。你在这里时,常跟你闹别扭,有时简直是故意地闹,撒娇。你从来没有发过脾气,到后来总是你哄我才罢。现在你走了,我能向谁撒娇呢?人家看我是大人,我对他们客客气气的,所以有点不高兴的事,也只好闷在心里。(九月五日)
>
> 怎么,你好几天不来信了,忙不忙?把功课表抄张来我看看,你什么时候忙,什么时候空。我晓得你这个坏东西,一定想也不想我,讨厌我,才把我丢在这里。唉!我倒白想念你了。(九月七日)
>
> 为什么香烟一定会抽上呢?我偏不许你抽,你若是抽上,牙齿黄了,嘴也臭了,我就不喜欢你了,不跟你kiss了,也不同你睡在一起。
>
> 西南公路车通了,你就请几天假回来看看我,真是想你,不是想,想字好像还不恰当,我的心里,脑子里,一天到晚都有你,你就在这地方睡觉,打滚。你说我信写得好,又说我在迷你,难道我信中的话都是假的?(九月十四日)

有一次她病了,来了一封信,使我难过了半天。她还是个小孩子,但却说出那样惨的话来,她说:"我在十三号那天下午发烧起来,三十九度三,实在恼火,所以一直睡了三天,今天起来一次,差一点晕倒了,又咳,咳得胸口疼。我只怪自己身体太坏,我真有点觉得渐渐地更不行了,还不如上半年好。她们劝我上省看一趟,我晓得没有用,不肯去，徒然骑马劳动，得这个病，我不存多大希望，只要再活十年，为了你，为了我的丈夫活十年，我也满足了。"

可怜，她到底没有能够活到十年。

病得厉害的时候，还请四姐代笔写了一封信，可是全是她自己的口气，信上说："昨天我和四姐谈到你，到后来我就更想你了，劳动病好了吗？我不得飞到宣威来傍着你，让你……如你能请假，可以回来玩几天。我因头晕，请四姐给我记录一下。可是不敢说得太那样。你知道吗呆呆！"

我在宣威病了，也是咳嗽，而且咳得很凶，她知道了，更着急。她信上说："你十号信中说受了凉，鼻子不通，七号还没有好，延长得这样久，我真是有点疑心了，不要是我传染给你的吧！真是越疑心越像是真，越想越怕，你知道我的神经不大健全，老天爷，但愿我家呆呆精强力壮的，有什么灾难都归到我身上，就是死也不要紧……你若是不说想我，我又有点不高兴，你这样想我，我看了信，心里就酸得想哭。但我又何尝不是时时刻刻在想你，夜里梦见你呢？"

我原说十月二十号左右乘学校秋季旅行到呈贡去看她一趟，就把她带到宣威来，后来不知怎的一转念，我又不想去了，叫她来，她自然生气，信上全是气话："我想这七十元做路费也尽够了，不过你若是一定要省，就不必来呈贡吧。我一个人也不会来宣威，我就永远在呈贡好了。你寒假也不必来，这样永远省路费，如何？我看我们信也不必写了，越发连邮票也省下了，岂不更好？我现在像是没有什么病了，但是要在这儿养得好一点，只怕未必能够。"

但后来她想想大约不该和我赌气，写这样的信，所以接着又来一信，口气柔和得多了。她说："昨天李嫂把我的衣服洗坏了，我骂了她一顿，晚上就吐血，一直到今天才不大吐。我八号不是有一信给你吗？我本想和你赌气，你不来，我也不去。现在我还是忍不住，想你，在呈贡也实在难住了，真是苦。好哥哥，你是个好丈夫，你二十五号还是来呈贡，一定来，我要你来！我一定跟你去宣威。就这样办！一定这样办！依了我吧！你叫我心里高兴些，病就好了。费几个钱，只当我吃药……我心里一别扭，就要吐血。"为了她信上写得那样可怜，那样想我，所以不到二十五号，我提前两天就到了呈贡。那时她已搬到楼下一间大房子里住了。当挑夫还没有退出房门外时，她就抱住我，我们见面时的高兴是难以形容的。就在那天晚上，她就有了孕。

1944 年 10 月 25 日于立煌古碑冲皖院

（五）呈贡→宣威→昆明→昭通

　　在呈贡只住了几天，这几天的生活，真比新婚时还要甜蜜，整天地两个人腻在房里，唯恐别人来打搅我们，也不知就有那么多说不完的话要说。

　　一同到昆明玩了几天，我们再也不愿分别了。于是我们又一同回到了宣威。这一次我们不住在后面那间阴暗的小房子了。我们住在前面单身教职员宿舍里，那儿是楼。校长似乎很守旧，要凤竹住在女教员宿舍里，于是又把我们分开。但天气很冷，晚上凤竹在我房里烤火，往往就不愿意再回到她那间冷冰冰的房里，就住在我房里了。日子久了，校长也管不了我们这些私事，我们也就公开住在一起了。

　　从二十八年（1939）十月到二十九年（1940）二月，在四个月之中，我们过得很好。就是一件事使我们发愁，原先我们都怕有孩子，但是两个人有时间开玩笑，倒也希望有孩子，尤其是凤竹，她虽然一方面知道她的病不宜有孩子，同时又很矛盾地希望有一个孩子。每次到她月经该来的时候，我们都紧张一阵，等到发现月经来了，我故意说："儿子又没有了。"其实心里却暗暗自慰。但这四个月的情形确乎不同了。先一两个月月经不来，还不疑心，因为以前也有过这样的情形，找乡下土医生看，也说不是，找叙昆铁路五总段的西医检查，说是两个月还查不出。但我总意识到是的了。我又在图书馆万有文库找一些关于妊娠怀孕一类的书来看，她身体上的一切变化，完全和书上所说的一样，如乳头颜色渐渐变深，乳房渐大，腹部妊娠线亦渐现，人也时常有恶心呕吐的现象。从书本的知识上，我们知道她真真正正地是怀孕了。快到四个月的时候，我们又去找叙昆铁路局的医生，他也断定是有孕了。

确定是有孕后，我为她的身体打算，主张人工堕胎，她却坚决反对。我真不明白，平时不喜欢孩子的女孩子，一结了婚一有了孕，她是那样坚持着要保全她肚子里的那一个小生命。这也许是心理上的关系。我无论怎样劝她她总不信，为了这事，她不知哭过多少场。她一点也不害怕临产时的苦痛，她一点也不顾虑到自己的病，后来甚至于说到即使自己死了，也愿意留下一个孩子。母亲到底不比父亲，是伟大的，母亲是牺牲者，她愿意为一个尚未成形的胎儿牺牲一切。

因为她如此地坚定，而医生又说四个月刮子宫已经太迟，需要动剖腹手术，所以我们决定再回到昆明大医院决断一下。二月中旬，我们又回到了昆明。

在昆明惠滇医院住了一星期，于是详详细细地给她全身检查一次，又照了一次Ｘ光。为了她的病，医生建议最好就现在动手术，人工流产，不然就等五个月后再动手术，将胎儿取出，胎儿和母体都可以平安。凤竹自然采纳后一项建议。为了每月要检查一次，所以我们又不得不分开了。她仍回呈贡和三姐、四姐同住，我回宣威教书。据推算孩子出世，在七月十七日。我可以赶回来。

这一次的分别，似乎没有第一次那样苦，原因是大约各人都有一个希望。她在为着肚里的孩子计划着，怎样来打扮他，怎样保育他，为他做小衣裳、小包被，又写信报告她哥哥，要他在广州、香港买东西带来。她常写信报告我她身体上的变化，胎儿在腹中的蠢动，肚子一天一天地变大。有一次她还画了一张图来，表示肚子大了，在乳房的下面就是肚子。我看了好笑了半天。我们在信上讨论孩子的名字、孩子的性别,我喜欢是一个女孩,她却喜欢是一个男孩。因为她说生了一个就不生了,还是一个男孩子好。女孩子将来总要嫁人,男孩子到底是自己的。我呢,也写信给各方面告诉人,觉得自己要做父亲了,也很高兴。于是上海的大姐托人带了许多小孩子穿的衣裳和奶粉来。自己也常发奇想,想到有了孩子,是大人了。有了个家,甜甜蜜蜜的家,孩子叫着爸爸,将来老了,还有孩子。想想想想,自己也会好笑起来。有了一个希望,做起事来好像有劲一点。但到六月时,快放假了,反而着急起来,各位同事大都没有精神。那时我给每一个同事送四个字的评语,刘君是"恋爱痛苦",王君是"精神不振",杨君是"病容满面",丁君是"作茧自缚",李君是"包子作祟"(李太太绰号是大包子),而我自己是"归心似箭"。只有冯君最好,"逍遥世外"。

四个月前的凤竹,肚子还不怎样大。我心里想,这次见到她时,肚子一定大得十分难看,因为她原来就矮小,再怀着一个大肚子,一定不好看。谁知我在六月底到呈贡见到她时,却并不太难看,肚子也不大,挺精神,脚步重一点。她一见到我,高兴得什么似的,马上把她自己做的小枕头、小衣裳、小帽子等一箱子小东西搬出来给我看,我们高兴,批评这一件好那一件不好。晚上她让我看孩子在肚里动的情形,我们充满了希望,为未来的新生命而喜悦。

从乡下进城,在没有进入医院之前,我们住在昆明最好的旅社里,痛痛快快地玩了几天。我们知道进了医院就不自由了,有了孩子决不能痛痛快快地玩了。所以我们吃一次最好的西菜,看一次京戏,看一次电影,最后我们觉得没有什么可玩的了,于是进医院,准备受罪。

先住在头等房间,一个人一间,很舒服。医生们又详细地检查讨论一次,他们不但自己讨论,还请了外面的医生来开会,结果决定七月九日正午十二时动手术。因为头等病房手术费要贵一倍,所以我们在动手术之前搬到二等病房。

　　七月八号晚上,医生要我在印好的一张"倘有意外本院概不负责"的证明书上签字。到这时,我才觉得事情有些严重,但我硬着头皮到底签了字。

　　医生早就在凤竹的肚子上洗了又洗,消毒又消毒,又一天不准她吃东西。那一天我一早就到医院,怕凤竹害怕,我早早地就安慰她说不要紧,她倒好,一点也不怕,很乐观的。可是看到护士用软床来抬她到手术室去的时候,她可有些慌了,老看我。到了手术室,我便被屏在门外,一房都是穿白衣裳的人,形势十分紧张,于是我们也紧张起来了。

　　因为凤竹身体不好,不用全身麻醉,而用局部麻醉,所以她自己全知道。我只在门缝里看,人多,来来往往的,也看不清楚。好像很快就把肚子剖了开来,孩子拿了出来。于是有两组,一组忙孩子,一组忙大人。小孩不哭,拍打仍不哭,我心里想,恐怕不行了。但我那时只想到大人。医生好像在扎输卵管。一会儿,孩子哭了,大家都似乎松了一口气。一会儿工夫,一个湖北看护抱了孩子出来,只给我看一看,很小,高高的鼻子。看护只说了一句话:"恭喜你,是个千金,不要气!"我真不知道她叫我不要气是什么意思。我看到孩子,第一个感觉是喜悦,但我马上就想到凤竹,这时凤竹正在哼,我听见她向那个动手术的女医生说:"请你快一点,我实在太难受了。"医生一面缝,一面说:"我已经很快了,不能再快了。"一共一小时半的样子,一切弄得妥了。抬回病房的时候,凤竹开始觉得不舒服了。医生要我请一个特别看护看她三天,我们也照办了。其实只是第一天晚上有些紧张,医生叫我们输血,后来打了不少葡萄糖下去,医生又说不必输血了。第一天我们光顾忙大人还来不及,谁还有心去看孩子呢?

　　到了第二天,我们才注意到孩子。医生们都不主张凤竹自己喂奶,因为她有病,对孩子对自己都不好。于是我买了一筒奶粉交给看护喂她。孩子太小了,生下来才五磅,第二天一缩,才四磅十一两,老不长，真急人。等凤竹精神好的时候，我们总把孩子抱来玩。客人来了，也把娃娃抱出来献宝。一天天，我们对她感情好了起来。有一天凤竹特地自己解开胸襟，来喂她奶，孩子一点不会吃，老闭着眼总是没有精神的样子。喂奶粉，看护一定马虎，不让她吃饱，所以总不长。我去抱她洗澡，真是太小了，一点也不胖。而且两腿之间又折破了，好像没有皮的样子。凤竹为了孩子老不长，又折破了皮，还哭了一次，和我吵，说我没有让她自己喂奶，否则孩子一定不会如此，而她自己又不是没有奶，扎了好几天还没有回去。真是为了孩子她什么都愿意牺牲。

凤竹这一个月子，总算还坐得好。吴二爹爹家住在三义铺，离惠滇医院不远，我常请他们家的七表婶给凤竹炖汤炖菜，我自己提去，每天总有一种汤，夜里怕她饿，也总在冠生园买点蛋糕放着。因为她一饿就马上要吃，否则就难过。这样养了一个月的样子，她好像已经胖了一点，我们都高兴。老年人说，坐一个月子，会把病带好的。凤竹这样好好地养，也许会把病养好也说不定。

医院住不起了，下乡住在三姐家，这就苦了，她家只有一个佣人，于是许多事情都得自己做。多一个孩子，也不知多出许多事来，煮奶瓶，做橘子水，洗尿片，替孩子洗澡，喂奶……一大套。好像整天都做不完似的，幸亏三姐帮忙，才好一点。但是夜里还要起来喂奶，换尿片。孩子乖得很，吃饱了就睡，也不大哭。渐渐已经会笑了，空下来的时候，我们也逗着她玩了。四姐给她起了一个名字，叫"以靖"，因为他们是以字辈的。

在昭通国立师范教书的杨苏陆忽然到了呈贡来找我，他邀我到他们学校去教书。宣威住了一年半，也有些厌了。他又说昭通是大地方，还有电灯，大约是电灯的引诱力最大，我决定接了他们的聘书。

八月二十六号，凤竹肚子上的伤口还未十分全好，孩子也还软弱，我们就坐中国银行的汽车到昭通。感谢郭主任，把司机边上的位子让给凤竹带孩子坐，自己坐卡车顶上。本来经昆明到昭通只有三天的行程，而我们却走了九天。这一段行程是我们最苦的一段，二十六日开车，第二天到宣威，这一段一切顺利。二十八日下雨，在宣威住了一天，二十九日当天到威宁，也很顺利，三十日下雨，竟不能走，住在中国旅行社招待所，倒很舒适。三十一日又动身，仍是下雨，威宁昭通之间，只有一百二十公里，半天就可以到，但当时这一段路是土路，没有垫石子，一下雨就泥泞极了，一路许多泥坑，挡住汽车的通行。从威宁一开出去，就碰见大水坑，一车子的人全下来，用石头填坑，砍树垫桥。同行的有两辆汽车，一共四十多人，二十多个兵，一齐努力推车子，过一个水坑往往要花一两小时，不知不觉一天就过去了。夜宿民家地上，用草铺铺。我们一夜都没有睡，为了孩子夜里还要吃奶，真是要命。第二天最糟了，大家努力填坑，垫桥，推车，一共才走了四公里天就黑了，就宿在路边安土司家里。安土司很殷勤地招待我们，请我们吃了一顿很丰盛的晚餐，可惜晚上睡的地方仍然没有门。贵州、云南多山多雾，下微雨，就像深秋一样。安土司家离公路还有几里路，全是山路，又滑又烂，把孩子请一个朋友的太太抱着，我背着凤竹走，一步一滑，三步一拔鞋，有时又几乎要跌跤，我真想哭。第三天也只走了几公里，夜宿在一家回回人家的牛棚边上。这一夜最糟，没有东西吃，也没有水，有人就偷人家田里的玉米吃，水全是泥浆水，孩子饿得没有办法，就用泥浆水和奶粉给她吃。

九月三号下午，在寒风细雨中过了元宝山，进入两边全是大树的夹道内。许多人都说到了，大家才喘过一口气来，仿佛罪已受够，马上就要脱离苦海了。车子一开进城，在中国银行办事处门口停了下来，最使我们感到高兴的，就是校长曹书田先生亲自在银行门前来迎接我们。

1944 年 12 月 1 日于初次下雪时作于立煌

（六）昭通→昆明

昭通这个在清朝还没有设县的地方，现在已经是迤东第一名城了。的确不错，比宣威大得多，也整齐得多。我们在那儿整整住了两年，两年之中，我们对它的情感，一天好似一天。走的时候，几乎有些舍不得了，荔枝河、望海楼、龙洞、新民村、京戏院，这些全是我们熟悉的地方，这些地方我想我一生也不会忘记的。还有那些天真可爱的学生和当地的人士，也是我所时刻怀念的。

学校是国立师范，还是抗战开始后的产物，我们去的时候是二十九年（1940）夏天，那时学校才开办一年，一切都在草创时期，还没有造房子，借住当地一位大绅士的祠堂里，李氏宗祠。祠堂建筑十分坚固，可惜太小了点，而且石阶特别多，出门要上石阶，进教室也要上石阶，一吹集合号，小一点的学生赶着跑，常常会跌跤。挂在正殿上的一副大对联是"老子游龙绵世泽，长庚骑马壮家声"，至今我还记得。

师范部和中学部在李氏宗祠，而小学部却在武庙，距离很近，只隔一条街，不过几十步的光景。武庙较宽大，所以凡是有家眷的都住在武庙。我们被派住在前殿的东南拐上。北墙是用两扇圆头大木钉的大门所组成的，南边是一排纸窗，在边上是砖墙，右边是半截木板隔成。外面就是附小职员的办公室。两扇大门组成的隔墙上还挂着一块"正大光明"的大匾。这块匾蹲在上面，也有相当的年代了，我们的大床就在匾下面,我常常担心那块大匾会掉下来。假如真的掉下来,我们一家三人一定会压死在匾下;可是它却一直没有掉下来。

因为我担任一班初中一年级的级任,有了职务,所以平时得住在本部(李氏祠堂)。在本部我也有一间小房,仅一桌一椅一榻而已。我们常称本部为"学校",而凤竹和孩子住的附小叫"家"。学校因为是初开办,而昭通原有的学校学风又不大好,所以我们训练学生特别严格。对学生一严格,就苦了我们当教员的了。整天都没有空,我教史地和国文,一共二十三小时的课。一早起来要赶学生起床,参加升旗早操,监饭厅,上课下课,参加学生课外活动,上自习点名,开晚会。熄灯后还要拿手电筒去查寝室,总要到十点钟后才能上床。课间空的时间也只能看卷子,下课后有时还要为学生解决纠纷,处罚学生。每天仅仅在课后和晚上自习之间有那三小时的空闲可以回家去看一看凤竹和孩子。

我们以为这种地方奶妈一定容易找了,谁知竟这样困难,一个月之中,我们一共换了十几个奶妈。别人荐来的奶妈,一来我们就看不来,满头全身都是虱子,孩子怎敢让她抱呢?后来的全是这样,我们没有法子,只好要她先好好地洗一个澡,篦一篦头,然后用硼酸水洗一洗她的乳头,再让娃娃呃。有的经不住我们这样麻烦,一不高兴就走了。因为她们从来没有洗澡的习惯,而她们对于虱子的理论是"皇帝头上还有三个御虱子,谁没有个把虱子!"幸亏有几个脾气好一点,一切全都依了我们,但带她上富滇医院去验一验身体,洋人总摇头,不是有疥疮,就是有梅毒。侥幸洋人也通过了,吃两天又没有奶了。娃娃一个月以来,已吃惯了奶粉,对于吸不出多量的乳头,她只有大哭一法。后来我们知道奶妈的难找,条件也渐渐地放松了。为了娃娃的粮食,我们不惜常买蹄子煨汤给奶妈喝,可是恰恰相反,她一喝好汤倒没有奶。后来我们才知道她们原都是吃惯包谷和酸菜汤的,一旦变换粮食,是会忽然没有奶的。奶妈有时自己也很着急,总怪我们太按时了。她说不常让娃娃唾奶,奶就会回去的。为了雇奶妈,真叫我们焦头烂额。最后我们找到一个很漂亮和干净的奶妈,我和凤竹都很满意,可惜三天之后,她又没有奶了,她自己也一定要走,我们也不便留她。对于找奶妈,我们已经绝望了。大姐从上海托人带来的klim奶粉都快完了,我们总是非常尊贵它,而昭通又不容易买到奶粉,于是我们决定给娃娃吃鲜牛奶。富滇医院边上,有一家专门送洋人牛奶的洋牛奶场,愿意送。二十九元一月。每天送一斤来,奶油还是没有提过的,也没有消过毒,但我们总把它煮沸,放下少许蜜糖,娃娃倒吃得很香。当地的黄果(很像美国的橘子)很便宜,那时一块钱可以买二十个,除了牛奶之外,我们就做橘子水给她吃。

每天学校有那么多的事,我很少有时间回来帮凤竹的忙。一早起来,煮奶,煮奶瓶,煮奶嘴,喂奶,加炭,换尿片。这一套事就够她忙的了。并且这种事情似乎永远做不完似的,接着接着地来,连夜里都得起来,拨开火盆炖奶喂娃娃,换尿片。日里空下来,或是在娃娃睡着了的时候,凤竹还要赶着做一些针线;为了孩子,她更消瘦了,只有在礼拜六礼拜天我可以帮帮她的忙,让她好好地睡一个中觉。一个忙够了的人,一旦得着休息,得着一点空闲,她该是多么的高兴啊。我呢,因为夜里没有起来喂奶的习惯,往往十二点喂了娃娃奶之后,会一直睁着眼等到天亮。后来也习惯了,一喂过奶把娃娃抱好,也可以马上就再睡着了。

我们为着娃娃两个全都累,但有时也有安慰。有一堂空课,我偷空回家,两人一同调弄宝宝,看凤竹为宝宝结头绳帽子,我故意说:"有了娃娃,你就不要我了,光顾娃娃,也不给我做大褂子了。"她笑着说:"娃娃还不是你的,又来瞎吵,马上就给你去裁。"于是让娃娃哭,也不理她。

有时人家夸我们的娃娃漂亮干净,我们真是高兴,我们觉得虽然一天到晚忙,到底还有一点价值。让人夸一句好,夸娃娃要比夸我们自己高兴得多。我们在街上看到别人家的孩子,总觉得不如自己的好。有一次我们的娃娃穿一身羊毛衣裳,带到小店里去吃甜品,许多乡下人都围拢来看,都夸"这个娃娃真白呢,真俏呢!"我们自然大为高兴。

夫妻们吵架,大约总是免不掉的,为着事太多,太忙,太烦,凤竹身体又不好,再加上娃娃吵人,我又常常不能在房里陪她,自然我们也经常吵架,日记上记吵架的真多。有一时期,几乎天天吵架,凤竹说:"我不要看你的日记,日记上尽记吵架,没有一点好的。"其实吵吵就好了。像:

> 十月十九日　王老师请客,在"万象春"。凤竹先说不去,后来又去了。走了一半,又不去了,我知道她一半是不放心娃娃。晚上和尹老师吃了饭,买了点心、黄果同橘子回来,太太又不生气了。
>
> 十月二十日　下午谈了很久才回家。凤竹又在家生气了。
>
> 十月二十一日　四点,看看校刊的文章,回家一趟,娃娃乖乖的,凤竹也乖乖的,在替我做大褂子。
>
> 十月二十二日　夜间凤竹醒来要喝水,我起迟了一点,她便生气了,自己起来倒,又把水泼在红绸被面上,她更生气。一个人穿穿衣裳起来,坐在小床上。电灯熄了(十二点),她点上蜡烛,我也生气,睡着不动,可是我又睡不着。
>
> 十月三十日　凤竹又发寒热了,我一下午都在家里,晚上也没有回校吃晚饭。
>
> 十月三十一日　早上凤竹又吐了一口血,但只一口。

十一月二日　凤竹还有点发烧,晚上薛老师请客,菜还不错,回来时买了橘子和栗子,预备讨论凤竹的好,谁知栗子又说回锅的,一点也不好吃。

十一月八日　凤竹总是不大好,这几天老是咳嗽,这都是不能完全休息的缘故。一提起她的病,她就哭,说不得好了。

十一月十二日　昨晚上和凤竹闹别扭,把四块肥皂一起丢下痰盂,早上我们和好了,自己又用火钳把肥皂由痰盂里捡起来。凤竹又来烤肥皂。

十一月十四日　下午不在学校,是为了太太的病,孩子没有人照应,何况我还没有"为公忘私"的修养。

十一月十七日　今天一早起来,为了我给张嫂一个小港币玩,她当面冲我,我生了一天的气。但我一想到她身体不好,总让她,不和她对吵。有时忘了对几句,忽然想起,不和她对吵,马上咽住一口气,不说,就不会吵了。中饭到下午三点才吃,凤竹炒鸡蛋,盐放多了,她又不高兴。饭后她看我累了,便要我躺一会,晚上我们两人都没有气了,她听不得娃娃哭,娃娃一哭,她便什么事也不能定心做,火气也大了。

十一月二十日　凤竹老觉得事情别扭,买了肉回来,又找不到张嫂买酱油,又要忙着替娃娃钉被子,又要换被单。晚上我在家吃饭,饭又不够。我看看书,没有和她说话,她便说:"样样事不顺心!"我劝劝她,她还跟我吵。我劝她不顺心不一定要生气,生气对自己身体不好。已经忙了,还要生气。但要不生气,也不是一件容易的事,我自己也做不到。

十一月二十一日　晚上九时前回家,凤竹已睡了,假装睡着,留张条子叫我封火,并且留有热水给我洗脚。太太总是体贴的,若是她没有病,她一定会好好服侍我的。今天一天都好。

十一月三十日　夜醒,凤竹哭着说脚冷,可怜她的血太少了。她说她所以常常和我吵,就是希望我多多在家里和她谈天。

十二月九日　……马上到大街书店为娃娃买了一本小日记簿,凤竹说每天为娃娃记记日记。

凤竹替娃娃记日记也只记了一个多月就没有再记了,大约也是为了太忙的缘故。现在再摘录一点凤竹的《张以靖日记》:

十二月九日　以靖生下来到今天是整五个月了。早就想给她写日记,总是忙得没有空。今天宗和买了这个本子来,因此就从今天开始。天气暖和得很,午后给她洗澡,她肚子又饿了,大发脾气,在穿袜子的时候,翻下床来,头碰在凳子边上,幸亏有手巾隔着,没有碰疼。

十二月十日　晚上抱着她记日记。她今天会咂嘴了,咂得很响,她好像很得意。她坐在我身上,看她自己的脚,同时两只小脚在动。

十二月十二日　她闹得很,把她尿她不尿,刚抱起来就撒在身上,几次都是这样。我气不过,打了几下屁股。米粉磨来了,很细,很干净,这一下娃娃饿不死了。

十二月十三日　送牛奶的老太婆,因为我昨天说她送的奶清,她今天就不送了,我家娃娃若不是米粉豆浆,岂不饿死?不得已,只好忍住一口气明天再叫张嫂去请她。以靖现在整天要人看着,一不小心,她就会跌下床来。宗和为了要我睡一会,把她捆起来,结果我没有睡着,她倒把小褂子撒潮了。晚上给她换,又怕她冻着,唉,这种事情叫你发急,叫你生气。

十二月十四日　昨天没有牛奶吃,吃米粉豆浆,夜里又吃奶粉吃多了，今天一天她都不想吃，尿又少，又不大便，急人！老太婆又送牛奶来了。

十二月十六日（阴历十一月十八） 我的生日，宗和午后二时就回来了。他要请我看戏。晚上我们吃鸡汤面，宗和吃了三碗。八点钟，我们把以靖包好，吃好，她睡了。我们到戏院，正好全本《王宝钏》刚刚上场，朱美英很卖劲，我们认为很满意。十点半戏就散了，回来，吴小姐说以靖没有哭过，乖孩子，晓得妈妈过生日，特别讨喜。

民国三十年（1941）春天，学校因为昭通城里也曾有过敌机来轰炸，所以决定疏散下乡。于是我们全都搬到了离昭通南门二十五里的新民村里去上课了。学校没有房子，仍然是借别人的房子，是昭通实业公司的。我们在昭通实业公司楼上住了半年，平平静静地教了半年书。这半年之中没有什么变化。孩子大了不少，也更好玩了，更烦人了，凤竹也还是那样，虽然瘦，精神却似乎要好一点，也许是乡居的缘故。

三十年（1941）暑假中，学校有了变动，校长曹先生调部任用，由新校长经小川先生来接替。教员并没有大更动。学校又在昭通城北龙洞附近造了新校舍。但建筑工程进行得很慢，所以我们在新民村整整住了一年半的时间。新民村是安军长建造的，房屋很整齐。对乡下人也很优待，我们学校就是借村中的一所小学做校址，房子自然不够，于是中学部和小学部仍留在城内武庙里，只把师范部搬下乡。村外有一圈小沟，沟边种满了杨柳，水大时小沟里还可以钓鱼。附近一带风景也很好，除了种植云南人主要的食粮玉米（包谷）以外，也种稻。出产很丰富，我们常常看乡下人工作。乡间的下饭菜我觉得最好吃的是豆花，四川、云南的豆花都非常好吃。记得有一次因为豆花太好吃了，饭吃得太多,吐了,还让凤竹奚落了一顿。

我们在二十八年(1939)初到云南的时候,云南的生活程度很低,渐渐地越来越高了,我的薪水已不够一家三口吃用,于是不得已让凤竹在图书馆当一职员,为的是可以多拿到一点米贴。我们另外雇了一个佣人,做一些琐琐碎碎的家事。

从三十年(1941)暑假经校长接任以来,学校一天一天地扩大,除师范部、中学部、附小之外,又有龙洞小学、回龙湾小学、奎乡小学,都归西南师范接办。而且内部又设立研究部、推广部,学校虽然范围庞大,而内部并不充实,所以时有纠纷发生。又因人事上不协调,所以学校办得还不如曹校长时代。我是抱定主意不参加行政工作,光教书,不去争权夺利,所以没有卷进是非窝里去。

三十一年(1942)夏季,龙洞附近闸上新校舍落成,我们又离开了新民村,从昭通城南搬到昭通城北。我们并没有住在新房子里,但住的地方比新校舍更好,我们住在龙洞边,龙洞的水是全昭通城的饮水之源,水非常清。龙洞附近又是昭通有名的风景区。我们住的是一间庙宇的边殿改成的住房。大窗子,长房间,地基很高。推窗就看见山,门前就是那一条有名的龙洞水。我们整天在风景中,别人还往往由城里特地来玩呢。可惜这样一个好地方,我们仅仅住了一个月,在三十一年(1942)十月中,我答应了云南大学文法学院院长姜亮夫先生,到云大去教书。但我知道昆明的生活程度之高,那时是全国第一,当一个穷教书匠,决不能安安稳稳地维持一家三口的生活,何况孩子又小,太太又病,大卡车的滋味已经尝够了,所以我决定先去再说,把凤竹同孩子寄养在凤竹的一个小学同学薛小姐(娃娃的干妈)的家里。九月二十九号,我独自一个人乘了航空站的载运飞机翅膀的大卡车,又从威宁转到昆明。

1944年12月23日,立煌古碑冲安徽学院

（七）昆明→重庆

　　昆明这个全国气候最好的大城，我虽然屡次到过，总没有久住。这次到云大教书，自然可以久住了。我是十月四号到昆明的，找到了姜亮夫先生和许多熟人，在云大，清华的熟人很多。譬如事务主任陈盛可先生，注册主任张友铭先生，另外教书的也有不少是清华同学。我一到云大，第一个找到王逊兄，他带我去找到事务主任陈先生，于是我就暂住在他的房里。他的房在映秋院（女生宿舍）底下。第二天，我就到云大生物系主任崔之兰先生家唱昆曲。昆明的一帮曲友都欢迎我来，因为我马马虎虎还可以吹吹笛子。

　　三天之后，我就到呈贡去看三姐和从文兄，除从文兄在联大教书外，三姐也在呈贡华侨中学教英文。两年没有见到三姐他们，他们都说我胖了，我看到外甥小龙、小虎，也都长了不少。等从呈贡回到昆明住定下来时，我已经有些想凤竹和妹妹了。想她们的时候，没有别的办法，只好写信。

　　我所教的课是中国通史和中国史学史，通史班上有一百多人，而史学史只有一人，这是一个很有趣的对照。史学史是文史系历史组四年级的课，四年级历史组只有一个人，这还不稀奇，云大还有整一个系，只有一个教授一个学生呢！

　　原想离开凤竹、妹妹她们，自己可以清闲一点，谁知竟不然，才没几天，已经不定心了，约莫她该有信来时，信不来就着急，一个人在房里也着急，没有法子，便常找罗莘田先生和许宝骙先生去唱昆曲。他们住在靛花巷，就在云大门口不远一点路。但是他们都在联大教书，各人有各人的事，也不好老是向靛花巷跑。所幸半月之后老朋友陶光从遵义回来了，他也在云大教国文和词曲。我们两个人住一间房，像在清华当学生时一样，空下来的时候，两个人大可以闲谈。姜先生就住在我们对过，没有事时，我们也到他房里去谈天。我们都非常谈得来。

除了想凤竹、妹妹之外，还有一件事使我不得定心，就是回家的事。抗战以来，我们一直在外面东跑西跑，没有安定过，我们时常都想回家去。家中自父亲去世之后，继母又到上海去了，田上的事也没有人照应，兄弟姐妹们都散居在各地。我是兄弟中的老大，又成了家，似乎应该回去照顾田上的事，设法多筹一点钱，汇出来帮助兄弟姐妹们。因为各人虽然已经做事，但各人的收入都还难以维持自己。二姐和耀平兄屡次来信提到要我回家的事，他们把路线都打听清楚了，还可以设法给我们筹路费。凤竹也是赞成回家的。合肥县城虽已沦陷，但乡下还在我们手里，我们的田也没有沦陷。所以回家不回家竟成了我脑子里一件大事。为个人打算，为我一家人打算，自然是回家的好。可是也有困难，凤竹病，孩子小，长途跋涉之苦，未必受得了。而我又才到云大来教书，总不好意思教上一两个月就跑了。因此回家与不回家真是一件十分伤脑筋的事。和别人商量，有人主张我回去，有人反对我回去，各有各的理由，真叫我没有办法了。有时想得烦起来，我索性不去睬它，不去想它，就这样得过且过地混下去再说。烦起来就和陶光出去吃甜品（糖莲子之类的东西），再不然就唱昆曲。陶兄也有许多事使他烦，一个人大了，总有那么多有问题的事来烦你的。

从三十一年（1942）十月到十二月，这三个月之中，我们的信不是情书,却是家书。在信中我们谈到回家的问题,谈到孩子,谈到将来的计划,谈到年假之中我是回昭通呢,还是她们母女来昆明。自然我们也谈各人的相思。有时在信上我们也吵架,有时我们也赔罪。现在我摘录一点那时的信件在下面。

凤竹给我的信:

> 昨天接到你从威宁的来信,知道你在路上吃了苦头,把我心疼得什么似的。(十月四日)

> 我家小丫头问良心真乖,你走过后,没有来过尿,一夜只需起来两次。白天闷玩,闷吃,简直壮得不得了。问她爸爸上哪儿去了,她说爸爸上昆明买糕糕饼饼西红柿糖糖给妹妹吃。(十月四日夜)

> 昨天接到周耀平和二姐的信,我想了半夜,想想在外面苦,真是非回家不可……真的,你要细细想想,我实在是苦不起了,这几天心都咳空了,要再在外面拖下去,我真的就要累死了,苦死了。你想你想,多宝贵的时光,多宝贵的精力,全花在洗衣煮饭这些杂事上,岂不可惜?死在这上头,也值得吗?我现在的苦也只有自己伤心,不足以与外人谈。就是随便与人谈了,人家也许会笑我,不能吃苦,不配做女人,不贤惠,整天打孩子。不过我自己晓得,长久拖下去,我根本就没有命回家了。(十月十三日)

> 昨天夜里我没有大咳,丫头也乖。今天一早起来,精神很好,心里也怪舒服。我想乘这个时候给你写信吧,因为那几封信都是不高兴的时候写的。也许气言气语,就把你给得罪了……你才走的几天,妹妹好像不在乎,这几天她可真想你了。一到吃饭的时候,她就问爸爸呢?早上睡醒了也问爸爸来?我说我不知道。她说:"你不晓得啊,我告诉你,爸爸上昆明买糕糕饼饼糖糖给妹妹

吃去了。"你说她好玩不？薛家人文、人镜她们真好,只怕我闷得慌,天天陪我玩,帮我做事,看孩子。靖靖凶得很,总爱打梦麟(薛家小孩),一天把梦麟脸抓破了,我把她锁在房子里,她吓坏了,喊:"老郑！快开门！我要给老鼠吃掉了！"从此以后,她再也不敢打梦麟了。(十月十六日)

你一星期只有三天课,空下来的时间,望多看书,现在又没有人吵你了……假如闷起来想玩玩的话,最好是找罗先生、陶光他们这些男的唱唱曲子,千万不可同女的玩,是蚀本交易,人财两亏,你知不知道?(十月二十二日)

哥哥,你答应我吧,寒假回来,一定同我回家去。我想过几百遍了,不回家永无休息之日,你如要出来,把我送回去,你再出来好了。同时我也想回我的家去看看我的公公婆婆及其余的人,迟了我怕见不着他们,更怕自己回不去,因为我这样的病鬼,谁能担保不死呢!(十月二十五日)

我家靖靖现在更会说话了,奇巧古怪的话,不胜枚举。她现在就坐在火盆边上的小凳子上,一手抱一个小瓜,一手抱一个小板凳,简直滑稽极了。她对瓜瓜说:"瓜瓜,你好好地坐在我腿上,你又滚了！一会儿孙凤竹妈咪就来打你了！"说着瓜瓜又滚了下来,她又说:"你再滚,我就不要你了,把你送到昆明张宗和那里去,你还滚吗?"(这全是我平时说她的口气)她真是可怜,从来没有玩过好玩意,整天玩些扫帚、棍棍、砖头、瓦片、小板凳、小南瓜、白菜叶子、鞋子、火钳……我整天地跟她喊口令:"不要弄土,脏死了,不听话马上来打你……"她也有时梦见你,前天天亮时哭醒了。我问她为什么哭,她说:"小毛子讨厌,爸爸一只手小毛子,一只手抱我,小毛子打我,爸爸就不抱我了。爸爸还在阿姨房里吃梨……"(十一月十七日)

从她的信中我知道孩子一天一天好玩了，同时也一天一天地更麻烦人了。我想靖靖，也想她妈妈。我自己想马上到昭通，也想她们母女马上到昆明来。我写给她的信上说：

娃娃傍晚真挂念她，叫你们照相片寄来，你总不听我的话，我真要生气了。（十一月九日）

这两天这儿天气好，天天是大晴天，没有事我就找几个人到英国花园或是莲花池去晒太阳，太阳倒像是春天的样子，树上还是光光的没有叶子。没有人时，我一个人出去，就常常想你，好时候得有个好人儿在一起才好。偶尔遇到一两对情人在草地上，在防空壕里，很使人有感触。我和陶光常常谈到你们，也正如你和薛家姐妹常谈到我一样。（十一月二十二日）

凤竹丫头：我真气你，昨天我难过了一天，一星期多了，没有接到你的信，昨天我想该有信了，谁知还是没有。下午午睡，心里更烦，于是一个人去逛马路，毫无目的地这儿溜到那儿，看看铺子门口玻璃柜里的东西，又到书铺去翻书，又吃炒年糕，又看电影。片子是《翠堤春晓》，还不错，其中有一首最著名的歌就是 You Told Me One Day When We Were Young。有很多镜头很令人满意，故事也很动人。从大众电影院出来，七点钟了，月亮非常好，在翠湖边上走，一片月色茫茫，如烟如雾，我想你一定不会在薛家院子里看月亮吧。天冷，没有敢在湖边多留恋，回校告诉陶光，月亮太好了，两个人加了衣裳，再到翠湖边。一对一对的人真多，搂着走的，并排坐在树下的，月光下，不好看的人也变得怪可爱的了。两个人谈谈说说，似乎比刚才一个人走不同，但独自一个人徘徊堤上，对皓月，携孤影，也很有意思。一个人走时，心里念着你,两个人走时也谈着你,我和陶光谈你的时候,心里怪高兴的,似乎有点骄傲。因为你虽然不在我身边,我到底是结过婚了,他还没有结婚呢。(十一月二十四日)

凤竹夫人:刚才在电报局打了个加急电报给你,因为中国银行有车到昭通,还要回昆明来,你可以搭他们车子来。我已经和中国银行的包先生接洽好了,等中行车到昭通,你拿我的信找包先生好了。(十一月二十四日夜)

乖乖:听我的话,决定来吧。我知道薛家姐妹有点劝你不要来,但你想一想,半夜醒着想张宗和好呢,还是和张宗和在一起好?不是我引诱你,实在是这样的。这两天我特别想你,一心一意想你来。我们常笑姜亮夫先生为他太太找车那样热心,现在也轮到我了。不过我不像他那样急在面子上罢了。(十一月二十四日)

十二月十六号,我在文史办公室里接到凤竹的一封电报说:"寒搭车赴陶益转昆。"原来她并没有搭中国银行的汽车和姜太太一同来,而是另外搭汽车到陶益坐川滇铁路公司的火车来昆明。我算着十六号也许会到,所以那天下午我和陶光一同到小东门外火车站去接她们,走出小东门不远,已经有许多人带了行李,像是才下火车的样子,一个个仔细看,都不是。到车站,人已经快散完了。再巡查一遍,见没有,我们两个都怀着失望的心情回云大。心里想今天不到,明天一定会到了。果然第二天我又和陶光去,在没有灯火的车厢里,接到了她们母女,另外还有大小五件行李。照应她们母女一路来的,是一位航空站的李先生。直到现在我还在感激他。陶光押行李先走,我抱着以靖在后面走,叫到一辆洋车后,让她们坐,我跟在后面。几个月不见,娃娃说的一口昭通话,一点也听不习惯,老是叫"爸爸、爸爸、爸爸"。我走得很快,心里很高兴,不觉笑出来。到学校,陶光让了出来,没有人在房时,凤竹就拼命地抱住我不放。

在昆明住了两天,我们就一同下乡,到呈贡去看三姐,我就想让凤竹、以靖住在呈贡,但是凤竹不肯。三十二年(1943)一月,学校放寒假,我们在昆明城里螺峰街桂花巷一号楼上找到旧房子,我们又单独住家了。螺峰街离云大不远,来往上课还便当。乘寒假得空,我们从这儿借张椅子,那儿借一个电灯泡,总算把一个家布置起来了。烧锅煮饭,买菜,洗衣裳,带孩子全是我们自己来。昆明生活程度那样高,我们根本就没有敢想到雇一个佣人。因为多一个人吃饭就受不了,何况还要工钱。

常到我们那个小家来的客人有陶光和诗人卞之琳,我们也常常请他们吃便饭,有时自己包饺子吃。记得有一次我找陶光吃饺子,忙了一晚上,到九点钟,饺子还没有上口,我又和凤竹吵架了,真把陶光急得没有办法,走不好,不走也不好,除了饿肚子之外,还要劝架,这种客人只有最熟最好的朋友才能做。

在桂花巷的小楼上,我们过着苦日子,我背过炭,背过米,凤竹洗衣做饭,常常累得筋疲力竭。早上我们懒得煮稀饭,我总是一下床就带着妹妹到螺峰街口去买素包子给她吃。孩子的食量渐渐大起来了,有时比凤竹还吃得多,早上总要吃三个包子才过瘾。生活一天一天地高,我们的日子也一天一天地苦起来了。记得有一个月月底身上只剩十块钱了,家里又没有米,没有菜。我们想向人借钱,但朋友们都和我们一样,一到月底全都很穷,所以我们忍着不借钱,就吃了几天的馒头和咸菜。等发了薪水我们才买菜。为了生活高,为了我们常想家,而房东又要加我们的房租,我们决定不在外面住了。学校没有预备有家眷的宿舍,我们费了很大的事,才在医学院找到一间空着的"动物饲养室",隔壁就是厕所,隔开一片场地是医学院的解剖室。这样的房子我们也只好住下，可见得找房子的困难了。日里男女学生来上厕所，总把书放在我们窗台上，下午西晒，把隔壁的臭气一阵阵蒸送过来。天一晚，我们就关上房门，因为凤竹怕鬼，我们常常看见把死尸抬进来，常常看见解剖台上的死人。以靖一点也不知道害怕，有时还跑到解剖室去和学生玩。有一次她还要去抱死人呢。

就在这样的动物饲养室里，我们也住惯了，因为只有一间房，又很小，我们自己做饭又做够了，所以我们在外面"文林食堂"包饭。以靖和凤竹的饭量都很小，我们三个人包两客饭，老板倒也没说话。自己不做饭，空闲多了。说句老实话，在昆明虽然苦，有时我们也能勉强寻欢。偶尔看一次电影，我们会谈论一两天，吃一顿馆子也是奢侈的事，买几根香蕉回来，我们都舍不得一次吃掉，凤竹最喜欢吃香蕉，我叫她一次吃两根，她总不肯。最坍台的是那一天我过三十岁，凤竹说我们得好好地开心一下，于是身上带了五百块钱，出去看电影吃大菜。看过了电影，身上只剩下四百二十元了。我们大胆踏进一家昆明最阔的西菜馆"南屏咖啡"，一问二百元一客，心里想两客四百元，还有二十元小账，虽然寒碜一点，反正下次也绝不会再来吃了。于是坐下吃，但是总不定心，怕他有加一的捐账。果然账单拿来，四百四，钱连付正账都不够。我只好丢下凤竹同以靖作抵押，赶快出去想法。坐了洋车，赶到附近亲戚家借了钱，赎了她们母女。从此之后，不熟的饭店，再也不敢去问津了。

到三十二年（1943）暑假，包饭涨到一千三百元一个月，我的薪水刚够我们两个人吃两餐包饭，早饭还不在内。天气渐渐地热了，臭气也实在受不住，二姐她们又屡次要我们到重庆，从重庆回家。昆明的气候固然好，尤其对于肺病更好，可是凤竹说得也对，"天气好，我们不能吃天气"。再住下去，我们都要死了。因此我们决定离开昆明。我坐汽车，带东西从泸州到重庆，凤竹和以靖等飞机。飞机票比汽车便宜,就是不容易坐得上。我是八月三号到重庆的。一个月之后,凤竹和以靖才乘中央航空公司的飞机到重庆。这还得感谢公司里的副理查阜西先生,没有他帮忙,也许根本就搭不上飞机。

1945年3月11日晚于古碑冲

(八)重庆→成都→西安→洛阳→界首→六安→张老圩

三十二年(1943)夏天,我们在重庆江北"蒙家花园"二姐家开了一个家庭会议,出席的有原来就住在重庆的二姐,在重庆北碚礼乐馆做事的四姐,在中央广播电台音乐组做事的三弟,在经济部做事的五弟和才从成都金陵大学赶来的四弟,连我们夫妻一共七人,已经是多数了。列席的有二姐夫周耀平,二姐的孩子周小平,我们的孩子张以靖,二弟的孩子张以达,除了小平大一点,还可以懂一点,以靖、以达全都不满四岁,什么也不懂。会议除了联欢之外,最重要的决议案就是决定原则,要我们一家和四弟回合肥去,要我回去,因为我是老大,要四弟回去,因为他是金陵农学院毕业的,可以回家去办农场。原则定了,但回家需要筹一笔巨大的路费。四弟在金大当助教,学校又不让他走,因此我们在蒙家花园住下,四弟仍回成都教书,等我们筹到路费,从成都邀他一起回家。

我们兄弟姐妹一共有十个,都散在各处,要大家聚会在一起,真是件不容易的事。抗战以来,交通梗阻,更不容易见面。二姐我们有五年不见了,还是那样瘦,那样精神。四姐我们也有四年不见了,在这四年之中,她受了很多的磨折,可是她也还不显得老,脾气比以前好多了。三弟弟吃的苦最多,结了婚又离了婚,现在靠着以前带他的高妈

（四姐的奶妈）看待他的孩子以达，一点收入老是不够用。四弟从二七年（1938）在汉口分手之后，就一直没有见到，他是更用功，更老练了。连五弟也变得十分能办事了。我们匆匆地聚会一次，又匆匆地散了。各人回到各人的本位工作上去。在重庆的姐姐弟弟们，也都不在一处，三弟在歇台子，四姐在重庆北碚，五弟在城里，相距至少都有几十里。公共汽车的价钱又很贵，又难买到，也不能常常在一起。既然马上筹不到路费，我们只得在江北蒙家花园住了下来。这个战时首都，闲住不做事，也不是件容易的事，二姐他们周家又没有发大财，一家三口老吃他们也不对，所以我又做事了。我不是不知道重庆的气候对凤竹特别不相宜，夏天热，冬天冷，地又不平，一出门就得上坡下坡，可是一切为了钱，我们没有办法马上离开重庆。我做的事自然还是教书。原来在昭通国立西南师范当校长的曹书田先生现在金刚坡交通部扶轮中学当校长，老朋友兼老同事杨苏陆兄也在扶轮当教务主任。他们拖我到金刚坡去教书。金刚坡是重庆郊外的风景区，又是迁建中心。我到那儿一看，就中了我的意，唯一的缺陷就是校舍在山坡上，出门一步就要上坡下坡，凤竹一见坡就要喘气，因此不能住学校，她们母女仍住在蒙家花园二姐家，那儿地较平。我住学校，每周回江北一趟。这样既可时常见面，又可以避免吵架。一星期只回家一两天，自然亲亲热热，不会吵嘴了。

我们到重庆不久，耀平兄因为银行调他去西安设分行，他们全家都去了西安，留下蒙家花园的房子给我们住。高妈和以达也和我们在一起。我每星期回家住一两天，三弟也不时到蒙家花园看他的孩子。在蒙家花园靠了高妈，我们可以不必烧锅煮饭洗衣裳了，凤竹稍微空一点。因为以靖脾气不好，常常欺负小弟弟，凤竹为了管两个孩子，也很烦。我在扶轮中学教史地和国文，还带一班高一的级任，一天到晚改卷子忙。所幸扶轮中学程度还好，居然常常发现好文章。批学生的日记也非常好玩，往往无形中可以见到学生的心理。我教的一班是高一，女生特别多，许多聪明的女孩子非常讨喜。男生也有许多好用功的。我喜欢中学生过于喜欢大学生。大学生像是太世故了，中学生比较直率，容易亲近一点，和他们在一起，好像自己也变小了。

从金刚坡到江北蒙家花园，大约有四十里，没有汽车，全是小路，而且是山路，还要过嘉陵江。我星期六没有课，总在星期五下午动身，经过歌乐山，下坡到磁器口，过江到石马河，再走十里路就到蒙家花园了。回家下坡路多还好走，但往往总是走到天黑才到家。因为在磁器口总要买点菜和糖食给孩子们吃，好糖买不起，孩子们最欢迎棒棒糖了。夏天水大，江流湍急，再遇见大风，小渡船往往翻在江里。我要是星期五天黑还不到，凤竹就着急了，星期一早上还没有到学校，曹校长也在为我担心。嘉陵江上不但小渡船会翻，连民生公司的浅水汽船也常常翻。常常我到家天总是黑了，凤竹带着两个孩子在门口望我，一接到我，赶快让我洗脚吃饭。晚饭后躺在藤椅上，分糖果给两个孩子，逗孩子们，和凤竹说笑，半天的疲劳，总算得了补偿。晚上早早地睡，第二天，凤竹总亲手做几样好菜给我吃。她最拿手的菜是镇江狮子头，小时候跟妈妈学的。往往到礼拜一她还不让我走，硬要把我留下。这也难怪她，家里除了年老的高妈和孩子外，没有人可以陪她谈心。房东家虽然有不少人，可是我们很少来往，和他们也不大谈得来。每次无论刮风下雨，我每星期总赶回江北。说句老实话，我也离不开她们。高妈是我们家三代老人，看我们长大的。没有事同她叙一叙旧时的情景，心里也非常温暖。

天气渐渐地冷了，重庆的雾季也来了，金刚坡上的松涛声也响起来了。学校在山里，雾更大，迷住了路，钻进了房，往往一上午都不得散，刚出一点太阳，天又黑了，接着晚雾又出来了。"蜀犬吠日"这句话到这时候才觉得它对。学校的房子，原来是交通职员疏散宿舍，一小座一小座的都有相当的距离，在山路边上，晚间总有点路灯。雾里的灯给我的印象最深，像是披了纱的新嫁娘，羞羞的，迷惘的，而却有光辉，有喜气。雾虽然好看，但是它对于肺病是一个大的威胁，我在重庆住过，我知道凤竹在重庆不相宜。我们很想在雾季之前离开重庆，可是眼看雾季来了，我们的路费还毫无着落。我和凤竹都十分着急。雾和冷使得她咳得更凶，呼吸困难。她需要阳光，需要清明，需要温暖。可是这些在重庆的冬季都不容易得到，她的病自然加深了。

回乡总算有希望，我们设法经江苏银行许云台先生借到五万块钱，利息很轻，于是我们决定走了。高妈不能坐汽车，一坐汽车就吐，以达仍归她带。我们走的路线是先到成都去约四弟，顺便去上一上老岳丈的坟[岳父二十七年（1938）到成都，在内江翻车，后来在成都病了几个月，就死在成都了。这事一直瞒着凤竹。后来到昭通时她才知道，伤心了一两个月]。然后从西安、洛阳、漯河、界首、阜阳、正阳关、六安这条线路回合肥西乡。我们预备走走歇歇，一方面回家，一方面旅行。好在沿路都有熟人，有许多地方可以不必住旅馆。决定了走之后，凤竹说我们应该在重庆玩一玩，因为这一走，又不知道要到哪一年才得再到重庆了。玩什么地方呢？我们又不能玩得太阔，和四姐商量的结果，我们一同到北碚北温泉去住了五天。冬天正是玩温泉的时候，我们住在柏林餐厅，天天到温泉去洗澡。温泉附近的风景很有些像三峡。我们逛公园，谈天，吃小馆子，北温泉之游，总算我们结婚之后的一次欢乐的旅行，同游的有四姐、郑家父女、金山和张瑞芳。

从北温泉回到金刚坡，我就对学生宣布了我要回家的消息，因为我以前从来没有说过，这个骤然就要走的消息，使学生们呆住了，有一个女生竟哭了。我也觉得很对不起他们，和这一群可爱的青年相处不过两个多月，不知怎的竟觉得很不忍离开他们。我们师生之间感情非常好，我是十二月十号星期五上课的时候告诉他们的。当晚高一的学生就开了一个欢送会,用他们自修用的洋灯把教室布置起来,买了许多吃食,把我一个人贡得高高的,主席许宴儒同学很会说话。我自己因为心情不好,说得一点不好,许多吃食,我也是一点也吃不下去。不知为什么,当时比和我亲人分别还难过。不错,我们现在已经没有什么亲人了。教书的人,学生就是你的亲人了。我知道,我这一去,绝不会再看见这一批学生了。将来可能在某地遇见某一个学生,但是绝不会在同时同地再和这一批孩子们聚会了。所以这也算是永诀。欢送会除说话之外,每个学生都有表演,有的表演口技,有的讲笑话,有的唱歌,还有女生在地上跳踢键舞,难为她们,倒跳得怪好的。欢送会开到十点钟。学生们送我一张签了各人姓名的纸(我至今还夹在我的日记簿子里),我也在她们纪念册上写了字。散会后,还有许多学生到我房里来谈话。第二天下午我离开金刚坡,学生们一直送到歌乐山,我和他们一一握手告别,我真想哭一场,可是我忍住了,在学生面前哭该多丢人。

十二月十四号,我们全家由蒙家花园搬进重庆城里,住在朋友张新亚家里,等待到成都的汽车。一直到圣诞节第二天,我们才跨上四川公路局到成都去的客车,开始万里还家。圣诞节晚上,我们还在"银社"看昆曲公演。那晚上的戏有:张善芗、程禹年的《说亲回话》,四姐是《思凡》,扮得很美。最后是许振寰、张善芗、宣瑞珍的《断桥》,戏都非常精彩,而且全是熟朋友,所以拼着一晚上不睡觉,明天一早就要上路,也非看这次公演不可。以下是"还乡日记":

　　　　三十二年十二月二十六日　四点半起来,忙了一阵,四姐交涉来的小汽车也在门口等了[1]。上了汽车到飞来寺天还不大亮,

────────────

[1] 因昨晚看昆曲,就在陕西街丝业公司住宿。——充和注

上坡打开张家的门，拿了行李，叫人挑到路口车站，时间还不迟，行李过了磅，弄上车，我们一家三口也上了车。车是军队长官们包的，只买了三张客票，我们就占了两张。我靠窗坐，凤竹、妹妹坐在我边上。四姐、韦特孚兄、三弟都来送我们的。四姐买东西泡茶来给我们吃，东西我一点也吃不下，茶倒喝了不少。车子很快就开了，四姐哭，凤竹也哭了，我也很伤心。这一别又不知哪一年才见面呢！车行半天，我们都没有说话，妹妹看我们伤心，也傻了。车子好，开得快，就是有一点小毛病，常要停下来喝水，好在并不碍大事。因为昨夜没有睡好，凤竹和妹妹都时时打盹。中饭之前车很空，很舒服，中饭之后，又上来几个勤务兵，可把我们挤苦了。同车的人都还不错，老军官们笑话很多，常常引得凤竹大笑，一切顺利，天还没有黑，已经到了内江。又找到中国旅行社住，真是太幸运了。

十二月二十七日　除了上车以前为行李有些心烦之外，一切和昨天一样的顺利。下午三点半，已到成都外东牛市口了。以为四弟会来接，谁知没有。成都我们还到过，在站上打听中国旅行社，我们坐了车到骡马市成都招待所，小房间没有了，二百元的大房间暂时住下。很漂亮，有大床、穿衣镜、五斗橱等家具。一到成都，旅程是一个小段落，心定了一定。

十二月二十八日至三十一日　在大房间里住了两天，就搬到八十元一间的小房间里来住了。因为我们愿意在成都多住几天，除了有事外，我们还想在成都玩玩。在华西坝里找到了四弟和叶至美（我在乐益女中的学生）。她是个大女孩子了。并不太摩登，虽然在金女大念书，说话的神气还和以前一样。在蓉光大戏院看话剧《天国春秋》时，遇见了在青岛认识的路老先生和他家五小姐、六小姐。她们全都出嫁了。在关岳庙找到了车老伯幼南，他们两位都是岳父孙老伯生前的好友。在成都所要见的人,除了三两位之外,全都见到了。

三十三年一月一日　今天去上老岳父的坟,昨天就约好牟老伯和四弟一同去。上午九点,我们才从旅行社坐车到纯化街关岳庙,四弟已等着,一同叫车出东门,到牛市口换鸡公车下乡。我们都没有坐,让凤竹带以靖坐。经五魁桥,我们买了些钱纸、香烛、炮竹一路慢慢地走。找到了江南义地,又问了半天,才找到李班长家。在李班长家后面小破庙(地藏王庙)旁边一带小竹林前,才找到一座并不太新的坟,厚厚的墓碑上刻着"故友镇江孙誉清先生之墓""牟均德路朝銮同敬立"。先还好,小孩子们抢着替我们点蜡烛烧香,放鞭炮。等小孩子们散了,凤竹伏在坟上大哭一场。后来我们依次行了礼。看看四周的环境还好,凤竹也还满意。在她未来之前,听说是义地,她还以为是乱葬坑,许多坟在一起呢!现在见到光只一座坟,她稍有点安慰。坟边有一座破地藏王庙,门前有一副对子:"凡属有情皆觉悟,不愁无路入鸿蒙。"这副对子似乎很有点意思。我看凤竹哭,不禁有点伤心,许多事好像还在眼前。二十七年,我在大陆银行见到孙老伯时我们还合唱《草地》中的"倾杯玉芙蓉"。我分明记得那晚的情景,他唱老旦,嗓子真好。现在他已经在地下五年了,一切太无常了。回旅行社,我怕凤竹再要伤心,但是她还好。事隔得太久,她告诉我,她现在也想得开了,也看得空了。

一月二日　上午开曲会,路老伯约我们一同到北新书局蔡漱六女士家去。参加曲会的人不少,可是我们都不认得。中饭菜很好,可惜冷了。下午应叶至美之邀,到她家去玩。她家在新西门外罗家碾。我们出新西门叫了鸡公车去,并不远,一路有水有桥,成都平原是富足的,一到"开明书店"(就是她家),至美迎了出来,她爸爸叶圣陶先生也都出来了，我们在苏州时就熟。大家用苏州话谈心，又吃酒，又用点心，我们怕迟了回城不好，于是他们又请我们吃面。我们吃得太胀了。吃过面就走，他们全家送我们到罗家碾，替我们叫了鸡公车才回去。叶家人都很好，他们是一个幸福的家庭。叶圣陶先生一点也不显得老，叶太太真能干，至美身上的大衣就是她自己做的，做得和买的一样，样子也很时髦。至美的七十七岁的老祖母还在，小的有至美哥哥的孩子，比妹妹小，一刻功夫已和妹妹玩熟了。小弟弟叶至诚也已经在高中，我们也是该老了。

一月三日至七日　这几天仍住在旅行社，天天出去玩，也玩累了，到福寿街见到八姐和八姐夫王正仪，他们一定要我们去他们家住，我们先想，假如马上就要走，又何必搬来搬去呢，后来知道要到十三号才有去宝鸡的客车。又碰到三姐在呈贡的学生张祖贻君，他可以替我们弄到银行车坐，但是也要一星期之后才能走。于是我们决定搬到八姐家去住。

一月八日　上午去羊市街民生旅馆洗澡，我们一家人去洗的，洗得很舒服。下午搬行李到福寿街慈祥里十九号八姐家去住。住幺小姐的房（王正仪的妹妹）。他们住的两楼两底的街堂房子，还不错，有个佣人刘嫂，也好，一天到晚老是笑。

一月九日　以为幺小姐要来（她在光华大学读书），结果她并没有来。

一月十日　我们今天去看幺小姐，和八姐一同去，出新西门，又走了不少路，才到光华大学。房子都是平房，可不是抗战房子，比昆明联大的校舍强多了。在女生宿舍懿斋里，找到了幺小姐，她还是老毛病，正在发胃病。她和在汉口时不同了，变得很深沉了。她陪着我们到学校各处看看，又请我们在学校门口的小店里吃面。也没有谈什么话，倒害她缺一堂体育课。她送我们上鸡公车就回学校了。我们顺路到有名的草堂去，那儿现在是军校，门口的岗位不让我们进去，我们和他商量，才答应让我们进去，他还说"没有什么看头"。果然如他所说，杜甫祠很新，并没有多少对联，实在没有多少好看的。出来又到青羊宫，也驻有兵，只有八卦亭和大殿还可以看，清净整齐，妹妹顶欢喜用手摸那匹铜羊了。

一月十一日　张祖贻君请我们晚上看金焰、白杨主演的《罗密欧与朱丽叶》。戏很长，一直到十一点才完。还不错，翻译的戏总有些不自然似的。

一月十二日　明天也许可以走了。上午到华西坝找四弟和叶至美，下午又和凤竹、妹妹一起再去上一次岳父的坟。这一别又不知何年何月再能到成都来了。我们坐车到牛市口，再叫鸡公车，路走熟的，地方也熟了，一找就找到了。我把十对小蜡烛围坟插了一圈，一对大蜡烛插在墓碑边上，香插在碑前。凤竹又伏在坟上。我知道她一定在祷告什么，可是我没有问她。她后来又哭了。我们又都叩了头。在坟旁从从容容地坐了一阵。我行礼时，也默默地祝告，让凤竹快快地健康起来。四点钟我们回到慈祥里，幺小姐正回家来了。今天下午她没有课，好像是特地回来看我们似的。晚四弟来说只有一张票，明天又走不成了。

一月十四日　上午没有出去，在家看徐訏的小说，如《鬼恋》《精神病患者的悲歌》，他的文笔很活泼简洁。下午我去中国旅行社办登记乘车的事，要到十八号才有车可走。谁知晚上十点钟我们都睡了，旅行社又派了人来，说明天有车，七点开，问我们要不要，只好要下了。

一月十五日　四点半就起来了，把八姐和正仪兄也都闹了起来。忙乱了一早上，刘嫂居然在天没有亮之前，找到两辆洋车，还没有到六点，就到了招待所。我们丢下一只大箱子给四弟带，因为他可坐兴业银行的车子，可以不花钱多带一点东西。在招待所会客室里坐了老半天，车子才来。因为还要到车站去接人，所以很空。我们坐在第四排边上。到车站可不行了，上来不少人，一排坐六个，可把我们挤死了。车子是渝广通车，还不旧。车子开出成都之后，一切顺利。同车的有一个胖军官，很"够味"，别人都不欢迎他坐在一起，于是他叹气说："为人莫长胖，长胖不便当。"到德阳吃中饭，过绵阳，到天黑定了，才到梓潼。一切照规定，居然在四川旅行社找到一间房，坐了一天汽车，很累人，睡得很好。

一月十六日　总是天不亮就起来了，天亮上车，车子也不迟，一会儿就开了，今天走的差不多全是山路，一路风景很好。经过七曲山九曲水，饭后过剑阁，七十二峰风景更好，剑阁峰峦确实奇丽，山峰都是斜出，过剑门关时很险要，山峦是方形直出，排列如屏。从剑阁到广元一段是平路。过河费了很多时间。到广元时又要过河。我们下车从浮桥上过去。招待所有两个，全都客满，我们住交通旅社，一点也不好。在一家老乡亲吃水饺，很过瘾。

一月十七日　到广元要换西北公路局的汽车，所以得歇一天，一早就去旅行社找房间，总社没有，到分社有一间，是二号。旅行社到底好多了。回交通旅馆，带妹妹出去吃东西。妹妹一定要吃豆沙包子，又买不到，只买到油条。回旅馆，凤竹已经起来了，马上搬到旅行社。我去公路局登记，要下午二时才买票，我又赶回旅行社，和凤竹、妹妹一同吃饭。饭后让凤竹、妹妹睡觉，我再去买车票，送行李。西北公路局到底要好一点，一切有次序，很快就办妥了。我回来在房里生了一盆炭火，烤着火和躺在床上的凤竹闲谈。妹妹已和别人家的孩子玩熟了。晚上在"四五六"吃的烂糊肉丝和砂锅豆腐，十分满意。天阴雨，有微云，晚早睡。

一月十八日,天未明即起,行李已送走,没有什么事,定定心心地叫了一辆小车子,让凤竹和妹妹坐,我在后面走。到车站天才亮,站上的门还没有开呢。等了半天才依次进去。我们的座位号头是十八、十九,车子不是横坐,是直坐的,我们坐在当中一排最后两个位子,人也是挤得很。所幸车子还好,没有抛锚,很快地上午就到了宁羌,天没有黑就到了褒城,走了二百零四公里。若如此,明天就可以到宝鸡了。上午沿河靠山走,风景甚美。下午的路大半是平原,颇有北方风味,本来这儿已是陕西了。最不满意的是旅馆,旅行社不用说是客满,大一点的旅馆也都住满了。只有小旅馆,小得只有几间茅屋,没法也得住下。

一月十九日　仍然是天没亮就起来了。到车站一个人也没有,许多军车开着灯,一部一部地开走了,我们坐在黑洞洞的车站里等天亮。凤竹和妹妹吃了汤圆,我吃了小米稀饭和油条。车开得也不迟。这几天我坐汽车都还好,今天上午可不对了,直要吐。油条在肚里翻来翻去,老打噎,一动也不敢动。褒城下去几个人,可是又补上几个,其中一个女洋人,带个混血的孩子,很好玩。妹妹一看见她,就拉着她手不放。车行甚速,经柴关岭过秦岭时,全是雾,什么也看不见。只见一堆一堆的柴在公路边上。小秦岭过渭水,就是宝鸡了,到底是大地方,远远地就看见电灯了,到大马路汽车站下车,一下坡就是旅行社,招待所大房间没有了,有小房间,一切收拾好,到隔壁新生宿舍去找四叔。一问,说在公馆里,公馆在步云里十三号,摸黑找到了,又不在家,只得回招待所,三个人挤在一张小床上,也居然挤下了。

一月二十日　到宝鸡,又是旅程的一个小段落,可以定定心休息一下,早上睡得迟迟地起来。大房间空了,搬一间大的,搬好房弄好,已经十一点了。再到步云里去找四叔。刚到新生宿舍门

口,就碰到纯和(四叔安定儿子)和他新娶的太太。自然他们带我
一阵到步云里,见到四叔,四叔我们还是在汉口时见过,他老人家
一点也不显老,精神很好,到底是军官学校出身的。祥和小弟弟
已经八九岁了。还有一个小妹妹,比以靖小一点,她还叫以靖"呀
呀"。饭后四叔叫我们一起去洗澡,晚饭后,四叔又请我们听戏。
戏是《五花洞》《桑园会》《黄鹤楼》《大溪皇庄》。角儿只有唱刘备
的王素砚还好。收戏很早,我们回旅行社,纯和夫妻回新生宿舍
住,我们同路。才洗的澡,旅行社的被褥也都是新的,我们睡得还
舒服。

　　一月二十一日　本想今天搭火车到西安。怕二姐他们等我
们去过阴历年。可是四叔他们挽留一天。上午在四叔家遇到董晒
表妹的丈夫郭先生,他说董晒已从西安回来了,于是我们说好
下午到他们家去。在四叔家吃的中饭。饭后雇洋车到西城郭家。
房子很小,北方式样,还不错。董晒和以前大不相同,脸瘦了,但
身段却胖了。我们谈到四姑的近况和她在西安的情形,只坐了一
会,我们就走了。到缙和三哥的银行(四明银行)去找他,他们的
宿舍很漂亮,坐了一会,吃花生瓜子,等他下班一同出来,他请我
们到鸿宾楼去吃北平涮羊肉,羊肉味太重,我只吃了一点,以后就
光吃白菜、菠菜。饭后纯和一定又要请看戏。凤竹欢喜看戏,自
然没有不愿意的。我先回旅行社招呼茶房给买到西安的火车票,
又到四叔处去辞行。四叔抓住谈天,谈谈,谈谈,一直谈到十点,
我到戏院,戏都快散了,回到旅社,茶房把车票已买好,二等两张,
每张二百九十六元。

　　一月二十二日　赶路,总是天不亮就起来了。小快车,真是
七点钟开。凤竹、以靖和行李一起坐在小车上(宝鸡的小车很
大),我跟在后面走,到火车站并没有检查,只看看我的证明书就

通过了。脚夫把行李一直搬到车上。二等票是房间,八个人一间房,比汽车上自然松动多了。妹妹早上被我吵醒,大约是没有睡好,一上火车就闹着不肯坐火车,倒没有在汽车上乖了。七时开车,一路大平原,经马嵬坡、兴平,下午两点多钟,就到了西安了。城够大的,有点像北平。车站是宫殿式的建筑,很够味。洋车也好,叫了就直奔西九府街二姐家,在东九府街就遇见小平在街上玩,看见我们,大叫"大舅,大舅妈",马上跑回家去。二姐一会就来门口接了。周家老太太就想他家四姐来,听我说四弟在成都要来,她以为是他家四姐,高兴极了。他们先请我们吃馒头,晚上又吃饺子,快过年了,这儿也买不到肉。我们一家和二姐、小平睡一间大房间,大床棕绷,太舒服了。

一月二十三日至二月二十三日 在西安一住就是一个月。刚到几天,我就病了,咳嗽发烧,有时好有时坏,坏的时候,老躺在床上,好一点我就急着爬起来,起来吹风又坏了。大约是为了病的关系,心境不好,所以觉得西安实在没有什么好玩。有一天天气好,我们一同到武家坡曲江村去一趟,是坐骡车去的。一路经过大雁塔,驻兵,不能进去,到王三姐的寒窑,也并没有什么好玩,进窑洞的时候黑得很,还害妹妹跌了一跤。骡车又颠死人,凤竹几乎受不了。西安乡间简直一棵树也没有,荒凉已极。回南门顺便到有名的碑林去看一看。许多名碑全都用黄泥封了起来,不许人看。据说西安的古迹很多,但现在全都是一堆黄土而已。在曲江边上有明朝宰相王某之墓,已是"断井颓垣",更不用说汉唐的东西了。西安城大,一出去就要走很多路才得到热闹的地方——钟楼、鼓楼,所以也不常出去,天冷,又常下雪,倒是在二姐家烤火的日子多。

等四弟不来,耀平兄在界首也没有消息,真有些着急。心情不定,什么事也干不好。天冷,凤竹夜里又咳得凶。四弟是二月七号到西安的,随后耀平兄也到了。四弟到西安之后又到三原去看一个农场。本来预备等他从三原回西安就动身,谁知我又病了,咳嗽发热,把喉咙都咳哑了,躺在床上不能起来。中西医都看了,都说是支气管炎。病中我脑子里常有"衣锦还乡"的观念,明知道这种观念是不对的,却总不能除去。我们的行装真萧条(行李少,路上还方便一些),全是破衣裳,身上一件棉袍子,还是三年前在昭通做的,里子全破了。虽然总想回家,可是到家也不见得有好日子过,这一点我很知道。

二月二十四日　病稍好,就是喉咙冒烟,说不出话来,煞是难过,路费又没有了。向耀平兄的新华银行借了两万元,决定二十六日动身先到洛阳。

二月二十六日　买的是三张头等卧铺票(即以前的二等卧车),四人一房。好在自己人已经有三个,还有一个孩子,另一位客人也不讨厌。上午十一时开车,二姐、耀平兄都送我们到车站的。在车上走走,看看,睡睡,谈谈,可是也还是难过。夜晚过潼关,倒也并不紧张,说是第二天一早可到洛阳。可是一直到十点钟才到。一下车就遇到警报。警报之后,我们找到社会服务处招待所,只有一间小房间,外面院落很大,空气很好,总算又住了下来。在洛阳休息一天,靠了耀平兄介绍信所认识的中国通商银行的沈先生帮忙,买到了漯河的车票。在招待所住着,妹妹还给一个莫名其妙不认识的新娘牵过纱。人家还要请我们吃饭,我们没有好意思去吃。洛阳很小,不如西安,十字路口有汪精卫夫妇的半裸体的跪像,颇惹人注意。在洛阳住了两夜。

二月二十九日　由洛阳动身,汽车站没有脚夫,我和四弟两个人来往搬行李,搬了好几趟,于是站上人要称我们的行李,称自然过重了，又加一张票。先还算有次序，让妇女小孩先上，然后男人一拥而上。车是运货的卡车，反正能挤多少就挤多少。一个男人跌在妹妹身上，又用脚踏在妹妹胸前，凤竹急得大哭，大打那个男人。那人只好不作声。我和四弟坐在车子的最后面，就是灰土又大又颠簸，人倒不挤。这一段路是淮河大平原，没有什么山，经过龙门、临汝、宝丰、叶县，到漯河才下午三点。这一天的罪总算是已经受过了。我们住在汽车站边上的一家四维旅馆，总说漯河有虾吃，我们都大为兴奋。在云南住了几年，还没有吃过虾呢。洗好脸，我们就到热闹的街上社会服务堂食去吃虾，清炒虾仁才九十元，真不算贵，据说昆明的虾仁在前几年已经是一百元一盘了，而且是用肥肉做的。吃虾仁真是一件大过瘾的事。托旅馆老板买票，花一点小费，一点别扭也没有。第二天我们又上车了。这一段路程只有一百二十公里，比昨天的近多了，车站上也还有次序，依次上车。多花了一百元给站上的人，行李就没有过磅，便宜多了。车上的人比昨天还要多，路又是新路，松得很，车子很容易陷下去。只经过两个大地方，周家口和水寨，就到了河南安徽交界的界首了。下车才算有了命。过颍水到中和街，找到新华银行办事处的张主任骏闲，他殷勤地招待我们，留我们住下，请我们吃饭，不让我们马上就走。在界首住了三四天，买了些日用品，又得向银行借路费了，又借了两万。到正阳关，本来有轮船，最近没有开，我们花了一千五百元包了一只小民船，一共航行了三天，才到正阳关。还算是快的呢。先一上船还好，因为我们是一家人，又有地方睡，就是在正舱里站不起来，可是有一天刮黄沙，芦席棚都刮开了，第二天早上一看，被上全是黄土。沿河没有一点山，黄沙岸，树不多，风景并不美。偶然有一段像江南，但水总不像，黄黄的，一路过太和、阜阳、颍上到正阳关，船上的罪也算是受够了。

到正阳关,住在淮安旅馆,请旅馆老板给我们雇好小车轿子,第二天一早,我们又走了。两顶轿子两辆小车,凤竹、妹妹坐一顶,我和四弟轮着坐一顶。小车装行李。正阳关到六安一百八,两天的路。第一晚歇在一个小镇上,名字记不得了。第二天天一亮就走,天黑前就到六安了。

六安这个城,二十七年(1938)春天我到过,虽然一度沦陷过,但现在还很热闹。两天的轿子坐下来,凤竹又受不住了,还吐了几口血。我真着急!眼看着快要到家了,还要出事。因为凤竹累了,在六安仍住在淮安旅馆,我们歇了一天,松松气。仍然找旅馆的人雇了轿子,仍是我和四弟轮着坐一顶。一天赶到张老圩子。最后一段从分路口到张老圩是我走的。经过聚兴集时,天还没有黑,到汪家祠堂,已经看到新圩子了,翻过小山到小土地庙,我才认得它是新老圩之间的土地庙。到老圩闸门口,我看见郑二,我叫住他,他还认得我。他带我进去,凤竹她们的轿子还在后面呢。

1945年3月15日从日记摘录改作于立煌古碑冲安徽学院

（九）张老圩→张新圩→立煌

张老圩，我们的老家，有将近一百年的历史，是在合肥县城和六安县城之间，离这两个县城都正好九十里。离开它最近的一个集镇叫聚兴集，离张老圩才不过一里半路。全圩子一共分为三个宅子，以位置来分，我们称之为"西头""中间"和"东头"，每一个宅子大约总有五六进房屋。宅子的外围是围墙，围墙外面是壕沟，壕沟里面的水是从附近小河里引来的，是活水，所以不大容易干。围墙的四角都有更楼，是防土匪用的。大门我们通常叫闸门。门楼在二十七年（1938）日军下乡扫荡时打坏了，但"水抱山环"四个字却还在。

我们对于这个老家是非常生疏的。除了二十六年（1937）冬季在老圩住过两三个月，其余时候我们都住在苏州。诞生我父亲的那间房虽然还在，可是我们已经闹不清到底是哪一间了。

三个宅子住着三房人，西头归老九房住，中间归老二房住，东头是四房，上上下下总共有一两百人，连我自己也闹不清，凤竹自然更闹不清了。我们因为和西头十四爹、十九爹比较熟一点，所以一到家就向十九爹借了两间房，在西头住下了。

也不知是一路累的呢，还是初到家水土不服，一到家还没有能到各处去给长辈们磕头，我就病了，好像是感冒，又咳又发烧，和在西安时所生的病相仿，病了几天，稍好，我们一同到新圩子去了一趟，回来之后又病了。这次病得很凶,发冷发热之后,嗓子又疼,叫凤竹一看,原来喉咙里已有一块白点了。于是大家慌了起来,凤竹自然更慌,五爷来说,不要紧,家里有治白喉的特效秘方,"养阴清肺汤",马上叫人到聚兴集去抓药,也不给以靖接近我了。晚上让她到后面跟五婶妈去睡,房里只留下凤竹照应我。自从我病了以后,就苦了凤竹。来看我的人,来往不绝,而且大都是长辈,她又不能不应酬,又要记着逼我吃苦药,向嗓子里吹冰硼散,给我量温度,喂我吃稀饭。平常我脾气好,一病了,老躺在床上,烦得很,有一点不如意,就要冒火。她总希望我的病赶快好,常常叫我把嘴张开给她看。一天一天地过去,病状毫无进步,许多人都为我着急。在这乡下,哪里去弄白喉血清!厉害的那两天,整天没有精神,心里却很明白,我自己一点也不害怕,据说凤竹在我病得厉害的那两天背着我常常暗暗地哭,求人设法。她怕我难过,一直到她死,都没有告诉我。除了她为我着急之外,新老圩子各房的人也都为我担心。寄居在新圩子的外祖母,亲自跑来照料我,帮着凤竹。因为她老人家知道凤竹身体是那样的坏,决不能整天整夜地去伺候病人的。

"养阴清肺汤"大约吃了二三十剂,还不见效,病也病了半个多月了。于是有人主张到六安去请刘梦九来,来人回来说六安也没有血清,医生来也没有用,所以他不肯来。才从北平回来的助产士平和大妹用碘甘油替我擦喉咙,又用盐水漱口,她说不一定是白喉,我自己也觉得不是,因为我总觉得白喉不会拖这样久,假如真正是白喉,也许我早死了。擦碘甘油,吃"养阴清肺汤",又请中医开方子吃,外祖母信佛,念了大悲咒的水也叫我吃,藏青果,六神丸,吹药,所有的法子都用尽了,还是不得好。有人到李陵山去给我们夫妻求了签,我的签是上签,签上说:"功名富贵自能为,偶着先鞭莫问伊。万里鹏程君有分,吴山顶上好攒龟。"替凤竹求的是一支下下签,签上说:"病患时时命蹇衰,何需打瓜共攒龟。直叫重见一杨复,始可求神见佛持。"凤竹得了这支下下签,倒也不难过,反而说真灵,说得一点不错。她祈望明年春天病就可以好了,又谁知两个月之后她就突然地死去了呢!

在我病时,春天偷偷地过去了。一个月之后,我的病渐渐地好了,能爬起来到北闸花园去玩的时候,满园的花事全完了,只剩下"绿叶成荫子满枝"。也是该倒霉。回到家里来,原来是为了让凤竹可以安安定定地养病,谁知一到家我就病,我病刚好,接着可怜的凤竹又病了。咳得凶,我知道她是为我累病的。到家之后,虽然有佣人,但佣人也不能称心,有时还要怄气。譬如佣人把我的一件棉袍子拆坏了,凤竹大生气了好几天。她病了,我真心疼她。逼着她整天地躺着不要动,全盘休息。这样过两天,咳果然好了点,但是她总不肯好好地听话,安安静静躺在床上,非麻烦不可。本来家里人多,也就有那么多事,一点也不能清闲。去年年成不好,收入不够支出,我们回来了,还得卖田,卖田也是件麻烦的事。虽然有四弟五弟问,我们也不得不问问,一问可就烦了。在外面以为来家经济问题可以解决,谁知竟不能。圩子里人多事多,也不能静养,凤竹的身体反没有在昆明时好了。

回家为了钱,为了种种不痛快,已经是头大了,接着还有许多穷家门来"想方"。他们以为我们是发了财回来了,我们穷得卖田,他们也要来要一点钱。来"想方"的家门算起来还是长辈呢。有一次他居然抱着行李要睡在我们房里。这把凤竹吓死了。妹妹也吓得发呆,后来还亏得十九爹来把他赶出去。但是这一闹,已足以使凤竹发烧了。

天气渐渐地热了,我们住的两间房,前面只有一个很小很小的院子,一点也不透气,下午太阳晒进来,简直受不了。外房还有女佣人睡,我们一家三口睡里房,有两张床,再挂上帐子,房间真是太小了。许多人都说我们这两间房到夏天更热,不透气,就像个蒸笼似的。凤竹和我都怕热,于是我们时时刻刻在留心找房子。新圩子比较大一点,也空一点,我们就在新圩子找。婆婆(外祖母)最热心替我们找房子了。最后在新圩子西面十三爹家找到两间房子。新圩子的房子要比老圩子的房子高大阴凉一点，窗子大，院子也大，家具也齐全。于是我们决定搬到新圩子去过夏。因为凤竹总不大好，不是头疼牙痛，就是脊背心疼，所以我们一直到六月十七号，才从老圩子搬到新圩子。

初到新圩，我们高兴极了，房间大，畅快，佣人也不必住在房里。两间房三个人住，又很安静。我向十三爹借了二十四史来，预备好好地做一点事，凤竹也预备定心来养病。有佣人，以靖有人带，饭也不必自己做，还有婆婆天天来摘银耳给凤竹吃，真是太享福了。在新圩子的那两个星期，真是七年来凤竹跟着我过的最好的日子。可惜好景不长，七月一号她就死了。

那天早上，五爷通知我，下午四点钟在前圩请客，请东头七姑少爷，邀我们作陪。吃了中饭，照例凤竹和妹妹都要睡中觉的。我把妹妹放到外房，哄睡着了，我夹了一本《史记》，就想走了，凤竹躺在里房床上说还早，不让我走。本来吃晚饭是还早，可以等到四点再去。可是我想乘他们都睡中觉时到前圩去玩玩。这一点我真对不起她。最近好多时候，她总愿意我在房中陪她。只要我一出去，她便要生气。到新圩子之后，还好一点。因为婆婆常常在我们房里照料她。婆婆待她真好，就像是自己的孙女儿一样。可是到底没有我在房里陪她好。她不让我走，要我陪她睡中觉。我没有躺下，只坐在床边上，和她腻了一阵，谈了几句话，有谁知道这是最后一次的温存呢！我跑到前圩子，因为左脚指头上有些红肿，走路不大方便，所以一直坐在四婶妈家的那张大藤椅上，和缤和、旭和、晞和他们谈天，五点多钟才吃饭。在五婶妈家，十大碗，菜不错，我又吃了一杯酒。五弟在老圩子没有来，四弟来的，饭后本来预备回后圩子了，也有一下午没有回家了，也许凤竹又要生气了。可是走过四婶妈家门口，纯和拿仙女牌香烟请我吃，于是又坐下了。一支烟还没有抽完，老徐（我们的佣人）慌慌张张地来找我，我看她样子很急，知道一定有事，她先不说，后来才说"少奶奶吐血了"。我还以为和以前一样，只吐几口呢，把烟头丢了，叫老徐先走，我一歪一歪地沿着壕沟走回家。

到房见凤竹已经躺在凉床上，人事不知，脸色煞白，地上一大滩血，嘴边上还有血。眼睛直直地发愣，一点光也没有了。摸着脉，还有一点，我就知道严重，不以为她会死，还以为她失血过多，昏过去了。中医徐亮丞先生刚好在圩子替小五姑看病，马上请来，摸摸脉，说是微得很，又看看她所吐的血，叫吃一点童便看。这时来的人已经很多了，忙忙乱乱的，童便马上拿来了，我亲自喂她一点，她已不知道往下咽了。我叫她她也不答应。徐亮丞又叫用香烧眉心，眉心都烧黑了一块，她还是不醒。三姑来看看，摇摇头说"不行了"。被她这样一说破，我心里一寒，忙忙乱乱的我失了主意。一会儿拉拉凤竹的手，一会摸摸下巴，头颈里还有汗，下半身也还热，也好像有脉。婆婆脸都吓白了，大姑也吓得变了色，慌慌张张地告诉我刚才的情形，她说："吃晚饭的时候还好好的，吃了两碗面，又添了一碗烫饭，烫饭没有吃完，剩下的给老徐吃了。吃完饭，凤竹就说不大舒服，到里房床上躺下，没一会就吐血了。先吐在床边的痰盂里，大口大口地吐，我在旁边看着，凤竹说：'危险，危险！这次不行了！'以靖站在边上，凤竹又叫她'过去，过去！'在床上吐了一阵，她自己爬起来坐到大椅子上，我拿脸盆，她又吐在脸盆里。从大椅子上她自己又到凉床上，又吐在地上。其时婆婆已经从佛堂里来了。一会你就回来了。"

小四婶说："她倒在凉床上时，嘴张了三下，眼就定住了。吐血的时候，吐一口眼一翻。"因为当时小四婶也在边上。我回来叫她，她已经不知道了。真不知道她什么时候断气的。徐亮丞又叫用温手巾替她擦擦脸，我替她擦了几把，把嘴边上的血也擦干净了，又替她暖暖手，手雪白的，指甲也是死白的。可怜！她从没有吐过这样多的血，一定是把血都吐尽了,死了!

这样弄不好那样弄不好,一个钟头,房里乱糟糟的全是人,也不记得谁来和我说,给她做寿衣吧。刚好前天三河陆八先生才送来两匹土绸,她们找了出来,又把凤竹那件在重庆做的花绸丝绵袍子和大姐从上海托人带来的长筒麻纱袜、小四婶妈才做好的一双白底咖啡色的花鞋(凤竹早就看上的)一起找来,凑起来全够了。马上把裁缝找来,在堂屋里点上灯烛,替凤竹赶做寿衣。凤竹先躺在凉床上,底下光光的,没有东西垫,没有盖,她穿的是一件黄色洋布的旗袍。后来大家把她抬起来,垫上毛巾毯子,盖上小被小褂裤,小棉袄裤半夜已经做好了。

帮忙的人真多,房里马上变了样子。小院子里的台阶上放着一个小瓦钵,烧纸烧得一房的烟和灰。守夜的人也找来了,一共有四个。我是什么都不做,里房转到外房,外房转到里房,也不知道伤心。当晚住在老圩子的四弟、五弟、二表姑、四姑、大老姑全来了。四弟马上当起账房来,准备办丧事了。连夜叫人到街上买东西,最要紧的自然是棺材。聪和跑了一夜,第二天早上回来说有了,已经在后面抬来了。

也不知道是几点钟,衣服被褥全做好了,小四婶妈、二表姑和几个女佣人来替她穿寿衣。我站在边上看着。一个女佣人替她抹澡,那时她已全硬了。小四婶妈用剪子把她的衣裤剪开,用温水把她全身抹干净了,然后穿衣服,穿时,小四婶妈嘴里还念着说:"少奶奶,你平时是爱漂亮的,好好地让我穿。"果然穿得很好,小褂裤也很合身,花丝绵袍子是她活着的时候穿的,自然更没有问题。衣裳穿好了,小四婶妈说:"真正格正正的。"他们要把她的手抹得笔直的,我不让。手直直的,更像死人了。洗洗脸,我替她擦上她所心爱的胭脂。这盒三花牌胭脂还是在昆明时吵过架后我买了给她的,她老舍不得擦,还剩下不少。擦了胭脂,我又替她擦口红,口红擦不上,可怜她已经没有热气,自然化不了唇膏。头发梳梳好,一点也不难看,比她平时睡着时还要好看一点。还有人说她笑嘻嘻的呢。

衣服穿好，她直直地躺在凉床上。佣人在边上替她赶蚊子。天刚亮没一会，老圩子的一批小朋友们（小老姑、小五姑、小六姑她们）全来了。一看见凤竹就哭，把我也引得哭了。我不愿意别人在她脸上盖一张草纸。别人又说非盖纸不成。我便拿张信纸盖在她脸上，后来我又加上一条我自己的黄色的小手巾。人来了，我总爱把手巾揭开，让他们看看，我希望他们不怕她，希望她留下一个最后的好印象给别人。其实她的相一点也不难看，不像死人，也不叫人害怕。起先我不知怎的，并不流泪，后来我却伤心了。一坐定下来，我便流泪。母亲死时，父亲坐在床边上直瞪着眼的神气，至今还在我的脑子里，虽然那时我才七岁。

棺材老不来，我老问人，说是下雨路滑，抬的人走得慢了，又加派人去抬了。其实并不迟，因为夜里没有睡觉，就好像迟了。还没有吃午饭的时候，棺材就到了，一共二万二千元，是梓树的十全板，别的都还好，就底上有一块补的，还要上一道漆，要不是天阴下雨，马上漆就会干的。

以靖一直在前圩子和她九婶妈玩，没有来家。到晚上快进材的时候，她们才把她带来。我以为她一定大闹着要妈咪了，谁知还好。别人给她穿上孝衣，戴上孝手巾，我看她一身都是白的，倒很伤心。想想这样小小的孩子，就没有了娘，她一点也不明白，老是问："妈咪哪里去了？妈咪呢？"别人告诉她："妈咪死了。"她一点也不知道死是什么意思。我抱着她流泪，她看我哭，看别人哭，她也哭了。她一定不是为了伤心妈咪死了才哭的。

棺材放在堂屋里，因为辈分小，不能放在正中，靠边放一点，挂上孝幕，一切全是别人安排好的。山人也来了，说晚上六时到八时进材最好。于是等到下午六点钟，先把凉床抬到外房，然后几个佣人用篾条兜着她的身体，我捧着她的头，先放她在棺材盖上，用新被把她包起来捆好，好像小婴孩打包似的。然后从棺材盖上抬到棺材里。棺材小小巧巧的,正合她睡。全是一律土绸的被,黄黄的,一点也不难看,亦并无凶器之感。小四婶妈和二表姑又用铜钱挂线,把凤竹的尸体放正。马上漆匠在棺材上蒙上一小块绸子,正好遮住她的脸。好在绸子不大,我抱着妹妹在棺材脚头,还可以看见她的脸。这是最后一瞥了。除了太瘦一点之外,她还是漂漂亮亮的,小朋友们全不怕她。绸子蒙上之后,接着人就来抬棺材盖了,要把她盖上,我这才有点慌了。我说:"慢点,慢点!"意思是说我还要看她一会。谁知他们全不听我。棺盖一盖上,五婶妈、小老姑、妹妹们全都放声大哭了。哭的人真不少,满堂屋都站满了。山人在灵前念念有词,又撒米,叫:"钉响!"四个人又钉了一阵,山人念过"钉响"之后,这才算完成仪式。

在灵前叩头的人也不少。虽然我辈分不大,但以字辈底下,已经有致字辈了。以璞的女儿致菌一再向她才二十五岁就死了的叔祖母磕头。

晚上婆婆带了几位吃素的人,在凤竹灵前念经。人全散了,我一夜未睡,躺下,小五姑、小六姑、大老姑全在床边上陪我。我老睡不着,一惊一惊的。

夜里偷柩我也知道。几天来都是下雨,那晚似乎有月亮。许多人不声不响地把灵柩抬出去之后,一会天就亮了。

第二天一早把灵柩抬到圩子外面的一间小房子里,因为还要好好地在棺材外面上几道漆。到五七之后,再用土浮厝起来。此后,每天我总要到小房子里去两趟。凤竹活着的时候,就怕寂寞,不愿意一个人登在房子里,守灵的两个老头子,她一定不欢喜,所以我每天总带着妹妹到灵前去陪陪她。明知道是亡羊补牢的事,总觉得这样做可以安慰一点。夜里我带妹妹睡,往往总是睡不着。想到"惟将终夜常开眼,报答平生未展眉"好像是特地为我写下似的,更难过。

许多人都说凤竹有福,活着有我照应,她死了还有那样多人帮忙,哭她。在乡下丧事能够这样办,已经是很风光的了,她一定心满意足。

至于她的病已深,活着也苦,倒不如死了。其实以前我待她真好,可是近来也皮了,我也不太注意她了。我总以为她的病既已拖下来,该不要紧了,我总希望她会好,谁料到她会突然死去呢?我所觉得最抱憾的,就是临死时和她没有谈话,她说话时我又不在面前,我没有能送到她的终。

头七、二七过去了,我老是迷迷糊糊的,夜里睡不着觉,想再看见她,也想梦见她。二七那一天,又正是她"回煞"的日子。我把房里收拾干净,在她的相片前摆上祭碗,点上香,等她回来。据说无论怎样,"回煞"的日子总有一点动静的。上午我在房里,躺在凤竹死时睡的那张凉床上,心想今天应该梦见她。果然才合上眼就做梦,说是上海三姑为凤竹带来一件红羊毛衣,放在帐子里,凤竹在帐子里换衣裳,帐子一鼓一鼓的,我知道她在帐子里,要起来看她。我还是睡在凉床上,身上不知谁给我盖了一床单被,我掀起单被,单被又裹到头上了。从洋布单被里,我看见凤竹站在玻璃门口,穿一件绿衣裳,笑眯眯的。等我把单被打开,人已经没有了。我连忙跑出去叫中和,和他在火巷口里讲,讲着讲着就醒了。正好婆婆进房来,我马上告诉她老人家。我心里想凤竹活着的时候就瘦弱,死了一定更弱。我们人的阳气大,她一定不敢接近我,所以只能让我隔着洋布再看一看她。那晚大雷雨,辗转不能入睡,想起许多事来。

五七我们把她暂时埋在新圩子西边的小山岗上。没有等到七尽,在一天大清早,以靖还没有醒之前,我含着泪,轻轻地在她脸上吻了一下,硬着心肠离开新圩,走出闸门,绕道去辞别凤竹的坟墓,便带着许多妹妹侄子们来到立煌了。

1945年5月11日(凤竹死于民国三十三年阴历五月十一)

于立煌古碑冲

后记

　　《秋灯忆语》经去年秋天写起，一直写到今年春天，断断续续地到今天才写完，已经不能算《秋灯忆语》了。我到立煌也快一年了，过年的时候也没有回去看她。坟上的草一定长得很长了！在古碑冲我过着很恬静的生活，夜深人静时，我在她的照片前点上一支奇南香，这一支香是我现在唯一为她做的事了。我希望她夜里会到我梦中，谁知道这样的事竟很少。有时梦见她，也全是模模糊糊的不清楚。我不知道我要到什么时候才能忘记她，不思念她。

1945 年 5 月 11 日

乙 编

战时两地书

宗和凤竹战时书信

张宗和与孙凤竹

宗和致凤竹

竹妹:

　　周耀平派个小孩子送我过来的,很好,南岸大变了,不像我们来时只要过一道河了。我的座位是十几号,似乎很好,不过车子不是西南公路局的车子,是贵州公路局的,不太好。希望路上不要抛锚。没有哭吧? 老实告诉我,二姐说晚上来看你的,我现在在一家茶店的柜台上写的,怕汽车开,不写了。好好保重自己身子要紧。

宗和　一月四日

　　该叫你什么好呢? 咪咪,还是妹妹? 昨天很晚才到綦江,找不到旅馆,又下雨,可真是吃苦了,找到一家小旅馆,在堂屋里挂铺,被窝又厚又硬,如铁一般,总算睡了一觉。今早四点就醒了,这汽车轮子又漏了,换轮子就耽搁了不少时候,一路上麻烦颇多,坐在车上脚伸不到地,一会儿脚就麻了。总算天黑时赶到了桐梓。这回可好,住到旅行社了。另外和两个同车的住(一个姓潘,上海暨南毕业的,在第二师当政训主任;一个还不知道姓什么,上海人有点海派,我不大喜欢他)。住的房间可真大,这儿的旅行社招待所似乎比河池的还要大,还要考究,有两块钱一间的,一张床,还有沙发。坐的车子是坏极了,幸亏坐的是第一排，否则真要颠死了。车上一个人真无聊，只好唱唱曲子哼哼诗。汽车又漏气，常常把眼睛迷得出水。反正只有明天一天了，希望到贵阳能坐到公路局的车，好一点。看看日历，今天是阴历十一月十五，再过四天你要过生日了（是十九号吗?），我没有能和你在一起，真是抱歉得很，希望你一个人过得好好的，出去玩玩，买点东西吃吃。信望寄昆明四姐转。因为我也许会在贵阳走不掉。你也写封信给四姐，觉得很难写信吗？又是坏脾气，非得写完一张纸不成，又不肯分段。本来房里没有人还可以抽抽烟，歇歇写写，现在来了一个（上海人他要睡），一有人我就不定心，想不写了，以后我的信将寄二姐转，怕你搬。希望今天晚上梦见你。也希望你梦见我。我还有一支笛子和曲折在李鼎芳（说那眼睛好看的我的清华同学）处，以后我写信给他叫他把东西送到你跟前，临来时不要忘记带来，在车上时，我默默地想我们到云南过的小家庭，我们一定得把钱支配得够用，快快活活地过日子才好。刚才听人说到昆明去的车停开了，为了搬运军委会，不知是真是假。总之我一到贵阳，极力设法走，越快越好，我口袋里还有两封介绍信，我想会有希望的，不至于住上一星期的。到底写完了一张纸。

　　祝　安乐

　　　　　　　　　　　　宗和　一月五日晚于桐梓旅行社

凤竹：

　　寄医院的信想已收到，我坐到那样破的车子就不高兴，可是今天的不能走却不是为了车子坏。贵州的天气真冷，路冻住了，滑得很，车子开出桐梓十二公里就退了回来，其实不一定不能开，不过有点冒险性质，许多车子都退了回来，但是也有两辆车开了出去，希望明天能开出去，希望能到贵阳才好。今天我们仍住旅行社，你不知搬出来了没有，若没有地方去就在仁爱堂住住吧。徐太太（王四娘）好吗？你不是可以找她谈谈。书看了些什么？可以请二姐借，头绳东西也可以打打，我替你想这些消遣办法，你自己也可以想点办法出来度日子，譬如写日记，写信。我今天一天就抽了一包烟，为了无聊，还有点冷了。拿一点火在手里，似乎热一点，桐梓今天差不多全跑遍了。小学校也参观了，书店只有一家，翻翻，没有一点可看的书。公园中只有一个亭子，一池脏水，实在没有地方可玩。明天若再不走，得抽两包烟了，你一定不高兴。希望不再在桐梓发信给你。

祝　康健

一月六日晚

今天天晴可以走了。

宗和　一月七日晨七时

凤竹：

车子昨天晚上七点钟才到贵阳，仍住在蹇家，但是蹇家在十二号也要搬回遵义去了，贵阳各学校都迁移，蹇先生的学校搬修文，蹇家人预备先回遵义后再到修文上课。我票子是定在十一号，人说票子难买，但是我今天到旅行社一买就买到了。腰里的两封介绍信都没有用。蹇家小妹还是和以前一样好玩。她真的想念你呢，她问我许多你最近的情形，和我谈起你住在这儿时的情形，譬如有一次，你睡着了，我和小妹在你床前轻轻地谈话一类的她全记得。幺小姐也去看过了，似乎比一月前更胖了一点，她们全问起你，蹇太太说她这一阵子忙得很，不能给你写信，叫你好好保重。小妹还问你能吃什么，她想带给你吃呢。朋友的温情真叫人好受。小妹叫我让她写个"中"字，《中央日报》的"中"字。你现在吃点什么？还是吃卤肉吗？韫华（即小妹）问好。不写了。

　　祝　安乐

宗和　一月八日

凤竹：

　　昨天一早从平彝开出，下午两点半就到了昆明。这一路全是平路，二百多公里，五六个钟头就到了，路很好。一到云南境内天气也好了，几个月来没有见到的晴天也总算见到了。昆明地方很不错，人不似重庆那样多，那样杂，房子全是雕梁画栋，很美观。青云街是从文、四姐他们办公的地方，就是在离这儿不远的美国领事馆边上。我一进去他们都很奇怪，但是他们已经知道我要来的，因为耀平曾有封航空信给我。四姐肚子痛（特别，你的特别怎样了），躺在床上还是和以前一样，但似乎胖了一点，三姐也和以前一样，小龙珠[1]、虎雏都很好玩，龙珠马上就熟了，一见面不知那样多的话，也不知从哪里说起好，行李也没有去拿，一直讲到晚上九点多钟才回青云街来睡觉。这儿正好有一张空铺，原来是五弟睡的。现在是这样，要是飞机票有着落的话，你可以来和四姐一起睡，她一个人一间房，床也相当大，她也欢迎你来，不过我总觉得等我弄定了你再来。今天一会儿就到省府去报到，我想至迟下星期可以派定了，因为学校也都上课了，要是不派，怕也派不出去了，那我便在昆明坐吃了。路上走了十天，到这儿来，以为定可以接到你的信了，谁知道还没有到，希望今天会有我的信。我一路上都有信给你（海棠溪、桐梓、贵阳、平彝），不知收到没有。你现在大便怎样？买水果吃吗？饭吃得怎样？自己身体更当保重，为了自己，为了我，为了一切爱护你的人，都得特别小心你的身体才对。来的时候别

---

① 即沈从文的大儿子沈龙朱。

的东西不要带,望带两床锦缎被面,要花花绿绿一点的(以备结婚用
的),要紧要紧。我身上的钱已不多了,路费车票涨了价,若来时可向
二姐多借一百元带来以为安家之用。另信望交二姐及三弟,我一到他
们全向我打听你,五弟说你比俞晨好看,该高兴了吧。要来的时候头
一天打一个电报来,我好来飞机场接你。我以为无论如何还是坐飞机
来的好,不必省那一笔钱,明天当有信给你。

　　祝　康健

一月十四日

　　巴金的钱可慢点还,你若高兴可先写信去桂林问一下,也许他已
经走了。

宝宝:

　　十三号的航空信昨天晚上接到,平信一封都没有接到,昨天晚上
我正在发热,吃了两粒金鸡纳霜,今天早上已经好了,等一会儿再吃两
粒,也许就会好了。教育厅已经去过,见到一位廖先生,大概是秘书
长,一谈之下他要叫我到大理去。大理是云南除昆明之外的第一个大
县份,不过又得坐两天的汽车,为了你的不能坐汽车,我又不愿去了,
我已经跟他商量,请他派我在昆明附近的县份里去。这儿扬振声大概
认识他们厅长,我想再请他去说一说,看最好能在昆明附近做事。坐
船坐火车都不要紧,就是不愿再坐汽车了,铜仁的电报怕你们没有回,
我已叫人打回电去了,杨苏陆那儿也当写信去,现在我已到了云南,似
乎不能不在这儿做一年半年,况且这半年来跑也跑够了,得休息一下
了。你现在可以进行飞机票的事了,因为听说飞机票和汽车票一样的
难买,况且来了也不是没有地方住,就是吃饭人太多,这儿除沈家一家
外,还有杨家一家,刘家还有李小姐,通常是九个人一桌。星期六则十

二、十三、十四人不等，吃饭一点也不痛快。昆明的确不错，城里的翠湖和北门外的莲花湖都已去过，很美。重庆最近正遭轰炸，不知你怕不怕，也不可太胆大，要自己小心一点才好，你说十五号去吃喜酒，是吃黄小姐的喜酒吗？你送了礼没有？别糊涂了。特别来了没有？不必急，不来也不要紧，反正你一来昆明我们便设法结婚好了。四姐很想念你呢，我们两人常谈起你，我没有发傻劲，许多话都没有告诉她，你放心好了。广柑多吃不要紧，不过特别时也不可吃，橘子还是不要吃的好，近来大便如何？不可说谎，药不吃也不要紧，但得常常吃点好东西，向嫂熟了，可叫她炖鸡给你吃，房里除许太太外还有谁？许太太请一往代问好。她们一定会待你好的。我在这儿熟人很多，所以颇不寂寞，把你一个人丢在重庆，心里觉得很对不起你，想你快些来。另信望交耀平兄，是要他设法车票和钱的事。还剩下这几行总想写完它，照片好不好，寄来了没有？念念，昆明说东西便宜，其实也不见得，和重庆也差不多，可爱的是天气，刚才还小雨，现在又是好天，大衣穿不住了。

祝　康健

宗和　一月十七日

凤竹：

平信真是慢，要十天，以后还是发航空信吧，发信时也得打听一下，飞机从重庆飞昆明一星期几次，是一三五呢，还是二四六，这样飞机信一天就可以到。况且你在重庆也不会蹲多久了，就是每天发一封航空信，一个月才用九块钱，也不算多。我走了以后别人都待你好，这样还是我离开你的好，徐太太她们要认你做干妹妹，你要叫她们姐姐好了，这样不是可以骗得菜吃吃吗？不过她们倒是真待你好，可对她们说我说的谢谢，这些天大姨子们照应（敢说不敢说），我在此地很好，不必挂念，就是最近两天生了疟疾，一到下午，人便不舒服，冷热同时来，脸上发热身上发冷，这样已经有三天了，今天新拿了一瓶 Lin Nine 来，希望下午不再来。说是许多人来都要发疟疾，你来时得先吃一两粒金鸡纳霜预防预防才好。年老伯我在贵阳也没找到他，大概我在贵阳时他还没有到，现在我想一定动身了吧，不然不是太糊涂吗？我常常想，若是能在滇越路上的县份里做事，离这儿只要几个钟头就能到，我们一定得租两间房子，自己租一间，一间是客房，预备三姐、四姐她们来玩。房子自然不会考究，但一定会弄得清清爽爽的，生活得舒舒服服的，虽然穷，却要叫人看着羡慕，不吵嘴不怄气，各人做各人的事。身体好了，希望你再念书，我觉得你很可以造成一个科学人才，以补我们家的不足，我们家没有一个人数理好的，四姐就跟我吵，说你画得很好，可进艺专，我可不赞成，你说是不是？他们都夸你，五弟说你比俞晨好多了，四姐是一天到晚替你吹，我都有些替你难为情，他们说得你太好，你一来后会使他们失望，你该争气一点，来时要装得更好一点，这儿小姐们实在太多了，她们会把你从头看到脚，仔仔细细地打量你。我现在先警告你，这边中学校现在才结束，也许会到过阴历年后才开学，我不知道。你还是先来吧，来了可以一同走，省得我又要接你。前两封航空信想已收到，给三弟、二姐、耀平的信，都给了他们了吗？才几天四姐倒又和我吵了，但早上吵的，未过一小时又好了，她还是那样的脾气。我现在在她房里写信，窗外就是翠湖，你若来和她同房，可整天地看翠湖了。

祝　康健

宗和　一月十九

过生日完了没有？该请干姐姐们吃面（门口担子上的也不错）。

凤竹①：

　　昨天一早从北门街赶到金碧路去乘车，与冯天民同车，车上太挤，所幸我坐在前面，没有吐，下午4点到了曲靖，肚饿，和老冯在曲园大吃，才只三元，比昆明便宜多了。宿西南大旅社（坏透了），晚上在中国旅行社大唱京戏，大谈特谈，一夜未眠，今日一早又抢座位，又是坐在前面，因为人太多挤得难受吐了一口，还吐在别人的脸上，但并未打起来。不到12点就到宣威了。宣威还是大风，天气坏极了。不下雨，水又全是浑的，半月不见，房里全是尘土，蒲平还扎了白布包头，替我打扫了半天，小藤箱原本被咬了一个洞，现在底下又是一个大洞，不能用了。呈贡天气怎样？下雨吗？冷吗？快告诉我，接到很多信，二姐寄来的鱼肝油丸一百余粒，明日即转寄给你，并有一安胎方子亦附上。此间教员多半还在，省上（杨、何、李、胡）上课毫无精神，我今晚好好地休息，明天第一堂就有课。所以只写一张信纸了。我也该歇了，明日再写。

　　祝　安康

　　　　　　　　　　　　　　　　　　　宗和　三月五日晚七时

凤竹：

　　宣威依然如故，刮大风，灰大极了。我们走了半个月，老鼠大活动，洞打得更大更多了。今天老李才来把衣裳东西拿去洗了。学校也如故。学生人数大减，昨天街子上米也卖到四十几了，火腿也两块一罐。我预备借一点钱多买几罐存着，有便人时带给你。你身体如何？得好好地告诉我，不许撒谎。昨天转寄了二姐寄来的鱼肝油丸，不久

----

① 以下信写于1940年凤竹怀孕后。——整理者注

当可收到。这儿的半瓶鱼肝油有便人也带给你。呈贡风想来也很大，把窗子找人钉一钉吧（都是我不好，没有替你钉）。托沈从文带给你的六十元可买点鸡吃吃，不要怕贵，补自己要紧。胡、杨、何、李诸人还没有来上课，马马虎虎我每周二十小时课，还不算多。老薛和小孙的事已暂告一结束，校中诸人先后卧病计有小吴、丁胖、老薛，丁胖现尚病卧床上大骂校工。小吴与伟光并不太进步，昨日小吴来唱曲，说以后当邀老薛同来学曲子，以避闲话。半月不到，对宣威更觉得讨厌了。这几个月中努力活动到四川去找事，下半年带了娃娃一同上四川去好不好？这两天睡觉大减，夜里到三点钟就醒了，醒了就再也睡不着。中觉也睡不着。这样腰杆也许可以细一点，更美一点。这几个月中我一定好好地做事，好好地读一点书，以备将来到大学里去做事。你也可以看看诗词（不太刺激的东西），若高兴替我抄抄曲子，向四姐要。才来心还不定，过几天也许就好了。一切上道后做事就有规则了。宣威根本没有下过雨，天气太干了，自然呈贡较好，自己要好好保养，想我时就写信给我。把生活弄规则了身体自然就好起来了，我们岂不是太好了呢！

祝　安康

宗和　三月七日

凤竹：

我已有航空信给大姐，请大姐代买东西，托杨荫浏①（他的名字是这样写的吗？问声四姐，并问四姐杨君的地址，还请四姐写封信给他）带来。你需要些什么写封航空信给大姐，赶快写，迟了人家东西不好

---

① 著名音乐史研究家。

办，杨君要来了，记好把他的地址开给大姐。二弟已到上海，东西可叫二弟送交杨君。因为写信给大姐想起这几句要紧的话，所以赶紧写信给你。接到我这封信后即刻写信给大姐，后再回我的信。吻你。

宗和　　三月八日晚

二姐来信说俞晨、三弟正式打架二次，三弟受伤，两臂被咬破，打得真凶。

凤竹：

刚才接到你四号发的信高兴极了，到今天为止，我这是第四封信了，我到学校已快一星期，一切已渐渐上轨道。在我们离开宣威的二十天中，我接到二十一封信，现在我一封一封慢慢地在复，还不知哪一天才能写得完。我每回别人的信时总得先给你写信。罗莘田昆明我们谈得很好，他不像老杨那样庄严，似乎比老杨对我们更亲切一点。他对你对四姐好像我们自己家里人一样，我不得不把心里隐藏着的真情全告诉他。饭吃得下真是好事，半瓶鱼肝油托老姚带北门街交汪和宗，二姐寄来的鱼肝油丸也该收到了吧，"大腿是肥一点"真是好事，将来可以光着大腿出风头了。大姐有信来，说到九月我得会的事，还说到夏妈也许不能来（今天接到夏妈信也说不能来），陈德芳和顾小姐已经到昆明，不久可来宣威，东西当可找叙昆路带来给你。上次信上叫你写信给大姐，该写了吧，肚子大了你不是有大衣裳吗？大肚子并不难为情，只要不弄得像尹师母那样不扭纽子就行了。基昌兄处已有航空信去告知你的近况，你又有信去更好。一个月一定得去检查一趟，坐轿子假如感到有一点不舒服也不可偷懒不去，否则对不起我也对不起宝宝。今天何保董、杨保董、李图麟全来了，校中也马上热闹起来。但我似乎很寂寞，房里一静就有老鼠出现，昨夜用夹子打到一个，今天被老雕一口吞了下去,以后老鼠也许可以减少了。一躺下常常想你。赵荣太太头颈有大瘤,很不好看,人不知怎样。棉袍仍未做,天已不冷了,许多人都劝我不必做了。你别生气。我吻你。

　祝　安康

　　　　　　　　　　　　　　　宗和　三月十日

凤竹:

　　明天一早张玉声去昆明,托他带到昆明去发这封信。昨天才发给你一封信,今天似乎没有什么说的了,张玉声到马关(在迤南)去当县中教员,马关是出三七的地方,我给了他二十块国币,要他去为我买一点好的三七,买好就叫他直接寄到呈贡给你。我已把你的地址开给他了。三七炖鸡是最补的,但你要问一问有孕忌不忌吃。把你身体补好是我最快乐的事,暑假我再来时你若胖了我就不买棉袍子也成。

　祝　康健

　　　　　　　　　　　　　　宗和　三月十一晚

凤竹:

　　转来王荆福信一封,她老叫我张通和,你得赶快声明才成,否则你成了张通和夫人岂不糟糕。昨天杨振声、陶孟和、周炳琳等一行参议员及中央研究院诸名流路过宣威,车坏休息了一天。下午陪他们去逛东山,又请他们在我房里吃烤茶,晚间我又在中国旅行社他们那里吃饭,整整玩了一天,累极了。下午学校请罗隆基来校演说,我陪老杨他们上东山,没有听到,今天早上起来写了几封到四川的信,托他带到泸州去发,并托老杨买丝绵为娃娃做被。老杨已答应,就不知他会不会

忘记。老薛一件皮袍子借给我穿，早上升旗也不冷。棉袍子大可不
做。你不要气，来信不要骂我，宣威天干，昨天下了一场雨，今天天阴，
人舒服多了。学校一切如旧，校长至今还在昆明没有下来。上课这
是第三周了，我们这学期大概只十八周，你算着吧，我这封信是NO.6
了，我才接到你一封信，你不该有了娃娃就忘了我。你要知道这娃娃
是怎样来的。我一晚就睡，一亮就起，睡得很好，吃也吃得很好，一点
毛病也没有。你身体一定很好，本月底一定得坐轿子到昆明检查一
趟。找苏医生，苏医生人很不错的。今天不来信，明天不来信，我可
真要发急了。我希望你每天或隔一天写点给我，我总是隔一天就有
信给你的。

　　祝　安康

　　　　　　　　　　　　　　　　　宗和　　三月十四日

　　信上称你"小姐"吧，哪里有大肚子的小姐，"太太"又不好，"先生"
也不好，故称君"细君"。

妹妹：

　　你的信写得真好，比我好多了，你该是一个文学家、作家。你也真
会说话，"呆呆，你真是为我吃了多少苦，你若是没有结婚或是同别人
结婚都会比现在写意得多，我一想到这些就心里难过"，接着你就哭
了。宝贝，我决不许你再哭了。你若常常哭，我又得请假来了。你怕
不怕我用钱难过。想哭的时候找三姐、四姐她们玩玩，听四姐她们唱
唱曲子，再不然找郑先生讲赛金花也可以，决不可一个人闷在房里哭。
你知道这不但对你身体不好，对娃娃也是有碍的。将来生出来娃娃也
是个多愁善感的就糟了。你得忍一下一定别哭。听话。第一封信上
说得好好的说不哭的，第二封信就说依着桌子哭了半天，信真是慢，七

日的信十四日才到,整整一星期,我常有信给你,你也该常常有信给我才对,半瓶鱼肝油已交叙昆路带交汪和宗,谁进城时问一下,二姐的鱼肝油丸想已收到。你说生活好像很有规则,我真高兴,生活一有规则身体就会好起来,看书得看些不费力的、轻松的,不能看那些沉重的,上次写信叫你看一点诗词最好,四姐那儿很多,身体若是稍微有一点儿不舒服,就得告诉人找医生进城去看看。你说小龙发热,现在好了没有?三姐他们进城没有?念念,你所要的东西我找姚胖子给带,学生家里有羊毛线卖,还漂亮,还漂白过,比小吴的好得多。我买了一斤,可打一件衣裳的。有便也托人带了给你。陈德芳尚在,李勤未回,顾小姐想是还在昆明。小吴常常病,一会儿眼肿,一会儿脸肿了,曲子不大唱,现在的她热心,我则不大热心了。宝宝,别吻我酒窝,娃娃不是有两个又圆又深的酒窝吗?

祝 安康

宗和 三月十五日

妹妹:

昨天接到你十一号发的信,信走了一星期,我到宣威后发的信你要十二号才会接到。昨天是十七号星期日,你同四姐她们一同上省去了吗?下去星期日医院不知诊病不诊病?你也许要在城里多住一天。我担心你回乡下时又不顾一切地去骑马。晚上老想你,我晚上睡得最早了,有时不到八点就睡了。但早上也起得早,三点就醒,四点我就把灯点起来看书了。想到你在我这儿时,我们不是一醒就谈心,现在我醒了只好看书,真是难过。你说看到三姐、查太太一到星期六都忙着做菜等丈夫回来,你以后也该好好地款待我,真是使我高兴。以后我们有个娃娃有个家,身体再好了,我们一定好好地过日子,把生活丰富起来。闲时找四姐、三姐谈谈心很好，不至于太寂寞。我不要你以后再伏在那张方桌上一个人哭了。宣威几天来下了一点雨，天气稍微好一点，可是房里的纸还是沙沙地响，外面也还有风。校长直到今日还没有回来。我这半年预备一句话也不讲，不惹是生非，前两天我不大说话，刘伟光他们就是说我精神不好又是什么了，其实是我自己不爱和他们说。他们尽说些无聊的话。刘和小吴很好，常动手动脚的，吴现在是决不骂刘了。真是人心难料。大部头的书我看不下去，便看小说玩。一天也不很无聊。我把一天的生活弄得很有规律，算好了来，希望你也如此。肚子饿了饭还没有开，让我吻吻你的肚子，吻吻在肚里的娃娃。

祝　安康

宗和　三月十八日

凤竹：

昨天这里大雷雨，不但下雨而且还下冰雹，块子还不小，所幸一会儿就停了，没有打坏房子。这里的天气现在也和我在呈贡时一样，一会下雨一会天晴，昨天那样的狂风暴雨，今天却又天朗气清了。也许一会又要下雨也说不定。昨天到了大批的信，就是没有我的信，心里头不乐。我希望不来信则已，一来信一定得有你一封信才好。每天晚上我总睡得最早，想在床上看看书，但是看看就要睡了。早上三点钟就醒了。一醒便胡思乱想，想坏事时固然多，但也有时想到很多似乎很正经的事。如：将来给小孩打一张怎样的小床？假如我有机会到四川，你是不是该马上就跟我去？孩子的名字应该叫什么？你自己喂乳是不是就没有"特别"了？……许多将来的事似乎很远又似乎很近了。有时想想自己也笑了起来。我想你的幻想一定比我更多，是不是？这儿因为下雨所以有时很冷，我有两床被(老薛一床)，一件皮袍，一点也不冷。你夜里冷，该向三姐或四姐借一床被才好。不要冻了，尤其是肚子。你该做一条宽的带子才对。吃也该吃点鸡，不一定要每隔几天吃一次，只想到要吃就该吃，不该省这一点钱，瘦了娃娃。鸡蛋还是天天吃吗？你到呈贡也快一月了，你问一声三姐饭钱是多少，是不是就付给她，还是从他们的会上扣。问清楚了来信告诉我。我不见你已快一月，身体上有什么变化？肚子大了多少？挤得出奶了吗？还有什么特殊的变化告诉我，我查查书看。最近看些什么书，做些什么事？布买回来没有？做了几件小衣裳了？种种在念。吻你，吻娃娃。

祝　安康

宗和　三月二十三日

妹妹：

我真是要发急了，今天信到了一大堆，就是没有我的，最可气的就是小吴有同样笔迹的五封信，我上楼来翻一翻你的信，是十一号发的，今天已是二十五号了，十二，十三，十四……你难道都没有写信给我吗？我又怕你有点不舒服，不舒服也该告诉我，我真闷呢。今天吃过晚饭后一个人在房里看《子夜》，看看闷了便找王荆福谈谈，这许多人之中似乎只有他可以谈谈正经学问事。从做学问一直谈到将来的出路前途，海阔天空地一直谈到现在（九点），我从来没有这么晚睡过。到房来还得写这封信给你。你这几天为什么不写信给我？送鱼肝油的人已经从昆明回来了，张玉声从昆明发的信难道都没有收到吗？我真不了解你。至少也得像我一样无论有事没事每隔一天就得给我来一封信，这我才放心。否则我可真要发急。你看我离开昆明才二十天，这信已是十一封了。今天是阴历十七号，月亮很好，照在房里东边的纸窗上，你那儿东边不也有个窗子吗，月亮一定也照到你。这封信，月亮如能为我传递，自然你今晚就会知道我是怎样的着急了。你知道我心里一有点事就会现在脸上，人马上就不舒服，你体恤我就该快来信，且不断地有信来，我就安心了。弄到要叫我打电报就不好了。若是明天你仍没有信，我更急，也许要打电报了。近来我很是想你，春天来了，桃花、梨花都开过了，中上都感到热了，房里太静，真是闷，想到以后的种种又惊又喜，少一个人房里空多了，不像家，而似一个旅店似的。吻我所最爱的咪咪。

祝　安康

正在发急的张宗和　三月二十五夜

昨夜做梦梦见你在医院裏养娃娃，已经养下来了，可是肚子还不凹下去，但也不太大，你正在着急要喂娃娃的奶，看护不给你去抱。

三月二十六晨

好妹妹：

接到你那两封信后，我简直高兴极了，前两天我话少得很，这两天我的话多极了，似乎也不闷了。你知道好消息对我是多么的好。前天在宣威的几个清华同学在浙江饭店吃饭，我喝了三杯杏花酒，几乎走不回来了，一到家就躺在床上，一夜都难受，昨天一天又没有动，今天才好一点。今天是黄花岗纪念，放一天假。四月里又有春假，这一学期好过得很。六月底就放假了。我还可以来看你好好地养娃娃呢。校长那里我已有信去嘱他交一百元（国币）给沈从文或汪和宗转交给你，也许你已收到了。刘伟光今天已有信去了。张玉声没有去马关，我交给他的二十元请他就在昆明买三七托从文带给你，有了三七炖鸡吃了。有人我再买一罐蹄筋带给你煨汤吃。我现在生活很规则，你更该规则，晚上早早睡，早上早早起，大便吃饭都有定时。做娃娃衣裳也不能太累。只要有一点儿累就要停下来，日子长得很，尽管慢慢的，包你来得及。今天老姚的爸爸来，一谈起来，原来早知道的，可是我记不得他了，谈了许多，不愧是当推事律师出身的，会说极了，两个半钟头一点也不倦。今天昨天都没有信来，我盼望明天会接到你的两封信。我早早就睡，一醒就看书，不瞎想，我在看巴金译的《克鲁泡特金自传》，很好。巴金六月里要来，我已请大姐将钱还他。因为上海我有一笔钱。不然将来见了面不好说话是不是？宝宝肚子和奶头一样高了吗？我总欢喜提咪咪，你多告诉我一点她们的近况。

　　祝　安康

宗和　三月二十九晚

妹妹：

　　又差不多一个星期没有接到你的信了，真是令人着急。今天早上去中国银行汇了一百元国币到昆明汪和宗处，请他转妹妹。昨天上午还在发急，发了封快信，下午又托姚胖子带了一包东西到昆明，由吴南青转交汪和宗（包里有封信，陈德芳还没有回来，所以带来的东西没有他买的）。下午就接到你的两封信，是十九、二十号写的，十一到十九中间你难道没有写信给我吗？乖乖，不作兴一星期不给我写信，害我着急。以后不可如此。你知道我只要三四天不接到你的信我就要发急了，一发急就瞎疑心以为你又不舒服了，十九、二十的信使我大为高兴，但你来回仍骑马，这一点颇使我不安，你是不是有意气我，因为我不做棉袍。以后切不可如此。下一次去非得坐轿子了。叫娃娃在肚子里不安逸我是不答应的。校长还在省里没有回来，钱我想写信给校长，叫他拿给汪和宗或从文，比汇还要方便一点。钱是国币一百元，针还没有找到，小藤包给老鼠连底都咬通了，东西我全拿了出来，针待我找到后一定寄来,画图案慢慢地叫老薛画,我自己也要画一点寄你,妹妹你可忙了是不是? 替小的做衣裳又得替老的做,不要赶,我知道你的毛病,常常欢喜赶一赶,就赶累了。鸡还是得吃一点,不然宝宝营养不足不好。大毛巾、蓝布和你的通花皮鞋全收到箱子里了,放心。此地天气虽不热,但也不冷了,肚子大怕什么? 闷时累时还可以到后楼找郑惠她们玩玩。就是上下楼得当心。你房门口两边楼梯更要当心,不要踏空了或闪了腰,和惠玩好好的,两人不要闹。小吴现在也不来唱昆曲了,和刘伟光打得很热,刘居然敢在她脸上动手动脚的了,事情的变化也非常奇怪,刘比老薛自然聪明得多,学生中还似乎没有人注意到。现在肚子大得怎样了? 是不是已经很明显了? 两个月后我来看你,也许要抱不住你了,你的肚子,大我的肚子也大,kiss 起来都不方便了。娃娃出世后会和我抢奶头吃,我一定抢不过他(或她),那时你一定不爱我而爱娃娃了。但是我在《西风》上见到一篇文章说有了孩子后还是应当第一爱丈夫第二爱孩子才对。因为孩子是由丈夫来的,我先在这儿告诉你,怕你以后把我丢在脑后。昨天今天我的精神都特别好,因为你一下子来了两封信,又都是好消息。叫你写大姐的信写了没有? 你怕一个人写,就叫四姐也写一封夹在里面,就不怕了。若迟了不写,也许杨荫浏又要来了。不可马虎。我的信你得多看几遍,听我说的每一句话,我就高兴了。

　　祝　安康

宗和　三月二十七交你

　　今天是星期一,我想星期六你或者可以收到这笔钱了。原来是想叫校长由昆明拨给你,谁知信刚发掉校长就回来了,只好汇给你了,收到后望速回我一信。我这儿买了两大罐火腿蹄筋,乖乖,真贵得可以,六块钱一罐,还有两只怪样子的茶罐,等有便人上昆明即托他带交查阜西带下乡给你。自然有一点你要的东西,交吴南青转交的一个蓝布包的回条已回来了,蓝布包想已收到,念念。这儿天气也热了,今天特别热,卫生裤和头绳衣一并脱了,你们那儿一定更热了,你围肚子的宽带子做好了没有?我知道你一定没有做,快先做你自己的吧。天热,我的绸衬衫也可以穿了,倒不忙,短裤也有在。妹妹,你总没有好好地告诉我一天的生活情形,写一天的日记给我看看,你不写,我要像学校那样逼着你交了。刚才何保董来大摆龙门阵,于是信停了下来,我知道他一定见到妹妹,这两个人倒也不要紧。告诉我身体各部分的变化情形,详细点写,寄来的一百元钱可以买点鸡吃了,我们常吃鸡,我只喝点汤,鸡肉一点也不吃。你一定一个月都没有吃鸡了,不怕太贵,买一只吃吃好了。吃得胖胖的,我来看了也高兴。来信,来信,来信……

祝 安康

哥哥 四月一日晚

凤妹:

转来外公滋妹及王荆福信,今天早上我才发了封信给你,而你的信又是一星期没有接到了,听冯德耀说邮政局长去昆明,邮局只有一个人,报堆在那儿半个月没有送,柜里还有一大堆信,我想你的信还没有拣出来也说不定。

滋妹处我想叫大姐从上海汇一点钱去,你说好不好?叫大姐先汇五十元去,我在大姐面前还有一点钱。一会我就写信给大姐。

昨天大热,今天又大冷,穿了皮袍子还冻得痛,这种天气真是奇怪。

真是想你呢,一天上了那几点钟课后就好像没有事了,往常一下了课回到房里来总有人陪着谈,上课铃摇了往往还恋着,现在可真冷

清了,回房来除了看书之外就没有别的事可干了。最近买了十包香
烟,闷了就吸烟,到暑假这香烟一定要吃上的,但我相信一见到你,烟
准能戒掉的。因为现在没有人会说我嘴里有香烟臭。

　　日子过得不算慢,我回宣威又到一个月了,再隔不到三个月又要
放假了。

　　肚子里的娃娃动得厉害吗? 你自己觉得是男的还是女的? 我不
知怎的总觉得她是个女的,女的要好一点是不是? 蹄筋和茶罐都买好
了,只等有熟人上省就带给你。

　　祝　安康

你的好丈夫　四月二日晚

　　昨夜做梦梦见我回到呈贡,你不在,也许在楼上。三姐说明天是星
期日,从文来你又没有地方住,我一生气,马上就要走,但我说必须见到
你一面,因为我知道你一定要我见我的(我的梦中你是和李嫂同住的)。

竹妹:

　　昨天一天我很高兴,下了课出去剃了个头,又去三育洗了个澡,很
舒服。回来又接到你上月二十四号的信,今天又接到四月一日的信,
首先要告诉你的就是国币一百元已在星期一(四月一日)由本地中国
银行汇昆明汪和宗,我想本星期六也许你就可以接到这一笔钱了,此
事前信已提过,现在再说一声。云大事也可以进行一下,我写封信给
我们历史系主任,请他为我介绍一下呈贡,再请郑先生说一声,每月云
大讲师到底有多少钱,如和殷老总一样,只拿一百三四十,也不犯着。
因为最近教育部又加了十元,校长回来后,也说起要加一点伙食津贴,
这样一来每月会有一百五十元。云大事若能在二百元左右,当然不成
问题到云大了,四川方面我也有信去活动了,还没有回信来,在云大自

然你们仍可以住呈贡不动了，这事我想你先和四姐商量一下，看看要不要进行，因为假如进行成功了，不去又对不住人。二哥信现寄回，信上的话你必得要听才好，信上说"注意饮食"，你来信说"菜简直不够吃，常没有荤菜"。我想这也不好，钱收到后，你可以自己买一点东西吃，蹄筋我马上设法托人带给你，煨点汤喝，你总不要苦自己，不要马虎，注意饮食，无论怎样，总要吃饱，不能不够。托张玉声买的三七他因为没有去马关做时事，所以没有买。钱倒被他用了，也不好意思马上向他要。一百元到后你可以托人在昆明买一点好的三七炖鸡吃（炖法可问房东，他们一定知道），三七不要太大，太大了里面放有铁砂，不好。我们在这儿吃得真好，只有九个人一桌，菜差不多全是荤的，猪肝、腰子、鸡也常吃，比你吃的那一点自然好多了，钱也不多，上月只吃三十几块钱，七月初我就要回来了，但来后正是你要分娩的时候，自然不能"来"，不过咪咪总有得摸的，是不是乳房又变了样子，没有大了多少，念念。呈贡找奶妈容易吗？要不要先找起来，临时也许抓不到。你也得留心留心了。这里天也暖和了，苍蝇也多了，你说房里有苍蝇不能睡中觉，这得想个法子，到后楼去睡，四姐房里暗，没有苍蝇，是不是和她商量一下，我想她不会不肯的。吻你肚肚。

祝　安康

宗和　四月四日

宝宝：

二十八号的信倒比一号的信后到，也是云南才有这种现象，你说不吃水果就有火气，的确书上也说怀孕的人应该多吃水果，以后不要断，不管什么水果买一点吃。钱想已收到，昨天又托老姚带了两罐蹄筋、两只茶罐（送郑先生的）、一罐牛奶和两件破衬衫，星期六该可以收到了。你可得当心你的身体，不要让她再闹火气了。一点不好就得上省去看才行，否则以后我知道了，可不答应你，娃娃的东西做了一大堆，我的衬衣裤一定没有做，我的衬衫领子又都破了，你想想看，该替娃娃做呢还是应替娃娃他爸爸做。我也不说你。最近我又在看《结婚的爱》和妊娠分娩一类的书，有几桩事想起来要告诉你，常常洗洗下部，并且能把"+"浸在温水里一些时候，这样生产时可以不至使会阴破裂。二、常常用温水洗乳房。三、对于分娩的书你不要看了，因为你看了也许要害怕（我知道你不会害怕的）。四、常常听听郑惠或郑先生弹琴。五、上楼下楼走路特别当心。我现在想到的就是这几点，以后想到再告诉你。可是你不可把我这些话当做耳边风。重读《结婚的爱》觉得我们的婚姻还是幸福的，因为我们很能照它上面的话去做。这书倒是可以常放在身边的。肚子大了衣裳穿不得，必须做，寄来的钱可拿一部分来做。因为我在一本书上看到，妊妇的衣服必须要大到一个蝴蝶能在里面自由自在地飞，决不有一点觉得紧。这一点要紧要紧，比做娃娃和我的衣裳还要要紧一点，望特别注意。现在我们薪水又加了，连教育部加的十元，一共是一百五十五元，还有英文的兼课薪水没有算在内，我想你可以放心买点鸡吃吃，三月份的薪水我还有三十几块钱国币可发呢。你浪费一点不要紧。没有钱，你早早地写信告诉我，不要等到只剩几块钱了才告诉我，寄也来不及了，要是那几天你就得吃苦了。郑惠和五弟很好，我们应该帮忙反对郑先生才对，我觉得他们两个也很配，郑先生要她嫁个老的，是谁呢？你这知道吗？告诉我。你和郑惠好，不妨问问她，到底对五弟有意思呢还是玩玩的性质。四姐三姐她们近来怎样？沈从文还是常常来吗？四姐一天做些什么事？小公小吗？她自己不肯写信，你写信来告诉我。

　　祝　安康

你的好丈夫　四月八日

宝宝:

我又"揩油"王荆福的信纸了,她真是太慷慨,剩下这大半张纸不用自然得便宜我了,"揩油"了她的信纸不得不为她说几句话,你一定得写封信给她了。她的来信是航空信,以前我很不爱看的信,这封信却例外,其中很有许多令人看了大笑的地方,如"结婚以后就难保不生孩子"及"万一弄得不好要离婚那更没有意思"。望信不必给张先生看,你实在要给他看那也只好由你了。等你看了也一定要笑,此人我看还不错,可以和她写信,不要不理人,让人说你有了丈夫就忘了朋友。今天接到你四封信,一封是四月二号发的,一封却早了,是三月十六写的,这信一定掉在邮局的柜肚,今天才找出来,没有给老鼠拖已是莫大幸事了。四月一日、三月二十八的信都已早到了,二日的信实际上七号就到宣威了(邮局的印是七号),而到今天(十号)才送来,真叫人生气。但也没法,这两天邮局又没有邮票,只好"半开门",此种邮局实在少见。蓝布包是三月二十八到昆明的(吴南青有回条来),三十日是星期六,一定会由从文那儿收到这个包。怎么一二日的信上都没有提呢?一定是从文没有给你带下乡。四月七日又托姚胖带一批东西到昆明,一定还没有收到,一百元也许也没有收到吧。上一封信叫你常常用水,后来又看到一本书上说常常用水会使感觉迟钝,将来"来"起来不好。但若分泌物多的话一定要天天用水,怀孕期白带是要多一点,但若有色或有异味则须给医生看(你三月十六的信上提到白带多,现在也许好了)。你说肚子大而秀,咪咪也大,我真想来看一看,摸一摸。我相信我到昆明见到你人那么矮,肚子那样大,一定会大笑的。妹妹你信写得很好玩,我真的喜欢看,上次你说刘伟光和小吴他们的"苟且"使我暗暗笑了好久,又不能告诉人,只好一个人笑。你一定是听到我唱《玉堂春》时提到的"院中苟且之事也要审"而想到用这两个字，这些信上你又说"肚大腰圆"，这是何保董说我的，现在也用到你自己身上来了。提起何保董，他现在苦了，病了躺在床上，这两天才好一点，又没有人去看他，杨和他似乎闹翻了，不理他，王也似乎不大爱理他，别人都不大去看他，只有我常常去看看他，若不是那罐牛奶带到昆明给你，一定又送给他了。这儿天气坏极了，很冷，有时还下冰雹，昨晚像是还下了雪。前几天我看见刘伟光他们"惹气"，不大说话，他们就说我没有接到信，不高兴，其实倒并不是，不过老不接到信倒是不高兴，容易生气。我生气也只是自己生气而已，并不会连累别人。你的信我都收到，到四月二日发的为止，一共是十一封。冬生大概不敢把你的信丢掉，一定是搁在邮局里耽误了，尤其是我这里的邮局。今天若不是冯德耀去邮局问自己的信，还不会这样快就送来了呢。妹妹，我这两天读了不少书，全是好书，所以没有做坏事，如《日本内幕》《克鲁泡特金自传》《续结婚之爱》等等，你一定没有读，一定在热心做小衣裳，每封信上差不多都提到的，其实我算算，到今天才六个月，还早得很，不要太忙了，我知道你的脾气，一件事不做完是不肯歇下来的。现在为了娃娃自然更不肯放下了。不过你总得自己明白，不要累了最要紧。我现在不大和他们来往，自己拼命多看一点书，看倦了抽一支烟或是到操场上散散步，我实在不大愿意到办公室听老尹、刘伟光他们吹，我是看老丁、伟光和小吴"开心"买卖，这封信写了一点钟，字太小，你一定看不清，但你一定会慢慢地看着猜着。外面刚才下过雹，现在正下雨，我更想你，肚肚里还有个娃娃。和你在一起，我就不是我一个人。二三月份薪已发，我还拿到三十几元呢。妹妹，吻吻咪咪。

祝　康安

宗和　四月十日晚

凤竹:

六日的信倒快,昨天就到了。(十一日)信上说病一天,真使我担心,本来到六月呕吐早该停止了,但也有例外,只要吐得不太厉害就好了。现在既已好了,得好好地休养才好。常常注意自己。二哥信上说要注意的话,也该特别注意,昨天接到你的信,同时接到广州的信,信上说"又和医生朋友们讨论过她的病状,我们的结论……只要肺病不起激变,同时妊娠中毒状态不显著,指这是可从蛋白尿、高血压、头疼脚肿的程度来测定的。那简直可以期待合理的自然产出(当然妊娠最后一月的住院留产是不必说的)"。这些话使我很高兴,你听了一定是高兴的,但你不要忽略了他的话,前一月应当在医院里,我一到昆明后马上就到医院里来看。你先可住二等房间,但头等房间必须先定好,因为你身子弱,产后的两三个星期一定得住头等房才好。还有今天何保董和我谈起他,他说该多吃豆腐皮(记得你信上已提到,但须多吃,买不到可到昆明去买),三七又一定得吃,三七炖子鸡(母鸡)是最补的,对妊妇也最好,你不必省钱,快托人到昆明去买十块钱三七来炖鸡吃。炖的方法你们房东一定知道,但决不可以放酒,三七见了酒就是打药了。每十天或半月吃一只小鸡,这是最好了,对大人小孩全是最有益的。万不可省这一点钱,我一定要在你生之前赶到昆明,我算你的分娩期是七月十七,我们七月初开始考,我最迟十号一定得赶到昆明,那时你一定得住医院。我们可以坐在草地上谈心,还可以一同到外面去吃馆子,来信说起男孩子女孩子的事,你似乎还是欢喜要一个男的,是不是?六个月性别已经显著了,可在下次检查时问问看,最近看到一本书上说月经后一日至九日间坐胎者男儿占89%,后十五日至二三四日坐胎者女儿占91%,我们的娃娃大概是在十月二十一二的,正不在此范围之内,所以还是不知道,但这种方法书上也说不可靠。我真是想念大咪咪,你万不可再把她们擦疼了(还记得我用酒精擦你奶头时你和我吵架的那回事吗?)。这儿邮局又没有邮票买了,但信还可以发,我还得获大舅子的信呢。哑你的大咪咪,吻你的薄嘴唇。

　　祝　安康

　　　　　　　　　　　　　　　　　　宗和　四月十二日

妹妹:

　　又是四五天没有接到你的信了,我真是想你得很,前天我自己到邮局里去清信,也没有清到你的信,我真是失望,六号的信上说曾呕吐一天,昏睡一天,这使我很担心,到底好清了没有?速来信告诉我。这几天未看同事,一个也看不来,什么人也不愿和他多说话。小吴和刘伟光苟且之事,依然如故,打情骂俏颇令人肉麻,如昨天晚上,在图麟房里,刘伟光用纸练子烧小吴的手,老丁也夹萝卜干似的夹在里面干哄。李图麟赖我一部《日知录》,我不高兴了好多天。老薛也和伟光一党,王老师本来很好,但是近来何保董病了好多天,他似乎看也没有去看过他,这使我觉得他人并不厚道,何保董可怜了,病了快十天了,也没有人理他。他的病似很厉害,呕吐黄水奇臭,不通便,疝气非短期能愈者。学校里的同事一个也谈不来,一个人一下课就躲到房里看小说,看厌了便想想我可爱的小妹妹,计算计算日子,现在我真是想你,尤其是这两天,不知是不是《结婚之爱》的"周期"来了,怀孕的妇人性欲减退,我想你不如我这样的想你吧。蹄筋和钱想已收到,念念。

　　祝　安康

　　多来信

　　　　　　　　　　　　　　　　　　宗和　四月十五日

宝宝：

又一星期没有接到你的信了，我总是想是邮局的扯烂污，因为这几天云南车子又不通了，几天没有送信送报的来，这种邮政真叫人没有办法，邮票卖完了，信便不分发了，我亏好上次请老姚从昆明买了一块钱的邮票来，所以现在还能写信给你，但就不知道这封信到哪一天才到你的手（老姚昆明托他带罐头并发一道快信想均已收到）。想到在苏州上海间的长途电话真是方便了，至少每天可以谈五分钟，现在就是信到了，也是好多天以前的事了，此地的物价也飞涨，火腿三元一罐，蹄筋自然更不止六元了。我们这个月的伙食也得在四十元之上了。校中加了十五元的津贴，一点用也没有，存钱的同事们（如小吴、老丁、老冯、老薛）全买了米或是布，两三个月的工夫都已赚了一半，我们不存钱的人只得瞪着眼瞧别人不费力就赚了钱，真有点"那个"。不接到你的信我真是不放心，你不是又该去检查了吗？这次一定不准骑马了。隔壁县长家不是有顶藤椅做的轿子吗？和郑先生商量一下，请他向县长借一借，找两个抬的那轿子，不是滑竿，不会不舒服的。一定如此，不准再骑马了！以后我知道了非咬你的大咪咪不成。这几天真是思念你，一想到你什么事也不能做，要不是有事绊着，我一定马上就来看你，想你简直有点疯的样子，坐下来看看书也不定心，总是想到你那个小模样儿，夜里自然常常梦到你，前两天冷死了，可这两天又非常热，卫生裤子简直穿不住了，我现在倒欢喜热了，热了就可以不穿老薛的皮袍子了。想你没有办法，一空下来只好看书，好打断下想念你的念头。所以这一阵子书倒读了不少。自然不是什么正经书，全是小说一类的书，好的不多，因为我现在又在看小说了，校长这半年从昆明买了不少新书来。小吴与刘伟光"苟且"之事，伟光甚至自己也承认了，说他们不会成功的，只是玩玩而已。小吴一星期没有来唱曲子了，我决不叫她，以免妨碍她的事。她也唱不好，没有一点味道。

祝　安康

宗和　四月十七日晚

亲爱的宝贝儿：

差不多有十天没有接到你的信。我总想到是邮局的耽误，因为这好多天来邮局就没有送信来。今天昨天都有报来，但没有信，假如明天有信来而没有你的信，我一定得打电报了。因为我在这儿太不安心了。十天，你想想，十天没有你的信，能很快乐地做事吗？叙昆路有人会算八字，我把八字开给他算了一下，说要得贵子，这样说来我们这一次的娃娃大概是男的了。你信上说肚子尖尖的，很秀气，据说肚子尖是男孩，圆而大的是女孩。如此说来这一胎怕就是男孩的了，就是我们的"贵子"。十八日写了封信预备给老冯（天民）带到昆明去发，但到今天他还没有走，但他一两天内总得走，所以信还在他跟前，那是四月二十号。今天是星期六，课少，下午去三育旅店痛痛快快地洗了个澡。被也是新洗的。晚上县中李校长请客，菜很不错，大吃一顿回来，似有点醉意，一到校就写信给你，何保董来打断了我写信。他病已好了，大高兴，现在杨、王都和他不对，只好一天到晚来找我谈天。刚才吃饭又听到人说三七对妊妇和产妇是最补的，不可不吃，要紧要紧，前两天又看到《西风》上有一篇讲到产妇的文章，说用催眠术接生可以一点痛苦也没有。我想你对生产一定是并不怕的，大胆一点也不要紧，阵痛总比你那次头疼要好得多。宝宝，我得告诉你一件事，你可不要骂我，我常常逛街，并常常注意女人喂小孩子奶，看看人家的奶头，这也是一种眼淫，我知道不好，并且这里的女人的奶子就没有一个好看的，全向下垂，比我家宝宝的大奶头顶子差多了。现在真想你，不知有没有旅行假，如有旅行假的话，我也许会抽空到呈贡来看一看你也说不定。此地米也卖到六元一升了，火腿罐头两块五，蹄筋我买得实在是太便宜了。这儿的价钱是一天一天地涨，今天的价和昨天的价就大不相同，真是不得了。晚了，得睡了，希望梦见抱着你。

祝　安康

你家呆呆　四月二十日晚

接到你十五日发的十号的信，妹妹：

真把我急坏了，昨天才收的信，从六号到十五这些天之中，难道你一信也没有写给我吗？我真要骂你了，要是真的十天之中没有给我写信，将来你留心些，我自有法子对付你，叫你老"跳"得不停，全身没有劲。大姐处我已去信，请汇五十元到镇江去，不知能不能汇得通。你再写封信到镇江，记得这事我早就在信上同你说了，你把我写的信翻一翻，一定有好多事你没有好好地回复我。今天是二十日，也许你正在城里，这次检查你得好好地详详细细地把检查的情形告诉我。下一个月是第七个月了，更得留心，坐滑竿还不太好，最好是坐轿子，多花钱不要紧，总要人舒服，这次进省不知道你会不会买点三七来吃。三七对妊妇是最补的，我再说一次。上次信上已说过，宣威生活也涨，米六块一升，我们这个月的伙食吃了五十之外了，锅盏碗灶全没有丢，也没有送人，你放心，我知道东西贵了，只是米我送老李了，他好多天都不向我要钱，只向小吴要，小吴气死了。杨保董叫老李包洗，老李要他五元一月，可见老李是和我们有缘了。此地天气也坏，一天冷一天热的，前天穿皮袍子，昨天这就只能穿绸衬衫。我心想大热了，我的西服和绸大褂子都可以穿出来出出风头了，谁知今天又冷了起来，现在下

午却又热了。天真是要命。学校中李图麟发傻劲，一定要辞职不干
了，校长挽留他，现在还僵在，不知到底怎样结果。老薛和小孙预备在
暑期中结婚，老薛连"你的奶子为什么这样小，是不是束胸的缘故？"的
话全问了出来，其程度可想而知。刘伟光和小吴暑假中似乎也有可能
结婚，你决不可写信问她。不管老薛、小吴怎样，孙校长本学期来态度
大变，颇希望老丁、伟光他们结婚，可以安心教书。教室已在动工了，
修的房子还不见动静，说是暑假中修，不知怎样。宝宝，你吃东西尽管
用钱好了，补自己、补娃娃、补咪咪是最要紧的事，你说"你看我肚子屁
股多难看"，你屁股不是很小的吗？现在一定大了是不是？女人该有
大奶子大屁股才对的，不怕的(又说得太粗了)。宝宝，你来信我就高
兴，饭也多吃一碗，人也活泼了。(如宁宁)吻你小嘴。

　　祝　安康

　　　　　　　　　　　　　　　　　　　　　宗和　四月二十二

好妹妹：

　　春天来了，这儿很热，人困倦得很，直想睡，昨天晚上七点半就睡
了，天不亮就醒了，醒来孤零零的，只想抱你。记得你向四姐说，我常
常睡在你怀里，像小孩子一样，睡熟了手还摸着你胸口，你不敢动，怕
惊醒我。现在醒了却就醒了，也没有人说话，空空的，难挨得很。老薛
就要结婚了，这两天我们谈话都集中在这方面，小吴和刘伟光也日见
进步。今天我听说小吴骂刘伟光"死人"，其程度已可想而知。旅行不
会去得太远，最多不过来回三天，我到呈贡的计划又打消了，好在只有
两个月了，不过我总想看看你肚子现在大得怎样了，屁股又是怎样难
看，奶头鼓得有多高。这些常常是我想到而看不到的。检查是一个检
查过了，再检查一次，到六月中旬你就该住医院里去了。这些全是我

常常想到而看不到的。汪和宗来信说北门街房子也许住不成了，我希望他们搬得离医院近一点，好做菜送给你吃。信中转过不少别人的信给你（特别是王荆福），不见你提到，望告我一声，此地邮局没有邮票不发信，望寄五毛钱五分的邮票来，否则我不能寄信给你了。吻你的大咪咪顶子。

　　祝　安康

宗和　　四月二十四日

妹妹：

　　下午刚发二十三号，现在又来写这封信，是因为今天又接到你九日十日所发的信。可是你十五日发的信在三天前就收到了。这种邮局真是没有办法，决不是冬生靠不住，全是邮局不好。九日的信到今日才到，半个月再慢也不成了，这混账的邮局，害我们两地悬念。以后我们决不分开了。邮局既如此靠不住但却没有把信弄丢掉，所以以后还是得隔一天或两天就给我来信才对。到今天为止，我收到你的信十五封，你看我写到二十四封了，几乎比你多十封。你说楼下表姑他们都要走，可把那两间房子租下，我觉得很好，你现在就可以租。住在楼上肚子大了，上下不便当，并且你房门口就是楼梯，不太好。你最好现在就搬下来，若嫌一个人住这一间房太大，可叫李嫂也下来陪你，你看好不好？自己决定吧。总之一切得为你自己打算才对。寄滋华处钱你不必不安心，将来你身体好了，能自己做事，也许我还要用你的钱哩。妹妹肚子大了是要勒一勒，你问了医生没有？我倒不是怕你肚子上有花纹难看，四姐说得不对，你说生娃娃一点不怕，这真好，本来没有什么可怕的，不害怕生起来也便当许多，妇人因为不知道，生头胎很害怕，其实头胎只有比二胎容易，也不太疼得厉害，你问问三姐看是不是这样。火腿又贵了，三月份薪我还剩下一点钱，买了四罐火腿（六块一罐），存着预备将来带给你吃，不送人了。两次信上都说到（肚子尖尖地堆在中间，秀气得很），想是的确的了，肚子一尖一定是男孩的。现在我又相信是男孩的了，因为算命的说我要得（贵子）。脚腿略有点肿也不怕的，但不能让他肿得太厉害，这些话你都对苏医生说了吗？乳房一定得清洁，常常用温水洗洗，虽然将来不一定自己喂奶。我现在生活很规律，身体非常康健，没有事抽一支雪茄（本地造的味道很香，比香烟好而且又便宜），看看书散散步，就只等你的信有点发急。别的一切都好，功课差不多全是教过的了，不必怎样预备，所以很有些空看别的书。你小衣裳都做得差不多了，可以歇歇了，不必那样累，找四姐、郑惠她们玩玩。摇下自习铃了，平时该抱着你上床睡觉了。

　　祝　安康

想摸娃娃奶的人　四月二十四日晚

妹妹：

　　十八号的信今天收到，虽然有八天也不算慢了，我不记得我这封信该是二十四号呢还是二十五号，权且写二十四吧。你进城后一定有信给我。现在一定还在路上，你一定会告诉我在城上怎样玩的。"害丫子"想吃什么就得吃什么才成，不要省钱，想吃就是需要，不可遏止自己，鞋子破了也该买。陈德芳的太太是来宣威，陈德芳会还在昆明。

　　东西我叫他送到北门街，也许你进省就会看到他带来的东西。衬裤我现在还有得穿，暂时不必带来，衬衫也不要做了，夏天我还有两件绸衬衫好穿。这几天也热，我的绸大褂也可以穿出来了。肚子大了衣裳穿不得，就该自己做一件大大的才成。这次进城不知你会不会自己买点布来做一件。这是不可以少的。做大了将来怀第二个娃娃不还是可以穿的吗？"来"最近是没有希望的了，至少得等到秋天。你想我七月初才能到昆明，那时你已住在医院里了，七月十几生娃娃，起码总得歇两个月才能"来"是不是？书上说的妊妇是不大会有性欲的，但你居然也梦到同我"来"而且还"跳"了，可见你也在想"来"。"哥哥你一定常想坏事"，你的话不错，我确如你所说。你想一个二十几岁年轻力壮的人又当春天，而又是结过婚的尝过味的，自然更想坏事了。五弟和惠事照各方面情形看来是大有成就希望，是不是？汪和宗来信也说大有希望，既然惠颇喜欢五弟，这事一定可成。郑先生太客气了，带了一个茶罐和一点蹄筋，也特地写信来这儿，有一张条子望交郑先生。钱进一趟城用得差不多了吧，要不要再寄点来？等你信来，我就向图麟去支，免得你又等着钱用。我现在晚上上床和早上一醒时就看书，以免坏思想在之入侵。但仍有所不免。吻你嘴，妹妹小乖乖。

祝　安康

宗和　四月二十六日晚

妹妹：

我们马上就要去旅行了，我趁还未走之前赶快写这封信给你，因为我记得我仿佛也有两三天没有写信给你了，旅行到离城八十里的三公洞，据说很好玩。学生走路，我们教师骑马，来回一共四天。到五月三号回来。我在这四天之中不会有信来，所以非得先告诉你一声，免得你着急。妹妹你也有好几天没有给我来信了，我算着你在省上发的信无论如何也该到了，我想五月三日我回来时一定会接到你至少两封信。薛和小孙事已成功，校长做媒，还请李校长也一起做媒。大约在旅行后就会订婚，也算了了一桩大事。这两天老薛和小孙很亲热，两个人坐在一张藤椅上大吻（老薛自己说的），这叫我更想你，你说的话不错,谁叫我把你肚子弄大的。但是也要说你,因为你常不肯放我,叫我就出在里面。这也不说了,以后一定不再有娃娃,不再分开了,分开真是难过死了。尤其是春天,尤其是看到人家都成双成对的(刘伟光和小吴事,校长已知道,昨晚小吴大哭大闹)。匆匆写成,我还要理东西。

　　祝　安康

宗和　四月三十日

凤竹妹:

　　四月三十号和四月二十六的信昨天全看到了,我旅行前发的信想已收到。我们昨天才由西潭回来。西潭离宣威城说是有八十里,实际上只有六十几里的样子。学生全是走路的,老师一半骑马,我去的时候差不多是走去的,回来骑了四十里路的马。腿自然很酸,非一星期不能复原。西潭地方很不错,有水有山,其中木落洞最好玩。我们拿了汽灯进去走了一个多钟头还没有到底。洞里很大,钟乳石非常多,有玻璃样的石挂,所以又叫水晶宫。里面地方可以开一个大学,一间一间的都很高大。其余什么三台洞、红岩洞全没有什么好。我们住在一个同学家,我和老薛睡一张床,还舒服。吃得还不错。检查过了仍是很好。自然我很高兴,但你两封信上都没有仔细说检查的情形。你上次信上说要问医生要不要勒肚子的话也没有提,至于扎输卵管的问题,我想等我来了后再决定。我也不愿意你开肚子。但若开肚子比好好地养娃娃还要省力(对你本身还要不吃亏的话,自然还是开肚子好)。你现在不必为这事顾虑,到时侯我们自有主意。乖乖不要怕,万不得已时决不让你吃亏开肚子的。钱本来是不经用,等一会儿我再到李图麟那儿支几十块钱汇给你(四月份薪水还没有发)。乖妹妹,我不会说你用钱太费的,我还只怕你太省了,自己吃不到好的,我每次叫你买三七,你信上提也不提,鸡也未见你提到吃过,大概这两个多月你就没有吃过鸡吧?三七对孕妇最好,你一定得吃才对。不怕费钱,我看你费的钱不在吃的方面,而在用的方面多,娃娃的东西太多,而自己的却少,你该对你自己吃的方面多费一点钱,我便没有话说了。在城上时曾好好地吃过一顿没有?上次信上说要吃西菜,吃了没有?甜酒呢,都没有吃是不是?这儿一共有一张垫单、两床被里,看着都没有什么磨破,不知带哪一床给你好。木箱也没有见到,看到时一定买。过几天我一定记着把被里和箱子托人带给你。三姐他们老夫妻还这样"得牙",你自然忍不住了。好在日子不多了,我一定设法早来。四姐人好,脾气也还要得,以前我最和她好。娃娃东西做好可以歇歇,叫四姐讲点诗词你听。娃娃也会听到。今天已经五月四日了,我想不会要整整两个月我就能来抱你亲你了。

祝　安康

宗和　五月四日

大姐来信说我们可以动用公款加上会钱,生产费可有着落了。

宝宝:

我们现在简直不得了了,四月份伙食每人吃到五十七元(大概比你在呈贡还要贵一点),明天起大家都不在学校里吃饭了。有的要到深馨园去包饭,有的要跟学生们一同吃。问题大发生,我现在还没有决定,想出去零吃几天试试看。好在我想这种局面总不会长的。刚才校长说十八周就放假,我们算算最迟七月一日可以全部结束了。我也许可以在六月二十几就到昆明来了,真是高兴。可是我们今天一天差不多大家都在讨论伙食问题。明天我们就要打主意自己出去找饭吃了。想不到教书吃饭都发生问题了。因吃饭又想到你，若你在这儿一点问题都没有，自己烧饭吃好了。虽然你不能帮我多少忙，但两个人在一起做起来总是有兴致的。一个人做饭真是不成了。我打主意明天自己去到馆子里，去吃一两顿换换口味也是好的。其实拆伙不在学校里吃饭也没有什么，就是讨厌一点，日后老李来，出去吃更不方便了。小吴说她写了封信给你，想你已收到，也该复她一封信。她在我面前提了不止一次了。上星期旅行简直就没有上课，明天（星期一）要开始上课了。明天是十一周开始，越来越快了。五弟有信来，在城里青云街租了房子住。我倒很赞成，以后我到昆明可以住在他那里了。他信上也说到郑惠，他的确喜欢她，就是郑先生对他印象很不好，尤其是这一次他下乡。不过我觉得只要郑惠对他好，郑先生对他的印象好坏并不要紧。我倒很赞成他们两个能成功。你大概也有这样的感觉吧。得四弟的航空信说二姐病，痢疾，病得很厉害，几乎不救，还是重庆苏医生来看好的，现在已脱离危险期了。我已有航空信去慰问，二姐待你很好，也很关心你，你已是我们家的人，也该写信去问问她的病，她一定很高兴。三姐他们若不知道这消息，望告诉他们。此地百物昂贵，国币一元只值到现金三毛钱，简直不得了。我什么也不敢买。钱我又支了，即寄北门街，怕迟了他们又要搬了。明后天一定把这事办好。四川方面事我已进行，不知能否有把握成。伙食只十块钱。你生产后若身体康健，四川有事，哪怕就是钱少点，我们也一定一起去。两处分开真是又费钱又牵挂，难过死了。我一个人在此简直寂寞死了，没有一点好处。宝宝吻你小眼。

祝　安康

　　　　　　　　　　　　　　　宗和　五月五日晚

乖乖:

　　你真是太得意了,娃娃还在肚子里,人家衣裳、小被、头绳钱全送来了。不用慌,奶粉大姐还是要买的。最近得大姐信说奶粉好牌子的大罐要四十元一桶,大姐正在托熟人找熟店在买,不久自然会托人带到昆明来,不用急。还替你买了一件衣料,因尚未制成,恐不及带去(注:不及托郑小姐带去也),得下次再托他人。得大姐信。你又该高兴了是不是?厚布的大的旧被里还缝在被上,脏了,等叫老李洗后再托人带来,决不有误。娃娃没有尿布,将来不叫爸爸,可不是玩的。大箱子倒没有忘记,一定出去找着买,决不丢过一边。乖乖,娃娃的东西全弄好了才想到他(她)爸爸,替我缝衬衫打毛衣了。把我打扮得漂亮了,将来小姐们和我吊膀子,你可别吃醋。信全收到了,就是慢一点。但最近也好了,天天有信来。呈贡信也只七天就到了。总是快的了。娃娃在先我们都想到她是个女的,现在我们大家下意识却都以为他是个男的。我想大概是男的了。这次检查你没有问问医生吗?爸爸漂亮,妈妈漂亮,养出来的孩子也一定漂亮了。你不用担心,这个不是吹,我们的娃娃会不漂亮吗?(即使不漂亮,我们还不是一样爱他的吗?)北门街拆伙倒好,就是以后我们在昆明的联络托哪个呢?五弟吗?他倒有信给我,已搬到青云街一六五号去了,就不知道他那儿稳不稳。三七吃了没有?我想呈贡房东一定会知道三七炖鸡的方法。还不错,不会苦的,乖乖你放心。钱既暂时不需要,就不寄你了。陈德芳也回来,明天我得去问他我们的东西怎样了。这两天常接到你的信,我高兴极了,说话声气也响亮了,人也有精神了。想到你这个小矮个儿抱着个大肚子,扭大屁股,歪搭歪搭地蹒跚着,一定很好笑。我想我现在见着你一定马上抱着你大笑一会。不为别的,光是为着你那滑稽的样子。这两日来你一定变化很快。这两天还是想你好点了,也许是周期已过。不过想着你的薄薄的嘴唇、活灵的眼睛,还是很兴奋的。

晚上上床总免不了想抱着你。乖乖让我紧紧地抱一下。

祝　安康

哥哥

（此信无日期）

妹妹：

陈德芳来宣威了，头绳没有买，只带了鞋来。在昆明，他叫人送到北门街二十号沈宅去了。这鞋大概仍在昆明。他十几号还得到昆明一趟，托他把鞋和旧被单带给你。箱子未来得及买，也买了带来。鞋也叫他送到五弟处，北门街拆了没有？望告我。你五月二日信上所说的毛病都不要紧，都是必然现象，肚子大了压迫膀胱和胃，所以会吐和小便短促。这一阵子我因为你身体好太高兴了，信上尽说粗话，也没有细细问你身体的情形，接到我这封信后，望回答我下列问题：一、咳嗽近来怎样？详告。二、大便如何？有一定的时间吗？三、饭吃几碗（一顿）？四、睡觉每天大概睡多少小时？二哥也送东西给娃，你真是快欢喜昏了。他的戏五月一日张幕，你该写封信祝贺祝贺他才对。该写个"生意兴隆达四海　财源茂盛走三江"的对子去才对。真的，我们希望他发财才好，发了财他也好来和我会面。你说我信上说粗话，其实你自己还不是左一个凤凰窠右一个凤凰窠地瞎说，还说人家郑惠是白虎星。将来进医院看护要剃毛的话，我一定得买一把新保安剃刀，自己替你剃才放心，否则剃破了，她没有问题我可受影响了。我还不是现在一面写信一面在抽雪茄，你知道我不抽香烟，买本地制造的雪茄抽并不是为了雪茄便宜，实是为了雪茄含在嘴里神气的缘故。你知道胖人一定得抽雪茄才够味。将来到四十多岁儿女也长大了，自己事业也有了希望，那时抱着大肚子坐在沙发上，含着上等的吕宋雪茄和你(半老徐娘)谈着家常,岂非人生一大快事耶?所以雪茄是不能不学着抽的。虽然现在吃两口觉得苦就不吃了,可是我还致力于学习它。到昆明后一定不抽了,因为那时一定很忙,忙了不悠闲,我便不爱抽烟了。还剩下一点纸,本想不写了,因为你这封信也没有写完一张纸。但因为你说我粗,我还得写几句粗的。娃娃是你自己要的还是我要的?该没有话说了吧,坏心子。

丈夫　五月十日

凤竹:

听到说昆明被炸,飞机场损失很大,金碧路和护国路都丢了炸弹,不知确否?假如机场被炸,你们那里一定听到很大的爆炸声,以后一有警报,希望你们都到外面去躲一下。要准备听大声音,因为猛然一声大响对娃娃不好的。大姐和老伯处已有信去道谢,你也该写封信去谢谢大姐。这里的天气也热了,昨天我已穿了一天的纺绸小褂裤了。陶光送的绸大褂也露了一露,是全校最漂亮的。自己也是快要做父亲的人了,而童心不减,穿新衣,心里总是一阵高兴。昨天和冯教务主任谈,他真是希望有孩子,别人说有孩子不好,他总是极力反对,因为他太太割了子宫不会有孩子的了。老薛事越闹越别扭,学生宁建功居然请人来小孙处说媒,我们大家都疑心老薛家里有太太,否则不会这样的。今天又是礼拜天,一星期又过去了。下周是十二周,我们只有一个多月就要会面了。乖乖宝不要急。这学期他们都说我长胖了,原因是只日里工作,夜里不工作了。其实不然,夜里还是工作,在想你,宝宝。这封信没有说粗话是不是?

祝　安康

宗和　五月十二日

妹妹：

八号的信十三号就收到，是本学期以来第一封快信。听说邮政局长又换了，也许可以好一点。但我今天去买邮票却仍没有。(你寄来的五毛钱邮票寄两封航空信就没有了。望再买一块半块钱的邮票寄来。今天剃头洗澡，晚上又接到你的信，真是何保董说的，"真是太安逸了"。)信上的情形说得那样好，更叫我高兴。你所计划的和想到的我也都想过。四个问题问得很好，尤其是第二个(我生过孩子就同我先生分开，绝对不会有第二个孩子)。你说得这样好，我可不再同你分开了，自然算日子越来越近，心里不免紧张，但也不必过虑，我总希望能在你来住院之前赶到昆明(上次信上已说过六月二十几号就考，考完我立即赶来，若必须在半月前住院，我六月底来正好)。我想一切你不必太紧张，太紧张了倒不好。记得你有几封信上说你一点也不怕，一点也不把它当作一回事。现在要仍能如此，就好了。宋汉篪很喜欢四姐，不知她到呈贡来没有？你见到他没有？他倒是看着我们恋爱的人，人很不错。今天早上老薛的同乡老杨上昆明，托他把被单外加一条大毛巾带给你(天热了，大毛巾给你搭肚子的)，我叫他送到青云路五弟处或直接到呈贡交给你(因为他的未婚妻在呈贡昆中读书，他也许会到呈贡的)，你见到他时一定会认得他的。有点恶心吐酸也不要紧，既然颇要吃酸就多吃点酸的好了。老薛和小孙事，我们这里谈厌了，小吴事也不够刺激人，刘伟光叫小吴为"二小姐""小胖子"的，很亲热的称呼呢。他们两个还正式谈过一次，又是刘孝忱、李光柔那一套，小吴不爱他，我们知道刘确实有点爱小吴，而小吴则似另有所欢，学生虽知道但也没有兴致再闹了。所以他们能平安无事，真是有幸有不幸。现在是第三十一封信了，最多到五十封左右，我大概就到昆明了。宝宝不要急，来了就抱抱吻吻，亲热亲热了，我一定得好好地摸摸那大肚子。以后不准隔一星期才给我一封信,听见了没有?至少每周要有两三封才成。我总是隔一两天就有信给你的是不是?宝宝吻你。

　　祝　安康

哥哥　五月十三日晚

妹妹:

　　这两天我很高兴,因为你身体很好。昨天吴医生给矮脚虎武大郎看病,我说到你身体很好,心里很得意。吴太太也碰到过,也提起你。今天陈德芳和他的顾小姐订婚,在中国旅行社请吃饭。这使我想起那年我们在汉口订婚的情形。我们几个人在味联(汉口最好的馆子)吃了一顿。凌宴池要说话,我不让他说,结果还是没有说。时间过得真快,一转眼已快有孩子了。我们出力最多的大媒人还是凌宴池和沈传芷,将来总得想法子请请他们才好。校长这半年来确实很神气,常常要训老师,但结果却总是碰大钉子,心里好不开心。今天我们正在办公室内谈校长和王保华昨晚冲突的事,我正说校长太不现实,不想他老兄却进来了,他一定听到我们骂他,但他也没有办法。四川事我已经几方面在进行,我们总不会全部失望。但去起来却又是件烦的事。这只好等以后再说了。郑先生十号写的信已到。你难道十号没有给我写信吗?以后最多隔三天左右就得给我写信,否则见面后定不饶你。你想想愿意受怎样的刑罚。这学期他们都说我胖了,你见到一定不高兴。因为我再胖就不好了,是不是?

　　祝　安康

哥哥　五月十五日晚

宝宝：

　　从来没有的事，你来了两封信我才回你，你该急了吧。今天是二十号，不知你进城了没有？你说不知是何缘故，你总不十分信任别人，早两天，我真是别扭，心里乱糟糟的，什么事都不高兴，真是古怪。我也如此。不但我如此，这儿的许多同事也都如此。大家都没有劲，学生上课也没有劲。今天早上刘伟光为了小吴对他表明态度（不能嫁他），突然离开宣威上昆明去了，弄得大家都心里慌慌的。我给每一个同事都有四个字的评语，校长是"糊里糊涂"，刘是"侯然而去"，老薛是"心神不定"（为小孙），李图麟是"包子作祟"（他太太叫大包子），小吴是"满腹狐疑"（为了刘走她大不安逸），老王是"精神不振"，杨保董是"病容满面"……我自己则是"归心似箭"。大家同事是如此，同学也都无心上课。（教育部第三巡回戏剧教导队这两天每晚上大礼堂公演）不出事则是幸事。我愿意他出事，出事了我好早点来呈贡看你、看娃娃。取名"以靖"很好，这是他姑妈起的，自然不错，就叫他以靖吧。五弟搬家不知是哪天搬的，我托老杨带的被单不知送到没有？五弟来信也没有提，老杨也还不算糊涂，送不掉他会替我存着的。我当写信问他。乳房里出了奶了，你高兴，我也真是高兴。还继续出不出？咳嗽能好点不大咳了，这已使我满意了。大便你若自己肯训练也会好的。每天一定的时间一定的次数就好了。吃饭、睡眠都好，就是怕吃得不好。我们伙食改组之后吃得也坏了，不大有肉吃，但还够。本月已经二十号了，我一个钱也没有预支，还剩下二十元在，若你不要，到放假时我至少还可以带二百元来。若留一点，七月份的还可以多一点。你现在要钱吗？我可以汇给你。我这两天讲课也不上劲，遇事也糊涂，一心只想来看你，常常翻日历数日子，看看还有多少天。今天月亮很好，该是十几了吧,我四月二十四(阴历)生日你该没有忘记吧？到那天你该穿好一点,吃好一点,不必告诉别人。我自己到那天也享乐一下。大概是在阳历的本月底。夜来房里很冷清,有月光,分外思念你。

祝 安康

好哥哥 五月二十日晚

妹妹:

这两天简直糟心,什么事都干不了,一心只想见到你,人也不大舒服,老是伤风不好,鼻子不通,嗓子哑,上课讲话都讲不动。最奇怪的就是不光我一个人如此,别人也都如此。大概是大家上课都上腻了,一不定心,什么事都不能干,连看小说都看不下去,最好能像刘伟光那样往昆明跑一趟,但听说昆明这几天正在平价,许多铺子都不卖东西。我希望一个月后我来昆明时东西能稍微便宜一点就好,恐怕不见得能办得到吧。东西没有能送到五弟处,又带了回来,我设法找人带。你上次来信说心里乱糟糟的,现在好了没有？希望你不要像我这样才好。你身体上大概每天都有变化,没有我们这样平凡,我们现在的生活就是太平凡了,以前逃难的时候希望安定,现在太安定(也不见得安定,只身体上安定,心上也不安定)了倒觉得还是走动走动来得好一点。这边又是黄梅天了,老是下雨,恼人得很。宝宝,我离开你是不行的,这种孤单的生活简直难受死了。希望日子快过,你信上也说想我,我们原是一刻不能分开的。现在要有你在身边谈一谈多好,谈谈笑笑闹闹亲亲吻吻,可是如今只能在纸上写写而已。

祝 安康

想你的人 五月二十二日晚

妹妹：

　　一听说你要钱,马上就跟校长说了,校长说校里钱不多了,要你找孙老师从省里兑吧。我拿了校长写的条子想了半天,直接寄给你呢还是给五弟,给五弟又怕五弟不常在家,寄北门街又怕信到他们已搬了。寄你呢又怕麻烦你,直到现在还没有决定。总之不想寄你。寄北门街或五弟处吧。双挂号不用退回来的。这次还是兑一百元,四月二十四我一定自己吃顿面,不作声响,省得他们又要敲我竹杠了。你也不必请客,小生日,犯不着花钱。四姐身体不好,老发脾气,郑先生要请你后楼去住,后楼夏天也许比前楼要阴凉些是不是?四姐身体老不好,我心中暗想也许结了婚会好也说不定。但现在她要结婚又似乎很难,这话不必同四姐讲。告诉郑先生信收到。我又有三只奇怪的茶罐,等我自己带来,别人带也许会打破的。邮票现在这卖了,若没有寄可以不必寄了。这次该检查了,医生怎样检查的?怎样说的?得仔仔细细地告诉我。前两次你都只说一声很好,没有详细报告,这次得写得详细一点。医生要你何时住院?月份多了,检查得勤了,是否该住到城里?这些问题全问过吗?四川方面尚无回信,校长自己大概也知道下半年有很多同事要走,所以最近露出了加薪的口风,但这也不能络住人。我这两天有点伤风,鼻子不通,上课讲话也不大方便,精神也不好,房也懒得理了,不但我如此,别人也上不上劲,今天昨天才好一点。这是教书生活太刻板了的结果。昨夜大雷雨,房屋都被愤怒的雷声所震动,好久没有睡着。想你日子越近却越想你。这里他们也常谈孙凤竹,昨天到冯品三处吃饼,冯太太还说起我们两人上一回上茅房出来你不见了,我到处找,原来躲在暗处,于是我便把你拖回房去。我细想并无此事。一定是胡师母或尹师母造的谣言。但让别人说说心里很高兴,虽然当时有些"烧盘"。

　　祝安康　　吻你

　　　　　　　　　　　　　　　　　　宗和　五月二十四晚

妹妹：

礼拜天更是无聊，一天就这么混掉了，天又阴雨不能出去玩，同事老是那几个人，话也似乎说完了，一点也不新鲜。下晚杨兴楷请我到他房里去吃饭（他这半年带了个小侄女来，自己煮饭吃），弄三样菜，也没有汤，菜又不好，把我吃得噎死了。想到我家宝宝做的菜可真拿得出手。今年东西贵了，大家也不常请客了。取钱的单子已双挂号寄北门街汪和宗，请转五弟去教育厅取一百元。老薛和小孙已各人都把订婚戒指戴上了，一天在隔壁房里叽叽哝哝的。我想去年我们两个人在这边气他，今年他们两个人在那边气我一个人了。这两天我硬着头皮在看小说，可是也看不下去，总是想着你，算着日子，不放心。但只要你一来信说身体好，精神好，我起码会高兴几天。天气不好，同事中又病倒了好几个，我总算好，还没有病过，但鼻子不大通，总老不得好，又是老毛病，非一个月不会好。你放心，今天已二十六号了，你该到省上去过了，怎么报告还没有来？一定是在昆明玩得没有工夫写信，非等下乡再写信给我是不是？算着两天我给你一封信，到第五十封我就该回来了。吻咪咪。

　　祝　安康

　　　　　　　　　　　　　　　　　　哥哥　五月二十六晚

妹妹：

　　五天没有接到你的信了，我正在赞美这个邮政局长换得好，谁知他竟拆了我的烂污，也许是这两天这儿下雨的缘故，你不来信叫我写什么呢？写不出来，无非是一些想你的话。学校里的事毫无趣味，写出来也不好玩,最近一向颇为庄严的冯教务主任和我们大讲"性"的故事,都非常粗,但很好玩。等以后慢慢在床上讲给你听。明天是我的生日,我身上分文无有,还得向李图麟去支十块钱才能到外面去吃一顿面。最近因为伙食费贵了,请客的事也少了。本月份伙食改组也许可以不至于超出三十元了,但每天只吃点豆腐萝卜青菜而已。钱已寄北门街二十五号,发的双挂号信,我又担心北门街撤得早,信到得迟,于是信又得退回来,岂不麻烦? 你们那儿的事一定有得写的,况且你文章又写得不错,写一点告诉我吧,如四姐、三姐、惠的事,信纸也快写完两本了,日子还似乎很慢,我现在简直怕算日子,好像越算越慢的样子,索性不提他还好一点。反正不久我总会抱着我家宝宝大吻而特吻。

祝　安康

宗和　五月二十九晚

　　满以为今天一定可以得到你的信了,谁知竟没有。信倒来了不少,就是没有我的信。今天是四月二十四,我的生日,但是我直到现在为止还没有吃面,不是没有钱,钱已经向李图麟支了十块钱,自己一个人去吃呢又不高兴,请同事呢人又太多,犯不着,他们又不替我做寿。今天若有我家宝宝在身边,一定会给我做寿,一定得给我做圆子吃了。没有你在身边,我面都懒得叫人去下来吃了。这二十几年来,记得每一个生日都并不引起我自己特别的注意。小的时候大人说"大狗今天长尾巴,该让他吃好的,穿好的才行"。于是那一天都是很高兴的。后来渐渐地大了,全不把生日当作一回事。有时自己竟也忘记了。记得是十岁时,太太已死,爸爸给了一块价值二十元的表(那时二十元的表就算很好的了)。二十岁时倒不记得什么(日记上有,但日记全在苏州,无法翻了),只得老伯伯二十块钱,别的也没有什么特别的地方。

今天真是二十七岁的生日了,记得去年你还替我做生日请客的吧？生日真是没有什么大意义,我的父母早已先后都去了,据说生我的时候很热闹,那时奶奶(祖母)还在,听说少奶奶(太太)生了个男孩,叹口气说："我抱儿不抱孙,儿子是抱来的,孙子是我自己的了。"那时一家人高兴极了。朱干(带三姐的)、窦干(带二姐的)互相用染红蛋的洋红打架(一喻会走鸿运的),在苏州时她们还常常谈起当年的事。第一个男孩当然是惯的,所以除了三奶子(带过三姐奶的)以外,在我一百天的时候,夏妈就来带我,我出世后,家里就分了家(祖父辈分家,即和亲奶奶——二祖母四姐的奶奶,三奶奶——胖三妈的婆婆)。以后,家从上海搬到苏州,大大死,姨奶死,九妈进来,家里便一年不如一年了。直到现在,你肚里又有了我的孩子,回想起来日子真快(但这几天却又如此的慢),童年的事固然有很多记不得了,但也有许多的事却历历在目,回忆起来颇令人怅惘。总希望自己以后好好做人,好好教育自己的孩子。因为大大、爸爸教训我们,对得起我们,我们也应该对得起我们的下一代。妹妹,你说是吗？你曾说过你小时候你母亲没有好好地照应过你们,你受了不少的苦。你得好好地照顾你自己的孩子,使他们不再受你所受的痛苦。妹妹,我相信你一定做得到。妹妹,今天因为我的生日引起我不少的感触,若你在这儿我定会躺在床上慢慢告诉你,来信要紧。

　　祝　安康

宗和　五月三十日晚

妹妹：

　　昨天你若是不来信的话,我一定得打电报了,所幸昨天接到了五月二十五、二十七两封信,使我快乐了一晚上。今天星期天,我得好好地定定心心地来写一天信。因为你不来信,别人的信我都懒得回,一星期积了有十封信,还有些要紧的事不得不回了。这次你检查结果都好,真使我高兴,但你报告得还不够详细,小便短促,我上次就告诉过你这并不是病,是不是现在医生也说了?至于手术的问题,等我来了再决定吧。不要不定心。我至迟本月二十八九一定得赶到昆明来了。住院问题你这样决定很好,但无论如何前半月一定得去了,听说房间得先两个礼拜定,你得先托人进城去定才成,否则临时来不及。房间定头等的好了,因为头等吃的次数多一点,住二等老到外面去买东西吃也不上算。况且头等一个人住,为了我们亲热方便起见也不该住二等。钱倒不用担心,大姐他们汇了一笔钱来,我放假来还可以带二百元来,就不算大姐的汇钱,一共六百元钱,住两个月医院也够了。不用愁,实在没有钱,借也借得到。四姐的病怎样?好些了吗?我这儿有封信给她,她喜欢你,和你还谈得来,你就该常拖着个大肚子去看看她才对。但也须看脸色,她不爱说话时还是不要惹她的好。她的病我知道,最大的问题就是不大便,若能天天按时大便就不大会生病。我就是这样的,每天早上非大便一次不可。在南京我和她住在一起时曾训练过她,逼她天天坐马桶。后来逃难到合肥又不成了,大便不好是最大的根由,那时自己也听着,也告诉她。咪咪下面就是肚子那张图引起我暗暗好笑了半天,也不好告诉别人。好笑的时候一个人闷在肚子里也怪别扭的。刘伟光已回来,还说到过杨宅叫过你,但你没有理他(我说你大概那天正进城去),他也便没有进去。二姐来信说她就在六月六七号要分娩了,比你还早。她有信给你吗?镇江的钱她也托人带去了,不久镇江当有信给你。王荆福连来两信,我本着结婚不忘朋友的家旨劝你快快回她一信,现附寄第一信,还有一封等下一次寄。因为信怕过重,而你又不稀罕她的信。小吴也该回她一信,她老是在我面前提。只二十几天了,我就得回来了,咪咪一定逃不了,得好好地给我咬几下才成。但看在将来以靖要吃奶的面上,也许可以少咬两下。还得写四姐的信,不写了。

祝 安康

宗和 六月二日

妹妹:

这本信纸又快写完了,只剩两张了,这一学期来这是第二本了。写你的信我总拿这种信纸,因为我觉得这种纸还好看,写给别人的信我便不用这种好的纸。信已到四十,而你的信却只有二十六封,你想想看对得起我吗?在先前我老是多过你十封,现在却变成十四封了,这笔账将来还是要算的。但不一定是咪咪了。这两天天气好,很晴朗,我总是很高兴,计算着只有二十几天了,钱既然三姐已给了你一点,我兑来的一百元就存到银行里去吧。我来还能带二百元来,这样可有七百元,够你住两个月的医院了,不必发急。我现在就在计算到了昆明在你生产之前,一定得带你听一回京戏,看一次电影,自己也过一次瘾。在宣威实在太闷人了。旧被里我自己带来,做尿布撕撕一定很快的。下半年同事也许走得很多,校长最近在发急了,对我说下半年把孙老师再接来,没有房子外面去找,又要给我级任当,笼络我(级任另加钱的),但这时候也来不及了,有了好事这儿的自然不干。上次在昆明,教授中有荐我到呈贡昆明女中,给一百二十元,若再加上教育部的八十元,岂不是二百元了吗?暑假中若有这种机会定不放过了。现在不会那样傻,再卖交情了,make money要紧。四姐的病怎样了?进了医院没有?颇令人想念。上次检查的时候医生跟你说还是再停一个月再去呢还是半个月?我记得日子近了似乎得多检查几次是不是?你问清楚了没有?城里北门街分定归了没有?有件事望你托三姐转告从文一声（因为不知道他住在那里，所以不能写信），就是何保董下半年想到艺专去教书，听说从文和滕固认得，故请从文写封信去问一问看成不成。他是川大毕业的，曾师从黄宾虹、高奇峰学画，做事十年，经验丰富。你同三姐说一声看成不成，写封信来，何保庵已逼过我几次了叫写这封信。宝宝，你不写信来，我绝不写满一整张的，坏东西，该咬你舌头了。

　　祝　安康

宗和　六月四日

妹妹：

　　来信说闹肚子，虽信上叫我不要担心，可是我总不放心，消息又是这样不灵通，今天已是六号了，想你肚子一定好了。记得你也曾说过什么人怀孕病多得很，拉肚子也是怀孕病之一种。这样一想我又安心一点了。凡事总得自己当心才好。一冷马上就得加衣裳，不能一点疏忽大意，身体好的人疏忽一点还不要紧，身体不好的人更得当心，以后自己当心要紧。我前两天也有点拉稀，现在已好了，钱已由上面全部回了下来，所以五弟没有拿到。现在不要钱用就等我带来吧。反正只有二十天了。我来可以带三百元来。吴二爹爹家可以让我住，好极了，就是得送东西给他，我现在已经在打听车子和准备结束各项功课了。越近心越急，我急着要看看你的大肚子和奶头里挤出奶来。小吴昨天在我房里唱曲子，见到你的信，她又提了说你不回她的信，你也该回她一信，她现在又和刘伟光闹得不好了。今天等着你的信，希望你来信说"泻"全好了。现在才十二点，到四点钟会有信来的。吻吻你。

　　祝　安康

宗和　六月六日

妹妹：

又是三四天没有接到你的信了，在往日我并不担心，因为你常常一星期才给我来一封信，可是你三十号的信上说肚子泻，不知好了没有？老不给我来信，可真叫我不放心。昨天在东山寺聚餐，回来只接到李鼎芳（在重庆的那个男朋友）一封信，心里老大不高兴，人家夏元栗老头子还一天给吴昌秀来三四封信，你还是个小孩子就懒得给我写信，将来变成老夫妻时不知是不是要一年才给我来封信。恨起来真要把你的奶头顶子都咬掉。一睡大床上我就在计划，怎样收拾东西，怎样来，我现在决定二十六号星期三坐叙昆线车子来，二十七号到昆明，二十八号上午便下呈贡。我想叫你二十七号也到昆明去检查，我到了我们住一天好旅馆，看一晚上的戏，就不知道二十六号的票准不准，弄得我不敢叫你二十七号一定在昆明等我，我票子弄到了再写信通知你。东西我想重要的全带来，也许下半年不在这儿了呢。下半年也许很多旧同事都不在了，但也不一定，说是人家都这样说的，校长又在说修后面的房子，但新教室还是一个架子在。快来信来勤一点，不要以为快来了就不来信，我一定写满五十封。抱抱我家大肚子的太太。

宗和　六月九日

妹妹：

六月三日写的信昨天接到，说泻好了，使我放心了不少，但信又说要大吃粽子，本想昨天就打电报给你，后来一想别人要笑话，就没有打。今天是端阳节，你一定在大吃其粽子了，刚泻过肚子，我知道你一定不会多吃的。来信告诉我你今天一共吃了几个粽子。校长是越来越吝啬了，端阳也不请客，还是冯主任送了几个粽子到前面来请我们吃。我是一向不喜吃糯米东西的，所以一个也没有吃。中上姚熔栋父亲请我去他们家过节，办了不少菜，大吃一顿，就是菜都太咸了一点。要是你，一定会做合我口味的菜。今天何保董吃饭时提到他太太和孩子，大有感慨"每逢佳节倍思亲"，你说我不带东西不买箱子，来了要打我屁股，我怕你见了我抢着上前来拖我还来不及，哪里还有工夫来打我。二哥来信说起"避孕"事，其实你可以写信问他，他准会告诉你一大串方法。你们兄妹不要紧，他一定肯告诉你的。今天在老姚家说起车子事，他说两星期后会有材料车，一天到昆明。但就是不准，我想先弄一张二十六号的交通车票，若材料车也大约那时开，则自然坐材料车走，光靠材料车是靠不住的。准定动身的日子我会十六号写信告诉你，总之最多不过半个月了（你接到我这信时怕只有十天了）。这几天整天在下雨，在农家说是好的现象，插秧的时候正需要雨水，可是把我们闷苦了。整天在屋里，连散步也不能出去，这本书翻到那本书地瞎翻一阵。好在日子也快了，现在一天到晚在计算那班应该到哪儿结束，那班该怎样考法。我要提早考，早走的风声学生也早知道了。刘伟光从昆明回来后，据说已弄到一个爱人（我怕他是瞎吹牛），现在他们又在排戏，演"包得行"我不上劲，他们也不派我角色，正好没有女角，只好还是拿旋经邦来装女的。泻后当好好调养吃东西了，你自己也知道快临月了，小病又不能生了，怀孕的人是好吃的，何况你本来就是好吃的人，尤其是水果，你总不肯放松。上次在呈贡你就大吃桃子，还说吃了不会泻呢，我们在这儿真是苦，每天就是些青菜豆腐，而又烧得不好，老是那个怪口味。你们磨了面，你说做馒头我吃，来了我一定好好地吃一顿。

六月十日

宝宝:

　　告诉你一个好消息,现在不必怕没有钱用了,昨天接到陆鹤仙由家乡汇来的六百元国币,汇票已经接到,就不知何时才能拿钱,我想叫邮局转汇昆明,不知成不成,因为我一两星期后即将来昆明了。现在我更是心急,原想二十六号来的,现在又想索性二十四号星期一来了。总之这两天全不定心。老在计划这样那样的,顾志成来信,大姐已生一个女孩。想你们知道了,比预定的日子早了十几天,这更使我想到要早点来了。这几天实在无聊得很,整天无所事事,这儿跑到那儿和人家谈,也都是谈到放假到昆明的事。天又下雨又闷,真是糟极了,以前小说书还看得下去,现在连小说书也看不下去了,老是想我家宝宝,见到虽然不能来,但却有多少温存,老夫妻了,似乎就不在乎来不来肉的方面而在情方面了。现在很简单地就是想见到你,并不是有什么要求在里面了,近来接信很多,一回信时总得要先写你的信,而你却不大有信给我,到现在为止你给我的信是二十八封,我想无论如何该到三十封吧,我比你多写二十封,一礼拜一礼拜很快已不到两星期了,宝宝,吻你。

　　祝　安康

宗和　六月十三日

妹妹:

　　本来这两天心里就烦得很,昨天又接到你伤风头疼的消息,更使我不安了,这是七日发的,今天已十五号了,希望你已经好了。若是接到我的信时伤风头痛还不好,希望你马上就上医院,反正也是要上医院的时候了,不能在乡下老病。一到医院住定马上打个电话给我,我现在又改早了,想想二十四号动身,二十五号就可到昆明。昨天有个

合肥老乡来宣威做生意,托我们给他找房子,他自己的车子一两天内
就也回昆明,我真想跟他的车子来昆明,但是不可能,这倒霉的学校要
到七月初才放假(别的学校六月十五二十几号放假的多得很)。我就
赶早结束也得到二十几号才能完。以前你很好,我在此地又放心,现
在老是听说你病,心里真是急,我又得骂你了,这全是你自己不好,你
现在最好是不要动,整天地躺着才好,一出去一不小心就病了,我来时
若见你不如我想象的那样胖,非揍你不成。自己还晓得说是快做母亲
的人了,连自己都不会照顾自己,将来怎样照顾孩子?昨夜前夜都没
有睡好就是为了你,你若再不听话,我可真的要把你奶头顶子咬掉,也
顾不得娃娃了。你知道我对你的病是多么发急,我知道你这两天又不
会有信给我的,可快好起来吧,我为你祈祷。

宗和　六月十五日

妹妹:

　　我不管无论如何得写五十封信,哪怕我到后信才到,我自己拆看
我自己的信也是好的。现在这儿新换了一个邮政局长,很努力办事,
汇款单子一领到,马上就有钱好取,陆八汇来的六百元钱已经全数
拿出来了。虽然其中有二百元是新币,但现在听说新币的价值比国币
高了,所以我也就不着急了。好在昆明新币和国币一样地用。今天早
上发的一封信因为你不当心又病了,所以骂了你几句,你气吗?我在
写信的时候确实是像在跟你生气似的,所以会写出骂你的话,你该不
会生气吧?好宝宝,吻你的眼,别翘着嘴了。宣传已久的"薛孙姻缘"
将于明日正式开幕举行订婚典礼,届时本校大礼堂当有一番热闹也。
校长前日产一麟儿,大为得意,但只给我们每人吃了两个糖水鸡蛋(我
根本没有吃他的),未免太吝啬了。伤风好了没有?真使我挂念。我

知道你接到我的信也不会回我的信,最早要到二十一二号才到,但我许多要问你的话还是要问的,宝宝,日子近更想你,吻你。

祝　安康

宗和　六月十五日晚

妹妹:

　　昨天接你十五日发的信,四天就到,不算慢,如此算来我这封信会在我到之前到了。昨夜大家在李图麟房里说起要分手的话,有点怅然,王汝弼下半年决定到陕西城固西北大学去,老杨也不在这儿了,老尹似乎听说要到桂林去当什么县政府的科长了,刘伟光也说一定要走了。说一定要走的就已有四个,还有许多靠不住的。说说大家心里都不开心,同事之间虽然感情并不太好,但大家在一起鬼吵鬼闹的已有一年了,李图麟最多情,弹弹月琴几乎哭了出来。校长今天早上又同我捣蛋,要我迟两天走,我早已决定二十四日动身的现在还是不变,无论校长怎样说也不成。乖乖,你放心,二十六日无论如何我该在你身边了。呈贡很热闹,我来了该更热闹了。现在热闹你还不觉得,等我来了床上多了一个大胖子,自然更"热"更"闹"了。乖乖真"泄气",信上说怕二哥,我们家我谁也不怕。怕就算了吧,我们以后自己设法好了。东西不要你叮嘱,我自己知道,碗也不会忘记,但铁锅是不会带来的。你别担心,今天考三样,今天就得把分数结出来,但五十封总得写满的。你给我的是三十一封,我自己记的,快乐吧。

宗和　六月二十日

妹妹：

虽然只有明天一天了，可是我说过的得写五十封就得写五十封，况且现在给你写信也好像一种习惯了，不写似乎有点难过。宝宝，这三天工夫真恼火了，可把我忙够了，每天都有三门考，考倒不要紧，就是看卷子恼火，我知道卷子不能搁，一搁下来就不会看的，所以每天总得看三班卷子，一直到今天上午总算把卷子分数全结出来交给老冯了。这两天校长和我闹得很不好，事情多得很，等我来了好好地讲给你听。还有许多好玩的事。杨苏陆（四姐知道这个人）从昭通来信邀我去昭通国立师范教书，每月月薪一百五六十元，还有二十元津贴，比这儿多出二三十元，我很想去昭通，但等到了昆明再说吧。假如一定去昭通，东西就不必全带来了。火腿买了四罐，蹄筋买了四罐，怕不够，明天还得去多买一点，要是我住吴二爹爹家就一定得送他们火腿了。四川还没有消息来，欧战紧张，将来也许云南还没有四川好也说不定。宝宝，这封信一定会在我到之后才到，我们大家一同看这封信。吻你，这不是假的说说的，而是真的了。

祝　安康

宗和　六月二十日

凤竹：

三姐带给你的信一定收到了吧，我现在寄半块钱邮票给你，自然是要你常常给我写信，不一定是要我回一封信你才写一封信，这样不是太慢吗？告诉我你每天的生活情形，写信如同记日记一样，我要看看你怎样生活，是不是很好。我带笛子去宣威，但谱一个也没有，你快为我抄一点，但不要累着。让我好练习一下，见面时不至于被四姐笑话。票子已到手，明天一准走，明晚不会有空，后天一定写信给你。宣威到呈贡信不快,有时要八九天,现在呈贡的信有人送了,不必去拿。在家里等着好了。这儿有林憾庐的小伙计,也在青云街,晚间有伴,还不准我想你,现在城里总是很忙,觉也总睡不好,你这两天怎样? 一个人是不是太空一点? 床大就拆一块铺板吧。巴金在上海地址我已知道,想叫大姐还他八十元以了此心事。你一定不会反对。在乡下好好地住,不要瞎生气,早睡早起,早饭后中饭后全睡觉都不要紧。佣人怎样? 是否能长用下去? 不写了,后天到宣威再写。

祝　康健

我家的呆呆宗和　八月二十九日

凤妹:

前天(二十九)晚上写的信昨天临上车前才发出,想已收到,交三姐带的信(二十八晚写的)三姐忘了,我昨天也发了。还有半块钱邮票想都收到。昨天车晚间六点半才到,天已黑了,上次坐叙昆车吐了,这次也还是吐了,所以人很不舒服,昨晚九点就睡,今早三点就醒了,现在头仍是涨涨的。想吃过中饭再睡,我住的马学良房,预备今天来裱糊,一定还不错。照片忘记给三姐带你,现在寄给你,我照得一点也不好,尤其是眼睛最糟了。你倒还好。校中情形如旧,尹师母住我们房间,却没有我们住得干净,后面茅房里的花全开了,大便起来很好看,胡师母还没有见到,见到一定替你问好。龙街人物有变动否? 陈蕴珍来你怎样招待她的? 她的气味虽然不顶好,但人还好。就拿她到呈贡来看你这一点就可以知道。此地东西到底比昆明便宜,肉只卖五毛一斤。我走了的这几天,你怎样过的,详详细细告诉我,别学我只写一张纸的毛病。佣人问题怎样? 你马虎一点就好了(又要骂我了)。不要太认真。四姐、三姐怎样? 吃饭怎样了? 念念。我最怕你们弄不好了。

祝　康健

宗和　八月三十一晨

妹妹：

这信是第四封了，今天收到你一号发的信，很高兴，但信上说"发冷""骨头痛""五心烦躁"，真叫我不好过，我希望我走后你好好的，不要有病，我才放心，你得好好地养才对。不要跟人干哄。要知道享福，常常躺躺躺椅，睡睡中觉，早上多穿点衣裳，出外散散步。把生活弄得规则一点，身体一定会好起来的。我身边的钱到宣威只剩下一元多，老薛一号来了后我又向他借了十元，尽够用一两个月了。校长说这半年的钱等一个月后一定可以领到。弄到钱后我再寄一点给你。钱放胆用好了，不要紧。奶的奶字是女字旁，怎么又写成三点水，亏好你的身段有人看，否则岂不是"你这不学好的妻子把丈夫的名声都带累得不好听"（你信上的话）。我现在替你算算，你身边怕不到五十元了，我想一个月后一定得给你弄点钱，呈贡的开销比我这儿大得多了，我知道。钱没有了就写信来，虽然学校不发薪水，可向校长预支的。晚上找不到你，实在很不好过，一两个月后此地有西南公路局的车子通了，比叙昆云南车子都好，一天到还有座位，现在正在造汽车站，在交通门外，已快造好了。一张信不多写，但我明天也许又写信给你。

祝　康健

郑小秋（?）九月四日

凤竹:

　　信也不来,报也不来,这两天下雨,汽车大概在路上抛锚了,我们都这样想,无聊时抽抽烟,将来香烟一定会抽上的,怎么办? 刘伟光送了我两包烟,助纣为虐,该当何罪! 他们都说孙凤竹不来,张老师自由了,我倒觉得这自由不太好,校中一切如旧,我仍是马马虎虎地上课,新来的老师已经碰钉子了,教理数的杨某今天考试就全班交白卷,校长还屡次对新老师说叫对学生客气一点,如此办学定不会有好成绩。房间很大,一个人住实在太空了,要是上半年我们住这样大的房子该多好。这两天我们这里又下雨了,闷得很,你又不来信,昆曲没有谱,笛子也吹不成,书这本翻翻,那本翻翻,都看不下去,我现在正在读胡适的《藏晖室札记》和印度短篇小说集,昨天打球又把腿崴了一下,今日一天上楼都不方便,膀子也酸。你怎样? 不发冷发热就好,半年不到昆明会好的。你看上次去昆明一次,得不偿失,此间毫无可述,新辟台球桌尚可打打,但也兴趣不大。整天就是楼上房间,楼下办公室,这样无目的地跑跑了事。今年厨子换了一个,菜饭似乎比上半年要好一点,两顿饭现在也吃得来了。

　　祝　康健

　　　　　　　　　　　　　　　　　　　　　　　宗和　九月八日

妹妹:

　　我已经有五六封信给你了,而我只接到你一封信,到底是怎样了,呈贡的邮电局那样小,这儿的邮电局又靠不住,我简直不放心,我怕邮电局会拆我们的烂污,把我们的信不寄来。这真是太有可能了。这边天气已冷,昨前天连下了几天雨,更冷了,我已经穿上绒线衫,但仍然着了凉,鼻子不通,我的被子到冬天倒不怕,老薛的被子多,他现在已借我一床垫在底下，软软的。到冬天我想你的被子一定不够，向四姐借一床吧，也别管是老油子的不是，反正盖着不冻坏就成。不要硬撑着冻坏了，我回来是不答应的。住在前面有许多方便，但也有许多不方便，例如手巾黑了不能煮（我们那条大手巾已经黑了，现在洗脸用毛巾了，大手巾降为脚布）。你的钱怎样了？昨晚开教务会，准许我们有家眷的可先支五成薪，我想到本月底给你寄一点钱，不知够得上够不上。你在呈贡该多吃点东西，吃上不要省，别的省一点不要紧。最近有台球打敌人，摆下大王，丁肥子不服气，常常一连输三四个，大乐事也。英文丁级也是我教，那本书是不是快教完了？我现在没有国文卷子，没有级任，很舒服，正一级走了更要舒服（正一班要下乡实习），快给我来信！

祝　康健

丈夫　九月十日

凤竹：

　　早上才发掉一封信，刚才接到你五号发的信，明天无线电台老冯、老杨到昆明，托他们带这封信到昆明去寄，后天你就可以见到了。你一号发一信、五号发一信，相隔太久了，你不该再像以前做小姐时那样拿架子，非要等我的回信到才写信，你该和我一样，隔一两天就写信给我。反正天天有人买菜，请他带去发也很方便的。特别又来了，这次也是那样早（不，假如是五号来的话，刚好二十七天。我翻日记，上月是二十九号来的，二十七天是正常的，不用害怕）。折子抄好就寄来，我现在在教老薛唱《小宴》（天淡云闲）、《瑶台》，抄好后就抄《小宴》《惊变》吧。字写得好了也是件好事，现在写好字的人实在少，你字写好了将来我也许会靠你出名，如吴文藻靠冰心而出名。李嫂业已走了？为什么?是她自己不干还是怎样?还有希望蹲下去吗?佣人真是件麻烦的事,张大姐要能来倒也好。你信写得不错,你说你自己长得圆圆的(无论哪一部分——自然最好是胸部和臀部,腿和膀子也该长得圆圆的——叫我看了高兴),又说我待你好,又说不该和我闹,我看了真有点想哭,可是后来一想你也许是在迷我的罢,不过妻子迷丈夫不算坏,的确信写得太好,你太小,太真心,所以发出来的总是好的,我恨不能把你的信给人看。我在此很好,你既然能好好地练字,我也不能落后,当好好地读一点书,这半年发狠要读几部大书,如《史记》《汉书》《三国志》等一类的书。房间我裱糊一下,很好,只是太空一点,这几天已冷,没有蚊子了,所以没有蚊帐也不要紧,本来宣威就没有什么蚊子。这半年我一定会和老薛很好,老薛住刘孝忱房间,和我隔壁,看书看厌了时就找他谈谈,告诉他李晨岚的事,他大高兴,他和李晨岚也不对,他说到艺专宣传一下,他就会站不住的。此人真是"色情狂"。老薛虽笨,但人还是好的,人不像丁胖子那样滑,新来的几个同事还好。这半年我想教书不必太卖劲,反正太卖劲倒反得不到好报应,照书念念就是了,多点功夫自己读读书。宣威乡师这样下去总是办不好的。上半年二班交高老师的白卷,这开学才一星期又交新老师的白卷了,这种事只好睁一只眼闭一只眼(你的话不错)。没事做时找点事做做,不要瞎想也不要哭,哭最不好了。小说看了没有?找汪和宗、五弟借几本小说来看看,消遣消遣,太忙固然不好,但太空了也发急也寂寞不是。

祝 咪咪、腰臀部、大腿、小腿、膀子、脸都长得圆圆的胖胖的

宗和 九月十日晚

宝宝:

昨夜发了一夜的热,幸亏今天早上的课少,睡到七点半钟才起来,

有一点不舒服，分外地想你，想到和你在一起时，我只要有得一点儿病，你待我格外温柔。早上醒来嘴里发苦，全身发软，一点劲也没有，我想这是昨天太累了的缘故。昨天一共五小时的课，还值班，早上四点钟就醒了，一直闹到九点钟才能上床，整天地没有空，今天一定得找刘伟光叫他把值日调一天。今年新来一个教务主任，排课排得一塌糊涂，有时一天最早有一课，下午三点还有一课，真是把我气死了。不生病时还好，一生病就觉得事情多了。你看到信不要难过，也许明天就好了。王荆福的信是早就来的，我放在抽屉里，今天才拿出来附寄给你，你不要生气，我事情忙忘记了。这几天本来就不好，重伤风，鼻子不通，小手巾自己也洗不干净，新手巾都快洗黑了。你怎样？好吗？我老担心你没有钱了，我原来说月底汇一点钱给你（由汪和宗转呈贡大概不会有汇兑），你现在来信说没有钱，我可以马上向李图麟支了寄给你。你要吗？回信时说一声。晚上睡觉总觉得空空的，身子没有东西抱，手也没处放……

　　祝　康健

宗和　九月十三日

乖宝宝：

　　怎么说我不写信给你？自到宣威来连这封信一共发了八封信了，我都有记录的，你看八月三十一日发一封，九月三日、九月五日、九月八日各发一封，九月十日发两封，一封给老冯十一日带昆明发的，今天十三号早上又发一封，一共不是七封吗？你来信倒快，十号的信今天到了，我想我三号、五号发的信十号无论如何也该到了。怎么到十号才只接到我一封信呢？这一定有毛病，那得到邮电局去看看，我后来的信都没有写张充和转，只写龙街杨宅，不知收到收不到。佣人怎样了？没有佣人可真困难了,怎样办呢？我家宝宝又得自己倒尿钵子了,这不是太累了吗？把功课表寄给你,仍是二十二小时,你一定又要骂我了,但半年后一下乡实习,会减三小时,那时会空一点。昨天才发奋读《史记》,今天就病了,没有念。《瑶台》仍没有寄来,念念。罗莘田还常来龙街吗？罗也还是不错的,老K中之佼佼者也,不像郑那样滑。这封信我寄快信,看看怎样,几天可以到。你回信时光说我。天冷我有三弟的大衣还可以将就,没有钱就不要做吧,留点钱你补补,你补胖了,我还不是一样的暖和,否则你发冷也还是要我暖你。

祝　长得肥肥的

宗和　九月十三日晚

凤竹:

昨天发了一封快信,我想总不会遗失的,我正在疑心,我以前的信你都没有收到,以后来信望写何日收到我几月几日的信,这样我就放心了,云南的邮政本来就是很糟的。前两天大发烧,现在已经好了,就是还有点咳嗽,上课勉勉强强,一下课就躺倒,自己预备做的事也全没有做,书自然也不读了。昨天刘伟光给我一瓶杏仁精,吃了几次,似乎已快好了,你不要发急,我想把他的那一瓶杏仁精吃掉一定会全好的。这是流行性感冒,不要紧。你们那边怎样了？佣人到底怎样了？我们这边佣人也是难找,现在连丁胖子都不敢骂人了,因为事务主任警告过,骂走了佣人没有办法。你们若找到一个还勉强可用就将就些吧。张大姐怎样？不知来不来？就是来也不知是在哪一天,信上说你们的伙食也不好了,怎么的？我们今年的伙食倒好,但是也不一定,有时好,有时也不好。若是在呈贡实在住不下去也不妨来宣威,来时先写信给我,我好准备。不要怕人笑话说你想丈夫,说我想太太。在呈贡若是精神上物质上都不舒服，自然还是来的好。也别管旁人说什么。怎么样？你看吧。五弟走，再没有佣人，更没有人帮你做事了。乖乖可怜。

祝　康健

宗和　九月十五日

宝宝：

在这儿接到你的信的那一天就是我快乐的一天，一共到现在为止我只快乐过三天半，今天原来很不高兴，信到了，没有你的信，我马上就上楼睡觉。一会儿你写的《瑶台》和《佳期》寄来了，我满以为里面有信，谁知什么也没有，不过字倒真写得好，和钢笔字完全不同，很漂亮而又有骨气，这倒不是四姐夸得过分，怕我用毛笔写也写不出这样的字来。就是这样的一个卷子很不好保存，怕容易坏，我想钉到墙上又怕你生气，所以现在仍收在抽屉里。宝宝，我真有点想你呢，你知道我等不到你的信，我那一天都不快乐，你就该常写信给我，你不知道你的信对于我的力量是多么大。这几天老咳嗽，喉咙都咳痛了，夜里往往咳得睡不着，你呢，这一程子还咳嗽吗？抄曲子千万不要赶，我知道你好赶，赶又要累了。今天寄来的单号卷子"张宗和"三个字最好了，我没有舍得撕掉。宝宝，晚上没有人拥在怀里，简直不大好过了，十四号发一封快信后，十五号又有一信，都收到没有？我真怕信收不到。宝宝，肉肉呢，让我吻一下嘴。

祝　康健

宗和　九月十七日

妹妹：

信十四号发十八号就到宣威，但在邮局里睡了三天，到今天才送来，宣威的邮政局真该打屁股。宝宝怎么又病了，我真急，恨不得立刻来看你，不要急，我十月中许会有机会回呈贡一趟。因为学校三周年纪念要放假三天，我再请两天假再加两个星期天就可以回呈贡一趟了。但不要太高兴，也许我不回来，你要我回来吗？你想我吻你吗？病不要急，我还是老套子，拆拆烂污，什么事不要管，四姐替你做，你也不要不过意，这样就好了。分开吃也好，马嫂怎样？能用得长吗？张妈若能来那更好了，这几天老咳嗽，夜里也咳，所以香烟不抽了，你一定得跟我 kiss 了，也一定得"同我睡在一起"。我现在的屋子是全校教师中最漂亮的一间，我想明年和校长说要你也来，住前面，前面方便多了，水方便，佣人也方便，自己一点事也不要做，扫地都有人。若校长能让我们两个人住前面，明年你就跟我一起来，结了婚分开真是不大好，老想你，想着抱着你在床上谈天是多么好的事啊。想再写一张，但毛病是一张纸。不写了，反正明天我又忍不住要写信给你。

祝　好好地睡

哥哥　九月二十一日

凤妹：

又几天没有接到你的信了，你每封信写少一点，多写几封，这样也叫我多接到几次，多高兴一点。我知道你一定没有钱了，校长发了上个月的薪水，薪水在昆明中华书局拿，我已有挂号信给汪先生请他代我到中华书局取国币一百元，你们呈贡有人进城可托他问一问汪先生，钱拿到了就托他带下去交给你。汪先生的信和这封信一起发的。这几天老是下雨，闷极了，每天除了和老丁、老尹打打台球（我台球是全校第一名，得意吧），别无消遣，一天到晚都想你，尤其是晚上，躺到床上更想你，手没处放，有一天夜里醒来手在外面冻得冰凉的，想到和你在一起时。十月二十为学校三周年纪念放假三天，我一定得设法来看你一次，只带小藤包，轻轻便便地来看你，欢迎吗？狮子头一定得吃一顿了。我已经想好一到昆明就痛痛快快地洗一次澡，第二天一早到呈贡住上三五天再回宣威。洗干净了和你睡该不会给你踢下床来了吧。这几天身体怎样？我见到你时若是比暑假中还瘦，那我可不答应，记着好好地养，十月二十五也快了，只一个月忘记来看你了。附来孙源信一封，你看人家都快做父亲了（但还是没有孩子的好）。

祝　康健

夫宗和　九月二十三日

妹妹：

今天接到十六、二十的两封信，后一封是四姐写的，但是很像你的口气，都说到病，且说的病很厉害，真叫我着慌，怎么我一走了你就病得这样厉害，我真不该离开你。十七号的信看了真叫我难过，你不该说那样的话，还记得在呈贡我们在一起时，有一夜我跟你说的话吗？你不该如此消极，前几封信上你不是说要把身体的各部分都长得圆圆的叫我高兴，怎么现在又一点小病就如此消极，我若在呈贡又得好好地说你一顿了。现在只能在信上说。但你也必须要听，答应我，不要瞎想，不说"渐渐更不行了"，不说"只要能好好再活十年"（顶少再活三十年），不想什么，心坦坦地放平下来，一心一意养病，这样我才高兴。我本想十月二十五号左右来，现在既接到两封信，知道你病，你又想我来，我心思又活动了，但我现在决定再等你的两封信，若再接的信病仍不好，我便不等到十月二十五就请假来看你，不准也不成！我想我到呈贡后，看你若愿意跟我来，我马上就带你来宣威，也不管旁人笑我们了。马学良这间房很大，两人住比后面强多了，到那时再看吧。你病到底怎样？是不是从十四号起一直到现在(接十四号的信中有发热的话)除了发烧咳嗽还头昏，还有什么病症？我想该坐滑竿进城找医生看一下，西医总是那样说，就找好一点的中医。上次五弟不是说一个不挂牌的有名的中医吗？可找他看一次，就是现在的病好了，也得抽空天气好精神好的时候进省去看一次，中医也许有怪的方子可以一下子就把你的病根子除尽，岂不是太好了吗？精神好的时候不想到看病，不好的时候又不能去看病，这是不对的，无论怎样得看一看才好。你问我的病，我的病已好了，只是还有点咳，不要紧了，信上说已和三姐她们分开来吃，三姐很生气，但后来另外一桩严重而秘密的事把一天的云雾全消了。什么严重而秘密的事又不说，真叫人着急，我在这儿瞎猜，也许是关于三嫂的事，是不是？说你们找到一个李嫂在楼上小灶做饭，很好，解决吃饭问题是最要紧的。钱今天早上的信上已说过了，想已见到，可托人进城向汪先生拿一百元好了。我已有信请他去中华书局为我代拿这笔钱，几天后就是中秋了，真想和你团圆一下，去年的中秋我们是在广州过的吗？我记得我最爱吃的是莲蓉月饼，这儿中秋学校大请客，你们也该弄点好东西吃吃。宝宝乖乖的静静的，不要心里发烦，没有事躺在床上请四姐念一点小说给你听，完全静养，绝对不要劳动，你得这样躺一月半月的才行呢。折子也不要写了，好好养病要紧。吻你宝宝，乖乖听我的话，安心养病。

宗和 九月二十三晚

你把什么闺房秘事全告诉了四姐？真糟糕，快讲出来你讲了些什么！

妹妹：

　　今天是礼拜天，整天地闲着就整天地想你，你好好的我倒还好，你现在病了，我更是想念你，放心不下来。昨天接到你的两封信，今天我又想再接到你的信，想接你病好的消息，你病不好，我一天到晚不定心，晚上上床都睡不着，挂念着你。学校也实在无聊，除了教书之外没有什么事好做，同事们在一堆也只是大家说说闹闹。今天老薛、刘伟光和老丁开玩笑，老丁认真恼了起来，弄得大家很无趣，其实是老丁不好，他开人家玩笑的时候就不要紧，人家开他玩笑的时候他就不答应了。今年校中没有女生，但有一个体育教员，老丁似乎想转她的念头。孙枯琼（写信骂关大公然汉奸的那位）也在附小教书，老薛已同意她了。我告诉你躺着无聊时哼哼唐诗，《唐诗三百首》不是有的吗？读读诗，陶冶性情，让你不要急，四姐在北平西山养病时就读诗词。做诗词是最养性的东西，我们在广州时不是常读诗选，还背过秦少游的十首词？现在大概记不得了吧，连我也忘了一大半了，宝宝，乖乖好好地养病，不要稍好一点就起来劳动，这样最不好了，等我来好好地吻你抱你摸你……你不听话，我虽然来了也不吻你抱你摸你……你看你着急不着急？乖乖，好好地睡养。

　　祝　康健

　　　　　　　　　　　　　　　　　宗和　九月二十四晚

妹妹：

　　雨下了半月多了，整天穿套鞋，难受极了。今天中秋，但直到现在（下午二点）雨还没有止，月亮是没有希望了，但也好，一个人看月亮总不舒服，倒不如没有月亮的好。记得有一首歌很好："月子弯弯照九州，几家欢乐几家愁。几家夫妻同罗帐，几个飘零在外头。"今天过节，学校预备一笔钱请教员，但中上的饭仍不好，想晚上当有好菜。你的病怎样了？又有几天没有接到你的信了，这也许不能怪你，因为下雨也许车不能开，还有这儿邮电局也混蛋，下雨他不送信，今天中秋大概他又不会送信了，真气人。你病该好点了吧，只要不发热发冷不头晕就算好了。昨夜我在床上盘算十月二十五、二十六、二十七学校放假，我想在二十四请假一天来呈贡看你，二十四号动身，当晚到昆明，洗了澡，二十五一早到呈贡，住五天，到三十号（星期一）回宣威，你算着把房间让佣人弄干净了，自己也洗洗干净。一月十几号我们就放假了，寒假自然更当回呈贡多住一程子了。昨晚想想睡不着，失眠了，今天晚上同事也一定要闹到深夜的。快写信，哪怕写一两句也是好的，得到你的信我总是高兴的，宝贝，一想到要见到你该多高兴，你也是一定想我的，宝贝快了，不到一个月了。

　　祝　安康

　　　　　　　　　　　　宗和　九月二十七日

小乖乖：

　　昨天过节接到你二十一日的信，知道你的病已渐好，真是高兴，所以节过得很开心，若是昨天接不到你的信，节一定过不好。你们中秋节是怎样过的？告诉我，乖乖。我咳嗽已经好多了，你不要着急，也不要瞎疑心，我从来不大相信会传染到我身上，最近已不大咳了。你呢？还是咳得厉害吗？早上晚上还咳吗？你要是不咳了呢，我真是高兴，因为这不但是你的幸福，也是我的幸福。你好一点不要马上就起来做事，你知道我不到一个月就要回来看你，你该养得好好的让我高兴。多躺躺，四姐说得对，听四姐的话在床上享福好了，反正没有公公婆婆管着，不要紧。火腿已买好十罐（三姐给我的十元买了五罐），本想交叙昆路带来，但一星期后学生有要到晋宁去实习的，要从呈贡过，叫他们送到呈贡来。给你五罐，五罐给三姐。找佣人怎样？没有问题了吧？好好的能用长一点就好了，三天两天地换真是太麻烦了。龙街有新闻吗？李晨岚走了没有？陈蕴珍考取了云大没有？你也不报告新闻给我了。冰心、罗莘田都待你好，你该高兴。罗待我也不错。老金最近有发展么？一百元拿到没有？告诉我。吻你一千次，小乖乖，够了吗？

祝　安康

你的好丈夫　九月二十八日

宝贝：

　　我差不多每隔一天就有一封信给你，你接不到这是邮局的不好，但他也会一下子送给你四封信的，叫你乐一下。怎么郑老油子又回来了，真是糟糕，一定把你闹得不安宁了，四间小房子都住满了人还不算，连饭厅也住满了，这自然是太闹了，哚哚声不绝于耳，你形容得不错，既然在呈贡住不安，我想你还是来吧。现在我的计划是这样，你听着，今天已是十月一号了，我在本月二十三四号可以到呈贡来一次（上几次信上都提到过）。我坐叙昆车来，可以省一点钱，那时候若是西南公路局到泸州的车已经通了的话（本说是十月一号可通车，但现在也许要到十月半，宣威的车站已经造好了），我便和你一同坐西南车子来，只要一天，还有座位，一定比云南汽车公司的车舒服。住不成问题，就住到我房里好了，校长也不会不答应的，住在前面真是方便多了，萧平演、冯德耀、刘大伦，许多佣人随便叫，扫地打水都有人，床一张两张都不成问题，现在真是冷，还是两个人睡一张床暖和一点。不一定是为了"某种需要"，你这句很妙。但是两个人大家都冷，何必一定要分开呢！我现在加上大衣早上起来有时脚还是冷的(新棉絮还垫在底下)。想到今年春天就没有这种情形,虽然刚上床时有点冷,但一会儿就热了。你还是来吧,一切等我二十五号到了呈贡时再谈,若是本月底西南的车子还没有通,那你就得等一等了。乖乖急吧。因为云南车要两天,叙昆车没有座位,我两次坐叙昆车都吐了,你一定吃不消。所以一定等西南车子通了你再来。多等一些时,让你多养养也是好的。她们不让你写信,是好心,但是你却不要太信她们的话,我真是非常需要你的信。你不要一写就是四张,这太累了,少写一点,一张纸好了。也不要发快信,一点用也没有,快信和挂号信的意思是不要它掉的意思。我到今天为止带这一封信一共是十七封信,你数数看对不对,你到今天为止我一共接到你八封信,差不多刚刚是我的一半,一个月写了十七封信给你,该不算少了。宝宝钱还没有拿到吗?有人进城望问一问汪先生,我二十三号就把取钱的单子用挂号信寄给汪先生了,直到现在还没有得到他的回信,不知怎样了。我托他取一百元给你(上次信上都提过)。宝宝,你离开了我就像小孩离开了母亲一样吗? 真的,我不像是你的丈夫,我比你大多了,但我还不够资格做母亲,我还不十分会照应人,咪咪,不要着急,再过二十天(二十天是快得很),我就来了,现在你觉得人多闹,但往往一阵子也许就好了。乖乖的,别发急,我也真是想你,我离开你也真糟,我以前的想法错了,以为离开你自己可以多做一点事,其实不然,我们分开已有一个月了,我自己已看了一篇《五帝本纪》,一下课就盼望信来,昨天接到你的信,今天又想接到你的信,整天在盼望中过活。没有课,只是闷闷地一个人在房里瞎翻一些书,一点头绪也没有。结了婚两个人就变成了一个人,如今再分开,好像是把一个人分成两半,每人都感到自己身边缺少一点什么。记得以前没有结婚时,一个人有时也发闷,但和现在不同,比如现在晚上我一个人在房里看书，看闷了下楼到办公室里听老丁他们瞎说，感到一点意思也没有，想到在后面房间里时我们两个人老在一起谈，也没有感到厌倦，这真是怪了。马学良的房那样大，你该记得，你来了我们在房里一盆火烤吃着茶，真是乐呢。总之一切只要再等二十天就成了。乖宝宝，不急这二十天，定定心心地养，若是到了二十天后我到呈贡来看你瘦了，又太弱，那我还是不会主张带你来宣威，你想和我在一起，想到宣威来，就该好好养养，多睡多躺多吃多补。特别该又来了吧？当心一点，宝宝不好我着急。二十四五号也许又是你的特别来的时候，但不要紧，乖乖，听我话，信写短一点，不要多，不怕人笑（寄外）。

　　祝　康安

宗和　十月一日

替我问问郑老油子好，我的一封信他不会收到。

妹妹：

　　自从一号接到你问"要否"的电报后倒反使我不安起来，我不知道我给你的那些信到底收到没有，你打电报来使我疑心那些信你都没有收到，否则为什么好好的打一个电报来呢？这两天我想的就是想你来，你还是来吧，等昆明泸州的车子通了一定来，这车子本说十月一号通车，现在延期到十月半，宣威的车站也快造好了。十月半不知能不能通。总之十一月初我想总可以通了，你若决定来，那我十月二十五号就可以不来了。你来了大家定心，岂不是好？我上次信上说过夫妻原该同居的，现在却分开了，大家难过，这是我原先想错了。以后我决不如此想了。也不是为了某种需要，而是为了彼此牵挂，不定心之故。另外还有一事叫我不定心，就是我上月二十三号就把取钱的条子寄给汪先生，让他去中华书局取钱，至今未得复信，昨天同你的信一同发了一封去问了，还不知怎样，要是遗失了又麻烦了。真是的，宝宝，我不定心，你却不能急，等好一点一定来好了。来之前先通知我，还要买一点东西，决定那天动身打电报来，我替你预备一切在前面，没有问题。乖乖，不要为我担忧，来，我抱抱你吻你好吗？

　　祝　安康

你的好丈夫　十月三日

搭洋人不要紧，可学会说洋话，我不怕。

妹妹：

　　今天接到十月一号发的信，三天到不算慢，但我九月二十一日发的信为什么到十月一日还不到呢，这真是作怪了。一定是邮局耽误了。从十六号发了一封信后，直到今天我一共发了九封信（二十一、二十三、二十四、二十五、二十九，十月一日、二日、三日），算到十月一日无论如何二十一、二十三、二十四、二十五发的信你应该接到了，怎么回事呢？我现在只敢写快信和挂号信了，非接到你的回信说那些平信都收到，我才敢再发平信。宣威的邮局简直太糟了，去的信不发，老的信不送，真是没有办法。住李晨岚的房很好，是不是嫌太大了一点，我一个人住都觉得太空了，现在定了，能安心住下来也好，定定心心的。日子过得很快，前几封信叫你来，是因为你住在呈贡不定心，既定心了，就安心住下吧。现在我心里的事就是如何叫你按时收到我的信。我这边尽管一天一封信而你却接不到，这真是叫人着急。我想叫你来也有这个原因。若是信能三天就到，我也就不急了。我想宣威的邮政局长要换一个也许要好一点。薪水叫汪和宗代领的，是叫他领国币的，钱到底拿到没有？这也是我着急的一件事。你说你要急出病来的，我不也是的吗？这些事全叫我着急。所以想你来。乖乖，以后不再和你分开了。

祝　安康

宗和　十月四日晚

咪咪：

　　一号你来的电报当晚我回了你一电，第二天就发了一封快信，此后便一直是快信和挂号信，算着你今天该有信来了，可是信差连来都没有来，真把我气坏了！信写到昆明也没有回信，我真不知道这邮局是怎样办的！若是再接不到汪和宗的回信，我一定打一个电报去问一问。这好多天都不定心。就是为了你，我尽量写信，而你总见不到，今天已经六号了，不到二十天我就可以到呈贡来一趟看看你。我现在也不管了，一定得来看一看你。不然就是你到宣威来。这样在两处牵挂着日子实在是不好过。每天盼信总是盼不到，叫人生气。我们真想去打这邮局。这两天天气好了，也热了，我咳嗽也好了，你呢？还咳得厉害吗？我教你一个法子，以前我们总以为一咳把枕头垫多就好，其实恰恰相反，放矮了倒好，不信你不枕枕头试试看。这是我近来的经验。你说三姐、四姐她们说我不写信给她们，其实我有信都附在你的信里，若没有收到就是遗失了。我告诉她们我现在不敢发平信就是怕遗失，倒不是要她们快回信。因为我知道最快也要三天。这一本信纸已写完了，一大半是写给你的，而你却收不到，真是！晚了，吻你的眼。

祝　安康

宗和　十月六日晚

坏透了的小蹄子:

我整整一星期没有接到你的信,还是四号接到你一号发的信,难道你三号、四号、五号都没有发信吗?我的许多信都收到没有?真是叫我挂念。今天是双十节,放假,但是却又派到我演说,我自问今天讲得还不错,别人也说我讲得好,心里很高兴,但是一想到你没有信,却又使我着急,不知你是不是又病了。我最近将来呈贡的,因为你不给我信,所以不详细告诉你,总之学校十月二十五号周年纪念会,我总在那个时候请假回来,不远了,最多不过两星期。我现在决定无论如何一定得回来一趟。叙昆车没有,云南汽车也要回来。你算着日子吧。我现在每夜都在计算着回呈贡的事。李晨岚房的窗上不是没有糊纸吗?房门上不是没有门锁吗?我回来住都不方便,你得预先准备好。床我想是大的,我坐云南车来便带上一床被窝来,现在我已盖新被了,很暖和。不知你晚上冷不冷,乖乖也许我不到半个月就回来了。等着吧,见面时若是知道你故意怄我不给我写信的话,你看我可饶你!今天见不到你的信我真要生气了。

祝　安康

你的好丈夫　十月十日

乖乖:

今天接到六号、七号发的信,六号的信是两张纸,满纸全是和气,"只有一个念头呆呆要回来了""打扮整整齐齐的,等你的心肝""呆呆长得狗头狗脑的""你咳嗽才好万不能吹那样的风"。可是七号的信只有一张纸,满纸上全是些气话,什么我永远在呈贡好了,你寒假也不必来,这样永远省路费,信也不要写了,越发连邮票也省了。乖乖,我知道你写那封信时一定是翘着嘴巴的,是不是?我不在你面前跟我吵,写信也跟我吵,是吗?看来也是我不好,不该一会说来一会说不来,现在我双十节发的信你该接到了吧?我决定来了,乖乖,并且还预备早一点来,二十一号就动身,坐云南车子(叙昆车现在不卖票了),二十二号到昆明,二十三号到呈贡,若是二十二号到得早,也许二十二号就可以到呈贡了。但二十三号若是不到呈贡,你也不要着急,也许车子坏了会在路上多耽误一天也未可知。但我会有电报给你的。我这两天都在想这件事,我带一个藤包和一床被回来(因为在曲靖要住一夜,自然行李毯子要带回来了)。四姐要火腿,整个的不好带,罐头的我多带一点来好了。至于你来宣威的问题,等我到呈贡再说。听说川滇公路的车子十一月一号可以通车,若是真的话,我可以等到十一月一号和你一同来,若是不成再做商量,或一同坐云南车来,或你仍留在呈贡,总之,一切等我到了呈贡自然都好办了。汪和宗那儿的钱拿到了没有?真是太慢了,乖乖,除了我一定来呈贡之外,还有一个好消息,就是我们部派的教员每人都加薪了,从九月份起每人加二十元国币。一定你不看报大概不会知道这学校,你该不要再叫省钱了吧。乖乖又要说了是不是?其实我叫你来正是因为你有一封信上诉苦说在呈贡不好,我才如此计划的。后来搬下来住,写信说又安心了,我才又说我来呈贡。这全是受你的信的影响,也不能全怪我。今天已经十二号了,我信到呈贡再隔一星期我人就到了。准备着房里弄得严密一些,打扮得好看一点,但却不必洗澡受冻。我预备二十二号在昆明洗个澡,乖乖我来了你得吃苦了,一两个月没有见面,我一定不会放过你的,你等着看吧,叫你好看,我一定得吻你一千下。乖乖,有人来了,不能写了。

　　祝　安康

　　　　　　　　　　　　　　　宗和　十月十二日晚

乖宝宝：

　　四号的信倒比六七号发的信迟到一天,直到昨天才接到,这邮局真该枪毙,就凭信这样不方便也该两人在一起。更何况有你的七大理由。宝宝,只有一星期我就会见到你了,该高兴了吧,七号的信上那样生气,我疑心你现在还在生气呢,现在该好了吧。十号、十三号我的信该都接到了吧,那两封信中我都提到要来的话,乖乖,你把什么秘事都对四姐说了,就那一点没有说,还算你聪明,没有放出岔子。一星期后让我好好地来收拾你。老油子的确是问题,不要让他误了我家好姐姐。我想这事等我们要一同离开呈贡时再好好地同四姐谈一下。但她未必听,她个性非常强,从不肯听人家的话。尤其是关于这种事。你说要来的七个理由都很充分,我现在所顾虑的就是你的身体还不十分好,坐两天汽车对你会不会太累,假如这一点没有问题的话,你和我一同回来是最好没有的了。这些话其实都可以留待见面时说,但现在总忍不住要说。你也不要收到我这封信后就不写信来了,等我们一起再回到宣威时一同读你给我的信不也是很有趣的事吗？乖乖,我现在也只有一个念头,就是快到二十一号我就上车了。我明天后天还会写信给你说的。自然还是要来的话。乖乖,吻你(不仅是写写了)。

　　祝　安康

你的好丈夫　十月十四日

乖宝宝：

　　真是我不好,又叫你病了,我在这老远还会叫你吐血,真是我的不是了。现在好了吗？我不在呈贡的一个多月里你已经吐了三次血了,是不是？十号、十二号和今天发的信你该都收到了。我现在一定来了。你该高兴了,身体该好起来了。特别怎样了？你十号的信上还没有提到,难道还没有来吗?我现在已忘记我五号、七号信上说的是什么,是不是仍说的不来?不是又要把你急坏了吗?今天十四号,我想你一定接到我十号的信了,我记得很清楚十号的信上我是说一定来的,否则我想打电报给你的。宝宝,信写得那样可怜,那怎能叫我不来呢?"好哥哥你还是依我,你是个好丈夫,你二十五号还是来呈贡,一定来,我要你。"这几句话叫我想到你仰着头含着泪在看着我,我又怎能不来呢?现在也许刘伟光和我一起来昆明,也许二十号就动身,又可以早看到你一天了。总之我是一定来了。我现在已经在打算带几罐火腿,送谁几罐,我一天到晚所想的就是要来呈贡见到你。别的不想什么。今天接到你十号的信说吐血,急得我出了一头汗,直到现在心里还是不自在,唉,真是我的罪过。我们还是到一起来吧。

　　祝 安康

你的好男人　十月十四晚

宝宝:

　　算着算着这封信到呈贡,大概我人也到呈贡了。今天是十九号,我二十四号动身,二十五号到昆明,最迟二十六号也到呈贡了,信走也得一个星期。你病好,我真是高兴,昨天接到你的信时我简直太快乐了。你好了,我也好安安心心地把这儿的事在这一星期内结束。今天已是星期三,我已考了一门,明后天每天都有二三门要考,这两天我也够忙的了,但忙得也高兴。刚才原想睡一会中觉,但老想到还有许多事没有做,一定得起来不能再睡了。饭吃得不痛快,我们在这儿也是这样的,没有菜,往往只吃到两碗饭菜就没有了,总吃不大饱。到昆明乖乖我们两个一定得大吃一顿是不是?何保董回来说,沈从文和藤固不熟也就算了,他倒也不一定非得到艺专做事。东西我来的时候能带多少就带多少,小箱子、大箱子、藤包一齐带来,只想留下网篮放零碎东西。我现在一天就盘算这些事,宣威并没有多少蚊子,咬不到我,乖乖不要担心。两女走了,这两天也睡得不好,老有不少的思想在脑子里。宝宝的肚子一定大得可以了,对面亲起嘴来一定不方便了吧。

　　祝　安康

十月十九日

凤竹致宗和

呆呆：

信收到了，你身边的钱一定不多了吧，到了宣威一定一文不剩，我实在该多分点钱给你的。三姐说你拍她马屁，骗她的东西——衬衫、大毛巾，四姐接口又说那一天他们一对丑夫妻，还搭了档到我房里，一个说要一个说不要（故意的），结果是把我的镜子和胰子盒骗去了，又要骗热水壶，说得大家都笑了（因为正在吃饭的时候，还有程云贞、王树藏在座），你看你这不学好的丈夫，把妻子的名声都带累得不好听。程云贞她们在这里住一晚，明天游了龙潭方去（本来要游江尾村的），因我病了，她们少了兴致。四姐与这类人又合不来，大家见了程云贞，都说孙凤竹当初形容的不差。你走后这几天，我都不大好，常常发冷，骨头酸，有时也发热，中觉睡不着，五心烦躁的，因此程云贞来都未能十分招待。火腿钱已经还三姐了。你是个坏东西，拿了照片也不给我，敢是想独吞么？绒线不买不要紧，一时不会卖完，我叫四姐给我买。殷老总走了几天了，走的时候我们对他好像都有点忏悔，尤其是五弟；那天早上我请他（老总）吃牛奶饼干，四姐又为他冲咖啡，他未免有些受宠若惊。昨天是月底，我把账结了交出去，算得分厘不差，很得大家好评，三姐说我管账还比汪和宗清楚。这个月每人吃十三元四角，五弟的我给他补上了，殷老总只交了十元，他走了，当然不好意思写信去问他要那三元四角，只好也是我给他补上，他是你的朋友，这一点不算什么。他们怕我累，下个月账叫小五哥管了。信给李晨岚带去发，所以不写了。还有大姐结婚照业已挂号转给三弟。

凤竹　九月一日晨

宗哥：

照片收到。我这两天好些了，没有发寒，"特别"又来捣乱，这次又是二十天，你说糟不糟，倒没有气味，很多颜色也还正派。已抄好一个折子《瑶台》，是四姐教我抄的，她说你只会吹小工调，应该练练别的调子，也应多练且的曲子，你意下如何？《瑶台》打好谱即寄。你要什么曲子写信来说，我一定替你抄。四姐大夸我字好，把字拿给人看，我真难为情，她教我写黄庭坚，以后我每天一定要练练字，半年后我的字要是好一点，岂不高兴？现在我起得很早（大概是因为没有人腻了），先吃杯牛奶，写点字，吃早饭，我跟四姐一天吃好多顿，楼上生个炉子，又方便。我们现在还是大家一起吃饭，我也绝不会跟谁弄不好，你可以不必怕，三姐同我很好，我有意与他们（沈家）疏远，是因为我有病。四姐最讨厌小孩子，还有四姐太偏护我，我想也要令人不满。李嫂已走了，昨天来了一个珠兰（十几岁的小姑娘），讲好了三块钱，她今天又要加，只怕也是要走的。四姐已去信大姐，叫张妈来了，现在欧洲打仗，越币便宜了，路费不致太贵，有她来了也许可以解决一些问题，我也希望她来，这样真烦死人。你走了我自然是寂寞了，有的时候就是我一个人在楼上，昨天沈从文来了，晚上他们都在前楼玩，我独自在后楼。一盏油灯，又害怕，又想你，我哭了。你要是在这里一定会陪我的。还有你在这里时，常常跟你闹别扭，有时简直是故意闹的，撒娇，你从没有发过脾气，到后来总是你来哄我我才罢。现在你走了，我能向谁撒娇呢！

人家看我做大人，我对他们都是客客气气的（本应该如此），所以有点不高兴的事，只好闷在心里。今天是街子，我叫小五哥买了两块钱鸡蛋，煮盐茶蛋请大家吃，多下来的早上吃。我已开了一罐火腿，做火腿蛋吃，又买了许多土豆，煮了和牛奶吃，兰花糖也不断地买，我吃得不会太苦的，你放心，我现在不像从前了，很会保养自己。我常躺在床上想，若是到冬天你回来的时候，我已经长得圆圆的（无论哪一部分），你看了一定高兴极了。真是你待我这样好，我能做点什么事情叫你高兴呢？所以现在只有养病是我的事，也就是我的希望，我想若是病好了，我们一定更好，我也不会有这么大的脾气了。你住马学良房很好，有没有蚊子？没有帐子，蚊香一定也贵极了。包饭如何？常买点鸡蛋面火腿放着，饿时叫周老者给你煮。这里还有两件逸事报告：一是四小姐长了一头虱子，有一百有余之多。二是李画家与广东小姐业已发生关系，并且给广东老太婆磕了两个头方才罢休。

　祝　好

凤竹　九月五日

宗哥：

　　恨不得天天写信给你才好，只是怕人笑，他们一看我写信就说"又写情书了"，还有写好了又得请人发，所以瞒不过他们。现在四姐五弟都不在楼上，趁空儿写一点放着，积起来一并寄你。《瑶台》抄好，谱亦打好，只差一点胶水放在朱红里面，胶李晨岚有，他进城去了，要等两天，告诉你，怕我家呆呆着急。今天又抄了《佳期》，四姐说我的字越来越好了，比你的字好得多，并且比所有的弟弟们都好。然而我并不得意，我觉得像老油子夸她的画一样。昨天四姐到三义口去，带了两个小青蛙回来，我们用丝线把它们扣起来，放在一个白瓷盘子里，青蛙是绿的，再放上几颗小红石子、水草、浮萍，它们在里面跳来跳去，有趣极了，我们一天看它们几遍，给牛奶它们吃。三姐昨天问我为什么总不大下楼，也不到他们前楼去玩玩，我有些不好意思，以后倒要搭讪着走走才好，只不吃他们的茶碗就是了。明天三嫂进城，我请她代配毛线，现在外汇跌价，我想东西也应该便宜些了，如果真便宜下来，以后要慢慢地替你制点衣裳。我们的东西少得可怜，两个人就只有两个小箱子。真是幸亏肚子没有大，若是有了小孩子，不知将如何应付。这个世界不知乱到哪一年，要想过安定日子也不知到哪一年，所以我们还是不要盼望孩子吧。刚才罗莘田来了，四姐、三姐一起到冰心家吃咖啡。四姐从你走后还未进过城，城里的差事也不愿意干了，重庆一百元已寄来，工作尚未开始，真令人羡慕！这两天我们尽想着吃，每晚四姐、五弟、我三个人，在我房里开座谈会，谈我们家，谈你们家，谈朋友们，越谈越有劲，昨天的题目是邓宛生、邓译生，谈到九十点钟吃宵夜，昨天吃小米牛奶糖粥。今天是小五哥在田里偷的红豆，煮红豆汤吃，你一定不感兴趣，我们却爱吃。我白天抄折子，睡睡，结结毛衣，那件淡黄毛衣已有一半成功了。白天只是睡不大着，躺躺休息而已，晚上倒是睡得很熟的。有时也出去散散步。殷老总已由玉溪来信，类似情书的信给四姐，有"有谁人孤凄似我"之句，四姐对他印象（你喜欢用这两个字）不坏，常说他好。怎么你好几天不来信了？忙不忙？把功课表抄一张来，我看看你什么时候忙，什么时候空，我晓得你这个坏东西，一定一点也不想我，讨厌我，才把我丢在这里，唉！我倒白想念你了。

凤竹　九月七日

好呆呆：

　　你真是不打算来信了，到宣威后就只来过一封信，我想不出你为什么故意这样冷淡我，现在把抄好的折子寄你。这边佣人仍是没有，一天到晚生活也不知有多少零零碎碎的小别扭小麻烦，菜是越来越坏了，并不是为省钱，为的是没有人做。小五哥前天已回学校去了，李晨岚过了这一个月也是要走的，他已找到事了。三姐四姐她们虽不要我下去做菜，但是我吃现成的如何过意。这些事原不想告诉你的，但过着这种日子，好多天还盼不到你一封信，也就太苦了。此地天气骤然冷起来，我穿上卫生裤小毛线背心，外面穿衬绒袍还是冷，四姐也穿上丝绵袍子，宣威天气如何？我家呆呆今年真是没有衣服穿了，那套哔叽中山服又破了给了人，我想无论如何要给你做件绵袍子才好。四姐说她托飞机上人到四川带丝绵，我叫她也替我带一点，带来了我早早地就做起来寄给你（我叫叙昆路带），免得冻坏了你。昨天下午三姐请我们吃茶点，她还特地换了件红衣服，搽了粉，谁知九月九号是他们的结婚纪念日。我们在前楼唱曲子，我唱了《佳期》，四姐说这叫做热婚。明年二月五号，我们也来好好地玩一天。三姐今年是三十岁，她不肯说什么日子，你不知记不记得，我们应该给她做做才好。三姐说她给你十块钱买火腿，你在昆明时要用这个钱买热水壶，不知买到没有？广州好多时不来信，想是路上有了阻隔。罗莘田现在呈贡，住冰心家，每日来云龙庵吃茶谈话，但不吃饭，因怕我们麻烦。罗比郑好多了，不讨厌，不扰人。来信！听见没有？没良心的东西。

凤竹 九月十日

今天是街子，李不进城买菜，信又没法寄了。

哥哥：

收到好多信了，错怪你了。好几天没有给你写信，也没有写字，又犯病了，夜里整夜地咳，白天也睡不着觉，夜里咳累了才睡一觉。今天夜里又发烧,真是怎么得了。四姐给我倒尿钵子扫地,还给我吃,我若自己倒了尿钵子,她就骂我混账王八蛋。正如你所虑的,吃饭又发生问题,我是一直不过意,因为我不能做事。四姐嫌小孩子吵,又弄脏了她的屋子,又嫌吃的食物不养人,又嫌他们跟她扰得讨厌,总而言之一吃饭就不开心。四姐一定要分开吃了,今天来了一个马嫂,明天街子就预备把东西买齐,在楼上做饭吃,这样可以自由,我们做事也好,不做事也好,吃五顿也好,吃十顿也好,全凭我们高兴,我的心也就安了。张妈业已写信去了,冰心有个人要从上海来,就叫张妈与他同来,她来了,我们更不成问题。

为什么"香烟一定会抽上的"? 我偏不许你抽,你若是抽上,牙齿黄了,手也黄了,嘴也臭了,我就不喜欢你了,不跟你kiss,也不同你睡在一起。

西南公路车通了,你就请几天假(中间夹个礼拜天)回来看看我,真的想你,不,不是想你,想字好像还不恰当,我的心里脑里一天到晚都有你,你就在这些地方睡觉打滚。

你说我信写得太好,又说我在迷你,难道我信中的话都是假的?是为装饰我的信? 是为迷你么?

刚才殷炎麟来了,现在替罗莘田吹曲子,殷在玉溪待不住,又要到什么湖南大学做讲师去。

《小宴》连说白就给你抄,乖乖的,宝贝!

妹妹　九月十四日

宗哥:

我三天没起床了,此刻精神稍好,给你谈谈吧。十五号那天我把账交出去,同四姐退出了吃饭团体,三姐很生气,后来另外一桩严重而秘密的事,把一天云雾全消了(这事只好当面告诉你),现在三姐同我们较前更为亲密。我们请到一个李嫂,他们请到一个马嫂,都能做事,我们在楼上烧,小火灶,整理得干干净净的,吃得又随意,总算解决了一大问题。再说我在十五号那天下午,许是因神经紧张了一下,发烧起来,三十九度三,实在恼火,所以一直睡了三天,今天起来一次,差点晕倒了,又咳,咳得肋痛。三姐四姐对我很抱歉,都说她们害了我,我却只怪自己身体太坏,我真有点觉得渐渐不行了,还不如上半年好,她们劝我上省看一趟,我晓得没有用的,不肯去,徒然骑马劳动。对这个病我不存多大希望,只要再活十年,好好地活十年,为了你,为了我的丈夫活十年,我也就满足了。

四姐已电汇五十元去叫张干来,不足大姐自会添上,电稿是我在发烧时拟的,给殷带去发了。

你走得开么,希望能请几天假回来一次,我觉得寒假是多么远啊!头昏了。

凤竹在躺椅上

明天冰心荐一个医生来看病。

九月十七日傍晚

大宝宝:

昨天收到了十号、十三号、十四号、十五号四封信,这么曲折还没有收到? 如果再收不到,我要拿挂号条子去问信局了。我近几天发热,最高到了 39.3℃不能起床。今天四姐请了个医生来,他的药包是香烟纸盒子,他所说的都是我知道的。

昨天我同四姐谈谈闺房秘事,你的病好了么? 我恨不得到宣威来傍着你,让你……你如能请得假可以回来玩几天,我们现在生活已经很好很安定。

我现在只有三十元了,你来时可以带来。不能请假则寄点钱来。你信上提起老油子都让四姐看见了,今天我盖的正是他的被。四姐说你写四封信来,一句都没有问到她,我说每封信都问你好请你安的,结果她看了三封都找不出,我又说就是这封快信中有问你的,你说有没有呢,我也忘记了。

罗莘田、冰心他们都很开心我,罗先生今天特地请医生消息而来,他今天来时,四姐正伏在我床上,他就说我们"宵偎画旁"了。

带点罐头火腿来,因为我们吃起来方便。

酸疯猪(山东话:孙凤竹也) 九月十九日

我因头昏,请四姐给我记录一下,可是不能说得太那样,知道吗?呆呆!

好呆呆:

刚接到十七日信,真把我急死了,怎么你的咳嗽还没有好,并且还夜晚往往咳得睡不着觉?你十号的信中就说"受了凉,鼻子不通",到十七号还没有好,延长这样久,我真是有点疑心了,不要是我传染给你吧?真是越疑心越像是真的,越想越怕,你知道我的神经不大健全。老天爷,但愿我家呆呆精强力壮的,有什么灾难都归在我身上,就是死也不要紧!

前几封信都说盼你来,你究竟能不能来?我想两三天假一定请得下来,就是费几个钱,有什么道理呢,你回来一趟我就放心了。我要看看你一定瘦了吧。呆呆!我已好多了,昨天和今天都没有发烧,也吃得下了,但四姐还不许我下床,她真是比看护还要周到,昨天发的一封信就是四姐代我写的。你若是不想我,我又有点不高兴,你这样想我,我看了信，心里就酸酸的想哭，但我又何尝不时刻在想你，夜里梦见你！

若是不能来，快来信告诉我咳嗽如何，说真话，不许哄我。

我现在真是享福了，吃饭洗脸都在床上，刚坐起来写这封信，腰就觉得酸酸的。吃得很好，自己买人家也送，三姐不断地送，昨天又是一罐价值五块的炼乳。冰心送我一盒洋点心，每个里面都有一大团奶油，真是过瘾。

你的太太 九月二十一日晚

好呆呆：

十几天没有接到信了，自从那封十七号的信后，一直没有来过信，我日夜挂念着你，怕你生病，又怕学校闹事，所以今天请郑德淑到昆明去代打一个电报给你。我如今已完全好了，而且已经搬过家，搬到李晨岚房间里住了，比楼上宽敞多了，空气光线都十分充足，似乎舒服得多。饭李嫂送下来吃，我若高兴就上楼去吃，如此一来，我又不急急想走了，四姐待我太好，我舍不得离开她，我要马上走了，就忘恩负义了。老油子虽滑，但是他给我这间房住，还是不错。你到底怎样了？不能来就不来也不要紧，但是信总要常来，否则你真要把我又急出病来。四姐生你气，说你不给信她，你应该写点信给三姐四姐。还有领薪水时不要拿新滇币，此地已不用了。德淑要走了，不写了。

祝 安好

现在我只要一开窗就搭上洋人了，你怕不怕？

凤竹 十月一日

哥哥:

昨天一下就接到二十一、二十三、二十四三封信,今天又接到你的回电及二十七(中秋)的信,高兴极了,但又后悔太性急了,电报费去了好几块钱。昨天读了信,知道你快要回来,真是欢喜得不知如何是好,中觉都睡不着。中秋的信中一段话同我中秋的信中的话一样,可见我们的心也是一样的。十月二十五,还有二十天了,我要早上盼他黑,黑了又盼他明,让他如箭如梭地过去。你咳嗽到底全好了没有?我如今倒是全好了,搬下来住了,心里觉得很开朗。这两天晴了,满窗的太阳,楼下现在也清爽了,湖北人与广东人都搬走了,整个房子是表妈和我们两个系统。我现在睡的床大得很,我又铺上厚厚的稻草,软软的,舒服极了,一个人睡空空的,我们两个睡多好。房间大,饭后我常在房里散步,只是家具少了点,现在我只有一张方桌,一张茶几,两把椅子,三条板凳,一张大床。原来的画案撤掉了,因为没有桌布铺,就是现在的方桌也没有桌布,坏东西,是你把那块方桌布偷去了,来时给我带来,否则是要打屁股的。昆明的钱我写信托三姐带下来。邮票收到了。坏东西,你信上写得那样粗,又给四姐抢去看了,羞得我面红心跳的,我特别这个月很好,今天三号了,还没有来,若是下月日子也不错,那么这个月底是不会来的。你真是不要脸,又羡慕人家做父亲,又怕生孩子麻烦。是的,我把闺房秘事全告诉了四姐,只有一个节目没有说,你当四姐不知道吗?她知道的真不少呢。有好多事和你谈,写不了许多,等你回来,我坐在你怀里或睡在你怀里细细地谈。真是,你寄这样多钱给我,你自己还有没有了?你来时要替三姐带火腿,我们也要火腿。晚上四姐请冰心吃饭,这会儿郑德淑又带了大批同学来,不知她如何应付,我在下面当没有看见。

　　祝　好

　　　　　　　　　　　　　　　　妹妹　十月三日下午

宗哥：

多天不接到来信，又不见人来，躺在床上只是发急，不知你伤风好了没有？还咳不咳了？可以请周医生看看，吃剂药发散发散就好了，若是咳得厉害，就赶紧找铁路局医生检查一下就放心了。我自从十五号病倒了，直到今天才算正式起来，但是头还有点昏昏的，没有力气，这次病得不轻，其中又吐了两天血，不过现在全好了，你放心，以后我当格外小心。他们总不许我写信，我也不好意思却他们的好意，今天偷偷起来写这封信又被四姐看见了，嚷了出去说我又写情书了，罗莘田、老油子都来笑我，劝我休息，我真怪不好意思的。今天是中秋，是个团圆节，人家都忙得高兴，我恰觉得什么都没有情趣，心里只是想着你，细雨绵绵，晚上月亮想是不会出来了，我希望她还是不要出来的好。

天气阴冷，我一起来就得穿大衣，床上被也薄了，不过我又想，你那边一定也冷了，你的被可以扯下来叫老李洗，然后换那床新棉絮。把旧棉絮做褥子，再多加草垫子就不冷了。请查阜西从飞机上在四川带丝绵、绉绸给你做绵袍子，绉绸我叫他买浅咖啡色，不知你喜欢不？

凤竹　中秋

坏东西：

一日的信昨天收到。这一下可叫我抓着把柄儿了，谁叫你说的"虽然和你在一起时，你要我跟你来，我总装正经骂你，可是离开了你晚上简直不成"，哈哈，原来你也是装正经啊！你现在又想我来了，还要跟我睡一张床，我想想那时候你硬要把我丢在呈贡，我真有点恨你，看你回来了怎样向我道歉吧，如今一切定规了，都照你的计划。只有一桩，你坐叙昆车总是吐，来时不必坐叙昆车来（假如西南车已通，不必省这一点钱），你咳嗽才好，万不能吹那样大的风。三姐昨天从昆明来（她没有接到我的信），并没有把钱带来，汪和宗患慢性盲肠炎，尚未起床，三姐见到他，他并未提及此事，现在三姐写信给沈从文，托沈从文向汪和宗要了取钱条子，替我去取。四弟钱大家以为每人捐十元不够（物价贵），于是就加了一倍，三姐写航空信给二姐那边划六十元钱给四弟，我同四姐每人还三姐二十元。我这两天没有力气，懒懒的，只想躺着，腰腿又痛，想是特别在作怪，但是今天已经六号了，特别还没有来，不知是何缘故，想起在重庆时也有这种情形，那时我真怕了，现在可不怕了，在宣威特别每月未到的时候，总有一度紧张，若是我们没有分开，现在又要紧张了。四姐躺着肚子痛，昨晚还发热，也是特别。四姐说我要到宣威去，张干就叫她不要来了，因为现在路费还是很贵，需二百元，且路上不大好走。你给老油子信他收到了，还拿给我们看的，他似乎很得意，以为给他脸了，以后可以不必同他敷衍，不要睬他，我也没有替你问他好，不必了。我现在整天就只有一个念头，呆呆要回来了！二十三或二十四，我打扮得整整齐齐地等你。心肝，我搬到李晨岚房里了，你不要再匆匆地跑到后楼去，其实我们也不过分开一个多月，我总觉得有几年不看见你了。呆呆，长得狗头狗脑的！

你家里的　十月六日晚

呆呆：

　　刚接到二日、三日信，怎么你不打算来了，叫我等西南车通了，自个儿来宣威。我自己怎样走法？还有照顾行李，况且西南车还不知道哪一年才通。原说好二十五号左右来呈贡的，忽然又变了卦，又要省

起路费来了,是不是你那里没有钱了? 你给我的一百元(虽然尚未到
手)除去四弟二十元,除去本月房租十元,尚余七十元,本月伙食二十
元已付过了,零用也有着,我想这七十元做路费也尽够了。不过你若
是一定要省,就不必来呈贡吧,我一个人也不会来宣威,我就永远在呈
贡好了。你寒假也不必来,这样永远省路费,如何? 我看我们信也不
要写了,越发连邮费也省下,岂不更好? 我现在像是没有什么病了,但
是要在这儿养得好一点,只怕未必能够。

祝　好!

凤竹　十月八日

就是我自己能来,我的行李没有毯子包,零碎东西无处放。

好呆呆:

我接了你二日、三日信,知道你不打算来了,这几天心里着实不开
心,昨天李嫂把我衣服洗坏了,我骂了她一顿,晚上就吐血了,一直到
今天晚上才不大吐了,明天小五哥进省去,故写这信叫他带去寄。我
八号不是有一信给你吗? 我本想与你赌气,你不来,我也不要你来,我
也不去。现在我还是忍不住,想你,住在呈贡也实在难住了,真是苦,
好哥哥,你还是依我,你是个好丈夫,不要管西南车通不通,你二十五
号还是来呈贡,一定这样办,依了我吧! 你叫我心里高兴些,病就好
了,费几个钱(来回车费要三十元),你想到宣威后不是可以省钱吗?
只当我吃药的,我心里一别扭就要吐血。一百元已收到,放心。明天
十一号了,我想写这封信,你就快来了。不敢多写,盼来!

凤竹　十月十日

你叫我一个人来,我要是多劳了神,到宣威又不好了,是不是? 有
你我自然舒服得多。

好呆呆:

今天已是十三号,离你来的日子更近了,不知是何缘故,日子越近越是想得厉害,醒着想你,睡着了又梦见你,这几天好像特别长了,眼巴巴地盼它晚,是多不容易的事啊!川滇车最近有通的消息么?你身边还有钱么?若是没有了,不要紧,只要跟他们借一二十元,够来的路费就行了,我这里还有七十元。我已开始准备了,衣服被褥都叫佣人洗干净了。老伯伯托人把你的箱子带来了,他们已从香港搬回上海去了,小五哥把你的西服放在铺子洗,箱子送乡下来,小五哥说徐君恕的伯父可以替我看病,要先约好一个日子,我叫他约在二十几号,我们路过昆明时顺便就看病,我们可以请他开一个长方子,到宣威慢慢地吃去。上回四姐在我的信封上写了要带两只火腿,你钱不多就不用带吧,她也不过一时想到这里就是了,就是带来了,还不是便宜老油子吃。你只把买好的十罐带了就行了。还不要忘了带包行李的毯子和藤篮。你五日七日的信都早已收到,你咳嗽好了,还有小心,不要受凉,宣威天气晴了,也热了,这里也是如此,大概是雨季过去了。以后我们暖暖和和在一起过日子,岂不高兴。还有十天就看见你了,不想跟你说什么,要说的写也写不完。总之只要等十天,快乐的日子就到了!让我坐在你的沙发上说,好吗?好呆呆,让我吹吹你的肚脐眼,好不好?你要不肯,我就不欢喜你了。

你的宝贝 十月十三日

藤篮就不要带吧,因为现在又多了一个小箱子了。

宗哥①：

　　钱和东西都收到了，饼干一定很贵吧，你说四号可以走掉，该是今天早上就动身的。沈从文中午回去，碰不到头了。衣料究竟买没有买？若是没有买，那是你成心挨冻，我是要生气的，而且夜里要睡不着觉的。实际上做丈夫做到你这样好，也是讨厌！阿哥沈从文这次来很好。他没有给我什么不快，并且还替我糊上窗子，这倒要谢谢他，否则我房里白天都要点灯呢。昨天后楼来客甚多，内中有罗莘田，他特地来前楼看我，他说同你唱曲谈话，又说我们的学生还在你面前问孙老师好，鄙人闻之不甚得意。我这几日仍是每顿三碗，而且还要把菜吃光，大便每天都有，有时常一日两次；在这里的蔬菜要比宣威花样多而新鲜，肉类也还不断，我相信养料是足够了，最好的是用不着我动手，我每天只是睡睡吃吃，打打毛线，看看书都算是消遣，若是天气不好，我连楼都不下去，整天地用不着喘气，我现在咳与痰都好多了，自己看看大腿好像是肥一点。论理像我这样吃法，是该胖起来的。四姐他们只要一做到好东西总不会忘记我，我昨天竟吃了五顿。四姐说我渐渐又要回到青岛的样子了，我脸上的颜色真是不错呢。大姐有信给三姐，如若宗和要钱用的话，可以用九妈那笔钱，大概合肥还有钱来。我想大姐一定有信到宣威了，说些什么来信告诉我。大姐又从飞机上带一件丝棉袍给四姐，我真是羡慕。你可以写信给大姐请她代买乳粉，白布（缝成被里）觅便人带来。真的你不要再慢下去了，小宝宝在肚子里直动动的，肚子好像又大些了，我真愁肚子再大起来怎样见人。我已经在给小宝宝打毛线，三姐帮我筹划怎样做衣服被褥，三姐说她有一些送给我们，再添一些就够了。陈德芳那里的东西带来没有？请你照我的计划办，并且将东西同了那半瓶鱼肝油设法带给我。我已经有

_____

① 以下信写于凤竹怀孕后。

信给二哥了,并且问他要桂圆肉,你也应该写封信给他。我现在完全是乐观的,照这样下去也许我的肚子不用破了。你走了我没有哭过第二次,我不说谎。

　　祝　　好

凤竹　三月四日

　　三日信收到,你看你,料子又没有买,并不是我像老太婆似的,翻来覆去念叨,我真是担心你冷,到宣威早上起来升旗,你一定要冻得伤风。你为什么要给六十块钱给我呢,少给一点就够买了。近来天气不好,你坐叙昆车一定吃了不少苦。呆呆你真是为我吃了多少苦。你若是没有结婚或者同别的人结婚,都会比现在写意得多。我一想到这些就心里难过,昨天下午外面狂风暴雨的,我忍不住,就依着桌子哭了半天。呆呆,我真是不愿意离开你,一离开你就觉得孤零零的,上回在呈贡就尝过这个滋味了,这回要不是为了小宝宝,我决不肯同你分开的。同你在一起时,那样任性同你闹,现在想想也是要哭。三姐已经把鱼肝油给我了,是半瓶的,因为她想保留整瓶的,我给二十元给她,她一定不要,说以后给小虎他们买东西好了。我现在每天吃二十滴,绝不间断,用饼干送下去,亦不觉得难吃,饭仍是三碗,中饭后睡一觉,生活好像很有规则。毛线打腻了,就看看小说,《酒场》看完了,下流社会的一些污糟事看得讨厌了,想到三姐窗台上再找一本换换口味。大门口的两间房,郑先生跟房东说好了,如今门窗也油漆过了,地也捶好了,我看除了门前一条沟以外,没有什么坏处,早半天都有太阳,但是我决不定,生过孩子是住在呈贡呢,还是回宣威,呈贡佣人容易找一点,不过那样就要长久跟你分开了。学校后面房子修了没有? 小龙几天来都在发热,三姐颇为着急,若是今天李嫂叫魂以后还是不退,就要进城去看了。沈从文每次下乡，三姐都要为他做好菜，像招待客人一样。宣威如有便人来省，可托他带一个小箱子（或藤包），将陈德芳那儿的东西和一些蓝布，还有一块做褥子的黑花布，一床最大最旧的被里和剩下的鱼肝油一并带来。鸡这里要五块钱一只，我不想吃它了，而且我现在养料很够，你在那边连一件棉袍都没有，我却如此浪费，实在于心不忍，你若要我吃鸡，除非你赶紧穿上棉袍子。把酒涡给我吻一下，我的心肝宝贝。

妹妹　三月七日晚

闷起来可找老薛唱唱京戏，也可找小吴唱曲子，我绝不会怕你和谁吊膀子的。

呆呆：

今天天气转好了，很暖和，没有风。以后如遇这样的天气我就可以进城。四姐早上采了梨花来替我插好，放在窗台上，映着窗上白纸，此刻外面的夕阳透进来，真够美的。上午出去走走，道路两边的菜花香得吓人。小衣裳打好了，看看都很高兴，郑小姐也爱，她说连她都想穿。一些东西的确很好玩。三姐今天炖了红烧肉，又煮了鱼，又泡了黄木耳，把屋子收拾得干干净净的等沈从文（因为是礼拜六）。谁知下午接到信说不来了，她颇为扫兴，我倒反喜欢，他不来，那些东西都是我们吃了。四姐、郑家父女都到查家吃饭去了。这些太太们每逢礼拜六都要做了好吃的款待丈夫，四姐他们也沾沾光。我很觉得抱歉，已经做了一年多太太了，从来没有像这样待过你，以后身体好了，有个一定的家，一定做了好菜，把屋子弄干净了等你回来吃，让你舒舒服服的，孩子也换得漂漂亮亮的，同爸爸妈妈一起玩。你想那时候多快乐！郑小姐真是什么话都说，昨天她告诉我们，她们贝满有一个同学生私孩子的逸事,把我们肚子笑痛了。晚饭端来了,明天再写。

三月九日晚

昨天说写又没有写,今天早上预备让李嫂带去发。这个星期日四姐同郑先生要进城开会(大概是吴瞿安的追悼会),有人派小汽车来接送,我想乘个机会进城一次,比坐轿坐车稳当多了。我下乡也有二十日(算到星期日),去检查也不算太早;顺便买点布回来,就是这个主意!你到宣威后还未来过信,若不是你早告诉我云南车不通,我又要着急了。昨天热得发昏,夜里一夜狂风,今天便要穿大衣了。呆呆,天气一冷我就想到你,怎么样,棉袍子上身了没有?乖乖的,不要担心我,我吃睡都好。

凤竹 三月十一日晨

宗哥:

五日信来了。走五天不算太慢,我昨天发了一封信给你,今天忽然想起陈德芳带来的东西,你应该上他家去一趟。毛线要两磅:一磅细的是你自己的,颜色自己挑;一磅粗的是我的,颜色不要太艳了。还有一双皮鞋,样子老实一点。(我的粗毛线最好是蓝色的。)

我为慎重起见特地写这封信,你不可因省钱不要,也不可随便地要来颜色粗细都不合用。

沈从文不发薪水,口袋瘪掉了,借我十块钱去,三姐也是连带关系,没有钱用,她那存着的十元一张的票子又舍不得破开,于是我又交给她二十元。还有三十元又给四姐借去了,不过她在星期日我们进城的时候就要还我的,并且连那二十元一并还我。我有五十元买点布,剩下的钱零用很够了。保胎方预备进城时打几副来吃。

凤竹　三月十二日

宗哥：

　　七日、九日、十一日三封信是一道来的，大姐航空信已写好，明天带进城去寄。我逼着四姐写了一个字条给杨荫浏，地名也开给我了，我只请大姐买了代乳粉和被里，没有敢多要东西，因为老油子和四姐都说杨荫浏这个教徒拘谨得很，他最怕带"违禁品"，连老油子叫他买一个表他都不肯。所以我请大姐改装进旧饼干罐，被里也洗过缝好。另外我又请大姐替你做件呢夹袍，做好后或航空寄来或另找便人带来。这是三姐帮我出的主意，你不许反对也不许写信去阻止。三姐说今年我们得会，这笔买东西的钱将来上海在会款中扣除就是了。今天礼拜六，五弟同汪先生来玩，带来那半瓶鱼肝油，说是宣威的学生带来的。明天是吴瞿安的追悼会，油子、四姐一早都进城，不过原来说的什么人的小汽车接送这回事取消了。我明天也去，跟小五哥他们一路，下午骑马去，你听了不要着急，骑一匹老实马走平路，叫马夫牵着，有什么要紧呢？况且还有五弟一路保护。滑竿是雇得到，不过也五块一趟，坐在里面也不见得舒服，屁股和肚子都凹着。我星期日晚上在北门街住一宵，星期一看医生，买点布，搭两点钟的车回来，说好了叫李嫂在车站接我。你说预备活动到四川去的计划我当然赞成。宣威是太没有意思了，我蹲腻了，而且生活太高。你叫张玉声带三七去了，又花二十块钱，自己棉袍舍不得做，只想把我补胖了，好呆呆，我现在已经渐渐胖了起来了，我先以为是腿发肿，后来才知道是真胖了。可是肚子也更大了，咪咪也大了，小宝贝长大了一定很顽皮，整天价在肚子里动不息，尤其在我躺下的时候。这几日白带较多，你翻翻书看，我记得好像是应该多的。三弟、俞晨打架的消息使我们很惊讶,这不是很糟吗?他们会不会扯伙呢?二姐处我当写信去谢谢她。今天款待汪先生,三姐炖猪脚,我啃了一大块脚爪,十分过瘾。等看了医生回来再告诉你,我家的好呆呆,我家的宝贝。

凤竹　三月十六日晚

宣威天气不好,人家都害病,你也要保重。我看棉袍还是少不了。火腿现在可以不必买,我不爱吃它,送三姐也太早了。

宗哥:

我简直高兴极了,进城看了医生,苏医生第一句话就说"你胖了"。她检查过后,就说我情形很好,又为我量过骨盆,也没说什么,我问她骨盆小不小,她说比较小,但不要紧,因为我的胎也不会很大。她叫我回家好好养息,多吃东西,吃鱼肝油,她又开了一种药给我吃(大概是补的),真贵,十粒药六块钱,她说吃完了,过一二个月再吃。我问她将来是不是要破肚,她说不一定,将来看情形办,叫我不要为这事害怕。苏医生倒是很好,像朋友一样的,问我在呈贡的情形,又问我先生在哪里。许小姐——那个看护也同我特别好,就是那个讨厌的皱眉医生看见我也笑嘻嘻地同我招呼。

我是十七日下午同小五哥进城的,骑马至车站,火车是来回票,下车到香宾吃饭,两人吃掉五块七毛,但并不好。饭后出来买布,布贵极了,最粗的布都在七毛以上,跑了很多布店,买掉二十元。那些布除了你的两条短衬裤外,全是宝宝的。买过布坐车回北门街,在汪先生五弟外房搭床,有夜睡得很好。十六日一早(九点)出来看病,又到冠生园吃午饭(同四姐一起),四姐请我。本来说好四姐、油子他们都坐两点钟车,同我一路回呈贡,后来油子又坐陈衡哲的小汽车回来了。他们邀四姐也坐,四姐不肯,因为她要陪我坐火车。车到呈贡,李嫂已来接,我们三匹马回来。洗脸吃晚饭后就睡觉,并不觉得累。今天早上除了屁股与大腿一有点酸痛以外,一切很好。

哥哥,进城真是用了不少钱,我算了一算,四十九元六毛五。

火车,洋车,马:7.5

布,线,纽扣:20.6

饼干,糖果:4.35

诊费,药:10.0

吃饭:5.7

邮票:1.5

共计:49.65

(我留了三元给五弟代我抓两剂药,就是二姐寄来的方子。)

现在我身边还有五六元,零用是够了,三姐那里还有二十元,存在伙食台账上。

下次再写。我很快乐,让我抱抱你,胖胖!

凤竹　三月十九

把小藤包里的两包针从信封中寄给我,不要怕扎了手。

宗哥:

十五日信到了,鱼肝油丸也到了,瓶子破了,我另用匣装着。黄的就是我在四川吃过的那种。据四姐说此丸不太好,是清鱼肝油做的,不是鱼肝油精做的,吃起来要量多,每顿吃十粒。管它,二姐那里我当要写信去谢谢她;我现在先吃瓶子的"油精",这里的半瓶和宣威带来的半瓶,也够吃两三个月了(每天二十滴),等吃完了再吃"丸"。呆呆,我也写了不少信给你了,慢慢你会见到的。你上回说衣裳给老李拿去洗了,很好,你的衬衫袜子要是破了,亦可叫老李补,给他几文。我现在要给你做两件衬衫、两条短衬裤,做成后托吴南青带给你。东西洗干净后一些不用的,如大毛巾、蓝布等就可以收起来,不要放在外面又弄脏了。在网篮里面我有一双黑空花皮鞋请你给我包好收好,不要给老鼠咬破了。我现在穿它一定不嫌大了。我的脚上也长了肉,不像从前那样了。我要的东西有便就带给我,不要忘了。宣威是不是还在刮风?天气还冷不冷?我们这里这两日热得发昏,在穿单裤子了。肚子大,一穿单衣更是明显,我连后楼都怕去。怕见老油子。郑惠常在一起玩,北方来的人总是大气的,比小吴他们好玩多了。郑惠也认得孙源,她在香港和孙源做过邻居,并且很熟,所以我们常谈香港。孙源生个女儿。我现在没有看书,我在忙这些小衣裳。你不来看看心慌,我兴致好极了,每做起一件都要欣赏半天。你不晓得,现在做一点好,将来宝宝出来了就没有空做了。我是决不让我们宝宝像小克明那样穿破布的。不过那也不要担心我累了,我做做累了也要睡睡,就是我忘记了睡,肚子也不允许。坐久了肚子就不舒服了。最难受的就是洗脚,坐矮凳子又弯腰实在难过。若有你在这儿,你一定会替我洗的。你这个月薪水发了没有?若发下来就寄一点给我,三姐那里虽可挪用,但她手头也没有余钱,也得往银行拿去,再则我觉得把那笔整钱(汇款)留着日后用,现在最好是你寄。我现在每月六十元尽够了(以后不买东西)。伙食大概不到四十元,其余零用进城车费而已。现在也不大吃水果。杨振声十二号乘小汽车入川开会,路过宣威没有来找你么?

凤竹 三月二十日

哥哥叫我不哭,我就不哭,身体好了就不大会哭了。

请老薛给我画一点小图案小玩意,以简单有趣为妙,随便放在小孩衣上、围嘴上的。

宗哥:

今天接到十四日信(十五日信早来了),又接到十八日信,上面写第十八封,我数了数倒是八封。我给你的也有六七封了,只是我没有记号头,没有考证罢了。王荆福这种人真是糊涂蛋,她又把你名字写成"通和"(倒有点像一个酱园的招牌),为这我已教训她几次了。她信上说她病了,"我的人最近是发胖了,可是身体却虚得多了"。又说她父亲将投伪方做事,又说玛格利的事。我嫌她讨厌,索性不回她信,让她生气,永不来信就好了。杨振声他们过宣威,你陪他们玩了,很好。从前我们不是就希望人来宣威吗?我们都是喜欢客人的,是不是?那又托老杨买丝绵为娃娃做被,你从前笑我为有了孩子高兴,其实你也是一天到晚忘不了孩子,不怕难为情。好,你是好呆呆,拿点什么来奖励你呢?小吴同刘苟且,你不去看他们顶好,小吴这种人不足道。也不必教她昆曲,谅她也学不好。还有何、王、杨三位保董呢,难道你也不跟他们一起玩玩么?一个人也不可太沉闷了。没有一个合得来的朋友也真是苦事。所以我劝你下半年设法活动,换个环境精神上舒服些。这次老杨没有同你谈什么吗?你的脾气好,不会得罪人,不会惹是非,将来孩子的脾气也要像你才好。你说这学期只上十八周,我算过大约在七月十号左右,你就可以回来了。那时候我快九个月,也就快生了。现在我常走动,常到后楼,慢慢爬楼也不累,又吃豆腐皮麻油汤,三姐说吃了将来容易生。好哥哥,不要担心我吧,我一切都好,这几天天气热,有点困人,三姐说我"怀春"。苍蝇真可恶,白天总不能安安静静睡觉,打掉一批又来一批。你可记得县长家同这边板壁上面是通的,因此白天只能躺躺,不能睡着,若是哥哥在这儿,一定替我打苍蝇,让我睡了。四姐前天大发头痛,我劝她吃几口云烟,她先不肯,后来吃了马上就好了,她很佩服。郑惠对五弟是有几分意思,常常提五弟,谈到五弟她脸上就发光了。前回五弟来,他们就想避开大家,两个人在一起玩。样子都有点怯生生的。我们也是睡得早,八点钟就睡了。总是在三四点就醒了,天快亮的时候又睡一会。我假设你睡在旁边,摸你,吻你,叫你,跟你说话,抱抱你肥肥的身子,也觉得很舒服,甜咪咪的,不信你也试试。

凤竹　三月二十四

呆呆:

很对不起你,几天没有给你写信,你接不到信又要不高兴了。今天已经二十六号,我记得还是二十四号写的信,我这几天中接过你第九、十两信,老想写信给你,但一做上小衣服就把这事搁下了。你不知道,我做小衣服的兴趣是怎样浓厚:现在正在做一件白绒袍子,洋式的,领圈袖口都绣了花,很好看,已经费了我三天工夫,还未完成,虽然是绒布的,我却当它法兰绒看待,因为它是一元国币一尺呢!此外还缝成功几件小衬衣,毛线衣也有几件了。我说了一大套,你一定很生气,正如你说过的有了娃娃就把你忘了,呆呆,我晓得你真有点生气,将来吃醋的日子还在后头呢,你说对吗? 不,我还是记挂你,心疼你,一定常写信给你,不让你发急,不让你不开心。我早几天又有点闹火气,夜里烦躁,舌头发干,头昏,大便又不好了,原因是前两个礼拜没有吃水果。我想省点钱,人既好好的,不吃水果也罢了,再者买了水果总要给孩子们吃一点才过得去,我见三姐有积蓄的人尚如此省俭,我们更应该刻苦才对,谁知两个星期没吃水果便不行了。于是在这个街子，我又叫李嫂买了一元的甘蔗同梨（若每个街子一元水果，一月就要五元），有时又吃一点白萝卜，这两天好了，夜里一觉睡到天亮，不烦躁，不干，咳也很少。大便好了，饭也吃得下，仍是三碗，有时仍饿，早上两个鸡蛋没有间断过，煮的吃腻了便冲着吃，这两天早上有稀饭，便用稀饭冲冲，吃两碗稀饭两个鸡蛋，仍不能支持到中午，可见食量之大。上月二十五至本月二十五一个月伙食照三股摊，每股三十二元多，所以如此便宜，因为三姐家中存米未算钱，前天买了米来，下月的伙食大概要四十多了。我有二十元在三姐处，不足之数等你寄了钱来再给她。至于整数的钱，能够不动最好。此地的鸡要五六元一只，我实在舍不得吃，留点钱到坐月子的时候再吃，宣威的鸡现在要多少钱一只？我想你放假来时带几只鸡来也很好，就怕你不肯带。宣威仍冷吗？我们这里倒热了，我被中的羊毛老是钻出来，讨厌得很，前天李嫂给我洗被，我叫她拿掉了。我肚子当然又大了，尖尖的堆在中间，秀气得很，不像尹师母那样难看。我常常在晚上上床的时候自己欣赏它，娃娃在里面动得厉害，不像以前那样小跳跳了，有时夜里睡醒，我倒忘记了，忽然肚子里大动起来，把我吓一跳。咪咪也大了，衬绒袍子都是紧紧的，而且那里面并没有穿毛衣，卫生裤子腰上扣子又钉过了，现在可不嫌它腰大了，将来天热，那些单衣一定穿不上，只怕又得另做。我昨天晚上已经吃过一剂保胎药了（二姐寄来的方子）。你常洗澡很好，我没有澡洗，身上很痒，不舒服，等一个很热的天，下午西晒的时候，来大抹一次澡。进城当然可以洗澡，但我时间都是很匆忙的，我不愿在北门街多住一夜。孩子的床暂不必忙，若是不能在宣威，岂不白糟蹋了？你要是到四川，我当然跟你一起去，岂有再走一趟的道理，而且四川也不是没有人照应。目下港越币大落，三姐说施蛰存要到香港去，叫我们带几瓶鱼肝油存着，将来总有用处，我说很好。二弟在港存美金二百元，这里的人很惊讶。郑惠对五弟感情日笃，大有要嫁五弟的意思。她说我们一家人都好,又说她将来跟我一样,又说与其嫁别人(有好多人追她),不如嫁五爷,但老油子一定要让她嫁个老的(此事不可宣传)。

祝 安好

凤竹 三月二十六日

信封不要写"君",我讨厌,就称我先生好了。

四月一日

宗哥:

四姐有个消息要我告诉你,吴文藻下学期是云大的文史院长,已接聘,现正在搜罗人才,这里郑油子可以为你向吴文藻去说,一方面你自己写封信给你老师们,让他们再替你说(因为吴文藻也是清华毕业),如此两方面并进或可成功。不过还有一件事,我们应考虑一下,云大薪水小,虽然一个讲师,也许拿的钱还没有在宣威多,且昆明物价高,应酬也大,钱也许不够用,不过混个资格。你想想看,到底要不要进行,我想你若是在云大做事,那我当仍住在呈贡,这样比较省俭,且又有人照应。你以为如何?回信告诉我,以便四姐为你进行。

二哥来信对我身体健康指示颇详,现付你看,他所说的四项病症,我倒没有。至于婴儿的处置,第一件,我们可以办得到,找一个法国医生(我想不一定是法国医生亦不要紧),预备一种BCG防痨疫苗,这倒是很好的,我想我们应当采用。第二件要找一个好奶妈,这似乎不太容易了,若是在呈贡也许还有,若回宣威就更难找了,还有他对我生产还是主张不开刀的好。你看过后将此信保留,因为有药名,以备将来要用。

你若是愿意进行云大事,在宣威不可宣传,因为成与不成,尚未可知,先给人知道了,反倒不好。我们这边四姐亦不让三姐知道,因为沈从文与冰心他们不和。我们这几天吃得很好，三姐待丈夫是太好了，今天街子，又买了许多新鲜菜回来，有时三姐觉得不过意，就多给点我吃，其实我倒没有什么，有好菜吃，又不要我做，乐得享受。不过有点不平均了，沈从文在菜就太丰富了，就像招待客一样，四姐她们说我们伙食照三份摊，我有点吃亏，我觉得有人照应我已经很好了，我们这个月只怕要每份摊四十几了。你在宣威现在吃多少钱呢？我钱已用完，你能不能寄一点来？校长那儿不知你已去信没有，我的钱已用完，前儿还借四姐十块钱，叫小五哥给我买豆蔻霜，买棉花。我身边还剩二三元，四海儿童节，想给小弟弟他们买点吃的，一买只怕就要完了，不过我还可以向四姐借。

我们这儿很热了，都穿夹袍，我的夹袍幸亏做得大，现在穿着正好，将来只怕又会嫌小的，肚子这里它长得真快，四姐她们天天说我肚子又长大了，奇怪，肚大腰圆真是不错，腰也粗了，弯一下真费事，咪咪大了所有的衣服都紧绷绷的。夜里睡得真好，简直不大咳，痰也少，只是白天讨厌，苍蝇闹得不得安身，才躺下去就来在你脸上扰，所以白天总是不能睡着，只息息而已。食量真是大，常在两顿饭之间饿了，只好拿些饼干杂食填下去，若是忍一下变头昏眼花了。前几次城里带回来的饼干已吃完，昨儿又托三姐在呈贡小城里买了一斤小月饼（豆沙馅），倒还便宜，一元八角一斤，又还好吃。我上次说的那件白绒袍已做好了，好看极了，四姐说是青岛样子，大概是洋一点吧。于是她们看我做得好，都愿意把东西捐出来，四姐把她箱子里的大红衣裳也拿来给娃娃改棉袍，又把法国毛线送来，我现在正在打一件小毛衣，法国毛线，大红的，白的夹边，一定漂亮。你不要说我小眼眶子，爱要人家东西，其实现在东西贵，用不着像从前摆阔架子。

吻你。

凤竹　四月二日

你信里说那样着急，我看了很舒服，我家呆呆离开我还一天到晚想着我，夜里又梦见我，真是太叫我感动了，我想想人家的丈夫总不及我的，就像从前我总觉得人家的父亲没有我的好一样。呆呆，我岂舍得把你丢在脑后。

凤竹　四月二日

好哥哥：

昨天写了一封信，没有发，今天又接到二十五、二十八的信。火腿不急，你自己带来好了。哥哥，昨天我再三想，你这次来，我还是跟你去宣威好了(请不要说我三心二意)，我有几个理由：1.再住下去我跟老油子要弄不好的，他的种种行为都叫人讨厌，我实在看不起他，他麻醉或者竟是"迷"四姐，例如他说，平凡的人才结婚生孩子，像四姐这样的人应当好好保护起来。还说四姐靠天吃饭，说我靠夫吃饭(并非玩话)，许多人在一起时，他便无精打采，他与四姐二人便谈至深夜。昨天四姐偶然告诉我，前晚的话题是"男女的体态美"，油子说现在的中年人以杨振声最美，青年的他没见过美的。在四川带来三十二元的绣花被面送四姐，又带许多古玩，终日盘弄，他预备先休息一月再开始工作，虽然杨荫浏来催过几次，他亦不理。四姐的卧房、书房他常整理。中秋晚大家吃茶时，他忘形了，点了几支红蜡，放在四姐面前对好光，欣赏四姐，德淑与我都有点局促不安。四姐待我好，他似乎有点嫉妒，笑不笑话？诸如此类，不胜枚举。由此看来让我住楼下并非好意，我终日不上楼，饭亦在下面吃。李晨岚这间房杨荫浏说不定要来住。你我分开了。2.两头牵挂，我想牵挂也是致病的原因。3.人来客往多了，我便吃不好了。上月半个月我出了二十元伙食费。4.我到宣威后便一劳永逸。5.再也不想到昆明来了,便是寒假亦是在学校过。我到宣威来可以积几个钱。6.我答应你睡两张床,随便你每月几次。7.不有意与你闹别扭,不管学校闲事,专心养病,听你的话。你细看上面七条理由,是不是跟你走的好? 所谓为难者就是有点舍不得四姐,我真想给四姐一个忠告,叫她不要以为老油子太好了,要客观一点,但我又怕四姐错会我的意思,你看我能不能说? 你来时将包、行李和籐篮带来,我们商量着看。

凤竹　四月四日

宗哥:

　　前天九小姐带来那个包裹,她说是吴怀孟①亲自送到北门街的;东西都如数收到,只是你带些破裤子来,不知有什么用处,也亏你不怕人家笑话,那个口套,我记得我从前并没有做,大概是你为我做的,难为你想,谢谢你。校长那里的钱尚未收到。前天是儿童节,沈从文特地派九小姐下乡送礼物给他孩子,我也买了点玉带糕送给他们,我想我们的娃娃到明年儿童节,也有九个多月了,那时一定很好玩了,你这个爸爸一定也要买点东西送他的,是不是? 就在那天,我忽然病了,一天没有吃东西,吃什么吐什么,连吃梨都要吐,没有精神,倒并不发烧。后来一直到晚上,李嫂说要给我竖筷子,竖筷子结果是我母亲来了,真怪,我没有想着她,她倒还来看看我,正巧五号(昨天)是清明,我就叫李嫂买了些锡箔纸钱烧了,果真就好些了,今天是全好了,早上已经吃下两碗稀饭、两个鸡蛋了。呆呆,学校真是六月底就放假么? 不是骗

----

① 即吴南青,名怀孟,以字行。

我吧? 我真想你,前天害了一天病,夜里又睡不着,只是想你,想起在宣威我发头风时,夜里发得很厉害的烧,又出大汗,你还是抱得我紧紧的,一点都不觉得我讨厌;若是你六月底回来,就还有两个多月了,那时我肚子一定大得很了。呆呆,我一定得等你回来我才生,没有你在旁边我害怕,有你我的胆子就壮了。你是个好丈夫,我虽然有时和你吵吵,但心里总是觉得你好。三姐不知是何缘故,她总说我要生个女孩,好像我就不会生出男孩似的,我口中不说,心里却颇不服气,其实生男孩女孩于我们都没有关系,我家呆呆还希望生个女孩呢。我想三姐是怕我和大姐都生男孩,于是她的龙虎就不稀奇了。又打成一件小毛衣了,呆呆不要担心,我决不累就是了。我已经叫小五哥给我买两瓶豆蔻(现在四元一瓶,据说以后就没有买了)、一斤棉花,还没有带下来。大姐的航空信早寄去,杨荫浏地址也告诉她了,杨大概要再过两个月才会来。巴金的钱还他很好。你不在这里,咪咪也没人管了,我是成天地不看它,昨天晚上用水洗了,夜晚里有点痛,大概擦得太厉害了。四姐不是个正经东西,她羡慕我的大咪咪,她说她要是咪咪长得这样大就开心了。寄给你的信不知都收到收不到,我真是担心。抱你吻你。

凤竹　四月六日

哥哥:

刚接到二日第十四信,我真是急了,这封信一定发挂号信,看你还收到收不到,也不知是邮局混账还是我们这儿小冬生靠不住,害我家哥哥着急。我是自从三月十九、二十两信后又有三月二十四、二十八,四月一、二、六日连今天这封共六封,难道你都没有见到么? 快告诉我,我的信你收不到,我也是同样急。蓝布包裹已收到(前信提过),钱尚未到。你又花很多钱买蹄筋,我记得已经有信告诉你,叫你不要买火腿、蹄筋，我不大爱吃它，送人又嫌太早，现在送了，将来你来时又要送，岂不费钱，但你已经买了也好，放在宣威，以后你自己带来吧。哥哥，我这几天胃口又不好了，吃下东西去（吃得倒不少）弄不好就吐出来，而且是全盘吐出来（不像以前是恶心吐不出），马上肚子又觉得饿，头昏昏的，别的毛病倒没有。我今天发现，吃干的东西不喝水，就不大会吐，明天当用此法。这几天就因为吐，所以鱼肝油也没敢吃，不过你也不要因此担心，也许过两天就好了，若仍不好，我就同三姐进城去看看（三姐本来要进城的），等我胃口好了当然买鸡吃，你不必着急，我不吃鸡一层是嫌它贵，一层是买了鸡来，自己吃不给孩子们，孩子站在旁边馋，给孩子们吃吧，自己又吃不到多少。我前几封信同你商量的事情，你以为如何？昨天听说楼下邵太太（就是郑惠的表姑）同刘太太都要搬进城去住，楼下房子将要全部空出，再唐兰说来也不来了，郑先生把那间大房也退租了；我想你若是到云大来做事，我们就可以把表姑这两间租下来，这两间房子不错，光线也好，还有一件，很发小孩子，你看玲玲他们虽丑，都是长得胖胖的。若打算长住这里，将来孩子生出来，雇奶妈也容易，杨四嫂的孩子是叫人家送奶来吃（奶妈一天来几趟），十二元一月，不管饭。我常自己想，你在昆明做时，我住呈贡，仍跟三姐吃饭，自己不必忙，把房子收拾得干干净净的，铺一张大床、一张小床，小帐子也要做全了，孩子的一切弄得好好的，你一星期回来一次，我们又新鲜又不太寂寞，岂不太好？二哥今天又来航空信，他在复活节那天正式受洗了，还说要来看我。祝你安安静静的，不要为我担心瞎想，老天会保佑我们。

凤竹　四月八日

哥哥:

我给你的信你老收不到,我都没有兴致写了。你该同邮政局办办交涉,你自己跑到邮局柜里去翻翻,也许可以翻出好多信来。转来镇江的信,很使我高兴,外公八十五岁了,说话有点土气,然而怪好玩的,他爱我们。滋华妹你预备叫大姐从上海汇钱给她,好是好,只是给人家笑话,从前你们说九妈贴娘家,现在弄个我也是贴妹妹,而且我自己又不挣钱,我觉得很不大好,实际上我们的钱也是紧,我看还是免了吧。昨天发的挂号信还说我胃口不好、吐等等,今天已经好了,早上吃了三个卧鸡蛋,中上又吃了两碗饭(现在已经换了杨荫浏的大饭碗,不是那个小红碗了),等这个街子我一定叫李嫂给我买个鸡。四姐送我一瓶蜂蜜,据说这个吃了好的,润肠润肺,对肚子里的娃娃好,将来娃娃皮肤就细腻了。我前两天做过一次狮子头,用蚕豆烧的,好得很,后楼送了一大钵,老油子大为夸奖,可惜我家呆呆吃不到。你的两条短裤也完成了,衬衫布等这次进城买,娃娃的衣服算算也差不多了,我那件结婚做的红毛衣,我预备扯了给娃娃打衣服,四姐不许我扯,她拿去穿了,她再买一磅毛线给我,现在毛线抵羊牌的每磅二十六元,我叫她买大红、白、浅蓝三种颜色,你说漂亮不?大姐不知生了没有,呈贡她也很久不来信了,大家都以为她生了,所以不应该再麻烦她了。上回为杨荫浏带东西事,我写信只请她买代乳粉同被里,没有多要别的。我肚子这两天只见大起来,四姐叫用带子勒勒,她怕我将来更大了难生,她又说肚子大狠了,将来生过了,肚子上有花纹(裂痕)就不好看了。我和三姐说肚子在里面没人看到,四姐说丈夫看了就不喜欢了,不过我想你这个丈夫一定不会因这个不好看不喜欢我,呆呆,你会不会?我的肚子跟别人不同,尖尖的堆在中间,秀气得很(并非自夸),动是真动得厉害,有时两三处一起动,我想他是在里面伸懒腰了。呆呆,日子过起来真快,今天四月十号了,娃娃整整六个月了,还有三个月就要生了,不知怎的,我现在一点都不害怕,我总觉得我会平平安安把他生下来的。咪咪大是大了,但仍挤不出奶来,晚上脚略有些肿(轻微),发胀,三姐说不要紧。我现在怕坐矮凳,怕洗脚洗屁股,怕弯腰。若有你在边上,我一定又要磨你了,但你也不要吓得就不敢回来。我要亲亲嘴,呆呆。

凤竹　四月十日

你看信纸信封都要完了,还不是写给你的,你还收不到,岂不气人?

哥哥:

信收到十七封了。小五哥前儿(礼拜六)下乡来一次,带来了布口袋,里面蹄筋、茶罐、牛奶、衬衫一样不少。只是茶罐给五弟打破一只,剩下的一只已经送给油子了,他很高兴。又送后楼一罐蹄筋,四姐说太贵了,要还我们钱才好,我说不消。四姐也说以后你来时可以不用再买火腿带来送人,因为不必每个学期送,太费了。另外五弟又带来一百块钱,我把欠账还清,把上月的伙食尾子也还清了,还剩下六十元(因为我曾经买了不少东西)。这六十元礼拜六进城一次至少又要花二三十元。我已经同三姐约好,礼拜六是四月二十日,隔上月进城日期又是一个月了,同她一起进城,住二三日,也同她一起回来。这一次进城,不敢冒险再骑马了,因为肚子很不小了,一定得坐滑竿,不过滑竿贵得多,至少要五块钱一趟,来回就得十元。近两日来我们这儿很冷,我是穿着大衣在写信,脚还冻得疼,昨天三姐借一床小被给我,又借帐子给我,正好五弟在此,我就请他给我挂上了,你晓得帐子是很有用的,天热了可以避苍蝇蚊子,天冷了可以避风。我又用皮纸条把窗子(在床边的)缝隙糊上了,因此昨夜睡得很舒服。我这几天食量又好起来,昨天炖了一只鸡,是公家买的,四块钱,只是水放得太多,汤不浓厚,等下个街子我自己买个鸡,少炖一点汤,我自己吃,把鸡肉捐出来做菜吃,汤里再放点蹄筋,岂不妙?现在乡下无甚水果,除了梨子而外别无可买。荸荠我又不能吃,等这次进城带些橘子回来吃。大姐来了回信,你瞧,大姐在四姐、三姐她们信上说,她也是六月(阴历)里坐月子,她现在也是长胖了,吃得很多,她不赞成我将来分娩时动手术。大姐想做投机生意,想寄(用一个字号名义寄就便宜了)一批汗衫汗裤来给小五弟同你在学校中卖,我想你们宣威也许不行,不过这样我们自己用的东西可以不必在此地做了,如你的衬衫也可请她寄来。你又加薪,我看云大事就不必进行了吧,近来这边的物价又涨起来,猪肉卖一元七毛,城里当然更贵,草纸卖一元二毛了。五弟这个月的伙食是五十七元,岂不吓人,我们这个月四十元大概够了。宣威到底便宜些,你下学期如能到四川,当然很好,若不能去,还是在宣威干下去吧。学校后面房子修了没有?我们的一些锅瓢碗盏小东西切不可丢,买起来都是很贵的。来信叫我注意的事,决不当做耳边风就是了。胖胖!

凤竹　四月十五日

杨振声已飞回,我要进城,有点怕他。你看我肚子、屁股多难看。

哥哥:

十八封信收到,王荆福回信也写了,多大的字写满一张纸就算了,而且还是发的平信,我实在是讨厌她,这人就有点像你们的老苏,你说是不是?今天下面人声嘈杂,来了一批军队,说明天就要开走的,教育部郑委员洋洋然周旋于官长之间,似甚得意。今天十八号,后天我同三姐就进城了,我一定坐滑竿,哥哥不要担心,我已经想好了,进城吃一次西菜(他们说又新开了一家大菜馆很好),还要吃一罐白酒,我这几天就想吃白酒,但乡下的白酒又不好吃。脚上鞋子破了,高跟鞋自然不能穿，想再买一双鞋，你说买胶底的还是普通黑布的？又想做一双，拿不定主意。哥哥，你衬裤做好了，带给你还是怎么样哩？衬衫还没做，我想请大姐寄来，因为在这里就是自己买布做，也要五块钱一件，而且样子又不好。这儿天气时冷时热，热起来我的单衣一件都不能穿，昨天我只好穿罩袍，也还是紧紧的，下午抹了澡，三姐替我擦背，她觉得我很"慷慨"。她说我膀子长好多了，不像从前皮包骨头了。我的肚子是相当大，再长三个月岂不更大？这次进城当问医生是否应用布勒一勒，还是由它去长。我现在常出去散步，同三姐、四姐、郑惠随便哪一个，带毛线出去打。就是上个把坡子亦不觉得累，回来反要多吃些饭。哥哥，你是个坏东西，叫我常用水，又怕我感觉迟钝了，将来你岂不是要多费事吗？其实我自来呈贡后，都是天天用水，李嫂很好，不用叫，每到晚饭后便端一大盆水来，我不但天天用水，裤子也换得很勤，前一阵子有白带，现在又好了。隔两三天洗一次脚，因为洗脚太累人了。记得有一次做梦，你抱着我，把被盖好了不让我吹风，我醒来都还是晕晕的。有时一个人睡在床上，就想抱我家肥肥，摸摸吻吻。哥哥你一定常想坏事，谁叫你把我肚子弄大的，只好忍耐些儿吧。郑惠同小五弟简直是在恋爱了，五弟常借故下乡来，这次三姐说他了，叫他不要常来，费钱，但实际上是惠追他的成分多，惠简直迷他了，虽然有老油子的障碍，惠反抗精神颇强，平时就喜欢谈五弟，更喜欢我们同她开玩笑，我们有意不提五弟，让她发急。我给娃娃做了一对枕头，美极了，娃娃东西渐渐多起来，要买个箱子才好，宣威箱子便宜（就像老薛那个），买个大一点的我们装衣裳，小皮箱空出来给娃娃。

凤竹　四月十八日

宗哥：

　　我又进过一次城了，医生仍说很好，三姐又问她将来要不要开肚子的问题，她说让我自己产是可以，但为了要把输卵管扎起来就非动手术不可，无论如何是不能让我再生第二个的。我说难道用别的避孕方法不成吗？她说那些都靠不住，唯有破肚扎输卵管最靠得住，不过是最笨的方法。她是这样说了，我们姑且听着，我们还得考虑，这是以后不再生孩子的问题，不是肚子里的孩子的问题，也不是分娩问题，我就不信没有好的避孕法子，一定得开刀，我再写信到广州问问我哥哥，看他如何说。城里一切东西又涨价了，医院也涨价，本来检查费是五毛，现在一块了，想来后面的病房一定也涨价。我这次又花了四十几块买东西（我自己买了一件布大褂，你的两件衬衫布，本想买现成的，在国货公司问了一下，最贱的衬衫九元，我就买布自己缝了，还有娃娃的一点碎料子，共二十元左右，又买了点吃食），吃饭，洋车，来回火车及两次滑竿。我是二十号早上去的，二十一号早车回来，在北门街住了一夜，没有吃饭，也没有见杨先生他们，我实在怕见人。沈从文要三姐多玩几天，所以回来是我一个人，小五哥送我上车，呈贡站上有滑竿接（滑竿也真是贵，五元一趟）。坐滑竿到底比较舒服，我虽来去匆忙，但不觉得累，腿也不酸。三姐又清了很多娃娃的东西给我带来，四姐送的毛线也买来了，我整理一下，也差不多了，小被小枕小衣，单的绒的夹的棉的都有了，斗篷又有了，就少褥子和尿布了，大姐给我们买了新被里，你该把那床旧的大被里叫人带来，我好替娃娃做褥子尿布。我上封信曾叫你在宣威买个木箱，因为娃娃的东西没处放，若买了一并带来。你的衬衫缝好了后，连短裤一并请吴南青带你。我现在身边又只剩十几元了，钱真是不经用，一百元寄来没多时就完了，你会不会觉得我太能浪费呢？呆呆，以后不用买什么东西了，娃娃的东西够了，我做了一件布大褂，还有两件蓝布罩袍可穿，也可以敷衍了。下月进城一定不买东西,钱当可以省一点。北门街房东要房子,他们要扯伙了,小五哥另在云大附近租房,三姐不赞成,沈从文也许会下乡来。见十九日信,你想我得那么厉害,我何尝不想你呢?三姐、沈从文差不多每礼拜见面,还那样子,夜里常听他们笑,谈话,我隔一层板壁简直睡不着,想我家好哥哥。

凤竹 四月二十三日

好哥哥:

你这样想我,叫我都没有主意了,我也是天天都想到你,但也许没有你想我的浓厚。日子快了,还有两个月就见着了,我记得从前看《浮生六记》,他从他父亲那里回家,见到他太太,两个人拥抱时,就不知身在何处了。你还记得去年我在呈贡,你回来了,我等不及挑夫出去就要来抱你,想想那个时候,心里都是甜甜的,不远了,只有两个月就到了,宝宝。你一个人在宣威也真是苦,没有一个够朋友的人,那些同事们看到了只有腻味,我就觉得他们讨厌,虽然他们都能存钱也没有用。不过话又得说回来了,为了一月有那一百几十块钱,还是在那里暂时干下去,再打别的主意,好在娃娃出生后,我们就到一起了。你下课回来,就是三个人了。那时一定不会寂寞,但我也不想太磨你,那时我身体一定好了。三姐在城上仍未回来,前楼孩子们太吵,我常在后楼,郑家父女又到德淑那儿去了,就是我和四姐两个人。这两天清净得很,不知什么缘故,人家都说她脾气大,我却与她合得来,以后身体好了,有机会就跟她念点书,旧书如四书五经之类,因为这些书我都没有念过。郑惠现在大概是春情发动了,四姐说她有点歇斯底里,老油子也正为这些事常骂她。他从前总觉得他的女儿高贵得很,现在也发现她在一般少年男人面前卖弄风情,惹得很多人都来追她。不过我觉得惠还有她的可爱之处，不讨厌。二哥提议的要我在分娩前早一个月进院去住，我想到那时再看，同医生商量，若非必要，当然还是晚一点进去为好，一方面是省钱，一方面一住进医院就要人照应了（如饮食），反不如在家舒适，你以为如何？你一定得要七月初才能来吗？我觉得太晚一点了，我希望你能跟校长说说，你的功课提早考，六月底你就回来，因为有些事情要同你商量了才有主意。三姐他们虽也可商量，但究竟不关痛痒，如那天在省检查时，医生说要破肚扎输卵管，三姐在旁边就说你不要生吧，还要生第二个做什么，应该听医生的话，她的意思好像我不愿避孕似的，医生笑了，弄得我都不好分说。肚子在我身上，破不破，痛不痛，都是我的感觉，别人不会晓得，其实破肚也许不痛。我怕的也不是痛，怕的是破肚的空气，好像一听到这两个字，就要打寒噤。

凤竹　四月二十五日

哥哥：

　　三姐昨天从城里回来，给我带来了好多东西，北平的邓小姐到昆明来了，路过上海，大姐就请她带来了一个包袱，全是给娃娃的东西，计有夹被一床，小绒衫裤两套，背心两件，围嘴二个，小鞋一双，洋装一套，大紫包袱一个（可做包被）。还有老伯伯也请邓小姐带来二十元，是送给我们娃娃的。你看娃娃还没有生下来，就有人送礼来了，我想以后凡是送给我们娃娃的钱都不要用，给他存起来，岂不好玩？你赶紧写信到上海去谢谢他们，大姐送的东西太多，有的夹被是我们请她办的应该请她算钱才好，我当然也要写信给她，但我不好意思说。乳粉没有带来，想是不好太麻烦邓小姐。娃娃的东西足足有一箱子了，没处放，只好放在杨荫浏的火油箱子里，以前信上曾提过，叫你在宣威买一个木箱（像老薛的），因为它便宜且不难看，你一定是毫不在意地丢过一边了。还有现在有新被里来了,你那里的旧被里(厚布的大的)应该拿来做尿布了。你若再不关心,我将来一定叫娃娃不睬你!我现在正在给你缝衬衫,衬衫缝好再给你打一件薄毛衣,因为四姐送的一磅毛线有半磅是浅咖啡色的细毛线,我看娃娃的衣服丰富,娃娃的爸爸就更显得可怜了,所以给你做一点,让你也漂漂亮亮的,让小姐们注意你,羡慕你,好不好?我家呆呆实在是很美的。你又该到邮局清信去了,为什么挂号信就收到,平信就都收不到?我告诉你六号以后,四月八号、十号、十五号、十八号、二十二号、二十五号都有信给你,你若没收到,赶紧到邮局去查。你说叫人算八字,要得贵子,不知究竟灵不灵,我早几天梦见许多大桃子,我又吃桃子,他们说梦见果子,该生个男孩,若梦见花就是女孩了。管他男孩女孩,我们都无所谓,只要他生得顺顺当当的,模样儿长得不讨厌,我们就喜欢他,你说是不是?郑惠、四姐她们都说我们的孩子一定是漂亮的,我想这也难说,虽然你这个父亲漂亮,我却丑得很(并非自谦)。

　　北门街要大加房钱,他们要扯伙了,杨先生、杨小姐住到蒋梦麟家去,沈从文搬进联大,汪先生下乡来,因为还有书未编好,刘麻跟她父亲上重庆,小五哥跟他同学另外租了一间房,将来你来昆明可住他那里,萧三嫂同程云贞也租了两间房,颇宽,我同三姐她们以后进城可住那里。你每次来信都说要我吃三七吃鸡,我若总不肯吃,将来一定要挨你骂,所以今天请三姐写信给沈从文请他买十块钱三七,他对这些东西倒是识货的,下礼拜六带来,这个街子我一定买鸡,等三七来炖,三七炖鸡方法你可问唐兰然后告诉我。这里的鸡最大的四元一只,也不太贵。以后城里常有人来,我们西红柿牛肉等等,可以常吃,也是补的。这儿有玫瑰花卖了,两块钱一斤,很多,可吃亦可装枕头,我想装娃娃小枕头,但又怕人说我太奢。四姐把那八十元也给我了,我给了本月的伙食(这个月是四十三元),还剩不少钱吃东西呢。你暂时不必寄钱来,但你也不可钱多了就请客。六月底就回来,我的好人儿!

妹妹　四月二十六日

宗哥:

　　来信都顺号收到,现在是二十号,呈贡邮局的毛病是不送,都要自己去拿,好在我们前楼后楼每天总有人进小城,所以信都收得到。现在是下午,我一面写信一面喝鸡汤,你说写意不写意?昨天三块八毛钱买个鸡,炖了少少的汤,汤我一个人喝,鸡肉捐出来大家吃。呆呆,我幸亏问问房东,她们都说我现在吃不得三七,吃下去娃娃受不住倒要打下来,将来产过后,在月子里吃是最补的,你说险不险,我已叫沈从文买了十元三七,留着坐月子吃吧。后天礼拜六,沈从文自然要来,老杨同邓小姐也要来,前楼后楼都预备招待,我也把新大褂做好了,做得很大,这样可以遮丑。基昌哥又来信,说桂圆肉寄来了,还受检查官不少气,他在邮局把桂圆一个个倒出来又装进去。他又说他们医院的洋姑奶奶知道了他妹妹要生孩子,送了他好几套小衣裳,他自己又在街上买了些小被小枕,打了个包裹想寄来,谁知广州寄不掉,他只好叫人带到香港转寄了。他办的酒精厂五月一日开工,若是顺利,他到秋天就可以坐飞机来看我,我很高兴。滋华那里我也去信了,叫她收到钱就来信。我这几天又有点干作恶,但吐不出来,只吐出一点酸水来,饭倒是照常吃得下。还有个毛病就是尿太短,时刻要解手,若是忘记了,一咳嗽就震出一点尿来,所以我现在天天都换裤子,白带倒没有什么了,就是尿讨厌。李嫂还好,不像云南人那样死,前天我给她五块钱,让她高兴,并非阔气,实在是东西贵,给少了人家不能做一件正经事,反正这次给了,以后两个月就不给了,等我添了少爷再赏她,你说好不好?小吴也写了信来,倒不能不回几个字,她说校长这学期架子大了,我想也许是对他们(吴、刘)有所鉴示。你信越写越粗了,若不骂你,你越发得意,什么凤凰窝乌鸦窝的,不知害羞。

凤竹 五月二十日

哥哥:

好几天没有给你写信了,可是真想你,手里给你缝衣裳、打衣裳,心里就想你,真是就像在恋爱样的,三姐四姐她们说我谈谈就要提到我家张宗和。告诉你那个宋汉篪到昆明来了,他跟沈二哥说,他认得孙小姐,他还看见我提着书包上学呢,九小姐告诉他孙小姐现在是张宗和太太,他很感兴趣,他要来呈贡来看看四姐和我,可是他又忙着到铁路局的什么医院做事去了。这个人蛮好的是不是?我们一开头认识的时候就有他,四姐说我送你上船的时候,就被他看出来了,他问四姐孙小姐很喜欢宗和是不是,四姐说没有没有。后来你走了,我们常在四姐那里见到他,他每天总从俄国铺子里买一袋糖,带来请我们吃。教育部又加四姐二十元饭贴,是从一月份起的,她很得意,她预备送四十元给我吃鸡(做月子时候),四十元可买十只鸡,一个月子够了,那么我们这笔鸡账是有出处的。谈到坐月子,不由得想到许多事情,好像很麻烦,可是到那时候这些小问题也自会解决的,例如北门街搬掉了,将来三姐去就要住到王树藏那里去,她吃饭又不方便了,若是再要给我炖汤炖菜就更不方便了。吴二爹爹家离医院近,不知可不可以买了菜上他家去做一做,又怕不熟,不好意思。你的问题我想过了,在医院附近小馆子里包饭,比零吃划算些,晚上到小五弟那里去睡(现在汪先生也不下乡来了,不久他就要到研究院里去做一个事情,有一百元薪水,他同五弟两人合租一间房)。我同三姐四姐商量过了,预备这样,在我生产的头一个礼拜,一定要三姐在那儿,或者就请她陪我住院(在房中加张床）。一星期后就可以让她下乡,换李嫂来服侍我,李嫂心还算细,服侍人还可以,况且她又是生过孩子的。乡间的事情三姐当然要多做了,不过还有个冬生帮她忙,四姐再叫后楼李嫂到前楼来洗衣买菜,也就可以敷衍过去了。今天八号,十号就是整七个月了,算算日子是越来越近,因此想起来,心里不免紧张,事情不定,心里总是惶惶的,倒头苏医生也有些讨厌,问到她正经问题,她就洋洋地搭架子。本月二十几号北门街搬家,三姐要进城去理东西,我还是同她一起去,叫三姐这次无论如何问个明白(本来我自己可以问她,但怕她有些话不肯告诉我):1.到底要不要动手术? 2.假如要动手术是因为什么? 若是为我生产时必须,当然依她,若是为以后便避孕,那就告诉她,我生过孩子,就同我先生分开,绝对不会有第二个孩子,请她放心。3.我是不是应该早些进院来等产? 什么时候来? 早半个月来还是早十天来? 4.若是一定要破肚,是在什么时候破? 这四个问题这次一定要问明白,我们才放心。若是她的回答我们不满意,我们可以到甘美医院去生。我们决不能盲目地服从医生,我是吃过亏的,你以为如何? 你七月初才来,真是太晚了,你无论如何要跟校长商量,把你的功课早点结束,在六月二十几号就来昆明才好,要紧要紧! 至于我现在的情形,真很好,既不头痛又不脚肿,我曾看见一般精强力壮的妊妇,她们一到月份多了尚且不免脚肿腿肿。吃饭近来也不错,不过常要作恶心吐酸,但并非大吐,我现在颇要吃酸的,记得起初时在宣威并不要吃酸的,三姐说这是各人不同,有人是在某一时期想吃酸的。陈德芳东西尚未收到。前信二日寄的五毛钱邮票收到否?

凤竹 五月八日

宗哥：

五弟又搬过家了，不是青云街一六五号了，若是有人带东西来，千万不要瞎送，招呼丢了。北门街先是说本月底扯伙，现在要延长到下月了，若是在本月内有什么事，还可以同北门街接洽，不会有误。二姐生病事，四弟也有信来报告，说是这次花了三四千元，真是那个了，我们这里今天都有信去慰问。哥哥，告诉你件要紧稀奇的事，我昨天晚上洗乳房，忽然挤出奶来了，像米汤似的，大颗大颗地冒出来，弄在手上黏黏的，尝尝是甜蜜的，真是怪好玩的。人家都说我不会有奶，这样不好那样不好，看来都不一定，我想我若是一下手就不找医生，等足了月，请个稳婆接一接，吃些好东西，也许什么事都没有。一文明就有许多顾虑，许多苦恼。我最恨的就是一般文明人，他们一知半解的，其实并懂不了多少，但他们要编出一番道理来把人家的事说得严重一点，反正与她无关。即至人家问到她当年害肺病生孩子一事，她又不愿意说了。你问的事当然要回答你：1.咳嗽像是好点，但还是有，不过早上那一阵大咳倒好了。2.大便不算太好，也没有一定时间，而且时硬时软，有时一天两次，有时两天一次。但也不至于用灌肠器来通。3.饭每顿两碗（是普通的饭碗，并非那小红碗），若遇有对味的菜，还可多吃些。4.睡觉晚上八点或九点上床，早上七点前起来。哥哥，我希望你越早来越好，最好是你来了我还不曾进医院，让我们亲热几天，再送我进医院，一到医院就不方便了，我真想你，这几夜尽梦见你。好，三姐要上街了，把信给她带去发。

妹妹　五月十日

好哥哥：

四日信早到了，但四月三十日信却同六日、八日两信在昨天一起来了。哥哥,真是六月二十几号就要来了,我从心底里高兴,算算只有一个半月了,哥哥来了,什么都不要紧了,就吃点苦,也得着安慰。不知是何缘故,我总不十分信托别人。早两天我真是别扭,心里乱糟糟的,什么事都不高兴,菜坏极了,饭又吃不下,人家是有丈夫才有生活,丈夫不在这里,无论怎样简单马虎都不要紧,日子仿佛也是白过掉的。昨天我叫李嫂把我的一个生蛋鸡杀掉了,李嫂直舍不得,我硬叫杀,谁知刚炖上,沈从文同邓小姐就来了,邓小姐人倒很好,中饭我把鸡捐出来吃了,否则我就不理。邓小姐像邓宛生,不大好看,不知是不是从前给你做过媒的那个? 她现在资源委员会做事,昨天下午就回去了。沈从文大概还得住几天,今天早上三姐穿了红衣裳高跟鞋,带着孩子去散步,问我去不去,我当然不去,人家的丈夫干吗去呢? 而且夹在里面也没意思。此刻他们又去赶街子,这两天当不愁没菜吃。前天房东老头子过寿,大请客,有帖子给我,我也出了两块钱份子,吃了他一顿,菜颇好,不像宣威的七八碗。天气也真是太热,上午楼上还不错,中饭一吃,便不能等了,又闷又热,像蒸笼一样,后楼也是如此,于是我只好带了毛线到下面去坐一下午,等太阳下去才敢上楼。宣威一定没有这样情形。我现在精神倒是顶好的,白天常不睡觉,上下楼也不觉累,也常出去散步,就是有时心里烦乱得很,想到一两个月后的事,就没得主意,同人商量不得要领,反增加恐怖,所以我现在也不问人,横竖这一关总得过的,倒是你早点来要紧! 大姐也有信到呈贡,她说奶粉买了,大被也买了,还是夹被,已送到杨荫浏那里。我上回请她替你做的夹袍也做好了,等人带,她倒没有提给我做衣裳的话,我现在不在乎穿好衣服,邓小姐说大姐肚子很大,比我大,但精神颇好,常到商场去买东西,我想我们不必要的东西,就不要再麻烦她了。五弟与惠的事情,四姐叫你不要喝彩(写信给五弟时),怕五弟不定心念书,同时惠这个人有点莫名其妙,她对谁都有好感,所以引得好多人都来追她,老油子就是常为这些事骂她。我们的儿子就叫以靖好不好？四姐起的,四姐说是同三妈家的孩子作对,三妈家的孩子叫什么靖曾。今天十三号,我二十几号又要进城了,同四姐一起,这次一定把一切事问个明白,自己也定心了,也好准备。

妹妹　五月十三日

宗哥:

昨天接到你三封信,还有广州一封信,就是四封,真是开心,你看你十六的信十九就收到快不快？这几天我们这里太热闹,前天五月十八是阴历四月十二,四小姐过生日,罗莘田、老杨都来了,他们买了大蜡烛、寿饼带来,四姐要写信骂你,都是你在老罗面前放的岔子,那天四姐做一天寿翁,中面晚饭,是惠小姐忙的,我们也都在后楼吃了一天,第二天三姐请客,今天才散。老杨、老罗都说我现在长胖了,精神好多了。老杨说你比他们联大教授还舒服,教授们要三个人一间房,你却一个人住一间的房,你带他们逛东山又绕了道,可见你是“阿木林”①。你也快要长尾巴了,四月二十四就是阳历五月三十号,自己记得到那天去吃顿馆子(吃面),也不必花钱请客,这儿三姐他们叫我请客,我不干,这儿随便下点面,炒点菜,就得十块钱,况且你又不在这儿,我实在没有兴趣。四姐这一阵子身体不大好,不是拉肚子就是便秘,昨天又发热,有时脾气大得很,郑老油子没法,就来请我去陪她,又请我搬到后楼去住,我答应他等杨荫浏来了我再搬,我又告诉他,四姐虽和我不错,但她身上不舒服起来也免不了要讨厌我的。我看老油子和惠都待四姐不错,四姐有时对他们发脾气,我们都觉得不过意,此类情形时发时止,你也不用多事,再写信来劝。今天已经二十号了,总在

---

① 意即傻瓜、迟钝之人。

本星期内,就要进城去检查,大概是和三姐一起,因为我怕有些话医生不肯对我讲。我身边只有二十元的样子了,这一趟进城恐怕就要花光了,当然还不能买东西。还有老伯伯给小宝宝的二十元,我想留着不花它,所以你接到这封信就要寄点钱来才好。四月份薪水不知发了没有?坏东西,叫我寄邮票,我们的邮票还不是要从省上买去,等买了再寄给你。那次飞机来是从我们头上过去的,二十七架银色的整齐得很,飞机场是炸了,但金碧路、护国路没有听说被炸。大概是谣言,你也不必担心,雨季快来了,七月里正是雨季,所以我住医院的时候,也就是最安全的时候。你说四川事我已经几方面在进行,很好,你现在不必愁去起来的麻烦,我告诉你,只要孩子顺顺当当地生出来,月子里好好地养,身体一定会好起来的,身体一好就什么都不成问题了。我好好的,娃娃也一定有奶吃,若是不够,再喂点乳粉就行了。你说把被单毛巾叫人带到青云街五弟那里,五弟搬过了,东西一定要丢掉,北门街下月才扎伙,在本月内有东西或寄钱仍寄北门街沈从文或汪和宗转。我这几天很好,常常在外面散步,前天还进一次小城,并不觉累。呆呆,你该晓得,尽早考,尽早来,妹妹要你。

凤竹 五月二十日

哥哥:

还是礼拜一给你写的信,今天是礼拜六了,哥哥等不到信,又要着急了,但是也好几天没有接到你的信了,还是第三十二封。昨天我又进城了,同三姐一路,她骑马我坐滑竿,早上九点车去的,下车就到惠滇,正是看门诊的时候,检查了,小便、血压都好,听过肚子,她说胎是很好的,用手摸过肚子说位置很好。我问她为何小便太短,半小时就要一次,有时管制不住,一咳嗽就流出来,她说因小孩头在下面压着膀胱所以如此。这不算病,不用怕。我出去,让三姐问她那几个要紧问题,她的回答是要不要施手术,现在尚不能决定,因为时间尚早,到足月时候看我身体情形如何再与别的医生商量,然后决定,她还叫我早一个月去住院。哥哥,若是早一个月去住院,那六月十几号就要去了,去得这样早,费钱是一个问题,而且一进去就要人照应,里面饭又吃不饱,北门街眼看就要搬家,三姐以后又不能久住城里,你那时又不能来,我一个人住在医院里,不能自己天天跑出来买东西,吃东西,好好地住上一个月医院,又没人陪,岂不寂寞死了,厌烦死了? 所以我想不管他,等到六月二十九号,你来了我再去住,既可省钱,也有人陪有照应了。况且我现在情形这样好,何必老早住在医院里受罪,我想早半个月去,已经是慎重了,我一定等你来了我才进医院去,就是这个主意! 哥哥,我真是有点得意呢,昨天我看到很多大肚子,检查了都有话说,有的要打针,有的要吃药,有的要验血,有的要马上住院,因为胎位不正,我倒是一点啰嗦没有,马上就出来了。洋车太贵,惠滇到冠生园要四毛,我们没有坐,同三姐走去的,一点不累,冠生园现在一天到晚都有点心买,我们吃了包子、烧麦,又吃牛肉面,顶饱也顶舒服,才三块七毛钱,是三姐请我的。坐着休息一会,三姐又送我上车站,她自己回北门街去了,大概要明天才回乡下来。我坐两点车回来,手里拿一个篮子,里面有西红柿、白糖、牛奶,还有替四姐买的枇杷与罐头,另一只手还夹有一床被,是坐滑竿用的,下了火车,滑竿已在等着。原来他们就没有回去,花十块钱用他们一天也不算贵了。回来还在后楼玩了一下午,一点不累。四姐一直没有好,好像是肠胃有毛病,近两日简直不大吃东西,只吃一点水果,而现在又没有水果,烂心的梨子都要三四毛一个,真是作孽。四姐精神大不如前,有时简直不说话,有时也希望有个人谈谈,有时发脾气,琢磨不准,人好像比我还瘦一点了。我有点担心,想再慢慢劝她进城去看看,刚才老油子来前楼商量说她的病不轻,胃饱闷,吃一点水都要打嗝,要劝她进城去看才好。我也这样想,下午她精神好一点的时候,去慢慢劝她,惠滇的内科医生不行,还是到甘美,病房比较舒服,看护也好,今天天阴,不好,明天或后天让她坐滑竿去,到昆明就进医院。其实她现在人弱得很,应该坐小汽车去才成,但老油子说小汽车没有地方去借。老油子他们有点害怕,因为四姐自己也常常嘀咕,常说到死上去,我们有意跟着她大说,好像是玩话似的,她自己真有点怕,神经脆弱得很。所以我要问你她从前害肺病在北平时,是不是这个样子?我前信叫你寄钱来,现在三姐拿了钱给我用,一百元除了伙食五十几元(本月买了一担米,又买麦子,大概要五十几了),还有四十几元零用,够了。北门街就要搬,你暂时不必寄钱来,怕寄丢了,薪水发下来,留着将来带来用也是一样。这边的汇款四姐的一百八十已经拿完了,三姐的二百五十五元,我现在拿一百,还有一百五十五元,大姐给三姐信上说,在昆明的公款五百元,你同五弟分用,一人二百五十,你看我们生孩子,此地只有四百元了,大概不会够的。我昨天在医院把价目看了,住院以星期计算,头等每周五十六元(即八元一天),二等二十八元。接生费头等五十元,二等二十五元。如指定医生接生加接生费百分之五十(因为平常接生就是看护们,若要医生接就要加钱)。如施手术,价钱另算。我想我就是不动手术,接生时也要请医生动手,胆子大些。那些小屁心子的看护,总靠不住。

　　不要长胖了!

凤竹　五月二十五日

哥哥:

　　前天(二十五)发了一封信,是叫冬生送的,那天正下着雨,我疑心病,怕他送不到,信的内容是报告进城检查的事情。这几天真讨厌,牛毛细雨，又冷，三姐还未回来，四姐又病着，真是寂寞，我还要管家管孩子，一点心情都没有，夜里又梦着你，白天总想着你，今天是二十七号了，再过一个月，到下月今天，哥哥一定来了。前两天四姐真吓人，一口水都不吃，闭着眼睛也不讲话，我们已经预备请老油子进城打听医生接洽医院，等天一晴就送她进医院。谁知前天夜里解了手，拉了两次，松多了，昨天就能吃一点牛奶，一点锅巴茶了，今天更好一点，但人还是软得很，因为她一个礼拜没有吃东西了，只吃点水果。你应该写封信来问问她，前天她的"遗嘱"还叫把那管宝贝笛子送给你，因为你同她逃难时曾带着这支笛子走了不少路，你有了笛子也可以给我吹曲子了。天冷，我又穿上衬绒袍子，都扣不上扣子了，我们从前说尹师母难看，现在我也是如此，裤子也是嫌小，你记得我的绒布裤子从前是那么大，现在也不够，我一吃过饭就得放裤带，否则就叹不出气来。记得书上说在怀孕八个月时子宫的位置最高，我现在就是这个情形，差不多在咪咪下面就是肚子，成这样形状，所以裤带差不多系在胸口上，系紧了不好，松了又要掉，真是难受，大概到最后一个月，肚子又会往下一点。天真是怪，坐在这里脚都冻冷了，就是所谓栽秧寒。这几天我们都没有水用，河干了，打了坝水一起流到秧田里去了。三十号后天是你的生日，到那天我到外面去找点好花儿寄给你。刘伟光走了，我希望因此早放假，小吴早些时又有信给我，我还没有回她，我受不了她的热情，让她冷一冷好。脚冷，想上床去了，哥哥这儿，我一定要你抱我上床去，不，也许你现在抱不动我了，如四姐说的，"你现在脚步怎么这么重啊"。实在我还是轻轻走的。

妹妹以靖家妈　　五月二十七日

好哥哥:

今天长尾巴了,长命百岁的。明天是小生日,本说今天两个生日合起来做,吃点好的,谁知不巧我病了,昨夜肚子拉了十几遍,大概是痢疾,又咳得凶,鼻子不通,不要紧,是早两天下雨冷,受了凉,头昏,不想起来。三姐也没兴致了,说我不能吃油,就做点稀饭、烙点饼随便吃吃算了,宝宝你自己好好地去吃一顿吧,高高兴兴的,明年我叫娃娃给你磕头。三姐前天由城里回来说,你寄来的一百元到了,汪先生还未去取,所以来不及带下乡来。北门街在这个礼拜天就搬。三姐在城上曾经同小五弟去拜访吴二爹爹,他们还住在那儿,三姐谈起将来我生孩子,要上他家煮煮东西,他们满口应承,并且他家七表婶还说你可以在他家吃饭,也可以住在他们办公楼上。这样真是便当多了,虽然我们不想太麻烦人。大姐来了信,又叫人带了东西,我的夹袍一件,小娃娃衣四套,包袱一个。就是你的夹袍未做,因为最近布价大涨,稍好一点的布料早就要半百元才做得成,大姐说你有信给她说不等着穿,她就过些时看有合巧的料子再做。宝宝欺负你了是不是?杨荫浏有信给油子,说六月中来滇,大概快了。四姐已好多了,宝宝我肚子痛,怕又要拉了,不写了,在床上写的字这样难看,抱抱我家胖胖,祝你狗头狗脑的!

妹妹　五月三十日

你不要又担心,我到呈贡来还是第一次害小病呢。

宗哥:

这四五天全是在床上过的,今天总算好了,不拉了,肚子也不疼了,就是人软一点,略见黄瘦,好在胃口还不倒,吃得下,恢复起来也快的。那几天真难受,一天拉到头二十遍,夜里也如此,又拉不出,屁眼都凸出来了,肚子痛向下坠,娃娃又夹在里面,一天动不息,有时在肚子里拼命撑,肚子挺得多高的多硬的,子宫又痛,我又疑心是要生了,睡又不好,坐又不好。幸亏好得快,昨就只起来两次,冻子也没有了,本来痢疾只要不瞎吃东西就好得快,我这几天就吃点稀饭咸蛋,什么都没敢吃。此后吃鸡加倍小心,离生产近了,不能生周折了,杏儿是再也不吃了(那天进城在车站买杏子吃,又没洗,后来又受点凉,我怕就是它吃坏的)。哥哥不要骂我,我都快做妈妈的人了,看见果子糖食还是馋,没有办法,将来一定要与孩子争嘴,那时只好让你来调停了,是不是?还有几天就过端午节了,我就想粽子吃,我已请沈从文在冠生园带几个广东粽子来,不晓得他带不带。沈从文这次(昨天)来,没有把那一百元拿来,他说是汪先生又退回去了,原因不明,你收到没有收到?退回去就算了,不要再寄,我已在三姐这里拿了一百元,除去五月份伙食五十七元五分,还有四十三元,用到你来的时候够了。北门街已撤,小五弟处又靠不住(五弟住不牢的),三姐、四姐她们又不赞成他个人另租房住,多花钱,要他搬到学校去,大概最多住到暑假,假期要他到呈贡来。以后不必叫人带东西或带钱,徒然麻烦人,我要的东西你自己记得带来好了,总而言之,你是个懒东西,办事不力,一事无成,来了先剥了裤子,趴在床上,让我打五十屁股,再同你好。陈德芳只带了一双皮鞋,可是连皮鞋也没有影子了,叫你带被里,一直挨到今日,又不能带了,还有叫你买个箱子,也是故作艰难,你不晓得买处,不会问问人?箱子是必须的,你买不来,只好在昆明买了,也不能管它贵不贵。你看人家办的事,倒没有错,大姐那里左一次右一次地带东西来。二姐来了回信,她好了,但(步履尚艰),她劝我产后好生保养,钱不够可告诉她,又说妹一生健康,在此一举。二哥来信颇好笑,"你的医生要你破肚子结扎输卵管的办法,是过于拘执于书本,或者是本身是她而不是他,关于此类的经历不足,可不必听她的,最方便是下次去昆明时,找一找中华医学会昆明办事处,让他们接见你的医生,说明你的需要,附带申述你的病的理由,他们会给你一种药,或是方法——决不是开刀——提供你暂时或者长久停妊的安全,没有错的"。我现在就想吃,想吃好东西,晚上有鱼汤吃,岂不快哉?你怎么只吃些青菜豆腐?不要太苦了,你来了我一定做好菜请你,磨来了新面,做馒头做饼都可以。

妹妹　凤竹　六月三日

　　胡师母是不是快生了?你那回请艺专的人带去四川的大衣,三弟收到没有?还有四姐说,我如果生下的孩子是黄头发、蓝眼睛,就不能叫"以靖"了,你以为如何?

哥哥:

　　你伤风好了没有?望自己保重,穿衣盖被都要带暖,尤其是清早起来出去大便的时候。我本来已好,泻肚子完全好了,伤风也好了,谁知前天想晚出去看看秧,又着了凉,又不行了,这次伤风更重,头痛,鼻塞,痰又多,简直要躺着。我想,好几天没有给你写信了,怕你急,所以给你几个字。一会儿叫李嫂上街买生姜,煮一碗浓浓的姜汤喝了,自会好的。

　　祝　好!

妹妹　六月七日

哥哥:

　　我简直不想给你写信了,一心只念着你要来了,真的,今天业已十一号,只要再过半个月,两个礼拜,赶两次街子,岂不太快了,想到这儿，几乎又想搁下了。放心吧，我好了，什么都好了，只嫌人家给我的东西不够，总觉得不痛快（又近乎发牢骚了，其实是这些话没处说去，搁在肚子里又不好受，同你叽咕叽咕，发泄发泄而已）。等你来了，我做点好菜给你吃，自己一个人总不高兴做，花了钱忙了请人吃，太不划算，而且每个月还要出那么多伙食费。我现在很晓得当心自己，伤风的几天，窗户都不大开，夜里起来解手，都要穿衣裳。白天也常常躺躺，所以好得也快。你伤风好了没有？四姐前几天进省一次，在惠滇检查了是肠胃病，现在吃着药，好一点，等药吃完了，再去看看。你给她的信，她看了大笑，你真太不要脸，贱内贱内的，等明儿你回来，我才跟你算账呢。我最讨厌这些酸话。你说日子近了，该检查多些，我看大可不必，不要自找麻烦吧，检查没有什么用处，好还是好，进城一趟又得花几十块，我是决定等你来了，在月底或下月初去住院。何保董的事情你可含糊答应他，我才不高兴去说呢，你想我们自己的事尚且不屑去求沈从文，还替我们的朋友去求他，简直是发霉，况且他也不见得热心，不见得瞧得起我们的朋友，你说是不是？我这一阵子因为不舒服，不能起来，躺在床上看了不少小说，屠格涅夫的《贵族之家》、契科夫的《妖妇》（短篇集子），现在又在看阿资巴托夫的，都好。俄国小说很合我口胃，于是很有兴趣，虽然我还有好多针线都搁下了。我前天曾经送过二十块钱给老油子，算是房费，他无论如何不肯收，只得算了。来时多带几个茶罐，茶罐要东川的沙罐，不要泥罐，你上次托人带来的就是泥的，望注意。还有你来时，把能带来的都带来的，我想箱子行李还是全带来的好，就是那些零碎用物，不要带的，也要理起来，归在一个网篮或藤篮里，或交给谁，以免遗失。蚊子在咬我腿了，我们这儿蚊子多极了，宣威不知多不多？你又没有帐子，岂不是要把我家呆呆叮坏了？昨天是端午，我们吃到粽子了，你吃到没有？今年节令晚，果子都还没有上市，记得去年桃子已经出来了，我真想吃。天老是的的嗒嗒的，我讨厌，你知道我是最怕阴天的，愁人闷人！联大正在考试，十五号完，二十号内放假，但五弟还不下乡来，因为乡下没地方住。沈从文要来，所以你到昆明还是去找他，他的房子也不退了。

凤竹 六月十一日

哥哥：

今天已是十五号了，真是离你来的日子越近，心里就越急，好像旅行人坐在车上的感觉一样。我这几天人倒是好透了，找了些针线在做着，打着岔，省得一天到晚地盼着你，发慌。你实在是个坏东西，等来了我才慢慢地收拾你呢！我问你为什么写到接到李鼎芳一封信，下面要注"在重庆的男朋友"？男朋友字边上还加个圈，你太坏了，你在打趣我那次为叶至美信和你闹的事，是不是？好，你这样挖苦我，你记着。四姐好了，郑德淑也来了，好不热闹，你来了好好地玩两天再走。你说我可以写信问问二哥避孕的事，兄妹们不要紧，我才不敢呢。你晓得我们家同你们家不同，姐妹弟兄无话不谈，我是有点怕他的，你想他比我大那么多。不知什么缘故，我好像没有话说了，大有一张纸写不满之意。你说东西重要的全带来，很好。还有，你把那儿的碗带四个来，两个大的，两个小的，带时塞在行李或箱子里都行。因为我进了医院，必须这些东西用，省得又花钱买。你的行李外面没有毯子包，你就拿那床预备做尿布的被里包吧。你的信到四十三了，我整理了一下，就少三十三一封，但也有号头重复的。我本来散乱地包在一个纸包里，前天我想你快来了，赶紧整理一下，把信封去掉，信纸理顺了夹在一个夹子里，因为我怕你怪我。记得上次你还为这生气呢。

旅途平顺！

凤竹 六月十五日

宗和：

昨天接到你从威宁来的信，知道你在路上吃了苦头，把我心疼得什么似的。但是无论如何今天你总是在昆明了。我呢，正如你想象，快累病了，一号起自己起火，又忙着赶的裤子（她大约明天走），夜里起来把三次尿，丫头倒乖得很。最可恶的是黄家的小孩，一个钟头哭一次，大声哭，就像杀他一样，简直不能睡觉，夜晚不能睡最苦了，日里再做一点事简直就累病了。他们打主意让我搬房，我想也好，这几天来了不少信，拣要紧的先转给你（二姐与寰和的），还有沈其道、孙基昌、薛志昌的下回再寄。

此祝　健乐

凤竹　十月四日

宗和：

真想不到夜里两点钟会爬起来写信，我简直要发疯了，也真是倒霉，碰到鬼，隔壁的小鬼整整哭了三个钟头，中间没有停过几分钟，哭得断了气，变了调，不知道他爹妈怎样把他生出来的，他娘老子不理他让他哭，许是有意与我捣蛋。我明天跟薛人文商量，非搬家不可，不然我非病倒不可，我实在忍无可忍了，一连四五夜不能睡觉，还了得？而且越苦越厉害，你见过一个小孩子日夜不睡觉的吗？伯母也说没见过。大概是日本鬼子投胎，将来一定要做土匪，实在可气。

我家的丫头问良心真乖，你走过后，没有来过尿，一夜只需起来把两次，白天闷玩，闷吃，简直壮得不得了，问她爸爸上哪里去了，她说"爸爸上昆明买糕糕饼饼西红柿糖糖给妹妹吃"。

新吾明早动身。

我上武庙去过一次，她们也来过一次，九月薪尚未发。吴忠煌来了信，我先复他一封，你再给他写。薛志昌的信臭而且长，我也不转给你了，他信中大都是叫你问学校要账，问学生要账，你就复他一信，告诉他你已不在学校就是了。孙基昌的就写到镇江转。还有你写信给杨苏陆时，给老朱疏通疏通，老朱实在可怜，他还不知道曹当校长，他上我这儿来的。黄锡荣姐妹已搬进城住，原因是有人大说她们的闲话，我还未见她们，闻之令人不快。

祝　康乐

凤竹　十月四日

宗和：

电报接到了，信还未到，我寄了几封信给你，也转了几封信，收到没有？早两天孩子病了又吐又拉，我也几乎倒了，一丝力气也没有，还要日夜地拖，现在她好了，我夜里还是咳，起来一次，上床就不住口，因此白天总是精神不济，没有办法，总还要撑着做饭、带孩子、做针线，我真是心里难过。我想到你临走的这一阵子，待我太凶，明知道你走后，佣人又没有，我就要吃苦，但你好像都漠不关心，什么事情都不给我打算，飘然而去，我想到这个，心里真不舒服，不舒服。

到王子和家吃过一顿饭。

我现在住王先生房，合用老郑，但不久我想单用一个人，一炉火才方便。

算了，我不写什么了，因为我不高兴，我得赶紧做裤子，以靖没有穿的，并且她身上脏死了，要洗头洗澡。

祝　好

凤竹　（十月）十二日

宗和：

　　昨天接到周耀平和二姐的信，我真是想了半夜，想想在外面苦的，真是非回家不可。

　　你细细地看看他们的信吧，你是有个什么主意？我今天已复他们一信，告诉他们你已到云大，也许一时不能丢下就走，至少也得到学期结束。但我极愿意与他们同行（二姐信上不是说五弟、三弟都想回合肥吗），现在是这样，你决心回去否？如决心回去，就一切都不顾，明春我们带着以靖一路走，若是有点舍不得这个"讲师"，那我就带着以靖上重庆，与二姐她们同路，趁着褚先生现在还在军联，我叫一个库兵送我上军联，赶上他，和他一路走，岂不有人照应？我是这样决定了，你的主意随你。要走呢，我等你明春同行；不走呢，我们回去了，你一个人在外面也还舒服，无家就无累了，自己教书做学问，也好。望你速决。

　　三姐那里去过没有？你可以同她商量商量，看她怎么说。

　　你四号就到了，怎么今天十三号还不见来信？怕是和我赌上气了，不然就是路上吃了辛苦，累病了，快来信。

　　真的，你要细细想想，我实在苦不起了，我这几天心都咳空了，要再在外面拖下去，真的就要累死了，苦死了，你想多宝贵的时光、宝贵的精神，完全在洗衣、做饭这些杂事上，岂不可惜？死在这上头也值得吗？我现在的苦也自己伤心，不足与外人道，也没有个可告诉的人，就是随便与人谈了，人家也许会笑我，不能吃苦，不配做女人，不贤惠，整天打孩子……不过我自己晓得，长久拖下去，我根本就没有命回家了。我半个月不到又来一次月经，白带全是累的。还幸亏人文姐妹她们真帮我的忙，看我不高兴，就来陪我玩。

你旅费拿到没有？盼来信。

祝　健好

凤竹　十月十三日

陆八真混账，根本就不理我们。

宗和：

六日信十四日才收到。

昨天夜里我没有大咳了，丫头也还乖，一夜只把两次尿，今日一早起来精神颇好，心里也怪舒服，我想趁这个时候给你写封信吧，因为那几封信都是不高兴的时候写的，也许气言气语就把你给得罪了。

回家之议，你的意见如何？盼速告我，现在晋太太、黄柏华、晋英在候车赴川，原因是经小川买通实习生打了晋英，闹得真是不好看。

陈家珪生了一个儿子。

薛库长回来了，他们做了包子就送我吃。

这几天昭通热闹得没法形容，卢总司令回来了，老太太要做生日，遍街扎彩，文庙、昭中都是招待宾客摆宴的地方。

你才走的几天妹妹好像不在乎，这几天可真想你了，一到吃饭的时候，就问爸爸呢？早上睡醒了也问，爸爸来？我说我不知道，她说"你不晓得啊，我告诉你，爸爸上昆明买糕糕饼饼糖糖给妹妹吃去了"，你说她好玩不？昨天阿姨给她梳了个通天辫子，戴上花，怪好玩的，她们说她是古装小美人。

人文、人镜她们真好，怕我闷得慌，天天陪我玩，帮我做事看孩子，一早人文就把靖靖抱出去，我在床上再睡一会才起，这样精神好多了。靖靖凶得很，总爱打梦麟，一天把梦麟脸抓破了，我把她锁在房里，她吓极了，喊："老郑，快开门，我要被老鼠吃掉了！"从此以后不敢再打梦麟。

　　你有空写封信给她们姐妹,她们一定很高兴,因为她们喜欢谈起你,喜欢听我们以前的事。你不妨对陶光谈谈人镜,看他有意否。薛家很希望我们给他家小姐做媒。

　　你走后我一千元已用去四百多了,钱真是不经用,尤其是人情逼似债,褚先生走饯行,黄锡荣走又饯行,徐应仙回家娶亲赏钱,上王子和家给孩子钱,陈家珏生孩子,想找点小衣裳送送,真不得了。薛家老头子回来,想做一锅狮子头送他吃。

(无日期)

哥哥:

　　我可怜死了,我一直想不告诉你,但是我能告诉谁呢,谁能同情我呢? 我神经坏了,常常整夜不能闭眼,白天太累了,夜晚由梦中咳醒,咳……想吃口水,喘着爬起来倒一杯开水,上床咳得更凶,十二点的钟叫了,还未咳完。慢慢地劲头儿过去了,累了,刚闭上眼,忽然想起要把尿,把过尿,这回该小鬼来翻腾了,盖上被子打掉了,再盖上,一翻身又打开了,一连二三十次。若在温和天还可马虎点,这两天又冷,下很大的霜,盆里都结了冰,我盖着那床大被还觉得没有热气。小丫头是已经在伤风了,还有点咳嗽,昨晚上床时还吐的,把我刚换上的新被单吐脏了,她到天亮时睡沉了,也不翻,我是一点瞌睡也没有了,听着一遍遍的鸡叫,心里真难受,不时还咳着。这时我真太伤心了,人家都睡得安安稳稳的,有谁知道我呢,谁来帮助我,谁来可怜我? 就是到了明天早上我也不愿把这种事去告诉别人,又没有可告诉的人,枕头湿了再换一面……天一亮又得陪她起来,像这种情形是常常有的,有时一连几天都这样。今天早上我想长此下去,我一定要活不成的,而且我是确确实实地感到不胜其苦,不是懒,不是要依赖人,实在是没有这个精神气力。你走了快一个月了,我是越来越不行,勉强拖着,佣人一直没有雇好,和人家合用一个老郑,简直无济于事,我是白天累了影响晚上,夜里累了又影响白天。

自从生了丫头,我一天天地枯了,老了,这是报应,我欠着人家的债,来还在她身上。那两年虽累,还有你帮着,现在一个人实在受不了,丫头不听话,叫她向东她偏要向西,最急人的是吃饭,还是从前老毛病,她现在的衣裳是根本不会干净,我简直给她磨得什么心情也没有了。你叫我常写信给你,我一天很少有好的情绪,在不高兴的时候写信给你,又怕你看了不舒服。我这次离开你没有像从前离开你那样像想念,并不是什么爱情的衰败,这个我有个确当的比喻,就像那些乡下的农家夫妇,他们一离开了床,便各自做各自的事去了,他们之间没有温情,没有工夫去温情,他们生了一堆孩子,也并不知什么是温情,什么是爱,因为他们没有工夫去享受,去体会。

我早两天真是危险,几乎酿成大病,下边流红的,不像是月经,大概是赤带(我看书了),我赶紧想法子休息,这两天少多了。整天的倒头事已硬是做不完。

你上过课没有?同人家合住一房,就是看书不方便,是不是? 你教些什么课?昨听姜太太说你恐怕还要教三个钟点的国文,是不是?

你就住在女生楼下吗?那好极了,我现在真希望你恋爱上一个好的,我就好脱身做尼姑去,清闲清闲,因为我才被这些俗事累住了。

祝 乐

凤竹 十月十六

宗和:

十一日信收到,你见不到我的信,也着急了,你看着吧,下回你得罪了我我就不写信，让你着急去。

一连下了两整天雨了，冷极，我简直想躺在床上不起来，但是现在又怎能够享这种福呢？我上他们房里去烤火，我自己还没有买炭，牙又痛，实在恼火。床上被褥小被都脏透了，以靖的毛衣也全脏了，自己没有力气洗，等天晴了叫看门的曹大妈洗，曹大妈也曾给我介绍一个女佣人，讲好了三十五元一个月，说回家收包谷，过几天就来，不知能来不。老郑真不成，年纪太大了，除了每天煮两罐饭以外，别的全要自己来，又不能洗衣倒尿盆子，而且吃饭太多，火气也非常大，不听说，我决心换一个女的，自己生个火，可以自由一点。

前天卢老太太生日，怡乐戏院大唱三天，龙三带来的新角，一个叫杜文林是大花脸，最好，一个叫绮罗香，青衣也比秦湘君①强（是杜的太太），还有一个是老生，不太好。送票，人山人海，我们第三天才挤了进去，戏倒是好戏，共八出，最后老太太点一出《写状》，共九出，新角的确不错，我们从五点钟坐到夜里一点半，第二天腰杆痛了一天。靖靖也带去的，她始终不睡觉，要看小姑娘，最可笑的是她看翠屏山石秀闹家，大叫："算了嘛，不要吵架了嘛！"人家都回头看她笑，她一看见旦角就拍手大叫："好！好！好！"

你要我照相，等我哪天高兴才去。怕也贵得很。

你一星期只三天课，空下来的时间望多看书，现在又没有人吵你了，不要像鲁迅说的"把太太孩子送走了，还是不能用功"。

小儿闲居不善，假如闷起来想玩，玩的话，最好是找罗莘田、陶光他们这些男的，唱唱曲子，千万不可同女的玩耍，同女的玩是蚀本交易，人财两空，你知道不知道？庆丰祥单子寄给你，照单子曹应得五千四百六十三元，扣曹书田的七百，再扣中秋节二百五十元（五百元两家

---

① 又名琴湘君。

分），共扣九百五十元，我们应给他四千五百一十三元。望你写信给曹培良，与他算清了。他是个小气鬼，一定来信要我们汇给他。你说你可以拿一千元路费，再加八、九两个月薪水，那么得三千元了。你拿到后即寄来，我再从王子和那里拿一千五百元凑上，汇给曹以了此账。你看如何？

谈起用钱来，真是吓人，你走后我这儿的一千元已用去五百多了，一个月还不到呢，但有些是特别的，如买一瓶甘油二十五，裁缝四十五，给人家饯行一百，给人家小孩十，赏佣人结婚二十，还有给你买的伞二十，这就二百多了。现在不像住在学校里了，灯油煤炭就要五六十元一个月，论起我们吃菜来真是省俭，有时就光吃点豆腐洋芋，一天只二三元，但有时也吃肉，以后自己单用一人，恐怕还要费点，所以你说按月寄五百元，也许还不够，看你到底拿多少钱，我们平分如何？

还有一事真气人，经小川竟将我们九月薪水扣发，你难道就白上二十天的课不成？我真想写封信骂他一顿。欺人太甚！

陆八至今无信来，不知是学校混账还是陆八怕我们回去。真的，你对回家的问题是怎样想法？我不写了，手僵了，可怜这两根细骨，真是无时不痛。丫头越来越重，日夜至少有八次屎尿要把，不知何日是了。

此祝　安好

凤竹　十月二十二日

老苏来信要文凭证件。

哥哥：

你答应我吧，寒假回来一定同我回家去。我想过几百遍了，不回家永无休息之日，你如要出来，你把我送回去，你再出来好了。同时我也想回我的家去看看，我想公公及其余的人，晚了，我怕见不着，更怕自己回不去,因为我这样的病鬼,谁能担保不死呢?你看孙基昌都回去了,连那个广东嫂子都回去了,她昨天有信给我的。

刚才听到一个消息,说昆明局势紧张,汽车在抢运东西,日本进兵缅甸三十万,欲攻昆明,不知有此事否?但愿云大迁昭通,那就天从人愿了。

我也不写了,头昏昏的,不知写些什么,望你也粗粗看过就是了。

祝　健安

凤竹　十月二十五日

丫头病了,发烧一夜,来了三次尿,亏好今天有个老妈子来了。二十六日晨。

宗和:

我真没有兴趣再给你写信了,我写给你转给你的信不下二十封,怎么知道是第一封呢?我与你商量的一些重要计划,你全然没有反应,来信尽说些浮文,我气死了,你这样马虎,难道那些信都丢了不成?(还有许多是快信挂号信。)

你有一间很好的房间,能安静读书,我也替你高兴,正如你所想的,这半年若不好好地读点书,对不起我,真的,你想我为什么要一个人孤苦伶仃地住在昭通呢?吃苦受罪为的是什么?(炭基)千万不必买,这样贵,犯不着买,我现在所需要的不是这个,懂吧!你买来我也许并不喜欢,反而生气,你假如是个好丈夫的话,你注意设法改善我的实际生活,不要让我整日整夜地叫苦连天;你若是没有办法,你就送我们回家呀,你赶快找到周耀平和二姐那封信,你细看看人家给我们的建议,再看二姐写的回家路线与费用,最近常有人从三斗坪这条路来往。

王子和请我吃过一顿便面，但是他并没有写借字条给我，利息也还那么给。

昭通这几天天天有警报，但是我们这个院子里，好像是给日本人打了合同似的，管他是空袭也好，紧急也好，从来就没有跑过。是不是昆明有点紧张？到了什么程度？

经太太因跑警报把孩子生在荔枝河边一家农民的毛厕里，倒是一个儿子，我给他取名厕生。

靖靖病了几天了，发烧，咳嗽，闹得了不得，昨天带她去看了，医生听了说肺很好，是气管发炎，受凉所致，回来吃了药，今天好些，不过她总不肯把膀子放在被里睡，关于这个我夜里还骂你的，是你惯她的坏习惯，再也改不过来。天渐渐冷了，给她穿多了睡，她热，不肯盖被子，也不舒服；穿少了，膀子一出来，肺间就受冷，我昨天晚上硬是给她盖了几十次。我急了就打她，拧她，还不准她哭，但是过后想想又舍不得她了，她还不是常常想你，前天晚上忽然问我："爸爸来？你去不去昆明找他？"

苏医生问你好，我也替你问他好，你可以写封信给他，这种人够朋友。

薛人文姐妹你该写封信给她们才好，我不是早告诉你，她们待我妹妹真好，也确实帮我忙，我烦起来，她们还管着给我开心。薛老头子我起初很不喜欢，现在熟了，也觉得他挺好的。

现在有杨嫂帮着我，还好，但是怕用不长，因为她是从家里逃出来的。从明天起，我就自己在这边厨房到男毛厕的过道里起火，不同黄家合伙了，黄译文昨天坐滑竿上四川去了。黄太太害奶，老火得很。我又买了一背炭，七十元，堆在床下，准备过冬。从明天起来做棉鞋，鞋底让佣人扎。我最近做过两次狮子头，吃的时候确确实实想起你来，舍不得你。

你说我不写信给你，自己的信才到第四封，真是丢人，我的信也许已经是第十封了，不过有些是发牢骚的，有些是吵架的就是了。赶快回答我的问题，不要尽灌我的米汤就算完事。吻你的酒涡。

祝　安乐

凤竹　十月二十九日

离开一个月了。

宗和：

你决定明年春天回家，我就高兴起来了，前天接到信，半夜里醒来想着想着兴奋得睡不着觉。摸摸我腿上的瘊子平了，再回想我这几年的坏运气，可算得是空前绝后的了，以我这样的身体，居然把这些痛苦（无论是精神上或物质上）受过来，熬过来，真到现在论理是该转好运了，你说对不对？瘊子去了，我们欢送它，你说你看轻名利，我也知道，我说你舍不得"讲师"是激将之法。我们回家去当然可以空一点，舒服一点，更可以多读一点书，我希望你等打完了仗，上外国走一趟，见周耀平计划。

新吾已离筼连，往西安去了。飞机虽贱，我还是要你回昭通同我一路走。放了寒假，赶来过年，过完年，正二月从容上路，岂不甚好。

电汇的一千元，前天就收到了，我预备把它拿出来送给王子和去，同时叫他补一张条子，一共是七千元了，利息也该拿了。学校七月份米贴我拿到了，二百零四元，八月份的还未发，随他给不给。

经小川颇老火，地方上人联名责问他，把好的老师都弄走了，用公家的钱买沙子做生意。

你说昆明的物价高，昭通也在逐渐地涨，面包卖一元五一个，豆浆二十元一个月，丫头一顿早餐差不多就要三块了，还要白糖饼干。

我月经一直没有正式来过，可是裤子总没有干净，不知究竟是否赤带。灵得很，只要稍微一累，就流出来了，累得重流得多，累得轻流得少，比如今天没有睡中觉，话说多了，感觉头有点昏精神不济，马上下面就热乎乎地流出来了。洗几件衣裳也是如此。没有再比这个灵的，当面见效。此物系黑色无臭味。

现在我一家生火，独用老郑，零碎的小别扭比较少了。早几天来的老妈子又走了，她是人家逃出来的，只来了几天，倒过了我和以靖一身虱子。却不是我的霉气。

　　祝　好

凤竹　十一月三日

这样天气用冷水洗脸洗脚，难道别人也不反对吗？快点想法弄热水洗，害了病不是玩的。我已经在烤火了。

宗和：

收到十一月七日信，你因为接到我那封诉苦的信心里不安，做什么事都不定心。我倒又觉得不过意了，为什么要把那些事都告诉你呢，在那些旧式人看来，一定说我不贤了。不过在那个时期，病与操劳的确是太苦了我，近来这半个月好多了，因为精神好起来，做点事也就不在乎了，你放心。

自从上星期特别来过后，赤带也好了，人精神也好些，想你的时候也多起来了，昨天半夜里醒来竟想你想到天亮都不能睡（我倒很愿意是因为想你而不能睡，比起平常因丫头打被或大耗子闹得我不能睡好多了，舒服多了），也不知是何缘故。我想上一个月精神不好就是因为你临走的时候，我（特别）还未干净，以后就滴滴答答的，没有干净，一直到这次"特别"来才好。我们以后在一起真要小心才对，否则酿成大病，像黄志荛去开刀，岂不给人笑话。姜太太说要走等车，不知走掉没有，我上前天同薛人镜去她家，我把你的表链子（连同那个金十字架）与字典还有一件中国式的白府绸小褂，一共三样东西，请她带给你。我已经跟她谈到我想明年春天回家的话，你这封信上说不做声，已经晚了。

陈家珪生了孩子，我昨天才去看她，我送她一套小衣服，靖靖不穿的两双小袜子。她现在更脏了，一进门就得捂上鼻子，小的孩子没有被子，用大人的棉袍子包。大的孩子病得黄皮寡瘦，一身破棉絮，还站不起来。另外还养着一口猪，房间里生一盆大火，又热又臭。王济元每星期二十五小时课，不了事，我坐一会，头痛了，出来。我想我们跟他们比起来，还是我们舒服多了。

王子和昨天来送利钱给我，他说现在学校里简直不成话，大家都是敷衍了事，明年大概所有的老师都要走的，金、秦、王、魏、陈，全不干，外面地方上对经小川舆论很坏。

我家靖靖现在更会说了，巧奇古怪的话，不胜枚举。她现在就坐在火盆边小凳子上，一手抱一个小瓜，一手抱一个小板凳，样子滑稽极了（写到这里凌先生又给我拿来一封九日的信）。她对南瓜说"瓜瓜你好好地坐在我腿上，你又滚了！你讨厌死了！一会孙凤竹妈咪就要来打你了！"说着说着瓜又滚下来，她又说"你再滚我就不要你了，把你送到昆明张宗和那里去，你还滚吗？"这全是我平常与她说话的口气。她真可怜，从来没有玩过好玩意儿，整天地玩些扫把、棍棍、砖头、瓦片、小板凳、小南瓜、白菜瓣瓣、鞋子、火钳……我整天地跟她喊口令，不要弄土，脏死了，不听话马上就来打你了，吃饭前总要给她洗手。你要是寒假来，在昆明给她买个小皮球或小娃娃来，她一定高兴极了。她也有时候梦见你，前天天亮时候哭醒了，我问她为什么，她说"小毛子讨厌，爸爸一只手抱小毛子，一只手抱我，小毛子打我，爸爸就不抱我了，爸爸还在阿姨房里吃梨子的……"

刚才接到九日的信,怎么你病了,乖乖,一定是看了我那些信,心里不舒服,又心疼我,又没有办法,所以病了,我知道你是不能忧愁的,都是我惹的,我真舍不得你。怪不得我这几天特别想念你,我常常想哭,自己的亲人是有一点灵感的,你有不舒服我就会感觉到,你也不要太挂念我了,我从前怪你都不应该。乖乖我晓得你的怪脾气,有一点病,就要人在旁边陪你,和你玩,越有病越亲热,现在一个人生病,自然更想我了,好好的吧,一点感冒很快就好了,我希望明天再接你的信。

寒假时有小汽车来,好极了,三千就三千,管他哩,至于回不回家,那时再议。

二姐有信给你吗?你有没有写信给陆八?你尽可以向他发一点脾气,为什么把你的信不当一回事,置之不理,岂有此理!今年的租,必须多汇一点来,够我们明年充分的旅费(不过回家的计划不必先向他说明)。你以为如何?照片这几天天阴,我手头钱也不多,天晴了就去拍。

祝　健

凤竹　十一月七日

宗和:

十二日信上说病已大好,现在想是更好了,你说现在你已经想回来了,我近来的一两个礼拜也常常在想"他"回来了,怎样怎样在昭通好好地过一个年再走,过年我们请王贵蒸包子馒头,"他"不是喜欢吃面食吗?

昨天接到陆八寄来的两封双挂号信,内有汇票共六千元,现在把信转给你,让你写回信,比较妥当。看他信上这像是去年的租,今年的租还没有收上来。你写回信时还是要他寄钱。不要不好意思,你想,我们若回家呢,旅费充足一点岂不好,万一不回家,我就得到昆明来,昆明生活高,一定得有一笔钱准备填补日子才能过得舒适一点。你觉得如何?还有此事暂时不忙告诉三姐。

庆丰祥的条子收到没有?是寄在学校里的(挂号信),望向收发室查问,我们大概应还曹培良三千五百余元,我这里还留着一个粗账,假如需要的话,或者把此款汇给他,清此手续也好。

我今天有点头昏,总不外是睡眠不足,老鼠、咳嗽、靖靖可称为睡眠三大障碍!我真糊涂了,我忘记告诉你,靖靖已经好了,早就好了,像个强盗婆一样,昨天她犯了"桀纣",一天竟挨了三次打,一次是蹲在泥水里玩,棉袍、裤子、鞋袜全脏湿了,第二次是为了吃饭,第三次是她偏要坐在火盆边上,坐得很近,差一点跌在火盆里,凳子把我的脚又打痛了,夜里又来两次尿(晚上拼命要喝米汤)。总之她脾气真犟,有时我硬是扭不过她,又不能时刻打她,只好依她,据薛人文说我手很重,不能多打孩子。

你若认真做媒,就该把王逊年岁、父母姓名、做何事、兄弟几人,一切打听明白了再说,你想小姐的相片岂是轻易出手的,或者先寄王逊相片来才行。薛人镜病了好几天了,老毛病,夜里咳嗽不能睡,鼻子流粉红鼻涕,不知何故。她家里又不赞成看医生,亦不好多嘴。

"最多还有两个月我一定设法回来。"现在该说还有一个多月了,过起来快得很,一个星期一晃就过了,四个星期就是一个月。其实我们分开也不过才一个多月,好像吃了不少苦,好像是一个很大的忍受,难过得很,说不出一个滋味来,认真说起来,日子并没有什么困难,也不见得比你在这儿时更苦。佣人虽然换了不少,但总有的用,吃得也不坏,只是少一点生趣,整天地忙,一套呆板的事。天很冷了赶着给孩子打毛袜,做棉鞋、棉裤,自己也要做棉鞋,忙过这一天,回味起来,一点意思也没有。薛人文也没有什么可谈的,她的那一套你知道,半新不旧,难过得很。

现在再来谈怎样安顿这六千块钱呢?我又不想给王子和了,拿那一点利钱不上算。而且我们两三个月要走,他也许会拿不出来。我同凌先生商量了,他劝我买肥皂,我还拿不定主意(现在肥皂三百五一箱),但是我已经决定把这笔钱拿出后,把我们要买而舍不得买的东西买一买,图利尚在第二,需买物件计开于下:1.wutou man,2.墨水,3.雪花膏、牙膏,4.衬衫布,5.洋娃娃,6.小袜子。你回来时就花三千元坐小汽车,也不管他。

你现在还拿冷水洗脸吗?岂有此理,姜太太说不要管他,到打开水的地方打水洗脸就是了。

吻你!手冻僵了。

祝　安适

凤竹　十一月二十一日

宗和:

从呈贡来的信收到了,今天又收到十六日的信,我赤带已好,不必再提它了。你说下乡一趟并不开心,这是当然的,这个时候大家都缩小了开支,每一家都在为最低的需求忙着,孩子大人,做饭洗衣补袜子,哪里有功夫招待客人,何况还要小破财(客人来了小破财是俗语)。我住在薛家也是有些腻味了,这两天尚小姐病了,夜里咳不能睡,早半天睡,老夫人下了禁令,不准有声音,别人尚可,这小丫头可不管那一套,天一亮就起来在院子里大嚷大叫,我真没有办法,不过人家快乐的时候,那全与自己毫不相干,我现在算是想通了,要快乐要舒服,全靠自己做,决不能依赖人家。想我们回家后,弄一个家,自己住一个院子,我不吵人,人也不会吵我,这几年来,全像住旅馆,从来没有舒服过一天,精神总没有安顿下来。

曹培良并无信来,若有信来,我就把款汇他,庆丰祥条子收到没有?今天接二姐快信,她叫我准备着走,但是我现在没有伴了,还是照我们的计划,等你来昭通,明春一路走,就不知二姐他们等得及不。因为她信上未说明三弟五弟他们一行何时动身,不过是在积极筹备而已。二姐已经为我们预备房子、旅费,到重庆有得住,我还没有复她信,我想与你商量好再写回信。二姐一定也有信给你,你是怎样回她的?她说给我们这些人一共筹路费三万元,还说俞晨与三弟十之八九要离婚。小达子岂不苦了!

昨天我把邮局六千元取出来,顺便买了些东西回来,买了派克墨水一瓶,九十元,其余就是你的衬衫(衬衫漂亮极了,浅蓝条子府绸的)、我的手巾、妹妹的洋娃娃与袜子,这样子一买就花了将近七百元。剩下的五千多,我想买洋碱,一定比王子和的三分利强。

买了一个大号的洋娃娃,三十元,靖靖喜欢得什么似的,一直抱着不肯放手,给洋娃娃洗澡、洗脚、睡觉、坐花轿、吃饼干;今天夜里醒了也要 Baby(我教她喊洋娃娃的名字),今天为把洋娃娃鼻子上蜡油碰掉了还挨了一顿打。你回来看丫头一定长高了,大了。她像大孩子一样,只比梦麟矮一小点了,其实梦麟比她大两岁多,她跟梦麟玩,一个躲起来一个找,跟梦麟学小媳妇唱戏,直扭扭,还飘眼儿。有时靖靖坐在小板凳上,前面放张大凳子,假装吃饭,梦麟做跑堂的,妹妹说"拿点牛肉",梦麟拿来了,她又说还要洋芋,又要酸菜,还要加点辣酱呢!梦麟都十足去做,好玩极了。但是前天我把她嘴巴打肿了一次,那是我急了。你不知道从你走后饭菜拿来后她说"好了你来吃吧!"脸上的表情。佣人老是用不好,光是和人家合用老郑合用火,一点也不方便,第二个月自己独用老郑独起火,老郑脾气比梁大妈还绝,我一直忍着,结果他干了半个月一定要走了,说我这里四十元太少了。怎么办呢?用女的不能挑水(水五角一担,每天要二三担水),用男的不能洗衣,倒尿盆。薛人文看我发急了,她把刘其和让给我用,我以老郑的待遇给他,供给饭,他很高兴。但是用了几天问题来了,他是给薛养出来的习惯,早上九点钟起,而我家丫头天一明就非起来不可,于是我又恼火了,刘其和年轻富家郎,吃不起苦,做事没有板眼,可把我累坏了,吃不好饭,睡不好觉,几乎病倒,打丫头便是那几天。前天凌先生帮我找了一个老妈子(范嫂)来,人还好,我希望她能蹲长了,一直到我们走就好了。可是又遇到鬼了,薛人文不知听谁说狗肉补人,命勤务打狗给三小姐吃,这些小兵得令,昨天一早徐应先叫我到毛厕那边,一看两条狗死在那里,把我吓得直打寒噤,于是他们就剥皮吃肉,我气死了,口直心快,对不起把人文教训一顿,我说你简直太矛盾了,你喜欢狗,家里养着狗如同供祖宗一样,你却领着人在外面打狗来吃。她倒没有生气,她还劝我吃,我吃不来。因为这个事范嫂要走了,她是吃观音素的,看着心里不舒服,我就将她半天才留下来,还允许她我以后不吃牛肉只吃猪肉,我的老天爷,我简直把佣人当祖奶奶看待,云南岂可再待!

祝　　快乐

凤竹　十一月二十五日

你说把钱留做路费,我也赞成,就不要寄来好了,不过自己不要乱花了就是。还有你的一千元旅费应该要才是。还有一个多月就看见我家呆呆了,吻你的胖腮!

宗和:

电报二十六日才收到,电文是"省搭中行车来宗",我晓得省字错了,但我绝想不到是叫我去,总以为是你搭中行车了,依我想你来有三个可能:第一个是来接我们;第二个是因为车子不要钱,你搭车来看我们,再搭车回去;第三个是来昭通就上四川,不再回昆明了。正纳闷,刚才接到二十四的快信,哦,原来是这么回事!好,就照来信逐条回答你。1.“姓包的说没有女眷”:他是在昆明说的,他怎么知道昭通以后的事情呢?姜太太去问徐主任说有职员家眷要走并且车子还要装棉花。2.“和姜太太同来的好处”:姜太太也是多病,而且有精神病(她自己说的),走到我们文庙总是气喘,其实无用程度也与我相等,她能帮助我吗?能照应我吗?3.“省一半路费”:据说昆明东西比这儿更贵,我到那里等一两个月,这吃用房钱等等只怕要比在昭通不动要费几千元,等于没有省一样。4.“到寒假坐飞机上重庆”:你是糊涂人,飞机票买得到吗?有没有确实的把握?我听很多人说简直没有买到的可能。5.我这样一个痨病鬼带着孩子(顽皮的孩子)、东西上路,是顾东西还是顾孩子还是顾自己?在车上孩子要拉屎撒尿怎样办?下雨,抛锚,住宿,害病……一切事情发生怎样措置?没有一个得力能招呼的人。6.“东西不能带就卖掉”:我没有何玉凤那大本事,一时怎么卖法?卖给谁?这六个问题都是你觉得顶轻松顶方便顶不在意的事,我却觉得比什么都难,我固然无用,但是你的有用并不是实在的,只是你的糊涂理想,与现实离得很远的空头心事。我不懂为什么逃难五年吃的苦也不在少处,还是大少爷脾气,坐这种汽车也像平扈通车吗?

老实说,我吃的苦过的生活,你还是不知道,你一定当我身上的瘦骨都是钢条,你想不到我的苦,也决不会帮助我,你是一味地想舒服,我是一吃苦就得死,还有一个最麻烦人的孩子又逢在这样的时候,根本我们两个人不能在一起生活,非离婚不可,分开了你就舒服了!把孩子给人,各走各的路吧,你也不必到昭通来了,你坐飞机飞吧,我一个人从这里挨回镇江去。

你既然现在觉得上路这样方便,那么为什么你从昭通走的时候要把我住在朋友家里,不同我一起走呢? 还不是怕麻烦! 现在把麻烦忘记了,每天唱唱玩玩,又嫌闲得难过,又要叫我们来了(又有不花钱的车也不用接,让她们自己来岂不省事)。你难道没有想到吗,我们一到昆明马上又要麻烦"你家"了,零零碎碎的小问题小事情多得很,你不是不知道,是忘记了。所以我还是劝你不必要我们了算了。

祝　安乐

凤竹　十二月一日晚

还有地名也不早告诉我(既然有较详细的地址,叫我碰壁,把很多信都遗失了,恨透!)。大姐来了信,不高兴转你。

丙编

烽火

宗和自传体小说

孙凤竹与朋友在呈贡

（一）武汉

1938年夏天，武汉天气特别热，人民的抗日热情也正在高涨。自从七七事变、"八一三"上海抗战开始后，现在抗日战争已进行一年了。一年来，蒋介石国民党丢了上海、南京和大部分华北。目前正在叫什么保卫大武汉。但是在武汉的人谁也不知道，这仅仅是叫叫而已，早迟是要安全撤退的。

李家兄弟姐妹从旧历年后就陆续从老家合肥辗转来到当时的政治中心——大武汉。他们不甘心蜷伏在乡下不工作。大家都轰轰烈烈地搞抗日工作时，青年人谁个又愿意去家吃老米饭呢？况且日本的大炮声已经日益靠近这三国时著名的战略要地，即使想在那山环水抱、风景优美的李老圩读书也不行了。于是，在吃年饭的桌上，全家开了一个家庭会议。父母和最小的七弟在乡下，其余的人全部都到武汉找工作。

家麟和家训兄妹二人先从六安搭车经叶家集、商城、麻城来到武汉打前站。以后兄弟姐妹们也都陆续来到武汉。有的留在武汉找工作，有的继续向西到重庆、成都。家训在四川找到了事。

家麟原在南京励志社附设的励志中学教书，这时励志社已改为战地服务团。在武汉有伤病慰问组犒赏科，组长即从前方来的施副总干事。因为是老部下的关系，家麟找到了施副总干事。他说："现在抗日需要人,欢迎你仍回来工作,但抗日战争一切为前线,薪水打七折。"家麟想七折就七折吧,反正总比闲呆在武汉强。于是这样又进了变相的励志社。虽然他很讨厌坐办公室,但现在也不得不坐了。好在现在抗战紧张,坐办公室也有工作。他在小卡片组工作,抄伤兵姓名的卡片,整天抄得头昏眼花。后又调到报销股做报销,他是最怕算账的,现在却时时要他来做这项算账的工作。好在每个伤兵赏十元,病号两元,账也不是很难算,于是他就在报销股工作下来了。

李家人最后留在武汉的有大姐家璐、大哥家麟、五弟家彪三人。大姐有个阔朋友在大陆银行当副理,于是她便在法租界银行中住下了,副理又为他们在大陆坊找到一间房给家麟他们住。

这个临时的首都在1938年春天反而热闹,无线电台播着美国爵士音乐,而苏联志愿空军却在武汉上空和日机英勇作战,街上车水马龙,特别是法租界,因为许多住在武昌的人怕空袭,搬到租界上来,租界上就更挤了。家麟的一个堂姐家婉嫁在武汉的一个大银号俞家,原住在武昌,现在也搬到汉口法租界来,一家子挤在两间房里。马路上熙熙攘攘的,若不是时常有空袭警报,大家几乎不觉得是在战时。

四月底的一天,下午两点多,警报后不久,飞机就来了,家麟他们的办公室是在青年会的大厅中,一间大办公室有六十人,这里虽然不是法租界,但是英租界,却也很保险。放警报不但不跑,大家反到窗口前来看空战。

"敌机有多少架?"

"看不清。"

"我们的飞机呢?"

"我们哪有飞机,是苏联的。"一个年轻人悄悄地说。

"是不是法国飞机?绿色的飞得可高可快呢。"

"快看快看,有人跳伞呢!"在很远的天空,有一小团白云似的慢慢地飘了下来。

"啊,一架着火了!"

"哪里,哪里?"

"一定是敌机吧。"

"说不定是苏联飞机。"一位老职员是个悲观论者,在办公室中经常叫嚷抗战必败论,这时又发话了。

"是敌机,是敌机!有红膏药的。"一位拿着望远镜的朋友说。

"这就好了,这就好了!"

"又是三架打下来了,太好了,太好了!"

办公室一下午就没有办公,大家为打下敌机而兴奋着,谈论着,有的眉飞色舞,好像敌机是他亲手打下来似的,有的则怀疑。这次敌机来得很多,有好几十架,我们飞机上去的也不少。

下班后家麟去到大街上买了一份晚报,才知道今天空战我方胜,一共击落敌机二十架。由于报上经常吹牛,因此家麟并不太相信,但是他亲眼看到的就有三架被击落起火着地的。和他一路走的黄源很自信地说一定是二十架。

"和敌机作战的是苏联志愿军,他们的飞机性能好,技术好,国际主义精神好,打下二十架敌机是完全可能的。我有个朋友在空军招待所工作,他说苏联空军比中国空军不在多少,中国空军只会吃喝玩女人,一点不负责,往往警报来了还在睡大觉,敌机已到机场上空才钻进驾驶舱,还没有起飞就让敌人把飞机打坏了。人家苏联志愿空军整天整夜守着飞机,睡觉都睡在飞机肚下。"

"他们为什么这样热心为我们打仗呢?是不是薪水拿得多?"家麟不大了解苏联,以为苏联人也和美国人一样要钱,更不了解什么叫做国际主义精神。

"拿多少薪水我可说不出来,但据说他们来中国连名字也不向外宣布，为了怕日本特务破坏。听说有一次飞机发生故障，苏联驾驶员跳伞下来，中国乡下的老百姓还以为是日本鬼子，一顿锄头打死了。"

"那才冤枉呢。"家麟叹息道。

"人家共产主义者，不为名利，只为中国，这叫做国际主义。"黄源解释说。

家麟这时不禁对这些无名为中国抗战而牺牲的苏联英雄们肃然起敬。

救国不忘恋爱，家麟也不例外，他也在谈恋爱。自从家训到成都后，他心想这一段暧昧的不光彩的兄妹恋爱关系可以告一段落了。家训心里也希望他找到个好对象。她为他介绍的竹又远在香港，而且仅仅是在青岛时见了一个月的面，以后虽然有通信关系，但信上只谈些废话，没有谈正话，也不好谈，家麟也不知沈竹到底对他怎样。到武汉后堂姐家婉有个小姑子，叫俞本芳，是老么，大家都叫她么妹，家婉有意拉拢，俞家搬到三德里，离青年会很近，么妹在上武汉女中，读高二，大约不到二十岁，有十八九岁了。人长得不难看，但家婉说她是倒挂脸，上小下大，其实也并不如此，脸圆圆的。以为有点胃病，脸上黄黄的，不太有光彩。但一化上妆后，还是很鲜亮的。

五月初，武汉已很热了，有时下大雨，阴沟里满出来，马路上都快成河了，但一夜功夫大水又下去了。虽然那天正好没有纪念周，黄源要家麟陪他一同过江到家婉家去弹钢琴。黄源是学音乐的，从南京逃难来后一直没有琴弹，手痒得很，听说家麟的姐姐家有琴，一定要家麟带他去弹，已经讲了好久了。今天似乎没有什么理由再拖下去了。

当他们到三德里楼下时，小姐太太们还没有起来，那时已八点了。这也难怪，昨天晚上他们打麻将，今天又是星期天。家婉的婆婆一个人和佣人老张起来了，俞家是孝感人，孝感土话家麟也不很懂，虽然老太太很殷勤地问长问短，但家麟却很着急，只巴不得家婉她们快起来，起来了还得有一套化妆,女人真是的。黄源都有点着急了。家麟对家婉说:"十点前到大陆坊我家,我们在家里等你们。"说着便和黄源回大陆坊了。

为了恋爱,家麟用四十五元(几乎是一个月的薪水)做了一套西服,这是他平生第一套西服,虽然在大学时也穿西服裤子,也穿衬衫,但正正式式地穿上外套打上领带还是第一次呢,穿西服有一套设备,如皮鞋、袖扣、小手帕、别针等等,置起来也不少花钱,在抗战时期置这一套也不容易。当家麟正在打领带的时候,家婉在门外就高声叫了起来,"大弟,收拾好了没有?"她倒反而催起来了。等到一开门见家麟正在打领带,更叫得凶了,"叫关漂亮的来!"家婉的上海腔并不高明,但家麟已脸红了。家婉望望幺妹,幺妹抿着嘴忍住笑。

没有歇,马上就出发,过江到武昌。星期天,渡口上人很多,挤得很,幺妹老是怕人家碰脏了她的淡蓝色的绸旗袍。到武昌俞家后,黄源坐下弹琴就不肯走了,家婉要关照留下看家的佣人一些事,也不走了。表妹以顺也托故去看同学,故意让家麟和幺妹一同出去玩。吃了饭后,他们两个在大家的怂恿下出发了,其实家麟和幺妹认识虽然两个月了,但从来没有单独在一起谈过话,幺妹也乐意和大哥谈谈。不过两人都不好意思,现在有机会了,何乐不为呢?

"到抱永堂去玩玩吧。"家麟提议。

"嗯,下雨了。"家麟觉得幺妹的态度不那么热心。

"下雨去逛抱永堂不是更有诗意吗?"家麟怕她不去,又加上一句。幺妹想了一会说:"好吧,去吧。"大约是怕把她的漂亮衣服弄脏了。家麟对她这么讲究不大满意。

终于两人默默地出来了,到了大街上幺妹才活泼点了。家麟怕把他的新西服裤子溅上泥点水,把裤脚扎在袜子里,幺妹反对说:"嗯,这样不好。"家麟知道她的意思是这样不好看,只好又把裤脚放下来。到一家百货店门前，看到一条红领带，很鲜艳。幺妹说："买嘛，好看。"她很自然地说，一点也不拘束了。三元太贵了，买下后就马上在店中打上，幺妹想帮忙，但并没有动手，只是说："很好，很好，配灰西服更好。"

下雨上蛇山也别有风味。石路很滑，为了礼貌，家麟扶着她一步一步往上走，这时家麟想到在北平时和家训一同上景山的光景，他也是扶着家训，但是两个人有说有笑，不像今天这样别扭。

蛇山上树木不少，有亭子有房屋的地方不是有人就是写着"游人止步"的牌子，找不到休息的地方。雨下得更大了，有点杀风景，幺妹蓝色的雨衣也淋湿了，家麟要她过来一同打伞，她却说"我最不欢喜打伞了"。

抱永堂之游，真是抱了永了，既没有玩到什么，也没有看到什么，一点也没有意思。但在回汉口的轮渡上，幺妹却取出几张她自己的照片来给家麟看，有一张照得很不错，笑得也很自然，比她本人漂亮多了。家麟估计她让他看照片是想叫他开口向她要，但家麟想，你今天对我这样冷淡，我才不要你的照片呢。因此故意不开口要，幺妹自然不好意思说我送你一张。因此看看也就算了，家麟没有要，幺妹也没有意思硬送。上了岸，因为人多，叫马车上算些，大家在马车上空气才又活跃起来，以顺最活泼，她和幺妹故意嘲笑家麟第一次穿西服的窘相，家麟心中却很高兴。

"幺妹你的旗袍也湿了，不心疼吗？"由于陪家麟去逛蛇山，幺妹的旗袍下摆打湿了又溅了泥点。家麟故意报复她。幺妹瞥家麟一眼，没有说话，心中大约很不高兴。

晚上家麟算算这一趟武昌之行，花了十元钱左右，不觉有点心疼，但一想恋爱总是要花钱的，爱又爱得这样别扭。幺妹到底爱不爱我呢？我又爱不爱她呢？一方面觉得她很漂亮，一方面又觉得她有许多缺点，如她不用功，爱打扮，爱抽烟，等等。拿她和竹比一下，还是竹好,但竹又远在香港,而且有病,爱情真是苦恼的事。家麟这一夜又失眠了。

时局并不好,战事更是糟糕。(四月台儿庄大捷后,政治部在武汉举行了群众祝捷,打着火把游行之后接着徐州就失守。徐州失守,武汉外围受到威胁,三月初国民党在汉口召开了临时政府会,制定了抗战建国纲领和关于国民参政会的规定,实际上仍是一片混乱。)①

家麟工作的这个军事委员会战地服务团伤兵慰问组犒赏科并不是政府的正式机关。黄仁霖这个人是拍宋美龄起家的,办招待特别是招待外国人特别有经验,他自己标榜不做官,其实他的职位很微妙,有人称他为太监。七七事变前在南京他搞励志社,名义上为军人服务,实际上是蒋介石、宋美龄的大总管,总务处,为军人服务不过是幌子。他们服务的对象都是将级的军官,他们绝不会为一个小兵服务的。抗日战争以后,励志社和新生活运动会便转化为伤兵慰问组,办犒赏,另外一部分人则去空军招待所工作。伤兵慰问组组长是黄仁霖,副组长是施鼎莹,其实一切事务全是施办理。科长刘伟佐直接领导搞资料。由于施很爱好音乐,原来励志社有个乐队,施本人也会吹小喇叭,用的人大都是音乐家,刘伟佐的小提琴就拉得不错。励志社原是个洋衙门,留学生多,教会学校的学生多,黄、施全是东吴大学毕业的,因此东吴学生在励志社工作的人很多,家麟在东吴一中高中读过三年,在东吴大学也读过半年,因此也算是东吴同学一个系统的。

初进犒赏科时家麟在小卡片组工作,组长是原在东吴一中的同班同学庞炳,每天要抄几百张卡片,卡片上是伤兵的姓名、籍贯等等,要抄这些卡片是为什么呢?家麟也不大明白,后来才听说为了以后发犒赏不至于重复,犒赏科之外还有犒赏队,这些犒赏队就直接代表蒋委员长到各地伤兵医院去发犒赏，伤兵每人十元，病号二元。发时根据名册发，犒赏队把名册和收据带回来，由犒赏科把封过犒赏的伤兵姓名制作成卡片备查，这种方法据说是很科学的，是美国的办法。收据回来由报销股把收据贴起制成册报销。当时实行的是集体办公，有五六个人，都集中在青年会大厅中办公，只有科长以上的人员有小办公室，股长却在大办公室办公。抗战期间办公倒也很紧张，总有事做。若小卡片抄完，就到大卡片组帮他们制大卡片，要不就帮着做报销，工作很紧张，星期日上午还要做纪念周。

老板（大家称黄仁霖为老板）经常在纪念周上讲话，他自以为很会讲话，常常卖弄他的学问，引经据典，但有一次却硬让叔孙通为秦始皇定朝仪。他谈到遗嘱时都要静默三分钟，总是特别认真，那么大大的一个块头，严肃起来样子是很可笑的。个子大也胖，应当很威武的，但他却生一个白面书生女人似的脸，这和他那魁梧的身躯太不相称了。据看相的说，本来他可以做到上将，就是因为脸太慈善了，因此弄到个少将，虽然他从来没有打过仗，你说他看上去和善，其实他也还是亲自动手打人的屁股。

四月底的某一个星期日，做纪念周，老板在青年会楼下礼堂中，大骂刘高元，因为他乱搞女人，违反军纪，骂完之后，当众责打五十军棍，由老板亲自执行。棍子打断了，又换一根，以示无私。原来刘某是老板的一个什么亲戚。这一台戏引起了人们发出了下面的议论。

"老板真是不错，大公无私，打得可够狠的。""这叫做收买人心，你也不知道？""不管怎样老板还是公正的。""玩玩女人有什么要紧的，犯不着打得这样凶。""你哪里知道，据说是他用手枪威胁，在乡下强奸少女呢。""那就不止打五十军棍了，该送法院依法办理才对。""这就是老板的公正了，自己打了五十下，算是军法，这样就可以不送法院了。看上去重，实际上是轻，说不定他还是和刘高元是说好了的呢。""这办法太好了，我将来做大官时也得学学。""你有那大的福分吗？人家是大块头。""别瞧不起人，做大事的不一定要个儿大，老蒋不就比老板矮多了。"……

家麟对这种事不感兴趣，虽然他毕业才一年，但这一年中都在教书，未涉职场，但他对职场黑幕似乎已了解得很多了。在犒赏科，他除了和黄源玩，就是和几个原来励志中学的学生们谈谈玩玩，因为不久前他还是他们的老师呢。

看黄打过刘高元后才十点钟，到哪里去过这个星期天呢？三德里离青年会很近，没有几步路就到了。他不觉走到了三德里，俞家全家都还没有起来，他们照例是睡得迟，起得迟的，这个习惯和李家的习惯不同。女佣说昨夜太太小姐们打了一夜麻将。家麟的父亲最恨赌博，因此家麟的兄弟姐妹们全都不会赌钱。家麟在楼下等着，他想，他们的习惯到底和我们不同，嗜好也不同，和么妹怕是不成功。他正在想着，忽然听到楼上家婉在高声地骂道："本蓉，你再闹，我可要告妈妈了！"家麟对他们俞家人有许多不满意，家婉的小叔子本蓉经常和家婉"搭棚"吃她的豆腐，作为家婉的堂弟，家麟对这种下流的把戏是受不了的，虽然家婉好像并不在乎。

上了楼，见到小姐们的卧房是那么乱轰轰的，心里就感到不舒服，也没有地方坐，只好在家婉的床边坐下。这是一栋三楼三底的房子，楼上的厢房很长，摆了三张床。家婉的丈夫本宜在北平读书，没有回来，虽然北平已失陷，但协和是美国人办的，不要紧，这样家婉就和小姑子本芳、表妹以顺三人一间房，有时还有个什么表嫂也来睡，她们都是怕武昌轰炸，来租界上躲飞机的。

"今天怎样玩呢？"以顺最活泼，无忧无虑又是最爱玩的，她首先提出。

"到'上海'去看卡尔门的《桃源仙踪》，说是好看得很。"本芳爱看电影。

"还是在家打麻将。"本蓉说。

"不打了,昨夜欠我的钱还没有还呢。"家婉说。

"还是让客人说吧。"以顺指着家麟说。

"我不算客人。"

"我晓得大弟要看电影。"家婉瞅了本芳一眼。

"你瞅我做什么?"本芳捏了家婉一把。

"我去买票。"以顺站起来,马上就要去。家婉给了她钱,她马上就去了。

在俞家,家麟并不痛快,虽然觉得本芳也不坏,可是缺点又那么多。从那天到抱永堂之后,他们两人之间并没有深入一步,相反的有时有些别扭。虽然下班之后常到俞家来,但每来一次总是不见得很痛快,相反有时候却更多地发现幺妹的缺点。譬如现在以顺走后,不知怎的,幺妹和家婉打了起来,幺妹一下子把家婉推倒在床上就来捏她的奶,家麟觉得这太不雅观了,略坐了一下就托故说家龙生病,没人照顾,要回去。其实家龙也并没有什么大病,大陆坊家中还有佣人张妈在。

从三德里出来,家麟并不想回家,那时已十一点钟,他便到法租界一家冠生园去吃了饭。虽然才阳历五月,但汉口天气已热了,回家睡了个中觉,家婉送电影票来了,于是和她一同到"上海"。以顺、本蓉都已经先到了。他们故意让家麟和幺妹坐在一起,电灯灭了,卡尔门的小胡子出现在银幕上,不坏,但太理想了,一点不可能有这种事。洞中方一日,世上已千年。一场电影下来,家麟并没有理睬幺妹,在逛抱永堂时搀过她的手,在电影院中虽然许多对情人在暗中接吻捏手,但家麟由于没有决定爱不爱她,因此没有动手动脚。并不是他没有经验,在恋爱上他已有过一些痛苦的经验了。看完电影,家婉又要拖家麟到三德里，家麟觉得有些不好意思，一天到人家去两趟，难道说真的对他们幺妹有意思吗？可是还是去了，而且在她家吃了晚饭。俞家老太太特别欢喜家麟，夹了许多圆子给他吃。她的孝感土话家麟不太懂，常常所答非所问，引得以顺、幺妹她们大笑，把家麟笑得很不好意思。

晚饭后，大家都坐在楼上，家婉削水果给大家吃。"卡尔门有点像大哥，还有酒窝呢。"幺妹提起今天的电影，她说这话，使得大家都望着她，又望家麟，别人还没有来得及拿幺妹来开玩笑，忽然本蓉板起脸来一本正经地摆起了哥哥的架子："你们两位小姐，我亲眼见你们一星期没有读书了。""还不是你叫我们去玩的。"幺妹答。"玩，光讲玩，这一房中除了你，大家脱了裤子玩都不要紧。"本蓉很随便地就说出这样的话来，在俞家也许大家都听惯了这类的话，所以没有什么反应，但家麟却受不了了，脸上红一阵白一阵，心想大约是他常来找幺妹她们玩才引起本蓉说出这样难听的话来。坐也不是，站也不是，走又不好，最后他终于讪讪地借故告辞了。家婉也很为难。一时间大家都窘着。本蓉大约也觉得话说重了，但他并没有设法挽回这个局面，终于让家麟走了。幺妹一听到她二哥发脾气发出这样的话来，立即下楼去了，一定是去向妈妈告状去了，家麟回大陆坊把情形说给家龙听，两人都很生气。

第二天下午六点下班时，家麟刚出青年会的大门就碰到幺妹，大约是早就等在门口的，但却装做无意之中遇到似的。

"大哥，我家二哥说话就是那样的，你不要生气，我是特地来给你道歉的，妈昨晚已骂了他，八姐也骂了他。"幺妹很正经地说，她也和家麟一样叫家婉八姐，连老太太也如此叫法。

"嗯……"说什么呢，家麟没有什么可说的。的确他是在生气，就是今天气也没有消。他含含糊糊地说："我不生气，这有什么好气的，不过本蓉的话太粗了。"

"是呢，我二哥说话就是这样，也不顾有人没人，一通乱说，大哥你不要见怪,我来就是代他向你赔礼,他也要亲自来向你赔礼呢。""不必,不必。""大哥以后还是要常常来哟,我们还要请你教英文呢。"

自从昨晚之后,家麟决定以后少去三德里为妙。幺妹一路陪家麟回家,一路说着好话,又要约家麟晚上去大华打小高尔夫球,但是到了良友餐馆门前,她又不肯进去了,因为家麟他们住在良友楼上,她怕家龙看到她和家麟单独在一起,一定不肯上楼,家麟也没有勉强她。

的确,从此以后,家麟到三德里去的时候少了,到大陆银行去为大姐家璐和林副理吹笛拍曲子的时候多了起来。

五月中旬,战事紧张,徐州岌岌可危,台儿庄大捷后,人们喜悦的心情全消失了,大家都很沉闷,天气也闷热多雨,人们知道徐州一失,武汉就无法保住了,保卫大武汉的口号更喊得响了。家麟家乡的人不断逃难来,经过武汉,分到各地,有的到四川云南大后方,但有的甘心做亡国奴,经过香港回到江南沦陷区去。徐州失守后,武汉各机关都开始疏散了,先是把老的妇女家属送走,一条从水路到宜昌入川,一条从陆路从湖南入黔滇,家麟他们的机关一度说要搬,但是却没有动。街上的难民多了起来,难民们到处要饭,大街上告地状的也多了起来,难民收容所差不多都住满了。李老圩里辈分最大的九老太太也逃难到汉口来了,合肥家乡的本家差不多都逃了出来,不能动的是没有钱。正在大家向大后方逃难时,家麟初中时的好友杜辕从浙江到武汉来了,朋友们一见面自然分外高兴。杜辕在浙江一个报社工作,因公来武汉,马上还要回浙江,他和别人不同,对时局很乐观,他也说武汉不可保,但中国前途却有望,蒋介石不可信,不可望,但自有可靠的人,可靠的是人民抗敌的热情,举国一致的对敌斗争。国共再度合作,虽有问题,但大体上是好的。老蒋虽是被迫作战,但到底是打了,打比投降好。杜辕不满意家麟现在的生活,他要到前线去工作,不然就到陕北去吃苦。他们说得很投机。一时家麟几乎要抛开现在临时安定的生活到前线去,他想受一受炮火的洗礼也好。虽然抗战以来也经过不少次轰炸,见到前线退下来的伤兵,但真的前线却没有见到过。为了好奇见见也好啊。延安呢,那太远了,又没有熟人,有一个堂兄是共产党,但在七七事变前就被刘镇华枪毙了。延安的情况到底怎样呢?共产党力虽不大,能抗得住日本人吗?杜辕在武汉仅住了一天就走了,和家麟谈话也不过两三小时。一时家麟曾动摇过,不能醉生梦死地坐机关,过一下没有诗意的生活,到前线去受一下血的洗礼,刺激一下自己不是很好吗?杜辕走了后他又考虑了一下,决定随机关进退。

每天上班有两条路可走,不是走前面热闹的五旗街、中正路,就是走后面那条比较冷静的四民街,一定的时间,一定的地点,往往碰到一定的人,常常走,脸都熟了,虽然彼此并不认识。在路上走时家麟有时也不禁看看女人,在心里也会评头论足一番,但是有时又觉得自己太不对了,前方将士在抗战流血流汗,而自己却躲在后方看女人,看画报,看黄色小说,太不应该了。犒赏科的工作好像是直接为伤兵服务,其实内中黑幕重重,登久了,家麟逐渐看出这些表面上讲究效率,学美国人的机关一样的贪污腐化。

五月二十二日,纪念周在华安大楼下新的战地服务团办公室中举行,由于徐州失守,老板大骂一班人醉生梦死,好像说徐州失守是因为在武汉的一些小公务员们醉生梦死的生活所导致的。老板的话家麟听来觉得有些不入耳,特别是他常提到蒋委员长时,要大家立正,家麟更不满,这使家麟很容易就联想到在东吴一中时做礼拜。而且老板满口的仁义道德,新生活,不抽烟不赌博不嫖娼,等等也好说,不借钱一条家麟也很反感,没有钱又怎么能不借呢?大资本家有的是钱,才不会向人家借钱。而不抽烟大家更是做不到。励志社的一些高级职员还不是躲着抽烟。纪念周下来后,又轮到家麟今天值班,在科长的小办公室内坐着,黄源也来得比较早,他和施鼎莹比较接近,因此知道的内幕更多。

"你以为我们组内真没有人贪污吗?"黄源问。

"自然有。"家麟说。

"问题不在犒赏科,而在犒赏队,你知道为什么大家都愿意出差到队里去工作?去发犒赏?真正的是爱伤兵吗?"

"自然不是。"

"犒赏队和伤兵医院常常是共同作弊,吃伤兵的钱,那才叫昧良心呢。"

接着黄源说以前犒赏队要叫伤兵医院先造伤兵名册,按名册发犒赏,医院院长就多报人数,把已经死了的、重病快要死的、不会领赏的人全都报上。小医院伤兵少,空名不能多报,大医院伤兵多,可以多报,多报一人就是十元,十人就是一百元,大医院中伤兵有好几百人,多报人根本没有问题。犒赏队长和医院院长共同协商分,犒赏队自然也有好处。

"你不知道,这种钱赚得才黑心呢,快死了的伤兵拿着他的手指头在收据上打手印,算是他领了赏,其实那伤兵打了手印后就死了。十元钱他们得了。甚至有的医院还故意整死伤兵来吃这十元钱。十元为数好像不多,但积少成多,一百人就是一千元了。"

"吃这种钱真是太狠心了,我决不干。"家麟总算有点爱国心、正义感。

"你不干,有的是人抢着去干呢,不说去一趟就有外快,就是到了伤兵医院,人家见发犒赏的财神来了,还不是大鱼大肉地招待你。"

接着黄源又说了许多吃钱贪污的秘密,这些是家麟闻所未闻的。空军招待所赚钱更多,要想当招待所主任的人多着呢。

那天值班回来,家麟的心中很沉重,加之前两天他买了黄克画的一本书《血债》,其中有日本兵把中国女人剥光了,手足钉在门板上让人奸污,还有把中国女人的奶用铁丝穿了牵着走,还有把中国女人吊起用石头拴在奶子下面等,这些画叫家麟非常愤慨,一时间想到还不如到前线去和日本人拼了的好。但一些师长却又从前线回来了。家璐的同学张兰嫁了个王师长,还是个留学生,徐州失守后逃到武汉来,那天家璐带家麟去看他们,住在最贵的饭店,师长请他们吃Nymcad西餐,绝口不谈前线,其实他的一师人死的死,逃的逃,全光了,剩了他一个光杆师长回到武汉,他还摆阔呢。这种高级将领怎样领导人民抗日呢? 怎样叫人不悲观呢?

那天在Nymcad吃饭时家麟也被请,座客都是抗战中的高级将领、师长、厅长很多,而且大都是留学生,这样一来,家麟这个刚毕业的大学生又是个小职员,就显得寒酸了。

"来来来,大家为抗战的即将胜利干一杯!"王师长是个光头,穿西装,满脸的胡子,他首先开腔,但是他说即将胜利四个字时很轻,连他自己也没有信心。"来来来!"大家都站起来,表示谢谢。西餐是很考究的,去的人都吃得很多。

"前线如何? 武汉可不可保?"有人问。"今日不谈政治,只吃酒。""来来来,这白兰地不坏。"在此席上无人再谈政治,谈时局。大家不过是谈谈女人、电影、京戏。

"厉慧敏的《探母》看过吧,不坏,特别是厉慧兰的老旦好,不容易。""徐碧云太老了,还唱《玉堂春》,不行。一点嗓子也没有了,又不漂亮,一个旦角,没有扮相,那还有什么?""京戏武汉太不行了,还是电影好些。卡尔门的小胡子很有点像老兄的。"厅长对张师长说,其实张师长的胡子是连腮胡,决不像卡尔门的。但他却"嫣然"一笑,拿起一块面包,涂上奶油,说:"美国的奶油硬是好,英国的就不行,中国的就更不行了。""但是中国的女人却好,特别是苏州女人。"瘦瘦的色鬼许参谋说这话的意思是指张师长的太太是苏州人,说着,他色迷迷地看了一下张兰隐在乔其纱旗袍中高高的乳房。张芝和家璐等四人是出名的四大金刚，都是大美人，她有点西洋风味，乳房高细腰大屁股，并不像一般的苏州女人那么苗条。但粗线条的王师长却喜欢这样西洋风味的女人。王师长说着说着就不对了，开始动手动脚的了。桌上共有四位女客人，除了家璐，都是夫人了。个个打扮得却很艳俗，虽然她们的年纪已经到了不再适合这样艳的打扮，但是口红胭脂并没有因为年龄而减少，反而都擦得更加多了，企图以胭脂口红来掩盖她们的年龄，虽然是失败了。戴黑眼镜的顾太太听了师长的话，不高兴地看了师长一眼，由于她戴了黑眼镜，别人也看不到她的表情，不过师长已经察觉到她懂了这句话的意思，于是说："顾太太，很对不起，我说滑了嘴，你只当我放屁没有说就行了。"家麟觉得这批留学生实在太不堪了，在吃了很臭的 cheese 之后，他就借故要上班告辞了。张师长说："老弟，你大约觉得我们太不雅了吧，军人本来就是这样的。"张师长也觉得家麟这顿饭吃得很尴尬，因为他几乎一句话也没有说。

家麟又听到一阵笑声，不知是谁又说了一句很不雅的话引得大家大笑。走出了 Nymcad，家麟想就靠这批将领来抗日，哪能不败！自然家麟不会说出来。那时八路军正在北方展开游击战，牵制了大批的日军。

在五月底六月初，家麟被调到了报销股当股长。这是什么缘故呢？Stin（施鼎莹的英文名字）表面上说是家麟的工作好、踏实、认真，实际上据黄源透露，Stin 看上了家麟年轻漂亮，励志社的人都知道施和太太不大对，不很回家，却常和年轻漂亮的小伙子弄音乐玩，他最爱打人屁股，挨他打过屁股的人一定可以飞黄腾达。因此这次提升反倒使家麟很有戒心。不过现在是在武汉，不像在南京励志社有淋浴，大家又不在一处洗澡，Stin 也打不到他。原来的报销股长为人很别扭，两人办交接时他故意刁难。其实他调到华安那边是高升了，并不是降职，为难什么呢？可能是为了表示认真吧。交接清册造了几次，他挑

剔说不对，害得股员王楷抄了三次才办妥。家麟是股长，还有个副股
长应某根本不来，有人说他到广州去活动另谋好差事去了。因此实际
是家麟一个人在管。报销股的工作他都做了一下，从写册子打封条差
齐缝印，到抄报销单，全套工作他全做了一遍，看起来很简单，如数单，
是最简单不过的了，但一天八小时数下来，数成千上万的单，晚上手便
酸得抬不起来。报销单要五份，用复写纸写也很吃力。后勤部、军委
会、军政部……各部分都要，但这些东西他们到底看不看，天知道！

　　五月二十三是家麟二十五岁生日，恰巧二十二日家麟值了班，于
是放了他一天假，家婉把他叫了出来，一定要他请客，而且还要请她家
老太太，这样似乎就不能太马虎了。家麟便叫家龙到普海春订了一桌
十四元的燕窝席。第二天早上又在路口遇到刚逃难来武汉的曲友许
炎，因此也就正好约他们夫妇一同来吃晚饭。下午俞家佣人为老太太
送来两只鸡、两盒点心，赏了钱收了下来。为了么妹爱吃糖爱抽好烟，
家麟都早早地准备好了。王吴、家麟、家龙先到普海春一间大房间里，
许炎夫妇已经先来了，他们是昆曲世家，特别是太太张馨，小旦唱得
好，人也很灵活，会说会做，就是管不住先生，先生常常在外面和年轻
女人乱搞。没有别的客人，许吹笛子，家麟唱了《接会》中的小生一段。
一会儿俞家全家都来了，上至老太太下至老太太的娘孙小毛，全都盛
装而来。连老太太都换了新衣裳新鞋，小姐少奶奶们更不用说了，都
穿得笔挺的，么妹穿了件淡黄色的绸旗袍和一双淡黄底子的绣花鞋。
关于么妹穿绣花鞋这一点，家麟也不喜欢。但他想到女孩儿家打扮打
扮也是人之常情。《牡丹亭》上不是也唱"我一生儿爱的是天然"吗？只
是不要打扮得太妖气就好了。

　　普海春的房间舒适宽大，布置得也不俗气，但是不够新，略略显得
旧了一点。许炎很会敷衍女客，拿茶拿烟很殷勤，好像他是主人家请
来的招待员似的，其实他和女客们一个也不熟，张馨每见丈夫对女人

过分殷勤时就不高兴但是也不说话。家麟一方面对他如此在女人面前献殷勤有点不舒服，一方面觉得也好，让他来招呼，免得自己忙。幺妹常常躲在家里抽烟，在大庭广众之下她却不抽了，只是吃糖。等到家璐大姐和她的女朋友王师长的太太张兰来了后就开席了。

　　一上来大家就闹酒，特别是以顺、家婉闹得凶，平时表嫂很少说话，现在也很会闹。她们闹的对象除了家麟寿星之外，就是幺妹，因为大家心目中已经觉得他们是不成问题的一对了。家麟本不能吃酒，但作为请客，不能不敬人酒，敬了别人，别人要回敬。才吃了两杯，他的脸已红了，幺妹今天晚上却特别争气，叫喝就喝，心情很开朗，特别高兴，在正菜燕窝上来后，家麟举杯让大家喝酒时，他只是对幺妹望了一下，笑了一笑，幺妹觉得他是要她喝酒，一口就把一杯酒喝了。她有胃病，时常闹胃痛，这样为他喝酒，是表示对他的好了。家麟反倒有些心痛她起来了。幺妹的脸原来并不红，但今天为了祝寿，搽了胭脂口红，浓妆了一下，现在喝了几杯酒，显得妩媚，在家麟眼中，幺妹是很美的，身段也很苗条，胸脯和腿都生得好，大约是上帝精心制作的，她人心肠也好，就是坏习惯坏脾气太多，大约是在家里太娇惯的缘故吧。

　　本蓉在他家的银耳庄上，最后来，默默的没有闹，自从那次当着家麟的面训幺妹之后，他们两人之间总有些不自然。本蓉并没有向家麟道歉，说道歉不过是幺妹的一句话罢了。幺妹已喝了不少了，忽然不见了，桌上菜并没有吃多少，大家光顾闹酒，没有吃菜，乘招呼茶房上菜的空子，家麟去找幺妹，原来她在后面的化妆间中吐了，家麟去时她已经吐过了，在用小手帕轻轻地擦嘴，嘴上的口红已经掉了不少，她知道不把口红擦去，可见还没有很醉。家麟问："怎么样？""没有什么，不要紧。"幺妹并没有望他，但家麟见她眼有泪水，是哭了。"喝杯浓茶吧。""不要忙，你也有点醉了吧。"也字特别有深意。"没有。我不能吃酒，吃一杯脸就红。"家麟的确不能吃酒，但他很能控制，决不多吃。不过有时他也还是能喝上半斤黄酒，但由于脸红得凶，也正好可以做挡箭牌。"怎样？吃点水果吧，汽水好不好？"家麟对女人有时很会经营的。"不，什么都不要，只要静静地歇一会。"幺妹坐下来，靠着墙，闭着眼，不时把眼睁开一线偷窥，家麟见她有些喘气，胸口起伏不定，不大不小圆圆的乳房在淡黄的绸旗袍中微微地颤抖，家麟很想伸手去摸摸，但是他的心跳得很厉害，一转念，他控制住自己，没有动手。"那么我到外面去走走，你就在这儿靠一会吧。"其实这房间里并没有沙发，只有几个板凳。他找了一下，没有一张靠背椅子，幺妹坐在一张凳子上，背靠着墙，低着头，听说家麟要走才抬起头来，一双水汪汪的眼睛很动人，嘴里嗯了一声，表示不要家麟走，家麟见她不说话，知道是要他留下来，但满桌的客人没有主人，人家会找的。家麟正要扶幺妹坐下，门口忽然有声音："在这里了，躲在这里谈情话哩。"是以顺的声音，接着家婉表嫂也来了，大家拿水果拿汽水给幺妹喝，家麟乘机溜出去了。这一台酒热闹是热闹的，连俞家老太太在上座上也是经常笑着，虽然她很少说话。在席上最活跃的是许炎、以顺和家婉，她们都暗暗地闹幺妹和家麟，连初到的许炎也知道幺妹是家麟的女朋友了。幺妹虽然喝多了一点，但样子并不狼狈，坐了洋车先走了。等到人们都散完了，家麟觉得不放心，又和家龙回到三德里去看幺妹。家龙先回家，家麟留下，幺妹还好，吐了，反好了，人也清楚了。当晚，她和她母亲母女二人盘问了家麟的家世、田地、房产、生活习惯，有妈妈在，幺妹显得很会讲，不像和家麟单独相处时那样窘了。十二点之后，家麟独自回大陆坊时想，这样盘问我的一切，大约是决心要嫁给我了。我到底要不要她呢？真是个难题。沈竹还不时有信来，信写得那样好，虽没有说情话，但意思是很清楚的，可就是和沈竹没有和幺妹熟。和沈竹仅仅是去年夏天在青岛避暑时在一处过一个月，会过五六次，一块儿唱过曲子，游过泳，看过电影，分别后一直有信，信上说的是些废话。抗战后她家到香港，后又转到广州，父亲的差事没了，二哥的生意也不做了，闲在广州。前几天竹来信说她父亲和二哥准备到汉口来呢。父亲是想入川找老朋友找事，二哥是来武汉跑生意的。到底是竹好呢，还是幺妹好？这叫家麟犹豫不决。若是家训在就好了，他俩只差一岁，兄妹无话不谈，但她这时远在成都，最近二姐家珊来信说她们两个人吵了架，家训一气一个人上青城山去了。真是，家麟想想这些事就要失眠，家龙太小，和他还不能谈得很深，他也没有到后方去进大学。听到家龙的鼾声，家麟不觉很羡慕他的幸福。家龙现在还只是想吃，也不很想女人。为了女人，家麟已吃了不少苦头，但却又不能不要。

时局越来越不妙了，武汉也在疏散了，许多熟人从武汉过又走掉了。入川的多数到滇黔，银行界的消息最灵通，林副理准备把太太、小妹送到香港，自己一个人留在武汉，家眷送走了就好了，家璐准备和林太太一路到香港。这一决定家麟和家龙都反对，要到就到大后方，要到就到前线，到香港去干什么？除非还准备回沦陷区。当时家璐没有说什么。她是大姐，有自己的主意。自从十五岁时母亲死了之后，家璐实际上担当起母亲的职务，照顾弟妹，因此大家又是爱她又是怕她。这次家璐要到香港，家麟虽然反对，但也不敢明说；家龙还小，又是大姐，就更不敢说了。其实后来才知道，原来家璐是为了自己的婚姻的事才向上海跑的。家璐三十多岁了，一直蹉跎下来，没有合心的人，好容易看上一个昆山花农出身的昆曲名伶，弟妹们又反对，因此她不便明说。家龙呢，是准备入川求学。

六月中，马当、武穴相继失守，武汉各机关的疏散更积极了，西上的轮船和南下的火车经常买不到票。俞家是大商人、大银行家，决定全家到香港，先还决定幺妹、以顺考完了学校考试再走，后来又决定考都不考了就到香港。幺妹不肯走，为什么呢？也许是为了家麟吧。她对家麟是很好的，嘴里不好说，心里是愿意的。在她心中，家麟是好的,人漂亮,又有学问,又会玩,又已经工作了,和他二哥决不相同。但是这事又怎么好开口呢?连对平时一起打架玩的嫂子家婉也不好说"我爱家麟,你为我做媒吧"。其实家婉也知道幺妹的心事,也是很帮忙的,不但自己出动,连佣人老张也出动了。老张送什么东西到大陆坊来总要为幺小姐说几句好话,家麟也听得出来。

从六月初开始,各机关积极地准备迁移,政府已经下令公务员家属离开武汉了,从各地逃难到武汉来的又要再一次逃难了。家麟他们机关也要迁,迁到哪里还不知道。大家一见面就谈疏散的事,保卫大武汉也不提了。

首先是家龙和一批从合肥老家逃难来的本家入川,准备到成都找家珊和家凤,家凤是四弟,在成都金陵大学农学分校读书。其次是家璐,在家璐离开汉口的前一晚,家麟住在银行,和大姐谈了一夜,主要是谈家麟的婚姻问题。把沈竹和幺妹做了个详细的比较,沈竹家璐不了解,只好听家麟说,幺妹家璐很熟悉,她也觉得她太娇,有些坏毛病,特别是爱抽烟打牌,爱玩不爱读书,不爱做家务……家麟以为这些都不要紧,主要是幺妹到底爱不爱他。如幺妹真的要嫁他,那他也要。可是幺妹又怎么会这样直截了当地说呢?家麟以为习惯可以改,家训脾气那样坏,和家麟在一起还不是很好吗?抽烟也不很坏,家里自己为了吐圈圈玩不也抽烟吗?并没有瘾,打牌也不要紧,只要不大赌成瘾成为女赌棍;不爱读书也不妨,家麟有一个时期不是也不用功吗?全靠自己,别人是不中用的。这一切全不要紧,家麟觉得不很对的是两个人到一起话不多,谈不到什么所以然来。除了谈电影谈吃喝玩乐,正经事谈不上,但有几次还谈得不错,如母女盘问他家世那一晚,幺妹就很正经,说话也说得好,有两次家麟为她们(以顺和幺妹)补英文国文和历史时,也感到幺妹理解力比以顺强,以顺还是有孩子气,幺妹已经有大人味了。一切表示幺妹对大哥很好。经常注意他的小地方,比方大哥有酒窝,大哥脾气好,大哥会炒菜会体贴女人等。这不是对他已很好了吗?难道说要一个女孩子当面说我爱你吗?这些是么妹好的一面,家麟又听说么妹曾经有个男朋友,在武昌,后来她又不要人家了,到底是怎么一回事呢?详细问家婉,她说是有过不错,但现在已不来往了。这一点家麟心中也有疙瘩,至于沈竹那一面不时有信来,有情有义,家麟回信也很殷勤,这是很矛盾的。从外表上比较起来,么妹要丰满些,艳丽些,竹瘦弱些,清秀些,学问是竹好,从写信的文字上看也是她好。虽然她们同是高中学生,竹在青岛上的是教会学校,很紧,很用功,考98分都要哭一场,因为没有考到100分。但竹比么妹更娇惯,是父亲的宠儿,一家之宝,脾气也不小。这些仅仅是家麟和她相处一个月之中所观察到的。到底怎么办呢?俞家老太太已叫家婉来暗示要订婚,订了婚他们再到香港。家璐也不能代为决定,讨论了一夜,最后决定家璐到香港去见见竹,两个人比较一下再说。这一夜的深谈并无结果,只更加重了家麟的烦恼。

家璐和林太太、林小妹坐飞机走后,大陆银行林副理家就没有人了。因此副理邀家麟去银行陪伴他,再说家龙也走了,张昭也和林家佣人一起乘火车到广州转香港去了,他们已不必再支撑这个家了,所以就把良友楼的那两间房让给了从合肥逃难来暂时还没有离开的四姑一家住了。自搬到大陆银行林公馆之后,生活更舒服了,经常晚上为林副理拍拍弹词,副理很风雅,吟诗作画都能,收藏的名画不少,陈师曾是他的老师,人很深沉,不很多说话,话有斤两,但熟了人却也很家常。由于他的妹妹是家璐的密友,因此家麟一家都和他们一直有来往。到汉口后经济上他给他们很大的帮助。在这时一个银行资本家比一个大地主在经济上要能周转得多了。副理伤脑筋的是时局的变化,期货、标金、投资买卖的变化,常常一夜之间可以变成大富豪,一个电话也可以使你破产。副理为银行大做投机生意,自己小做。这种生意要看得准又要狠,又要稳,对局势和国际形势、抗战局面全要有深一步的看法才能取胜。由于副理的老练,他为银行赚了不少钱,自己也饱了。正经理谭荣由于政治上的关系才当正经理的,不管事,不伤脑筋,整天在外面应酬,吃得白白胖胖,肚子大大的,这一点使副理很羡慕,他常说谭之所以当正经理,正是由于他的肚子大,像一个银行家的样子。这话固然有俏皮他的意思,但还是有自知之明的表示。因为他个子不小,人很瘦,身体是扁扁的,夏天穿了背带裤挺着肚皮还差一大段距离。据说喝啤酒可以使肚皮大,林副理常常喝,虽然他更爱的是白兰地,并不是啤酒,但为了肚子,为了像一个大银行家,他拼命喝啤酒。但是家麟从来没有见到他的肚子大起来过,这大约是他太欢喜动脑筋之故。大家劝他不必这样深思,他却说整个银行的成败全在他的脑子中,又怎能不想呢?家麟住进银行后便了解副理了,除了唱曲子谈时局骂国民党外,他们还常在深夜到"美的"咖啡厅去喝咖啡,那儿有冷气,比银行三楼更凉快。

俞家全家除了家麟很少见到的老太爷之外,决定七月十五日从广州过南下到香港。这一决定后,么妹变得很沉静,冷淡淡的,也懒得打扮了,头发蓬松着,她那天生有些卷的不很黑的头发显得更妩媚了。家麟倒觉得她这样比浓妆起来好多了。他想找个机会和她在一起好好地谈一次,说深一点。问她到底爱不爱,想不想嫁他,她和她以前那个男朋友怎样了,还来往吗?……家麟很想去说,但如何说呢?很难启口。加上这几天有人来组里参观,大家又忙了起来,又加上老板请从徐州脱险回来的特稿科的同人们在青年会健身房吃面,连洋人也来了。接着又说夫人(宋美龄)要来视察,大家又忙了一把,卡片报销册全部重新整理,但结果夫人并没有来。空忙了一阵后,大家又松了下来。

有一天,大卡片组组长史济言老先生从办公室那头特地跑过来,悄悄地对家麟说:"那边对你们股的工作不大满意,希望你注意。"那边就是指对过小楼上的科组长等上级,也是家麟在东吴的老师。"说是你们造的报销册子有错误。"他再轻轻地加上一句,轻到坐在家麟边上的陆汝春也没有听到。"谢谢,谢谢你,史先生,我注意好了。"家麟没精打采地回答。

这一阵子家麟为了恋爱,为了时局的不宁,为了自己的前途,有时在办公室里有些恍惚,对检查校对工作确实是放松了些,加上他的一股中大都是年轻人,有的是励志中学的学生,有的是先烈遗族学校的学生,真正做过事的人不多,这一股除了家麟外还有五个人,他们对家麟都还不错,都把他当先生,没有当上司看待,因此处得还自然。家麟在休息时常请他们吃冰棒,特别和陆汝春、俞北忻两人更好些,陆是学生,能力很强,工作很快,用复写纸抄报销册,字写得又好又快,俞曾经做过工作,比较老练。其他三人工作也不坏。副组长始终没有来,他们这一股是很团结的。

听了史先生的话后,家麟第一个反应是不高兴,后来一想,怕是有错误,不过错误不会太大,太大了是要打回来重做的。一定有些小毛病,但也要注意,上面一向对家麟印象不坏,不要搞坏了才好。这样他决定休息时对大家说一说,要大家注意就是了。当天晚上他一直没有睡着,已十二点过了,天还没有回凉,他一个人爬了起来到银行屋顶凉台去乘凉。月色惨白,一点风也没有,因为四周都是大银行,房子都很高大,在凉台上也看不远,风也被挡住了。他首先想到的是史先生话对大家宣布后令他们气愤,但是他们年轻有决心,经家麟说服后,大家决心今后一定仔细地把工作搞好。事情完了,由俞北忻和家麟两人认真检查校对。他想到在休息时对大家宣布后,大家还是很一致的,没有丧气,这很好。但他自己却比较消极。一向他怕坐办公室,比较喜欢教书,虽然大家认为教书没有出息,但他一毕业后就在苏州乐益女

中教书,半年后又到励志中学教书,他和学生处得很好,他特别喜欢中
学生的天真活泼,真心真意地对待老师。既然现在在报销股工作弄得
不好,还不如去教书。可是这儿算是军事机关,不能随便走,假如他们
要用你的话……大的时局是马当、武穴已失守,大武汉保卫不下去了,
都在撤了,回家前途怎样呢? 江南大好土地已经陷入日寇的铁蹄下,
难道说中国也保不住了吗? 战事前途未可乐观。而汉奸和亲日派又
在大唱共荣共和的论调。据林副理透露说老蒋也准备和,就是因为日
本的条件太苛刻了,因此还拖着。屈辱的投降求和家麟是不赞成的,
但战呢,有把握吗? 有时家麟脑子一热,想上前线,至少应到什么战地
服务团去工作。他懊悔没有在六安留下来,在章乃器部下工作。李宗
仁总要比老蒋开明些吧。但到前线也还是不行,熟人中还很少有人真
正在前线。后方,还是向大后方跑吧,反正自己不当亡国奴。不向沦
陷区跑就是了……最伤脑筋的还是婚姻问题,本来此时不应该谈婚论
嫁,订婚是买卖也不能干,况且订了又不结婚,两下牵挂着更不好。结
婚现在是战时,更增加了一个包袱。况且自己的经济情况也不怎样
好。五十五元一个月的薪水,自己一个人用还可以,若一结婚可就要
窘了。目前看来幺妹好像没有什么问题了,只要家麟肯要,俞家是愿
意的,但幺妹本人呢? 家麟把握不大,想到这一点,又觉得竹好了,大
姐家璐已到香港,亦见到竹了,也很赞成竹和家麟结合。这使家麟更
倾向竹了。况且竹的父亲和二哥马上就要到武汉来,这也许是来办他
和竹订婚的吧? 但竹现在却又病在,病虽不重,但好像是肺病,这又是
一个问题……怎么办呢? 不想吧,回房睡觉去! 自林太太、小妹走后,
家麟就睡在小妹以前睡的那间小房中。

在俞家全家动身的前一晚,家麟为他们饯行。在三教街三教咖啡
店吃西餐,预先和家婉说好的,这一餐就是为了决定和幺妹订不订婚
的事。家麟也下定决心在今天和幺妹妹谈一谈正经话,问她愿不愿意

和他好。在他们决定到香港去之后，家婉有一晚单独和家麟喝咖啡，家婉透露她家老婆婆是很愿意这门亲事的。特别是那年婆婆和家婉去北京看大儿子本宜（家婉的丈夫）时，见到家麟，家麟陪她们逛颐和园，又请她吃饭，对老太太很是殷勤，一个青年人对老太婆很殷勤是很不容易的。老太太看中了家麟就是这一点。加上本宜也赞成，说家麟是清华毕业的，迷信清华，以为清华学生都是好的。而且本宜又是他们家最有学问的最为人敬仰的人。他说家麟好，自然就好了。这样俞家人没有问题，那么么妹本人呢？家婉也透露说这几天么妹每晚都一个人躲在晒台上悄悄地哭。她妈问过她，她说随妈的便。这话很明显，就是答应了。因为她也知道她妈妈很喜欢家麟。家麟一到俞家去，老太太总是眉开眼笑的，很欢迎他。可是家麟当时不懂得随妈妈的便就是愿意。又听家龙说过她有男朋友，问家婉，家婉也没有否认，这就有问题了。家婉说老太太的意思是趁这两天没有走订了婚就放心了。但家麟却不愿意订婚，说是这是一种买卖，看好你，马上就结婚，又不可能。那晚上姐弟俩在美的谈到深夜，顾客都走完了，他们还在谈，家麟说出了他的恋爱观，他说不要做爱，不要一点儿勉强，恋爱要自然。结婚呢，现在是抗战时期，兵荒马乱的，自己不保，再拖一个太太，不是把绳子往脖子上套吗？现在还不是要家的时候，一定要等到安定了才能成家，能在经济上维持一个像样的小家庭才能要家。这时结婚，拖着一个女人逃难，不是自讨苦吃吗？他也向家婉表示了么妹不坏，有些坏习惯不是重要的，重要的是人好不好，心好不好，是不是真心爱我，老太太说并不中用，那天晚上两人谈得很好，就是没有最后决定，因此才又有到咖啡馆饯行的事。家麟、家婉、么妹、以顺四人一进三教印象就不好，原来没有小房间，只有一个大统间，有女招待，他们进去时有三个美国兵正在和女招待开玩笑，一个兵把一个不太大的女招待抱着坐在身上，另一个正在打一个女招待的头，这一幅恶劣的图画立刻叫小姐太太们害怕了。她们想换一个地方,但是已经进来了,女招待已经来招呼了,他们只好找一个角落坐下来,美国兵正在大喝其啤酒,在美国兵腿上的女招待大约是让那大兵的手摸到那里了,大叫一声逃了出去。那美国兵拍手大笑。这情景叫家麟觉得很是难堪和侮辱,但是他们是敢怒不敢言的。所幸的是那些美国兵不久就吹着口哨走了。

菜是二元半一客的,不错,特别是鱼好,但是由于那几个美国兵的胡闹,这一餐饭至少是在美国兵走之前,他们有一半的时间是没有吃饭。大家都很郁闷,没有说什么,连平时很好说话的家婉、以顺都不大开腔了。大家都好像意识到今天有什么重要的事要发生似的。幺妹更不说话了,她穿了件黄旗袍和黄绣花鞋,家麟也注意到她似乎很爱黄色、淡黄色的东西,她常低着头,眼不看别人,慢慢地吃自己盘子里的菜,吃得呢又很少,每盘菜几乎都剩下一半。以顺倒吃得凶,不说话就吃,家婉也不凑趣了,好像说今天是你们演主角,犯不着我来帮腔了。忽然有电话找家麟,家麟正纳闷怎么会有人知道他在这儿,接上电话,原来是黄源来的。没有什么事,只说香港姓沈的有封信来。原来自从家麟搬入大陆银行之后就叫人把信寄到机关里,家麟曾经托他为他收信,但一封信又何至于让他打电话来呢,在电话中也不好多问。

这一顿饭吃得很沉闷,饭后又到对过屯可花园去玩。今天天气还凉快,午后下了点雨,现在傍晚时已凉快了。花园中的草地湿湿的,幺妹的黄绣花鞋在草地上沾湿了,有些泥点点,她便坐在一张凳子上不肯再走了,老是望她的鞋。为了要让家麟他们两个有谈话的机会,家婉她们去打高尔夫去了。家麟和幺妹坐下来吃茶,两人才慢慢说了起来。谈的却是这些:

"要走了,你舍得离开武汉吗?"

"不,我不想走,这几天我觉得武汉特别好。"

家麟想说你说不走还不是要走的,你不走谁负你的责,我又不是你的丈夫。不然跟着我,做我的家眷就可以跟机关的家属一同撤退了。可是实际上并没有说,却说:"读书怎么办呢?"

"爸爸说到香港后再说,也许去读外国学校。"

"不要读外国学校,还是读本国的好。"

"是的,将来我是想到内地大后方去读书的。"

"这很好。"话说到这里,继续不下去了,是的,这就是使家麟觉得别扭的地方。在一起时候,往往是这样说话的,不是那么自然,要找话来讲。但由于黄源来电话说竹有信来,家麟对今晚一定要和幺妹谈婚姻大事的想法打消了一半。现在谈话又是这样别扭,干脆不谈了吧。找别的话来说说吧。

"本宜是不是也要到香港?"家麟问。

他要到明年才毕业,他们协和不要紧,小日本不敢惹美国人。他们一家对美国是很崇拜的。虽然他们的银耳生意做得很大,但是并没有做出川买卖。本宜、本蓉都是一向穿西服的,幺妹也觉得白话不对,企图扭转白话,于是问:"你们机关搬到哪里?"

"现在还不知道,听说第一步先到湖南,然后再到贵州。"

"我将来一定要到后方去读书的。"幺妹又重复了这一句,一定要到后方,家麟也知道她的意思是:我到后方一定来和你读书。家麟很清楚她并不太热心读书。但他也认为女人读到高中也可以了,女人书读多了,不要那么有学问,当太太拿得出就行了。女人书读多了反而瞧不起丈夫。因此家麟对于幺妹读不读书并不热心。幺妹倒是真心想读书,她听说家麟不高兴她不用功,爱打牌,爱抽烟,爱打扮,她这几天常常夜里哭,就是在下决心要改家麟所不喜欢的事,但她不说家麟也不知道,沉默了半天,没有话说了。为了打开僵局,家麟拿出一支烟来递给幺妹,幺妹却说:"谢谢,我不抽,胃有点疼。"

其实她为什么不说我下决心不抽烟了,那是因为你不喜欢我抽烟? 家麟自己点燃了一支含在嘴里,以度过无话的窘人一刻。

夜深了,有露水了,草地上的灯显得更亮更惨白,盖过了月光。这一座人工造的很不高明不自然的花园其实并没有什么好,小高尔夫球场中的小型牌楼假山也很俗气,红红绿绿的,人工的小河那么窄那么俗,根本就不像一条河,好像一条阴沟。

以后他们谈到了以顺家世,又谈到了八姐家婉,幺妹说妈妈不满意她会花钱手脚大,又说她很能干,会做事,会说话。又说自己不会,这些地方不如八姐,又说到他们俞家在合肥乡下买的地收不到租钱,让家婉的父亲大伯伯收去了等。谈到别人,幺妹比较轻松活泼些了,但一说到自己,却又哼哼叽叽地不大开腔了。

家婉、以顺打小高尔夫,似乎很有劲,两人都不仔细,常常把球打不见了,找球的时间比打球的时间还多些。家麟感到没有话说时就喝红茶和抽烟,幺妹喝了点茶,胃疼,到那边去吐了。家麟为了服务跟了去,幺妹不让他看她吐的丑态,背过脸去,家麟轻轻在她背上拍着,吐过,幺妹涨红着脸,更不说话了。家麟叫 boy 来一杯白水让幺妹漱漱口,天凉了,家麟把外套脱下来披在幺妹身上。这是爱情吗? 家麟想不是,这就是礼貌。

等到家婉他们打完一盘球,大家又去打桌上高尔夫,家麟运气好,一下子打到一个一千分,得了一包糖,但那糖实在难吃,幺妹一丢进嘴就吐了出来。出了花园,幺妹就一定不披他的外套了,其实那时候夜已深,街上已没有几个人。但幺妹就是那样死要漂亮。家麟送他们到三德里门口,没有进去就一个人回大陆银行了。明天不走,后天他们全家都决定走了。

重要的要决定婚姻的一夜就这样度过了。

第二天中午休息时家麟再到俞家,他们的行李已经都运过江去了。他见到了许久没见的俞家老太爷,因为他经常住在店里,不在家中,不很有商人气,家麟对他的印象还不坏,至少比本蓉的印象好。当晚十一时,家麟已经睡下了,家婉和幺妹却到银行来了,幺妹眼红,显然是哭过了,家婉打趣地说幺妹。

"我家幺妹多情得很,去和朋友告别,大哭了一场。"本来若在平时,幺妹一定生气打她了,今天却没有。幺妹默默的,家婉一定要家麟穿上衣裳陪她们出去。于是又到花园,又到江边走走。自然她们来是想谈订婚大事的,但又并没有谈。三人在一起,家婉说话最多,幺妹最不说话。家婉有时急了也叫:"幺妹,你为什么老不开腔呢?"

就是这样,幺妹愈不说什么,心里愈是重沉沉的。送他们回三德里时已一点了。回银行时家麟想就只有明天一上午了,他们下午的车走,要订婚还来得及,只要家麟一松口,一答应,准行。好在是抗战时间,一切从简,中午吃顿饭就行了。但是家麟到底爱不爱她呢?他自己也说不清。那边竹的信又是那么勤,而且信写得好,虽未说明但隐隐已是很有意思的。不能,不能订,这时候不能把索子往脖子上套。

六月十五日上午,家麟向科长请假,先写了张条子请半天假送家人,科长不准,家麟又到科长办公室去说,送弟弟妹妹,又说得很恳切,如今时局如此骨肉分离,不知何时才能得见,又不知以后见到见不到了,因此必得去送一送。科长没有办法,最后只好答应了。家麟还故意说送了后就回来上班,不要半天。

十一时家麟在办公室里偷偷地写了一封信给幺妹,这是第一封给幺妹的信,信上说:"像是该写点什么给你似的,话不容易说,字也一样难写,陆放翁的词说'只道真情易写',一点也不错。相聚仅三个月,平常只在一处玩,从来没有深谈过,我不大知道你,我相信你也不很明白我,如今要分开了,我希望我们仍然像从前一样不要生疏了。写小信让我多知道一点,你也让你明白我一点,你看好不好?粤汉路上随便哪一站都可以发一封信来。"

家麟把这短短的第一封情书写好后，自己看看觉得还不错，回来想想把陆放翁那句划了，又重抄一遍，准备交给家婉，在车开了之后给幺妹。

十二时家麟到粤汉码头，江中正在涨水，水大得很，见到了要走的俞老太太、幺妹、家婉、以顺、本蓉和来送他们的俞老太爷。老太爷没有过江，只说了几句话，有事马上就回去了。家麟搭上轮渡和他们一同渡江到徐家棚车站。口很干，没有什么吃的，家麟还没有吃中饭，在站上找东西吃也没有找到。车一会就来了，上车时次序还算好，老太太坐二等卧车，其余的人是三等卧车，二等卧车那一间只有两张卧铺，上铺还没有人，以顺一下子就跳了上去，房里有电扇、痰盂等，很干净，床也好。

幺妹真似乎很多情，什么也舍不得。以顺还是孩子，说要出门，很高兴，蹦蹦跳跳的，一点也不难过，幺妹就骂她："你这个婆娘，跟娘分别都不哭，心肠真狠。"

"我哭的时候你们都没见到呢。"以顺表示她还是哭了的，只不过不会像你们那样哭得大家都知道。

时间似乎很长又似乎很短，天又下起雨来了，许多人挤在一间小屋里也不舒服，大家就出来走走。要到两点三十分才开车。再到火车上时家麟就把那第一封情书交给了家婉，说现在不要给她，等开车了再给她。时间到了，铃响了，车动了，家麟和家婉、以顺、幺妹一一握手，又跟着车跑了一阵。车快了，他看见幺妹把头从窗口伸出来一下，又缩了回去。

回汉口后已经下午三点了，家麟在法租界冠生园吃了一碗面、一碗饭。送人特别是在汉口，家麟经常迎来送往，总觉得不大舒服。他觉得火车比轮船好，火车一下子就开走了，没有依依之感，轮船就不行了,轮船走得很慢,让双方慢慢地分开,让人心里很不好受。送人送多了,家麟的心肠也变硬了起来,也不很在意了。但今天送么妹却有些不同。一面觉得她走了,没有了要和她订婚的压力,觉得轻松,一面又觉得就这样散了吗?不是很可惜吗?么妹还是一往情深的,心肠好的人。人也好,放弃了就再也找不回来了。回到办公室,拿到薪水,仍是五十五元。他还以为这个月可以加薪了呢。拿到钱,他现实了,不再想了。

自俞家走后,到七月底,家麟才随机关迁到湖南桃源。在这一个半月之中,他在汉口是很无聊的。他渐渐地感到他是爱和女孩子们在一起玩的,没有女人在一起玩,生活显得很单调。三德里人去楼空,他渐渐地又常跑汉成里了。住在汉成里的是刚从家乡逃难来的三姑家。他们一家六口人逃到汉口来之后,毫无办法,三姑整天唉声叹气,三姑爷早死了,大儿子刘橙又远在四川,虽然有了工作,但并不管养家。二姐刘暄是学体育的,做过事,现在失业。三姐四姐都还在读书,现在也没有学校进了。小七姐还小,不过十二三岁,老五刘旭又有肺病,十七八岁就很悲观,对国家对家庭对自己的前途全都看得很悲观,觉得一点希望都没有。他们原来住在合肥乡下自己老家,合肥沦陷后才出来的。那次从前线回来的家麟的四叔还埋怨三姑不该拖儿带女地出来,出来又没有钱,无依无靠何以为生呢?但三姑却哭着说:"不出来怎么行?女孩子们都大了,你是知道的,日本人来了,这么多年轻女孩子往哪里躲?合肥城里许多熟人家的女孩子被侮辱,我们见得太多了,就是当难民我们也要出来。"

"为什么不到大哥他们山里去呢?"

"山里也不安静,有汉奸土匪,不见得比日本人好,那还不是一样地要糟蹋女人。"

"唉,你们家这么多丫头,为什么一个都不嫁人?"四叔问得也奇巧。

"没有人家,我不能随便往人家送吧。"在乱世,丫头真是个累赘。大家怕,都愿意赶快送掉就算了。

"唉,怎么办呢,没有人家就赶快找事吧。"四叔真有些急。

"找事哪有那么容易,她们又都没有本事,干什么事呢?难道真是去做女招待吗?"

兄妹二人的谈话并没有什么结果。四叔是军人,但是是个不吃香的军人。牌子不坏,是保定军官学校骑兵科毕业的,最红的时候当过骑兵旅旅长,在吴佩孚手下。国民党来了,又是什么高参,一个闲差事。抗战了,眼望国家要军人,现在他也不过是一个冀鲁豫边区游击副司令。正的是孙殿英,也不是什么正规军,这次从前线撤退到武汉,火车过潼关时,差点没让隔河的日本人的大炮轰死。他虽是军人,但是对抗日前途却很悲观,对老蒋无好感,对八路军亦不赞成。他是北洋旧军阀,娶姨太太,捧女戏子,狂嫖滥赌是他的本色。但他却很严厉地管教他的儿子和女儿。

家麟在汉成里听到他们的谈话,也知道他们都没有什么前途,他们这么一个没落的贵族家庭本来就是没有什么前途的了。提起老家的腐朽,家麟不觉义愤填膺,恨不得一把火把所有的这些没落腐朽和那阴沉沉的老圩子全部烧掉才好。

在刘家的表姐妹中,他比较喜欢刘昭,她大约和他同年,属虎的,刘昭比家麟大一点。还在抗战前,他们都住在苏州时,家麟就经常往刘家跑,同时三弟家虎也常常去刘家,他对这个三表姐也很好。这样家麟觉得有兄弟两个抢一个女人的嫌疑,这样他就不去刘家了。这次刘家逃难到汉口,家虎又到重庆去了,家麟本可以大进攻,但刚和幺妹闹过,一时转不过来,虽然他明知道只要稍稍地露一点口风要娶刘昭的话,三姑一定肯。她不是正愁女孩子多了没法送出去吗?但是家麟没有要么妹，怕背上包袱，那也就不会要刘昭了。但他还是努力为她们姐妹设法找事。在武昌，林副理的旧友纪先生在政治部工作，在负责领导的一个大队里为刘昭、刘晞找到了工作，三姑感激不尽。

家麟控制着自己，下班后极力不往汉成里跑。没有事就早早回银行洗澡乘凉，为林副理拍《长生殿》。他进步得很快，学得很用心，声音也很苍老，晚上两人常常在凉台唱唱曲子喝喝啤酒。有时候高兴，把银行中会唱京戏的银员找上来拉胡琴唱京戏玩。小职员们见到副理都很拘束，银行职员就有那么一股银行味道，穿得笔挺，很整齐，头发永远是光光的，见了上司永远是恭敬的，见到来取钱的人永远是那么傲慢的，仿佛钱就是他的似的。算账也似乎永远不会错似的，算盘永远响着，只要有算盘在边上，说什么话都要拨弄算盘珠子。家麟是有点讨厌银行里的那股铜臭味的。

许炎也常到大陆银行为林副理拍曲子，吹笛子。他是老曲家，他们两夫妻都灌过昆曲唱片。他是一直捧着褚民谊的，现在到汉口有点落魄，又捧上了林副理，最糟糕的是他和林副理的认识是家麟介绍的，没有几天他打听到林副理的太太到香港去了，他就要用美人计，要把唐家的大姑娘说给副理做小。他带唐家两姐妹来银行几趟，暗示有意，林副理也觉察到了，渐渐地和他疏远了。虽然他笛子吹得比家麟好多了，但副理情愿家麟吹，副理在女色上很淡，他和他的太太是文字之交，恩爱夫妻，副理的画，太太的小楷，在银行界是赫赫有名的。由于许炎干这种不光彩的拉皮条的事，副理就很鄙视他。实际上他自己对女人很精，他和唐家的大姑娘有一手，但没有钱，想利用大姑娘骗副理而已，他太太为他爱乱搞女人也不断吵过若干次。他经常独自出来活动，不带太太。

么妹走后第五天，家麟接到她自桥头驿发来的一封欠资回信，写得一点也不好。同时又接到竹的来信，说已经从香港搬到广州了，一比较,竹的文字好多了,字也写得整齐清楚。接到竹的信很高兴,他就更倾向竹一点。

时局很紧张,到武汉的难民更多了。难民收容所都登满了,到处都遇到难民,街上有告地状的,饭馆有卖花卖仁丹香烟的。家麟一个人有五十五元,过得很好,常常一个人吃小馆子,看电影。"美的""天星""中央""世界"是他常去的地方。有时也看京戏,身上买了"大华"的高尔夫球票,也常找刘家姐妹们去打球,去江边散步,再不然就买些软性的杂志画报来看,他常看的是《西风》《宇宙风》等刊物。上办公室反正就是那么回事,渐渐地他也学会偷懒,把工作分配给组内的几个年轻学生做。好在付阳春、苏德深、庄文彬、俞北忻、张信等他部下的五员大将都和他不坏,他们都乐意为他做事。家麟待人不薄,小恩小惠地常肯施舍,天热了他总是买冰棒、酸梅汤给他们吃,有钱偶尔也带一两个去吃吃小馆子,看看电影。因此他们都还欢喜这个顶头上司。他又从来不到上面去说他们的坏话,所以关系很好。

银行叫林副理的家眷走了,但他那里人来人往的还是不断。林太太姐姐的女儿小胖来了,副理的二儿子二哥子也还没有走。加以还有一位湖南的胡老先生也在林家做客。他们自然都登不长,都是路过,马上都要走的。小胖是她的小名,小时候很胖,故名。她现在十八九岁了,长成大姑娘了,很苗条,一点也不胖了。人很开朗,大叫大闹的,和二哥子恰恰相反。二哥子不大说话,但在小胖引导下,他也说话了。小胖从北平来,于是和家麟大谈其北平,家麟对北平是有好感的,特别谈到京戏,更上劲,什么毛世来、李世芳、荀慧生都谈到了。她说什么戏都喜欢看。那时正在上映《星海浮沉录》,是马尔之和珍妮合演的。珍妮似乎已过时了,演这片子正合适。还有什么《乱世忠奸》都是好片子。看了回来就多谈。小胖也喜欢打高尔夫,但性急,总是打不进洞。二哥子沉着,很快就打完了。小胖光叫嚷也不行。家麟对小胖很有兴趣，对不难看的女人他似乎都有兴趣。这一点他自己也觉得不很好。好在小胖算是晚辈了，不久她和二哥子一同到香港去了。

在一元路办公的人都搬到青年会太极厅来住了，于是这间大办公厅一半做了宿舍，非常乱，完全不像个办公厅了。家麟对这样上下班抄报销打图章校对工作已经感到腻烦了。本来他认为无论怎样对伤兵总是服了务，自从逐渐知道其中内幕后，他更感到不但没有为伤兵服务，反而害了伤兵。白花了老百姓的钱，名义上是委员长的犒赏，其实还不是老百姓的血汗钱。

俞家走后，代替俞家，家麟常跑的是汉成里刘家，两家的女孩子都很多，家麟有时想到"打茶围"这个不适当的比喻，可是想想又真有点像。虽然对两家的小姐们说来有点侮辱，但实际上有些像的。不能动手动脚，不能比茶室，却可以比为清吟小班。去和女孩子们谈谈，也消消闷气。花点钱请她们吃吃喝喝玩玩，也是值得的。不过现在是抗战期间，过这样醉生梦死的生活，有时家麟想起来也非常痛心，也曾下决心不找小姐们去玩了，可是第二天脚不听命，一下班又滑去了。即使憋住不去，也是在街上逛街，街上的女人也很多，加以现在是暑天，穿得都很薄，高耸的乳房也很诱人。家麟还有一种很见不得人的思想，就是爱看女人的奶子，自从他发现沿大智车站边一带穷人家的门口有很多喂奶的女人后，他特地去过几次，去看喂奶女人的乳房。这种下流猥亵的思想和行为，家麟自己也恨自己。但有时他也原谅自己，把一切推给没有结婚之故，说是结了婚就不会如此了。

大姐家璐到香港后不久就来了一封信，说见到沈小姐了，很好，而且说他们一家不久将也由汉口入川，可以当面谈婚姻之事。另外信上又说到幺妹，他们在香港也见到了。幺妹大大地变了，不抽烟了，不打扮，也肯做家务事了，大盆大盆地洗衣服了。这都是为家麟才如此的。看到家璐的信，家麟又动摇了。本来已不考虑幺妹的事了，现在如此倒难了。这一年夏天汉口特别多雨,而且常在夜里下,等到家麟上了床,雨声特别清晰,这样考虑到回家和自己的前途,家麟常常失眠。在办公室里他常偷偷地写信给沈竹,希望他们赶快来汉口就好了。一方面想沈竹,一方面又在和刘昭她们混,很是矛盾。

汉口的警报常常有,最近更多了,轰炸武昌的时间也更多了。但家麟他们在青年会,不怕。警报一来,家麟遵前任股长季吉之嘱,总是把报销册子抱上一大包让勤务拿着,自己押着送到华安大楼下保险库中。有一次那里的办事人问为什么警报一响你就把册子送来,家麟答说,以前季吉不是一直送来的吗?回说根本没有这回事。太极厅不是和这儿一样的?这儿难道说比太极厅安全吗?家麟听了这话才知道是上了季吉的当,受了他的摆布。这还是小小的事,没有什么。常常因为跑警报耽搁了工作,星期天还要加班,反正家麟他们报销股的工作是这样的,只要有犒赏队一回来,就有大批收据要贴,要算,要造册子。没有犒赏队回来,他们就帮别的组搞大小卡片,也不得闲。初来时家麟很认真,现在也敷衍了。有一天他只校了两本册子就算了。

老板的母亲黄老太太死了,借一元路的办公厅开吊。小职员们自然又是一番动作,凑钱买花圈送挽联。七月十七日下午五时,他们全体人员公祭黄老太太,大家全到一元路大厅去排队鞠躬。黄老太太的大像画得很不高明,家麟看了像,想起这人好像在哪儿见过似的,鞠躬时,读祭文时他完全没有注意,一直在追想,忽然想起是在北平时让家斌他们拖去逛茶室时见到过的一个老鸨,虽然仅仅只去过一次,因为那老鸨很会说,样子也很特别,因此印象很深。黄老板剃光了头,穿了孝衣,装孝子,但又毫无悲伤之意,样子很是滑稽。家麟不禁跟黄源暗暗谈论着。黄源说:"他自然不悲伤,早想她死了,在老太太还病着的时候,他就已经准备借这儿为她开吊了。"这次丧事又可以捞一票了。家麟也知道大老板们办红白事是不会亏本的。"表面上说是不收礼,实际上送去还是收的。"黄源和Stin熟,很知道老板的内幕。

祭完,招待员招待大家上楼吃点心,家麟和黄源都没有去,匆匆地溜走了。

当晚在大陆银行林副理公馆的凉台上举行了一次小小的曲会,还很热闹。首先来的是唐家一家,父母和两个女儿都来了。其实唐家的父母并不唱曲子,只有两个女儿唱,也唱得不很好。唐先生一来就大谈其南京脱险的经过,讲得吐沫四溅,也不管别人爱听不爱听。大姑娘梅,圆脸,原来在南京时很白,但据她妈妈说是在庐江乡下晒黑的,现在是又黑又胖,旗袍穿在身上都显得太紧了;小的菊,在南京时家麟见到她时她还小,现在不到一年,她都长得很苗条了,是个大姑娘了,可惜背有点微微的驼,坐在那儿,妈妈常常捣她,叫她挺起胸来。姐妹俩都涂了不少胭脂,但是胭脂和皮肉好像没有结合,不能融洽。衣服呢也穿得太紧,大姑娘显得臃肿,小姑娘又单薄了些。一个像水拍,一个像棍子。虽然她们十分地让她们身上的曲线突出,但是并不好看。

要人褚民谊来得也不晚,但气派是不同,有个勤务兵跟着,不很说话,表示很深沉。特别是对时局不发言论。林副理不错,对此要人显得不卑不亢,按普通客人招待,没有特别献殷勤,寒暄过,褚问:"太太呢?""到香港去了。""对对,这时候把家眷送到香港去是对的。"褚的绍兴官话说得一点也不高明,叫别人很不好懂。

许炎、张馨一对反而比褚民谊来得晚,一到马上向褚献殷勤,佣人们打手巾给他,明知道褚擦过了,也要递过去,却遭到了褚的白眼。家麟暗想,活该,马屁拍在马脚上了。另外还有一对王洗夫妻,家麟不很熟,是许炎找来唱冠生的。

饭是在阳台上吃的,银行的菜照例是考究的,但夏天里也不想吃大鱼大肉,今晚的菜也还清淡,有清蒸鱼、竹笋汤、炒二冬、爆双脆等等。家麟不能喝酒,在汽水中掺了点威士忌,也把脸吃红了。

饭后,曲会开始了,自然不能和苏州、南京那种正式场合比,大家唱的都是些零碎曲子,很少唱整曲的戏。场面也不好,只有家麟和许炎会搞场面。先由主人林副理唱弹词片段,然后是家麟和张馨唱《佳期》,张馨嗓子很好,但是她的唱不如她的做,她演《佳期》《说亲》《回话》都很拿手。许炎笛子也吹得好。接着是王洗夫妇唱,《折阳》这几出是整出的开白,虽然只有一支笛子,没有锣鼓,但口中念锣鼓,用筷子打板,也混过去了。后来唐家姐妹的《游园》,许炎拉二胡,家麟吹笛,《游园》家麟还熟,吹得还可以。这几出戏唱下来,已十一点多了,最后褚民谊唱了一段《访曹》,客人们才逐渐散了去。褚的汽车一批一批地送客走了,最后他才走。他对时局很不乐观,劝大家早走,说武汉亦非久居之所了。

十二时之后,家麟和林副理都洗了澡,在凉台椅子上批评刚才大家的唱,认为褚民谊唱得并不好,绍兴腔太重,根本不像昆曲,唐家姐妹嫩了些,自然还是张馨唱得熟练。林副理夸家麟的张生不坏,家麟也说副理的《破不刺》一支好,虽然才学,但味儿好,嗓子也好,一直谈到一点以后大家才去睡。

有一晚家麟和林副理在他们的小饭厅里吃饭,林副理总是一个人吃一桌饭,以此他叫家麟陪他吃,不必在机关里吃了。副理的家常菜是四菜一汤,三荤两素,这是高级的,但是副理吃得很少,仅仅只吃一小碗饭,但对味的菜却吃得很多,几乎也有一小碗的样子。家麟习惯是吃三碗饭,林副理的碗小,还不大够,但是他不好意思再吃了,再吃怕站在旁边添饭的佣人笑话。因此家麟和副理虽然很熟,但总不大爱和他一起吃饭。副理只吃一碗饭,多吃菜,他有他的理论。他说我们用脑筋的人应当多吃菜,特别要多吃肉类,肉类对脑子有好处,不比出力的人,他们吃饭吃蔬菜就好了。

家麟不以为然,因为他自己光吃菜是不行的,一定要吃三碗饭。

虽然吃酒席时由于菜吃多了他吃不下三碗饭，但他总觉得腻，特别是油吃多了，不舒服。但是他也不便反对副理的理论，虽然他觉得他的话有点轻视出力的人。

刚吃完饭，副理的一个海门同乡施方伯老先生来了，他是刚从陕北来的，自然大家的话题都集中来谈陕北，又当然主要是听施先生谈了。

老先生精神很好，说话也颇风趣，他特别详细地给大家讲了大家不大清楚的平型关大捷：

"这一仗真打得太好了！日本精锐的板垣师团第二十一旅团四千多人马几乎全部被我们消灭，太痛快了。事情是这样的，去年，九月二十五号拂晓，敌人一百多辆汽车在前，两百多大车在中，步兵在后，联成一线，进入了包围圈，大约是清晨五点多，我们八路军一一五全线部队居高临下，首先用手榴弹炸毁敌人最后一辆汽车，使前面的汽车没法退走，敌人毫无准备，几千人在山谷中嗷嗷叫，乱做一团，汽车大叫，人马互相乱撞。乘敌人乱，我们就开始冲锋，但是敌人也不示弱，还是很善战的，在汽车底下，大车肚下，死马边，和我们展开了肉搏战，一直打了一天一夜，消灭了敌人三千多，还是因为国民党按兵不动，其余的敌人才向洋源方向突围而去，不然全完。缴获的汽车、大车、枪炮那是太多了，不说别的，单是军用大衣，一一五师的官兵们一人一件还有得多。"

家麟虽然隐约也知道平型关大捷八路军打得好，但国民党的报纸上登得很少，不详细，经施先生一说他们才清楚。

"问题还不仅在消灭敌人几千人，更重要的是打击了汉奸亲日派的战不如和的谬论，也给唯武器论和恐日病的人们当头一棒，鼓舞了全国人民的抗战精神。平型关大捷向全世界宣布中国人并不弱，日本人三个月决不能灭亡中国，三十年三百年永远也灭亡不了中国。日本人的飞机大炮并不可怕,只要我们举国一致,团结起来,坚持抗战,就能胜利。毛先生最近发表了他的《论持久战》,说得很详细,你们大约不会看到,国民党统管区封锁消息,人们还是知道的。这儿只晓得什么台儿庄大捷,其实是幌子,马上徐州就丢了。国民党总是不成。"

施老先生讲的一套术语,什么恐日病、唯武器论,大约是延安的术语,家麟不大听得到,在纪念周上只听到英籍老板转述的老蒋的那一套,无聊的仁义礼智信,听到施老先生讲得很上劲,家麟也不觉兴奋了起来。接着他又谈到延安的新气象,真心和老蒋合作抗日,不像老蒋企图借日寇消灭八路,人家共产党才是大公无私,不记前仇,处处配合,以国为重,延安的廉洁和这里的贪污对比,八路军的真抗战军民一致,国民党的不断溃败,战战和和,老蒋的决心不大,被迫抗战,也是美国怂恿,美国又把废铁军火卖给日本,苏联是真心帮助中国的……

施老先生一席话把家麟打动了,使他一时兴奋起来,真想到延安去,他想起在国共合作期间在安庆被枪杀的堂兄家璋。他是个共产党员,在中学读书时,他俩在苏州处过一阵子,他是那样的热情可爱,富于正义感,想象中的共产党员都是那样的。不久前杜辕来武汉时也劝他下决心去延安,但家麟贪图安逸,不愿意去找苦吃,又怕自己家是地主,即使到了延安也不会受到欢迎,等等,顾虑重重;而且也没有伴,在伤兵犒赏科这样一个老蒋的嫡系机关中要想找一个进步人士已不容易,自然更找不到共产党员了,即使有也不会让家麟知道。

最后,大家谈到褚民谊那天还来参加曲会的事,施老先生很不客气地埋怨林副理,说他不该接待这些人,说他是亲日派,唱低调的人,不该和他亲近,副理也辩白了几句,但显得很不理直气壮。送走了施老先生,家麟上了床,想的不是女人了,是延安,这可爱的延安,到底没有决心去。自己若是要真正地为抗战出点力,似乎就应该去延安,若准备庸庸碌碌马马虎虎地过一生,就跟着国民党混。在感情上他也觉得共产党比国民党好，但他有惰性，不愿动，决心不大，没有勇气，软弱，怕吃苦，他一时兴奋起来就冲动，等热情一过去，他又回到女人堆里去混了。

七月二十日之后家麟接到竹的来信，说她二哥和爸爸已动身来汉口了，但人却老是不到，而他们组内又有马上要迁移的消息，这使家麟很着急，怕在汉口见不到沈家父子。不跟机关走呢，就要失业，跟着走呢，这工作又不很愿意干下去了。他仍想教书，要教书除非到大后方去。四川、云南比较安定的后方才行，这儿的学校都疏散了。七月二十六日，林副理向大家透露说据银行界的消息，九江已经丢了。果然一看报纸上已经没有九江的电讯了。

汉口世面上阔人已不多了，相反，各地来的难民多了起来。终于命令下来了，他们慰问组迁湖南桃源，分批分路出发，家麟分在第二批，乘轮船直抵桃源。桃源这个地方很引人，特别是在这抗战期间，能避难入桃源真是太好了。但是家麟却一点也高兴不起来，在汉口蹲熟了，很舍不得离开，武汉，难道说这大好的山河土地这美丽的城市就拱手送给日本人了吗？这长江，这黄鹤楼，这龟山，这鹦鹉洲，一元路，二仁街，三教街，四民、五族路等等马路，那些小饭馆电影院，家麟都非常熟悉，虽然来武汉才不到半年，但他和武汉已建立起深厚的感情。一说要走，是很有点舍不得的，但大势所趋，走还是不得不走的。

现在留在武汉的比较熟的只有刘家三姑一家了，刘昭、刘晞已入服务大队，刘暗已入川，找哥哥刘㫤去了，只剩下三姑带两个小的刘旭和小七妹。三姑伤心地说她已到难民收容所登记过，实在没法时只好随难民撤退，也顾不得自愿到哪儿了。林副理是没有问题的，银行还有业务在，而且时局愈不好银行愈有生意。他实际上是负责人，不能走，真到危险时，一张飞机票是没有问题的。

那天晚上林副理亲自送家麟上船，船是个拖船，有通仓和房仓，不管如何家麟是个小小的股长,两个人住一间房仓,从汉口到桃源坐轮船没有准,是一星期还是五天也不知道。家麟把行李放在铺上,就和副理又上岸闲步,船要明天一早才开,今晚还不开。家麟想到马上就要离开武汉了,心里依依不舍,江上水很大,江面很宽,对岸武昌的灯火并不多,汉口这边却灯火辉煌,江汉关大楼耸立着,他俩从岸上走到栈桥,又从桥上走到岸上,副理待家麟如同家人,怕他钱不够,又给了他一百元,并叮嘱他路上做事要小心,要仔细,真如父兄一般。家麟在这惜别时吐露出心中的真话。"沈老伯和沈二哥来时望林先生招待。""这个我自然知道,现在银行里人不多,就让他们同我住在一起好了。"林副理并不认识沈老伯他们,由于是家麟的朋友,就这样慷慨地招待留宿真是不容易。

"订婚的事我来做媒吧,一切由我来办,你不在也不要紧。"副理曾经听家璐说过沈竹的事,家璐又来信请副理招待沈老伯,也说到托他做媒的事,家麟一知道副理知道他和沈竹的关系,事到如今,也没有什么好隐瞒的了。

"家璐说沈小姐人很好,我们都希望这个婚姻能成功,可惜你马上要走,不然两下对面,一谈,一定成功。不过你不在也好,免得不好当面谈说,一切由我来办好了。"副理说得很正经很恳切。

家麟没有说话,这就表示默认了。江上远远地有汽笛声,江上渔火忽明忽暗,他们走在码头的冷静处。"我写信到桃源给你好了,反正你同意,如沈家答应订婚,就在汉口登个报,我是介绍人,你放心好了。"副理说。"谢谢你了,一切由你办吧。"家麟不好不开腔了。"很好,就这样说定了,我回去了,再见,一路顺风。"副理伸出手捏住了家麟的手,家麟一阵心动,外人这样古道热肠,真是太叫人感动了。

家麟回到拖船上倒头就睡,并没有和船上人说话,船舱外面直到深夜都还在喧闹,天快亮时小轮船来拖船了,船晃动起来,家麟才迷迷糊糊地醒来。

　　这一天江上风浪特别大，家麟晕船，老是躺着没有动，即使躺着也不行，仍然晕，中饭晚饭都没有吃，到了晚上船停了，家麟问到哪里了，谁知船走了一天才从汉口航到武昌，只过了一条江。大约是因为风浪大了，船并没有开，家麟糊里糊涂的还以为船在开呢。听说并没有走，家麟决定不坐船了，改坐火车到长沙，转汽车到桃源。但这事情必须得到上级的许可。这一天家麟在船上颠簸够了，船一靠武昌码头，家麟马上上岸，一天没有吃东西，到冠生园吃饭时打了个电话给施鼎莹，施答应他坐火车去，但要自己出路费。还有一个条件就是不能比大家后到。火车快，到长沙不要一天，长沙到桃源一天也可以了。他又打了个电话给林副理说船今天没有开走，人仍然在武昌。副理在电话中说，那好极了，快回来吧，沈老伯和二哥今天上午就到了，订婚的事情沈老伯已一口答应，马上回来吧。家麟听了觉得真是太巧了，同时觉得马上要去见不很熟的老丈人和二舅爷有点窘，但他终于匆匆忙忙吃了饭，十点左右过江赶回了大陆银行。一进银行后门就听到三楼阳台上的笛声。

　　沈老伯已经和副理很熟了，家麟和沈二哥马上就熟悉了。家麟因为从电话中已知道沈老伯应了婚事，对他反而觉得有点拘束，不好多说话了。和孙二哥话特多，沈昌也是个很会说话的人，一口镇江话还没有改，他叙述了在火车上遇到了警报下车躲飞机时他爸爸的狼狈相，很精彩。

　　"火车一停，爸爸夹了皮包就向外跑，门小人又多，出不去，还是我先从窗户里跳出去才从窗户里把他抱了下来。下来时，飞机已经来了，在头上叫，爸爸就往水田里一钻，死也不肯出来。等到飞机过了，大家上车，开了车，才想起他的皮包还在水田里，包里不但有钱，而且有他历年工作的证明，这一下好了，全丢了。"沈昌说得很轻快，好像丢东西的不是自己的爸爸而是别人的事似的。这个包中的东西很重要，丢了真的很糟糕，但沈昌却一点也不在乎。

由于警报多兵车多，他们从广州到汉口的火车走了五天才到，可以算是特别慢车了。沈老伯虽然有病，在路上又吃了苦，但精神很好，还是那样乐观，很风趣。其实家麟后来才知道，那时他们沈家由于逃难，由于为竹看病，为沈伯母看病，已经在当当度日了。

当晚家麟和沈昌睡在一间房，一直谈到深夜两点，沈昌很坦白地说起他在广州和妓女恋爱的事，家麟也谈了他对竹的情。

第二天一天的时间，林副理叫人把一切都办妥了，从次日起登报三天，订婚戒指刻上两人的名字，在当晚就取到了。两张庚帖上的八字也请银行的秘书写好了。当晚在银行请了一桌客，就算是订婚酒。没有什么外人，只有沈家父子、许炎夫妻和银行中帮家麟办事的两三个高级职员。那晚大媒林副理特别高兴，从仓库中取出多年积存的老牌白兰地请沈老伯喝，因为他知道沈清是好酒量。沈老伯虽然在窘迫的情况下，仍然能开怀畅饮，谈笑自如。许炎夫妇应着家麟首先唱了一段《定情》应景。然后家麟吹笛，许炎夫妇唱《佳期》，沈老伯唱《见娘》中的老旦，副理唱《弹词》，最后是沈老伯和家麟合唱《草地》中的"倾杯玉芙蓉"一支，沈老伯的老旦不但唱得好，而且他那样子不用化妆就是个老旦，虽然他才过五十，但由于年轻时过于放荡的关系，显得很老了。家麟的旦，非常本行，因为经常为家俐吹笛子，因此有时旦反而比小生唱得好。今晚他嗓子特别亮，高处很圆润，而沈老伯老旦唱得又十分悲凉，各人都在离乱之中，感情正对，因此这一曲"多少烟花三月下扬州，故园休向首"唱下来之后，大家都很感动。家麟也觉得自唱曲以来没有唱得这样好，大家一面赞叹，一面伤感，各人想到各人的前途，在汉口这一聚，马上就要离散了，这一次欢乐的订婚宴却变得十分暗淡了。加以家麟今晚十二点的火车去长沙，在新娘缺席之下的订婚酒,本不齐全,而新郎马上又要匆匆别去。十时,家麟要走了,沈老伯把家麟叫到凉台的栏杆边悄悄地对他说:"家麟(他第一次叫他的名字),你放心,长弟的事我完全可以做主,我知道她对你很好,我们老夫妻也愿意你们好,只是在这国难当头的时候,只好一切从简了。"家麟默默地听着,接着他的声音哽咽了说:"你知道我的皮包在车上跑警报时丢了,现在弄得很窘,能设法借点路费入川才好。""这请放心,我和林先生说一声,他马上会借的。"家麟感到林副理为人很慷慨,没有问题的。果然说了一下,林副理说:"放心,我明天一定送钱给他。""这笔钱记在我名下,我将来一定还。"家麟觉得在汉口花林副理的钱已经很多了,自己的老丈人要林副理再花钱不对,但现在他自己又马上拿不出这一笔钱来。"没有事的,将来和家璐一齐算好了。"其实家璐也并无多少存款在大陆银行。

　　十点之后,沈昌送家麟到江边,看他上了轮渡。当晚家麟在二等卧车上并没有睡着,他的心情随着火车车轮起伏不定,他自己也不知道是喜是悲,但有一件事是肯定了,他是和沈竹订了婚了。

1962 年 8 月 10 日晨初稿

1962 年 8 月 24 日下午初改

（二）广州

广州，这个英雄的城市，一提起来，不由让人肃然起敬。自从抗战以来，被轰炸最多的城市，离海最近的日机不断的轰炸，警报从早上五点开始一直到下午五点才解除，市民对警报飞机轰炸已习以为常了，很是沉着，从来不躲警报。好在广州大街上、人行道上都有高楼，只要在楼下堆上沙袋就是很好的防空洞了，大建筑如豪群酒家、大三元等，顶上都有竹子架成的防空设备，这种设备武汉是没有的。许多漂亮的洋房都涂成了灰色，看上去好像是个巨大的怪物，样子很怕人的。市政府的玻璃窗全被震破了，但办公室的人照常在里面办公。家麟是1938年9月中旬到达广州的。

八月初，家麟坐火车到长沙。在长沙，他有个在东吴一中时的同班同学，在北平时在北大读书，毕业后又在励志中学同事的好朋友，李钟斌，他现在在长沙当空军招待所主任，家麟到长沙时正好没有空军在长沙，因此他比较空，特地开着他们所的漂亮小包车亲自到长沙车站来接他。空军招待所在湘江中的水陆洲上，大约是原来的日本领事馆，房子很大，很漂亮，完全是洋派，地方又安静，他们有自己的小包车，还有自己的小汽艇。家麟对汽车不大感兴趣，因为他一坐长途汽车就要吐，小汽车关上窗户更加容易吐；但对小汽艇却很感兴趣，他常常幻想将来若是发了财，不买小汽车，一定要买一只小汽艇，在河里、在湖上到处游逛。

在长沙，家麟并没有住多久，只住了两晚，虽然没有见到苏联自愿空军，但从钟斌的谈话中知道以前黄源讲的一点也不夸张，甚至说得比他说的还要好。他们这些从远方来的为我们作战的朋友，没有报酬，至少钟斌知道中国不给他们薪水，所谓招待，也只仅仅招待他们吃住两项，其他一概不管。他们和美国不同，决不在公共场所露面，不是在飞机场就是在招待所中，决不在街上乱跑，更不玩女人，连跳舞也不跳。招待所中不必有女人。他们和现在汉口开小饭馆小咖啡馆的白俄不同，白俄的店中除了卖伏特加之外，还兼卖淫，常常见到一些军官去找那些胖女老板，用非常糟糕的二百五洋泾浜说："We have thi thi!"一面说，一面用手做出女人大屁股的样子。在家麟印象中，俄国人就是白俄，他在上海的时候经常吃罗宋菜，红菜汤特别好。按摩院、妓院他没有去过，但常常听人说，又看过巴金写的《将军》，觉得俄国人就是那样。自然他看过托尔斯泰、屠格涅夫、普希金、陀思妥耶夫斯基等人的小说，从中也看到过善良的俄国人，但他却从来没有看到过生活在社会主义制度下的苏联人。这次到长沙满以为可以见到苏联空军了，谁知不巧得很，他们又没有来。但是钟斌对他讲了许多关于苏联空军的事，钟斌在北大学的英文，自然不懂俄文，但所里有几个翻译，他自己也可以说些简单的俄语了。他非常佩服苏联人的勇敢负责和不怕死的精神。

初到的那一晚，钟斌并没有请他，就吃所里的两餐，第二天特地过江去"潇湘"为家麟接风，除家麟外其余都是他们所中的年轻人。家麟非常惊奇湖南人的"伟大"：大而长的筷子、汤勺，即至上了菜，盘子又大，菜又多，许多人吃都吃不完，菜是非常考究的，酒也是陈年花雕。钟斌很能吃酒，在北平时家麟从清华一进城总是住在北大沙滩钟斌的宿舍，一来总是吃小馆子听戏，当时他们常吃的小馆子是淮阳春、鹿鸣春、东来顺、五芳斋,东兴楼是大馆子,也钱多,非学生所能及。听戏呢也听科班富连成的时候比较多,那时候李世芳、毛世来等人不坐科班,他和钟斌除了在一起吃喝玩乐是一方面,但主要的两人还是贴心朋友,一些心事他并不瞒钟斌,通财之谊,自更不用说了。在潇湘一夜夕酒,把家麟吃得大醉,家麟受不住别人闹酒,性子又真,只有别人一让,似乎就非吃不开,而自己仅仅只有半斤黄酒的量,加以一些所里的朋友全都是新见面的,人家敬酒,似乎不能不喝,虽然钟斌多次替他说话,劝他少饮,但还是吃了不少,在火车上又劳顿了,从汉口订婚以来思想上又很兴奋,种种原因使得家麟不得不醉了。

从"潇湘"出来,在小汽车上一闷,立刻吐了,吐得很狼狈,招待所的小汽车也给吐脏了,钟斌忙说不要紧,到了湘江边冷风一吹,比较清醒点。为了汽划子靠岸的事和另一群军人吵了起来,招待所的人都年轻力壮,又是军事机关,决不会怕什么军人,又都吃了酒,火气甚大,有一个年轻翻译大叫说:"不要说废话,把他们拖上汽划子,带回去揍一顿丢下河去!"对方不知道他们是什么来头,但是听说自己有汽艇,来头一定不小,因此气稍馁,又加上所里的司机也在叫,小车就停在岸边,他们估计这群年轻人是有来头的,也就不再闹了。家麟被他们这样一闹,酒已醒了大半,等到上了汽艇,别人都还在讨论吵架的事,估计对方是什么人,他已经安静了下来,静静地在船舷边看湘江的夜色,船渐渐远了,看到了长沙的灯火。

回到了招待所,钟斌又拿冰又拿汽水等来给家麟吃,慢慢地他的精神清爽了,反而睡不着了,到了十一点,钟斌让他睡在苏联空军们睡过的房间,这房间比汉口的大旅馆的设备还要好,但是集体的,并非一人一间,而是五人或者多人一间的。床不用说,是钢丝床,软绵绵的,书桌上有漂亮的绿色纱的台灯,窗帘是紫色的丝绒。在这样清净漂亮的房间中家麟还是睡不着,于是就坐到书桌前扭亮了台灯,开始写信给广州的竹。

订婚之前和订婚之后，家麟的心情是有变化的：订婚之前家麟常常想到的是不能订，订了婚就是把绳子向脖子上套，自己也就受到了约束，有了责任，不能再和其他的女孩子们玩了；但不订婚也有烦恼，自己到底要谁呢？似乎这个也好那个也好，又似乎这个也不好那个也不好，彷徨得很，又好像无主似的。戏词中有"男儿无妻家无主"一句很对，心中无主，现在订了婚，又想到竹到底怎样呢？病得如何了？虽然沈老伯一口答应说没有问题，到底未当面，而且订婚后到现在又有几天了，还没有好好地来给她写信。今晚睡不着，心情又很好，因此家麟决定来写订婚后的第一封信。平时写信家麟称她为沈小姐，现在已经订了婚了，在汉口已打了个电话到广州，说订婚的事，她是知道的，那么该称什么呢？以前信上净是说些废话，即使有意也是闪烁其词，不能明说，现在可以说了，但写惯了那样的信，现在一下子要改过来，反而为难了。陆放翁有两句词说"只道真情易写，那知怨句难工"，这话一点也不错，家麟此时心情正是如此。他考虑了半天，决定可以说亲爱的竹，也应该说亲爱的竹了，本来他总觉得写什么亲爱的、我爱你妹妹等等一类的话太肉麻，太俗气，现在他不是这样想了。这封信他写得很长，写了许多爱字，企图表达他的心迹，现在他脑子里已经全没有幺妹和刘昭等人了，一心一意地爱竹。他自己也是这样想的，从此该专心地爱竹了，无论如何他必须爱竹。除了情感之外，还有义务和责任了。他也说到相思之长（他想一定设法争取到广州去看她）。他们两人在一块的时间太少了，互相了解得也不够，光是靠通信也是不够的，一定要见面，他方才知道她的病，还有她母亲的病，在广州的生活情况等。这第一封情书兼家书，写得很长，信写好后他伸伸懒腰，走到户外江上，晚雾未散，斜月疏星，他对着湘江活动了一下子才回去安眠。

从长沙搭上长途汽车,经过宁乡、益阳(桃花江所在地),夜宿常德,第二天只要坐半天车就到桃源了。桃源地方不大,但小巧玲珑的,临沅江,风景秀美。湘西的景色又和家麟住惯的江南水乡不同,同样的江,沅水和胥江就不同,苏州城外的水是那么平静,几乎看不到它是在流,而沅江的水都有激流,江中有滩,到处都是水在流动。这和两地的人似乎也有关,江南苏沪一带的人是那样温柔平静,因此许多苏州人即使是骂人也是好听的,湖南人却是勇敢热情,就和沅江上的激流差不多。

桃源城里热闹街市只有两条,沿沅江,是石板路,很窄,临河吊脚楼不少,也许是由于初到不熟悉之故吧,家麟并没有看到漂亮健壮的妓女。街上杂货铺小面铺很多,面又多又辣,家麟实在吃不消,他自以为还是可以吃一点辣的,谁知道面拿上来汤全是红的,辣得麻嘴,无可奈何,只好叫堂倌拿碗开水来把面捞到开水中洗洗再吃,惹得其余的顾客窃笑不止。从此家麟吃面再也不敢要放辣了,即使一点点也不敢放了。那一碗面又特别多,在苏州家麟吃一碗面总是要加三才够,但桃源的面不加三也吃不完,说句实话,味道实在不敢恭维,不如苏州的,更不用说什么松鹤楼、老正兴等等大馆子,就是家麟他们家门口平桥的阳春面,也比湖南面的味道好。

地方虽小,文化并不落后,在沅江边上有一座女子师范学校,街上小学中学也有几所,但这里到底是后方了,闻不到什么战争的气息,外地逃难来的人还不多,有几个机关搬来了,也不多,还是安静,真有世外桃源之感。唯一紧张的就是来往的汽车很多,自从京滇公路通之后,这一段湘黔公路是重要的一段,来往的军事卡车特别多。他们犒赏科在桃源街上只有一个办事处,机关是在离桃源有十里路的渔父乡的杨保长家中。

杨保长家在公路旁的一座小山上,房子很新,是一座楼房,但还没有完工，门窗全没有装上，还都是个框框，有的地方瓦都没有铺好，一下雨就漏，附近竹子很多，所以什么东西都是竹子做的，桌椅板凳全是竹子的，夏天倒很凉快，所有的职员全都睡凉床。大家很多人睡在一间房。家麟刚从汉口的大陆银行那样漂亮的房子中来住，到这乡下还没有修好的土财主家，自然什么都不满意，不习惯了，一心只想离开这儿，到大后方去教书。于是到处写信，写信给在成都教书的家训，在昆明的家瑚三姐，三姐夫孙叔文原在北大教书，现已迁到西南，在昆明的北大、清华、南开三大学临时合并的临大——西南联大的中文系教书，又写信给在重庆农本局工作的二姐夫周平，要他们设法为他找事，但他也知道现在找事并不容易。

　　凭良心说，桃源渔父乡的风景很不坏，但到桃源后家麟的心情却很不愉快，这有几个原因，最重要的是刚刚订了婚，一心想去见见竹。虽然家麟在几次恋爱失败后常说只要不太难看的女人要他爱都行，有时他甚至想照以前那样老法结婚，找一个完全不认识的乡下姑娘，顶盖头拜天地，等到送入洞房，撒帐时亲自来掀盖头，不是也很有趣吗？现在真的订婚了，他却觉得和竹太不熟悉了，她到底怎样呢？病重不重？老丈母的病又如何？她的家庭怎样？竹的样子是不是还和一年前在青岛见面时那样娇小活泼？总之一切关于她的，太需要知道了。没有别的办法，只有去广州一趟。这是最重要的心情不愉快的原因。其次是工作那样无聊，在汉口时还有工作好做，现在来到桃源，头两天一切未上轨道，自然说不上，但一星期之后算是上班了，大家都坐在一块长板铺上蓝布的大桌子上后，又无公可办。科长级以上的高级干部全都没有来，大家办公更马虎了，施只来了一趟又回常德去了，高级干部大半在常德，连黄源也没有来。这使家麟更加寂寞了，真是国事日非，前途未可乐观。家麟一向是不问政治的，看报也光看剧刊，大事只看看大标题，决不评论时局，自抗战以来他却大有改变，特别注意战事的发展了,买了本很详细的地图,每天很仔细地看报,到合肥乡下李老圩时则常听收音机,记录战况,出壁报。如今在桃源乡下,消息很不灵通,也很苦闷。还有在生活上也突然来了个大转变,原来在汉口大陆银行过的是头等生活,光说洗澡一事就大不相同,汉口天热得没法的时候,家麟可以把全身泡在浴缸里,现在呢连木盆都没有,要就到沅江边去洗,要就到臭水塘中去洗洗,根本没有热水,后来时间略长一点,家麟就到离杨保长一里路远的一个小镇上的小茶馆中去洗澡,那儿有木盆和热水。自到桃源渔父乡之后,有两件事是家麟比较满意的,一就是那镇上的小茶馆,小茶馆在公路边,可以看到沅江,茶馆虽小,却很干净,老板夫妇二人带一个十四五岁的小女孩,一面开茶馆一面还卖点杂货,因为小镇不是公路的终点,是中途站,长途车停在这儿的不多,生意不很好,但偶尔有些车抛锚在这儿,人就多了。自从犒赏科搬到这儿,下班后不少人到镇上来坐茶馆。家麟也常来坐茶馆,嗑瓜子,茶馆里的水和茶叶也还不坏。特别是由于公家的人常常来,老板特地到桃源去买了比较好的茶叶来,桌椅都是竹子做的,很清爽利落。家麟常常一个人躲在最里面喝茶,写情书,下班后来,甚至在中午休息睡午觉时也来,在躺椅上休息了。茶馆里的小姑娘很是娇媚,虽然是乡下姑娘,却上过小学,很活泼,会说爱笑,科里的人都喜欢她,她来这儿高兴,带得大家也高兴了。桃源不如汉口那么紧张,那样的政治火药气,渔父乡更是没有火药气了。警报很少,唯一不好的就是公路上来往汽车太多,汽车一过,卷起一阵黄土,把路边的小茶馆、小树林全得盖上一层黄土。

另外还有一件使家麟比较高兴的事,就是一个人到沅江边去散步,看江上的小帆船、渔船过滩过激流,看渔船捕鱼、拉网。江边有一座小山,爬到山上则更妙。家麟常一个人到小山顶上找一块石头坐下,细细观看订婚后竹寄来的在香港拍的两张照片,拍得很好。是1937年冬天在香港养病时拍的,都是在公园中,一张在棕榈树下,棕桐树针状叶子映在前额变成了刘海，面貌清秀安详，眼睛细细的，穿着衬绒长旗袍，外套春大衣，手中拿着一卷书，细看手上还有一只宝石戒指戴在中指上，从手可以看出人是瘦了，手上没有肉，全是骨头，脸带微笑，没有一点病态，但是从手上的筋骨看来人是比1937年夏天他们在青岛见面时瘦多了。另一张是坐在公园的长椅上看书，眼向下，腿翘着，全身见拍到了。鞋是麂皮半高跟鞋，大衣撒开在长椅上，旗袍上的花纹很清楚，背景是海。这两张照片家麟不知道看了多少遍，越看越想赶快到广州去见她一面，这相思之苦是难以诉说的。

在桃源一个多月的时间是难挨的，分析起来，大半的时间是在相思之中，写情书看情书，表面看起来似乎心情还平静，实际上却是很不平静。在办公室中家麟经常在写他的情书，同事们都知道他在汉口订了婚，同组的年轻同事们也和他开玩笑。既然已经订了，也就不是什么秘密了，他也把竹的照片拿给他们看，大家都说好，漂亮，很像电影明星周璇，家麟自然暗暗高兴，但再好见不到面也是枉然。到桃源之后半个月，家麟就努力请假到广州去一趟。稿赏科算是个军事机关，军事机关在抗战时是不准请假的，开小差是要按军法从事的，说得是很严厉的，因此家麟要想找一个借口，最好的办法就是说去广州结婚，是喜事又是大事，领导上不会不准假的。况且现在又无公可办，大家都在耗着，请两周假是没有问题的。但是高级领导都在常德，不知道什么时候来，在桃源的却都是他们股长以下的下级小职员，没有人敢放家麟走，虽然他的老同学是大卡片组的组长庞炳，在刘科长来前代科长，他也不敢擅自准他的假。

这一个月是痛苦的，幻想很多，梦也多，家麟想到广州去看过未婚妻后就到昆明去工作，去教书，等生活安定了，再接竹去结婚。那时在后方组织个小家庭，安安逸逸地生活。他曾梦到他们的小家庭是一所小洋房，有浴室有瓷浴缸，竹正在里面洗澡，他一定要进去，竹不开门，家麟没法,便从钥匙缝里偷看,见到竹全身长得那样丰润,真像一座雕像,皮肤细腻白皙,两条手臂圆润结实有力,短短的头发还是学生装。这时她正躺在浴缸内,从钥匙缝中只见到头和两条手臂,家麟想叫她起来看看她的全身,于是大声地叫竹,但是竹骂了一声讨厌,把水泼过来,家麟醒了,想想梦里的情景,心里很是甜蜜。四周同屋的人有的在打鼾,有的在说梦话,没有窗子的楼上很凉快,天快亮时还有点冷。蚊帐中可以看见天上的繁星和一弯下弦月。想到将来的幸福小家庭生活,而现在却还住在这乡下的集体宿舍中,家麟一翻身竹床轧轧地叫,虽然才三点,但是他再也睡不着了。有时渔父乡江边遇到便船也可以顺便到桃源城。沅江上的风光和江南不同,水急船快,坐在船上有时有点担心,不能像在苏州坐花船时那样悠闲。但顺流而下片刻即到,颇有豪放之感。到桃源城里,熟人只有张馨和她的两个孩子。他们住在一家布店后进,许炎应没有来,很奇怪的是许炎不在,怎么居然把张馨作为犒赏科工作人员的家属送到桃源来了,而他自己却仍在汉口和唐家大姑娘谈恋爱。家麟一到布店,张馨一面很激动地招待他吃喝,一面就骂许炎没有良心。桃源城里也没有什么可玩的,除了买东西外,大家都很少进城,乡下的生活过惯了,虽然寂寞,却很安静,假如心情宁静,很可以读点书。可惜家麟一心想竹,除了看看诗词外,很少能静下来读什么长篇的东西,在乡下新书刊也不容易见到,等到了,也已经很陈旧了。

家麟努力进行请假的事。正好九月初施总组长下来视察工作,家麟便把请假的报告递了上去,一直到九月十号才准他的假二十天去广州结婚。这真是叫家麟太高兴了。准假后家麟立即托人到桃源城打了个电报到广州,告诉竹说马上动身去广州,随即整理了两个小包,一个小皮箱,一个小藤箱。虽然他对大家说他是要回来的,但他们股的人都很知道他这一走就不会再回来了,因此大家在小镇上常去的小茶馆中请了他一次，当时他们股内还有几个年轻的同事也退职到贵阳上大学，因此一并饯行了。在小茶馆吃的一餐饭又热闹又凄惨，股中的六七个人大家虽然是萍水相逢，相聚的时间也不长，可大家都相处得不错，在这兵荒马乱之时，这一别之后，何时才能重见呢？怕是不容易了。俞北忻比较老练，但几杯下肚，也不禁感慨万千，各人有各人的心事，各人有各人的打算，也不知道这样的机关登不登得长久，以后能到哪儿去，前途茫茫。苏慧生、张曦、丁进等人都还年轻，都是中学生，但工作了一段时间，也和别的学生不同了。有的家在沦陷区，自己一个人凭一股热情跑出来的，有的有父母兄弟在后方，想到四川、云南去投亲，几杯下肚，各人都有树倒猢狲散之感。加以家麟这一走，他们也知道他不会再来了。家麟曾经微微透露过他要去后方教书的志愿，股中的人也知道。这一晚大家都吃得七分醉意。老板娘的红烧肉炖得不坏，可惜连平素爱吃的陆、苏等人也吃得不多了。家麟的心情说来是高兴的，他想到马上就能到广州见到他渴望一见的未婚妻沈竹时，惜别之情也就淡薄了，何况这些同事都是萍水之交呢。

到长沙仍然住在空军招待所钟斌处，家麟骤然离开了那又黑又脏的蓝桌布而无公可办的办公室，心里一爽，更何况一两天后就能见到竹，这更叫他高兴。因此他虽然连最出名的陶渊明写的《桃花源记》中的桃源河也没有去却并不懊悔，钟斌留他在桃源多玩一天，去岳麓山，他也不肯，匆匆地就上了粤汉车。

车上人特别挤，一直到衡阳他才在二等卧车中找到一个卧铺。一房四人，正巧一人是原来清华时的同学，另外两人也不惹人讨厌。一路上警报也还不算多，只跑过一次，火车却意外地出了一次轨，车厢出了轨，火车头还不知道，车都侧了，大叫才停。家麟他们转到前面车厢上，把出轨的那几节车厢丢下，车又开了。湘江边，桥被敌机炸毁了，车不能过，说是有船渡河的那边，再乘另一部列车，可是等到大家上了船,又说桥修好了,可以通车了,这样又回到车上,这些事都是在深夜里发生的。到九月十九日清晨,列车缓缓地开进了黄沙车站,家麟向外一看,根本就不像是个车站,月台没有了,全被炸毁了,水泥块到处都是,站房也没有了,只有芦席搭起的临时房子充当临时车站。满目荒凉,很不像一个大站。初次到广州,语言不通,家麟当了阿木林,花了很大的价钱叫了一部洋车,一直拉到中华中路玉华坊惠园沈家。

这是一所在弄堂里的古旧的小洋房,墙是灰的,粉得不均匀,一块灰一块黑一块白,很难看,加以洋房一旧,更是阴森怕人,水泥开裂,铁栏杆也都锈了。家麟进去一问,原来沈家住二楼,楼下还有一家。家麟从边上的一个小门上楼,正往上走,楼梯上却跑下来了沈竹,她依然像在青岛时那样活泼,一下子就扑到家麟身上来,家麟只好放下手上的两件东西来接她,她这样热情大方是家麟没有想到的。一霎时倒把家麟窘住了,幸亏她的大嫂思馨也下来了,三人拉拉扯扯地把两件东西拿上了楼。首先自然要去拜见岳母,岳母病倒在床上,见到家麟自然高兴,精神也为之一振。"我们以为你昨天就会到的呢。"竹笑着说,心中的高兴不觉全都流露出来了。"火车出轨,桥又炸坏了,所以耽搁了。"家麟还有点不大自然。"思馨,快打水给家麟擦脸。"沈伯母坐在床上吩咐。水来了,家麟一面洗脸一面和她们母女说话。沈竹坐在靠窗边的桌子旁痴痴地看着家麟。心想,这个人就是我的终身伴侣了?我和他一点也不熟,也不知道他的心事,但是无论怎样他是个好人,是我自己挑的,他不像黄家大少爷那样俗气,虽然人不瘦,却有一股清气。人也漂亮,差的就是男子气不足。家麟一面洗脸,一面叙述一些路上的经过,一面偷偷地打量竹,人是瘦了不少,可还是那么妩媚娇小,却又不妖气,很正派,眉宽,眼小而有神,嘴有点别,牙齿缝很大,身上穿一件淡黄色现小黑花的旗袍,身段苗条,显得瘦弱单薄,远不如一年前在青岛见面时那样丰满圆润了。一面又说到订婚说到林副理热心帮忙，说到订婚那晚唱的昆曲，提到订婚，家麟赶快把那一只戒指取出来亲自给竹戴上。竹的手和家麟的手差不多大，作为一个男人，家麟的手是太小了。因为生疏，家麟还不好意思捏着竹的手，竹却很大方，因看见她手臂上有疮疤，竹说"是湿气，初到广州来，不服水土生的"。手臂是很细，她以前经常游泳，膀子上还有不少肌肉。竹低头看手上的戒指，戒指上没有花纹，素的，没有缝，在早上的阳光下闪闪发光，竹含着微笑抿着嘴，看得出，她心里是非常的喜悦。沈伯母靠在床上，微笑着说："家麟，你为什么偏偏要娶这么一个棺材瓢子啊！"这话是指竹有肺病，怕活不长。可是说这话时，家麟听得出来其中有六分欢喜，四分悲凉。"……"家麟含含糊糊，好像是回答又好像是支吾。"快洗洗，思馨打几个荷包蛋来吃了，好好去睡睡，在火车上一定没有睡好。"沈伯母已经把家麟当自家人看待了。沈伯母房中有一股味儿，有点说不出，有药味也有肮脏味。荷包蛋来了，沈伯母叫竹陪家麟到外面一间堂屋中去吃。吃了蛋又马上到浴室中去洗澡，家麟忽然想起在桃源做梦时他们的新居中也有白浴缸，但这儿的澡盆却显得太旧了，黄了一点，也不白了。家麟洗了澡，感到有点累，拖了拖鞋出来，又到沈伯母房中叙话。

中午，思馨嫂做了一桌不坏的菜，其中有镇江狮子头，家麟觉得没有睡好，胃口也不开。吃了饭，沈伯母就叫家麟到竹的房中去好好睡一觉，不准竹进去闹。可是到了广州一切很新鲜，又是个新的环境，未婚妻还不很熟悉，家麟无论如何也睡不着。竹睡的是一个旧的大铁床，白布的方帐子，有点旧了，帐顶上有斑渍，他就睁大了眼望这那像人像的水渍，一点也不想睡。竹不放心，轻轻地推开门来看看，家麟还没有睡着，她想进来又怕妈妈骂，又怕家麟要睡。家麟知道她想进来，也想她进来，两人单独谈谈，便招手示意，竹便蹑手蹑脚地进来了。她把门关上，轻轻走到床边坐下，望着家麟微笑，家麟这才大胆捏了她的手,轻轻地抚摸着。"接到你的电报说要来,我真是又高兴又难过,高兴的是能见到你,难过的是家里弄得这样倒霉相,而你却偏偏又要在这个时候来。"的确,一进惠园九号就有一股倒霉的气息,一切显得破旧没落,没有生气,就是现在竹的卧室凉台外小院子对面也是一片高高的灰色高墙,遮住了视线,房中更显得晦暗。由于竹的大方,自然真情,从一进门时,家麟的窘迫心情已经消除了。家麟听到竹的真情话,也大胆地说:"我在桃源这一个月也真是难过,没有公可办,整天在想你,你的照片也不知道看了多少次,一天偷偷地看几遍,恨不得马上就来。一直到前几天才请准假。""我还不是每天对着这大灰墙想你无数遍。"竹说着扑上身来,抱着家麟一同躺下来,家麟摸到她的背心,真是瘦了,连骨头都能摸到,脸上看来还不很瘦,家麟翻身起来捧着她的脸细细地看,这脸是上帝精耕细作过的,皮肤细嫩,眉很秀媚,鼻子小小的,有点微微地向下勾,嘴角含着笑意,是乐还是苦呢?家麟把头低下,想吻她,竹却说:"不行,我有病,要传染的。""不怕。"家麟想到在北平时家训几乎每天都吐血,他们还不是亲热,自己也并没有传上,所以很大胆。但他不能对她说明他和家训的特殊关系。家麟把脸凑上去,竹却把头偏开,轻轻地说:"不,还是让我抱抱你吧。"竹回身紧紧地抱住家麟,把脸贴在家麟脸上,微微喘着气,眯着眼,家麟分明感到她的心在激烈地跳,知道她对恋爱拥抱没有经验,于是放弃了要吻她的念头。渐渐地他感到脸上有一滴凉凉的水在淌,是竹的泪水。"怎么,你难过吗?""不,我太好过了。"竹闭着眼,一滴大大的泪珠汪在眼睛角下,家麟知道她很兴奋,于是便也紧紧地抱着她,默默地两人度过了长长的一刻。一会儿,家麟擦去了她脸上的泪,说:"竹,你病了,瘦了,怎么信上也不说,我还以为你没有什么病呢。"真的,家麟从竹的信中一点也看不出竹病得很厉害,一见面才知道。"不乐意的事何必一定要人都知道呢?叫人也不快乐,还不如不说的好。"这几句话叫家麟感到竹已不是一年前在青岛时那样天真活泼无忧无虑的小姑娘了，而是个心事重重的大姑娘了。"你不应瞒我，我们订了婚就是一家人了。""那时还没有订婚呢。"竹把手放在家麟厚厚的胸膛上轻轻地说："你心里到底爱不爱我呢？""爱，爱……"其实家麟到底爱不爱竹呢？订了婚了，应当爱了，也必须爱了。可是家麟心中也有一种很不好的心事埋在深处，一年前在青岛时所见到的竹是那样娇小玲珑，特别是有一次家训为竹打扮了一番，胭脂口红，把竹打扮得娇滴滴的，他爸爸看见了还打起昆曲道白说："我家小姐任李小姐如此一打扮越发地标致了。"竹还发娇嗔。当时竹在家麟眼中虽不是美人，却也是个合乎他理想的漂亮人物，但如今呢，黄了瘦了，膀子上只有筋，没有肉，那么单薄，又有严重的肺病，家麟到底爱不爱她呢？不能说不爱，一定要爱。

竹是一点不知道家麟的心事，听到他那么似乎很坚决地一连说了好几次爱字，很是心满意足，紧紧地抱了他一下才松手，很是放心了。

他们这样腻着，说着，竹是心地坦白的，一心一意地爱着家麟，家麟来广州，她感到高兴，不快乐的是环境如此萧条，妈妈病着，父亲又失业，小哥的药房生意又不见得好，大哥又吃鸦片，嫂子带了两个侄儿整天忙家务，原来家中有钱，还为自己看病，现在病也不看了，最严重的是妈妈的病。沈伯母的病是子宫癌，已经无救了，本来可以到香港去照镭的，但是现在即使去恐怕也迟了。父亲到四川还没有信来，小哥在汉口还没有回来，是为了生意，家中无人做主，又无钱，医生说这病只是挨时光而已，也挨不长了，最多三个月。家中只雇了一个广东佣人专为沈伯母洗脏东西，嫂子思馨做饭。

他们一直腻到傍晚喊吃饭了，才一同起来。家麟并没有吻竹，两个人仅仅在一起抱抱，但竹已兴奋得脸上发烧了。当晚竹挪到堂屋中另外搭了一张床，把她自己的大铁床让给家麟睡。但他们两人都没有睡着，竹睡在堂屋，左边就是她妈妈的房，她翻腾了一夜，感到身上热,发烧,妈妈老是问她怎么了,她支吾着说天太热了睡不着。其实是她的心太热了。她老是想到未来,想到和家麟结婚后的生活,她希望战争赶快结束,和家麟一同到苏州去,她小时候也在苏州住过,那时她爸爸在苏州警察局有差事。现在爸爸离开汉口,应该到成都了,为什么没有信来呢?小哥也不回来,家中已经没有钱了,妈妈的病是不会好了,眼看着她死吗?倒头的大哥最糟心了,一天在外边抽鸦片烟,根本不回家。思馨也可怜,受丈夫的气,我也骂她,我真不应该,家麟家不也有许多姐妹吗,我不是也有不少小姑子大姑子吗?不想这些,还是想想高兴的吧。等爸爸到了成都,找到了事,我们也都到了成都,那时候我的病也好了,我可以进大学,家麟教书,等我毕业了再结婚,四年等得及吗?我等得及,家麟等得及吗?不行,要早点结婚,三年级二年级的时候就结婚,结了婚就会有孩子,不见得会吧,我有肺病,大约不会生孩子的。生孩子很痛苦吧?不见得,思馨生小虎时不是很方便的吗?小龙真讨厌,小虎还好,将来我们只要一男一女,多了不好,有了孩子我一定把他们打扮得好好的,决不像思馨让孩子们满地爬,吃脏东西。哎,我怎么想得这么远,还不知道什么时候结婚呢!总要等我的病好了才行。家麟等得及吗?他是很好地要吻我,这不行,我不能害他,不生病该多好啊,唉,不想了,睡吧,明天要陪他上街去玩。家麟呢也是如此这般地想了一夜。

第二天早上,沈伯母要竹带家麟上街去吃早点,"食在广州",广州人特别讲究饮茶,其实是吃点心,当时比较大的一些什么酒家因警报频繁都不开门,竹带家麟就在玉华坊不远的一家不大的茶馆中去吃了点心。茶馆是老式的,都是红木家具,墙上贴着"禁足上凳",家麟不懂,后来看到广东人一进来,不是坐在凳子上,而是把木拖一丢就蹲在凳子上,这才知道为什么要贴"禁足上凳"。但贴尽管贴,还是许多人都猴在凳子上,真正坐着的人倒不多。茶是红茶,点心一样样地来,家麟最喜吃春卷和一些小小的蒸的炸的点心,样数可真多,与武汉、苏州、上海的所谓广东馆子不同,广东味更浓些。茶馆闹哄哄的,他们吃过就走了,没有多坐。

中华路是一条卖旧货的大路,估衣铺很多,街上也有人摆摊子卖旧货。竹的广东话已经说得不坏了,虽然他们到广东、香港不过才一年,但竹聪明,特别是学话,在青岛时竹的即墨话就很拿手,到了广东广东话也是一学就会。在广州的一个月中,家麟出门就靠竹当翻译,否则就连洋车也叫不到。中华中路不是市中心区,从热闹地方回到玉华坊还有一大段路。吃了茶点后,竹又带他去沙面闹热繁华地区看看珠江,看看高大的洋房。广州屡遭轰炸,可是一点看不到被炸的痕迹,今天意外地没有警报,竹说家麟的运气好,不过即使警报也不要紧,街上人还是很多,当时广州有一百多万人,地方大并不显得人多。不像上海那样乱那样洋气,广州有地方风味,许多房子除了大门外还有可以推进墙的横拦子的门,这门平常总是关的,关是关着,除了人不能进出外,却和开着一样透气。使家麟感到烦躁的是大家都穿木拖,在水泥地上走起来特别响,吵人得很。妇女穿香云纱的特别多,天气也并不比武汉热多少,而且每天总要下雨,雨下了马上就晴了,路也马上就干了。总的说来,家麟对这个南方第一大城市印象是好的,许多铺子很大很气派,价钱也便宜。他特别喜欢看一看比一比象牙玉器等小玩意,水果也特别多,一种最普通的水果是杨桃,样子很奇怪,像小香瓜,但又是一楞一楞的,仿佛是半透明的,淡黄色的,拿在手里很滑溜。初吃时家麟觉得不好吃,后来非常爱吃。这是广州很普通的水果,又便宜又好吃,家麟在别处从来没有吃过。

警报来了,人也不乱跑,好像没有来一样,照样做生意、买菜,家麟要躲,竹反笑他说:"广州人从来不躲警报,照样工作,这就是广东人的沉着处。""那么炸不炸呢?"家麟问。"自然要炸,而且炸得很凶,四月间日机轰炸宝华戏园,炸死炸伤工人五百多,是燃烧弹炸的,戏园改为工厂,女工死得特别多,真惨。""炸得这样凶,为什么看不到倒塌的房子呢?""广州太大了,炸十次二十次一点也看不出来。况且敌机来不一定每次都炸广州,主要是炸粤汉路,破坏交通,炸铁桥。在广州主要是炸市政府,但总是炸不到,市政府的玻璃全震碎了,附近炸了不少地区,就是炸不到市政府正房,也真怪。"竹似乎觉得很高兴,挽着家麟的膀子,广东人把这叫做"拍拖",是拖船的意思。在北平,家训家麟也经常这样挽着手在街上走,在苏州,年轻男女很少这样掺着挂着走的,只有北平、上海、广州等大城市才这样开通。

家麟挂着竹在珠江边走走,许多疍民①的小船泊在岸边,妇女们特别勤劳,她们卖力不卖色,个个力大无穷,一个人能背起一个旧式的大木箱,压得腰都弯了。竹要家麟看她们的脚,特别大,赤着脚在船舷上跳板上走得很稳。珠江边有许多大洋房,很有点像上海外滩,不过珠江比黄浦江宽得多。邮政大楼耸立在江边。

拍拖拖累了,他们叫了洋车回惠园吃中饭。

一两天后家麟逐渐知道沈家的经济非常窘迫,先竹还不说,慢慢地熟了她才说,家麟也把他自己的家事慢慢地告诉竹,她听得很认真。竹告诉家麟她现在最关心的还是爸爸,爸爸离开汉口去成都,将近一个月了,八月初离开汉口的,到宜昌、重庆都有信来,估计现在该到成都了,为什么没有信呢?是不是出了什么事呢?小哥还在汉口,生意也不知做得怎样,能多带点钱回来就好了。有钱还可以为妈妈医医病,否则真的要拖死了。竹和家麟说到妈妈的病时,总是那样沉重,特别是讲到医院不收,要钱,更使她伤心。

"你不晓得现在人心多么势利,妈妈还能动时我带她不知跑了多

---

① 水上居民的旧称,也叫疍户。

少医院,碰了多少钉子。妈妈的病发展得很快,一个月前爸爸小哥走时她还能走动,他们刚走不几天,就更严重了,下面脏东西越来越多,又有恶臭,妈妈又怕羞,忍着不肯去看。好容易说服妈妈要她去看,人家医院一看说是子宫癌,没法医了,都不收,好一点的医院就说赶快到香港去照镭,看是不是有救,去晚了就不行了。我初听到没有救的消息后,真是伤心,西医没法,找中医,中医不说没有救,但吃了药也不见效,反而越来越重了。半月前就躺下了。妈妈也知道是无救了,是在挨日,可是她怕我们难过,一点也不露出要死的样子。你看她说话还不是挺高兴的吗?我先还伤心,哭过好几次,妈妈反劝我,现在我也习惯了,不难过了,反正就拖吧,有钱就买点好的她想吃的给她吃,没有就算了,唉!真是没法。"

关于大哥沈光,原不是她母亲亲生的,是抱来压子的。现在整天在外面吃鸦片烟不归家,家麟到沈家两三天只见到他一面,早上他不起来,到中午才起来,一起来就出去了。广州的鸦片烟公开卖,几乎每一条街都有大大小小的鸦片烟馆,有的大得像漂亮的大饭店似的,其中吃喝嫖赌样样都有,在玉华坊附近就有这样的鸦片烟馆。提到大哥竹就恨得咬牙切齿的,也不怕家麟笑话了。她说:"倒头的沈亮简直不是东西,一点人性也没有,妈妈病到这样他不管,反伸手要钱,抽大烟没有钱,什么都偷去卖,你没有看见他房里床上连褥子被单都没有了,是光板板,全给他卖了。最糟糕的有一次他把小虎坐在小车中插上草标推到街上去卖,亲生的儿子啊,幸亏看弄堂的警察看见了才把小虎抱回来。他也是真刁,小龙大了,又瘦,又不讨喜,他知道卖不掉,小虎胖呆呆的,又小些,家里人又喜欢他,他就卖他,思馨完全管不住他,说说他,他反而摆丈夫的架子,把她骂一顿,衣服全让他卖光了,思馨现在穿的还是我的衣服呢。这都是妈妈从小惯坏的。爸爸也总觉得不能把他当外人看待,可是他内心总是以为家人嫌他。他不和家里人说话，我更不睬他，他也不敢惹我。这样的哥哥说来也真是羞死人啦，你是自己人了我才说这些。他的坏处三天三夜也讲不完，算了，我也懒得提他了。"

家麟这两天也观察到思馨，也真是可怜，闷闷的不很说话，很会料理家务，做饭做菜洗衣服，人也不过才二十七八岁，长得也不错，圆圆的脸，大大的眼睛，身体比竹好多了，生了两个孩子了，身体有点发胖了，不过还不明显。一天三顿饭就够她忙的了，从买菜做饭到饭后洗碗都是她一个人，佣人阿二光管服侍老太太的病。

二哥沈昌现在是一家之宝，家里现在就全靠他赚钱了，他是上海震旦大学药科毕业的，是个药剂师，可他现在并不在药厂中工作，而在一家外国人开的药房中当捎客，只要卖了一笔货，他就可以抽大量的佣金。和外国人打交道也没有什么便宜占，因此他赚这种钱也不简单，要会吹会拍会诈才行。孙昌是个二十多岁的漂亮小伙子，社会经验也不多，刚出学校不久，但为了家不得不做这种生意。抗战前他爸爸在青岛市政府工作，不要他养家糊口，他自己赚钱自己花，自由自在，现在不行了，爸爸失业了，就靠他支撑这个大家庭了。竹最爱二哥，老说家麟像二哥，其实并不像，沈昌是个瘦长条子，家麟却矮多了，也比他胖多了。在竹心中也许他们两个都是她欢喜的，因此说像。沈昌仍留在汉口，接头一桩大生意，这生意若成功了可以拿到不少钱，所以一直没有回来。

在广州的头十天中他们不常出去，经常在家中腻着。家里妈妈病在床上不能起来，思馨总是在厨房里忙，大孩子小龙才四五岁，小的才两三岁，满地爬。佣人阿二整天洗沈伯母的脏衣裤。这样在家也很方便。他们讲恋爱，他们常在竹的房间中同凭着业已腐朽的铁栏杆，对着那片青灰色的院墙谈家常，谈相思。初谈恋爱的女孩子总喜欢拥抱，欢喜把爱人抱得紧紧的，贴在爱人的胸前静静地听两个人的心跳。

竹也不例外,为了病,竹很久不让家麟吻她。和女人接吻,家麟先前也总以为和亲小孩子一样,香香面孔,后来第一次接吻后才知道和亲小孩子是不同的,是有内容的,吸着她伸进来的舌头,软软的,香甜的,真使他飘飘然,神魂颠倒了。他要教竹和他接这样有内容的吻,竹先是不肯的,后来勉强肯了,但心中总觉得肺上有病,怕要传给家麟,因此总是缩手缩脚的,不热情,有顾虑,这样吻起来也就索然无味了。但家麟这样做对竹来说是高兴也是负担。自己有病,身体上已有负担,加上家庭的经济情况如此,精神上也有负担,家麟来了更加上一份爱情上的负担,不说别的,每次拥抱后,竹总是感到热度升高,心中不平静。家麟也知道爱情对一个有肺病的人来说是不相宜的。他懊悔他不该来广州,不该再增加竹的负担。这许多事已经把竹压得透不过气来了,她是受不了的。

另外家麟心中卑劣的思想也不时出现,首先懊悔不该匆匆地没有和竹见面就在汉口订了婚,又埋怨竹没有把真实的病况告诉他,他心目中的竹还是和一年多以前一样活泼娇媚天真,谁知病竟使她变得这样快,她和在青岛时候已大不相同,她变得清瘦了弱小了,一句话,也变丑了许多。娇态家麟看得出是做作出来的,不像在青岛时那样自然。为了迷家麟她故意装得那样嗲,从前在青岛时从来没有亲近地抱在一起过,现在常抱在一起,家麟更看清楚了她的脸。脸上雀斑很多,腮边没有什么肉,眼睛不大没有神,鼻子是个鹰钩鼻,虽然并不明显,嘴更觉得凶,从外貌上看她还不如幺妹呢。幺妹没有肺病,有点胃病也不传染,幺妹还比她丰满些,不像竹那样瘦小,抱在身上一定更滑腻、温柔些。在青岛一同在海水浴场游泳时,竹那时候很结实的,人虽矮小,但却有肉,膀子、腿都是圆滚滚的,乳房虽不是那么高耸着,却也很是圆圆的,皮肤晒得黑黑的,一副健康的样子。但现在呢,仅仅只剩下皮包骨了。膀子很白,但斑疤很多,很细,只有筋骨,肌肉一点也不圆润了,大腿上的肉也垮了下来,不像以前那么紧了,乳房更是平平的,从旗袍外面若是不仔细看就不很看得出来了,仿佛是从前的女子束了胸的。家麟想,和家训好,她吐血,有肺病。现在和竹好,她又有肺病,难道我命中注定就该和有肺病的人过一生吗?不能不能,我一定得设法离开这儿。因此他在到广州后的第三天就打了个电报到昆明给在西南联大(那时还是叫临时大学)的三姐夫孙叔文,要他设法在昆明为他找事。他准备到昆明。犒赏科他也不想干了。等两星期满假后,打个电报去辞职,看准不准。这是他为他的下一步安排的计划。

但同时另外一种所谓厚道的思想又在他的脑中盘旋,他觉得既已订了婚就不能反悔,特别是她在如此不利的环境下,更不应该反悔,反悔不就亏心吗?从前在青岛她家有钱有势,人又长得漂亮,你就要她,现在她爸爸失业了,家道中落了,人也病了丑了,你就不要她了,这说得过去吗?一个人应该如此做人吗?这不是和戏上的王魁、莫稽等负心的男子一样了吗?不行不行,一定得爱她,必须得爱她。况且她也不是真丑,她还不是那么美吗?在桃源时对着照片天天想她,一直在设法来广州看她,为的是什么?难道就是的来解除婚约吗?不行,人不能如此薄情,竹现在是那么的百依百顺,在她的心中不是已经把你作为丈夫了吗?假如现在提出解除婚约,一定会送她的命。不能,千万不能这样丧尽天良。这样的话怎能说得出口呢?不但不说,这种坏思想一点也不能表露出来。竹是很敏感很精灵的,她很可以从你的态度言辞中窥测出你的心事来。不不,一定得对她更热情些。况且家麟是真的爱她的,这种坏思想也不过是一时的一刹那的,不是占上风的。主要还是爱她的。

在广州,家麟没有什么熟人,只有在北平时熟悉的作家倪非,在上海沦陷后他们文化生活社就迁到了广州。倪非和孙叔文同是作家,又是好朋友,在北平倪非在孙家住过一段时期,那时家麟还在清华读书,进城时也住在姐夫家,他们就这样熟了。还有同倪非共同编《文学季刊》的秦已和家麟、家训都很熟悉,他们经常一起去听韩世昌的昆曲、杨小楼的京戏。这次家麟到了广州,和竹一起去看过他,倪非请他们吃过一次饭,很明显,倪非已知道竹是他的未婚妻了。

在初到广州的半个月之中,家麟和竹也一同去看过电影,逛过公园,但却没有很好地恋爱,电影上的美丽镜头有时反弄得很煞风景。有一次他们一同挽着到中山公园去准备好好地休息一下,松松紧,谁知一进门就遇上一群擦皮鞋的小孩子硬要为他们俩擦皮鞋,一直跟着,不擦就不行,竹一定不肯擦,家麟擦了,小孩子们还不放竹,一定要她擦,她一定不肯,结果弄得只好匆匆出公园。公园里有什么风景家麟可以说简直没有看到。家麟对竹一定不让擦有意见。

"这些孩子们都是难民,让他们擦擦等于救济他们,为什么不呢?"

"不,他们硬要擦我就不擦,简直有点逼人。"家麟是很随和的,他觉得竹有点倔强,难童们擦一下,他们就不再跟着了,两人不就可以摆脱他们了吗?但竹一定不肯,于是只好出公园叫车回家。

福无双至祸不单行,一点也不错,原来沈老伯从重庆去成都的汽车翻了,他人现在已到了成都,住在老朋友陆家,陆老伯来信报告了这个不幸的消息,但语焉不详,到底跌伤哪儿,伤势如何,信又不是沈老伯自己写的,因此信到后引起了他们家中一些混乱。首先是沈伯母哭了,以为人一定死了,陆家故意瞒着她,竹也哭得很伤心,但她总希望人没有死,而是受了伤,接信后,她和家麟一同出去打了个电报,又自己写了封航空快信去成都,一定要爸爸亲笔来信才放心。在等信的那两天,竹是心神不定的,但对家麟还是很体贴温存的,原来竹爱爸爸胜于妈妈,爸爸也特别宠爱娇惯她,父女的感情特别好,可是现在闯来了家麟分了她对爸爸的爱,固然父女之情跟夫妇之情是不同的,现在竹是更爱家麟了。为了沈老伯翻车一事,家麟总劝竹向好的方面想,竹也知道他是在安慰她,但是听好话总比听坏话舒服些。一直到家麟决定到香港去的前一天,他们才收到了沈老伯的亲笔信,信里很详细地叙述了翻车的经过以及遇救的情况,很奇怪的就是他外面一点伤也没有,直到现在也没有检查出到底内伤在哪里。信上说到在翻车前一分钟和他同坐的一位旅客要求和他调一下位子,让他坐窗口,沈老伯答应了,一分钟后就翻车了,那人当场跌死了,而沈老伯当时只是昏了,时已黄昏,等他苏醒过来天已黑了,他摸摸四周,死人甚多,又见到上面有灯火,才喊,别人下坡来,才救了他。车上有二十余人,幸存者仅七八人而已,真是万幸。得到这消息后,沈家全家心情略略舒坦了些。特别是竹很高兴,更爱家麟了。

在香港有家麟的姑母一家,还有二弟家麒,他在申报馆工作。在广九车到九龙车站时家麒来接他大哥,他比家麟小两岁,小学、中学都是在一起读的,还比较亲切。"八一三"之后他一直在上海租界上,后来随报馆来到了香港,他到过日本,一直在上海生活,喜欢享受,这一点家麟对他不大满意。家麒穿了很挺的西装,头梳得很光,皮鞋也永远是亮的。从车站他们过海,搭上公共汽车,一直到窝打道姑母家。香港给家麟的印象并不好,和上海一样太乱了,还比上海小得多,人也更挤。抗战以来高级华人逃难来香港的很多,他们大都在什么浅水湾有漂亮的别墅,有各自的汽车。但相反的,香港的贫民窟也很多,高大的饭店、酒家、戏院和鸽子笼似的贫民窟正是个鲜明的对照。夜里从九龙看香港岛高高低低的灯火映在海中,觉得香港还很妩媚动人,但是一到光天化日之下香港的丑态就毕露了。零乱的房子布满了一山,房子是越高越好,越低下越糟,破旧剥蚀,再加上各式各样的衣裤横七竖八地挂在房子上,更显得丑陋不堪。街上的行人也穿着古怪稀奇的热带服装,女人们更打扮得妖艳,尽量地把身上最肉感的部分露出来,街上的叫花子也很多。

殖民地的文化在街道上显示了出来,许多公共汽车站上的牌子写的是"如要停车乃可在此"的似通非通的文言文,连香港大学门口也挂着一块"禁制白撞"的牌子。小报上满载着香艳淫秽的小说和春药、小情人、战声娇以及修整乳房的广告,有些报家麟根本看不懂,因为是用广东话写的洋泾浜,说英语似乎是高贵的。普通话很吃不开,要就说广东话。

使家麟比较满意的是登山电车坐上很快就升到了山顶,山顶上空气好,房子也少,公园树木也多,俯览大海,见到大大小小的轮船渔船,晚上看海上灯火则更美。家麟一共坐过两次登山电车,一次是晚间和家麒,一次和大公报的记者也是在北平时认识的朋友萧坤。

家麒和姑母很热情地招待家麟。姑母家的表弟妹也都大了,有两位表弟在香港读洋人办的学校,满口的洋泾浜英文,家麟听着很不顺耳,又不好说。香港还闻不到战争的气息,姑母家中更没有爱国的空气,无线电中从来不收新闻,总是听一些无聊的广告宣传、流行歌曲、评弹开篇等,而且为开收音机大家还吵架,姑母要听弹词,大表弟要听京戏,二表弟和三表妹要听流行歌曲。等到姑爷回来后才要听听新闻,也只是听中央社的,但他一听完新闻后马上又被别人调到吵人的爵士音乐上了。

在香港只住了十天,竹几乎每天有信来,信中非常热情地希望他赶快回去,姑爷姑母都劝他既然准备到后方就不必回广州了,从香港搭海船到海防,由滇越公路到昆明比从国内走还方便些。家麟也正在犹豫,就在这时家麒带了沈昌来找家麟来了。沈昌是从汉口直接坐武九车来的,在广州没有下车,他住在九龙弥尔敦饭店,还带着一个外国人的姨太太来的。家麟和沈昌一同回到他住的弥尔敦饭店,也见到那个外国人的姨太太了,那个女人大约是汉口的咸水妹,年纪不过才二十一二岁,但是长得高大,是洋味的,胸部臀部都很发达,而腰部却很苗条，正是一般外国人所喜欢的女人类型。沈昌特别对家麟声明这个女人和他没有关系，虽然和他一起同来，外国人老说也很放心。因为那个女人刚刚生了个孩子，还没有满月，不可能和他发生关系的。但是沈昌是个风流人物，对女人又很有经验，从前在汉口见面时他就对家麟谈到他在广州和妓女恋爱的故事，家麟是不相信他对这个既妖艳又放荡的妓女没有野心，看样子当着家麟的面他们两个都敲敲打打的，没有人时虽然不能睡觉，但亲嘴摸奶一定是免不了的。为了解除家麟的疑心，沈昌一定留家麟在饭店住一晚。他们开的房间是一套三间，里面一间是卧室，让那个外国人的姨太太住，沈昌、家麟就睡在外面会客室的大沙发上，家麟埋怨他不该在广州都不下车，沈伯母的病那样重，一心都望儿子回家为她做主医病。但是沈昌却说："没有钱如何医病？我跟外国人跑了几个月一个铜钱都没有拿到，这次所以直接来香港，就是为找钱的，现在还没有弄到钱，看明天如何，拿到钱我们马上一起回广州。"于是这样决定第二天晚上一同回广州。

由于和竹订了婚，俞家方面就疏远了，但家麟知道俞家已不在香港，他家的人一部分到内地去了，一部分到上海去了，家婉则回到了北平找她的丈夫本宜去了。因为本宜快毕业了，也许要留在北平工作。家璐大姐也到了上海。

十天当中说玩也玩了，说吃也吃了，家麒请大哥吃印度饭、安南饭、冰激凌，看电影。电影看到映出大英皇帝时，还要全场起立，家麒有经验，切准时间等皇帝过了再进去，又带他们到豪华舞厅中去看跳舞。姑爷自然请得更阔气了，请他在"哥罗斯达"吃饭，吃最正式的西餐，带他坐小汽车到浅水湾海水浴场去看游泳，在海滨大咖啡店中吃冰。奇怪的是家麟在海水浴场见到的各种花式古怪、露肉最多的新式游泳衣，下面半裸体的外国女人，不是太胖就是太瘦，很少有合式的，外国女人年纪大一点的多半发胖了，年轻的皮子也很粗，这些高贵女人的乳房反没有家麟在汉口大智门一带见到的喂奶女人的乳房饱满好看。

对香港的整体印象是不好的，混乱、污浊、淫乱、卑劣。

为了爱情，家麟并没有听从姑爷姑母的劝告，他仍然回到广州来了。本来约好沈昌一起回来的，但到约好的时间到九龙车站，沈昌却一直没来。家麒送家麟过海搭车的。沈昌不来，家麟一个人搭车回广州了。竹见到家麟回来，如获至宝，老岳母也高兴，听说沈昌已到香港约好一同回广州，临时他又不来，竹和岳母都大骂他。

"小端简直昏了，我都快死了，还不回来！"小端是沈昌的小名。"倒头的小哥，真是不顾家了。"竹也骂。"不要他回来了！"老太太生气了。"他是在找钱，拿到钱就回来了。"家麟为他分辩。"没有钱也该回来，出外都一两个月了。"竹说她向来是偏袒小哥的，但见到他这次老不回家，把家交给她，她也愤愤不平了。"我想他一两天之内就会回来的。"家麟确实也知道沈昌很荒唐，在香港固然是等钱，但一半大约也是为玩。他并没有把沈昌带外国人姨太太的事告诉沈伯母，只在和竹一个人时告诉了竹。竹说："小哥就是这样的，欢喜到处闹恋爱，又不正正经经地谈，初到广州时他和我们家雇的阿香还不是乱搞，两个人就关起门在浴室里搞，那个阿香也不是个东西，风骚得很，在辫子里夹了白兰花，看不见却闻得到香。"随后竹又告诉家麟，她们这些年轻女子的女工有一个什么会，不嫁人但却可以和人睡觉，特别要引诱青年人。后来妈妈知道了，把阿香辞了，才雇了这个年纪老一点的阿二来。但阿二每到星期六也是打扮得漂漂亮亮的出去拍拖的。

在沈昌回广州的前一天晚上，家麟和竹好了。本来家麟决定不走这最后一着，留待正式结婚那天晚上，但他心里很矛盾，一方面爱竹，一方面又觉得她有病，而且是肺病，照规矩是不应该结婚的，觉得她很美很娇嫩很温柔百依百顺，但是同时又觉得她并不美，反而觉得有点丑有点没有点倔强。在家麟的思想中,一个理想的妻子是美丽而温柔娇小玲珑,苗条而不瘦弱,艳而不妖,皮肤细腻,乳房坚实,大腿结实,性情温柔敦厚,会做家事,能伺候丈夫的姑娘,如此看来竹有许多条件不合;况且和竹接触还没有和幺妹在一起的时间长,她为人到底如何,实在不大清楚,看她待嫂子他们一点也不好,对母亲好像也就是那么一回事,在青岛时的那种妩媚天真好像也渐渐消失了。家麟还是怪自己太莽撞,不该匆匆在汉口就订婚,他若不请林副理做媒,沈家是不会先开口的,现在怎么办呢?他不敢担保一旦离开竹之后还会爱她,遇到比竹更好的女人时不会放弃她,为了约束自己,控制自己,使自己良心上有所惭愧,他决定实际上和她结婚。这样便更加强了他自己的责任心,叫他不能负心。经验证明家麟不能随便玩弄一个女人,对××,他和她仅仅只有接吻的关系,连她的乳房都没有摸过的,但是她嫁了别人后家麟还是一直非常痛苦,对家训更不用说了,他觉得这是犯下了滔天的大罪,不可饶恕的。和幺妹实际上连吻都没有吻过,现在和竹订婚,还觉得心里很内疚,很不安。现在他既和竹订了婚,又有不想要她的念头,而竹又正好处在如此悲惨的劣境中,如果不要她,和她解除婚约,不是叫她快些死吗?一个人不应如此卑劣。一定要她,而且还要更进一步地爱她。在性欲上他也冲动,虽然是"毛脚女婿",到底是女婿了,总是自己的人了。环境又是如此方便,家麟睡在里房,竹睡在外房,岳母虽就在那边,但竹每晚总在家麟床边谈很久才回房去睡。嫂子侄儿等在后房,大哥夜晚是根本不回来的,就是日里也很少见面。在这种情况这种心情下,他没有控制自己的性欲,没有等到正式结婚就突破了这最后一关了。在竹那方面,心想反正都订婚了,就是你的人了,心中又爱你,你要什么就给什么了。首先她不会接吻,为了病,她不让他吻她,但家麟一再要求,见他诚心,她也就答应了,而且在家麟的教导下她也会主动把她的舌头伸到他口中,让他吮吸着,渐渐地她也享受到这种甜蜜的乐趣了。家麟抱她摸她,先还在衣服外面,后来把手伸到衣裳里面来摸她的乳房,他捏着她的乳头时真有些飘飘然了,人也呆了,有一天晚上他甚至大胆地解开她的旗袍纽子,敞开她的衬衣来欣赏她的乳房,不太大,但最使家麟高兴的是乳头一摸弄马上就硬了起来,红红的像两粒北平的玫瑰葡萄。胸部由于没有暴露在外面,所以比手臂和脸都更加白些。竹也晕晕的,闭着眼,家麟摸了一会儿,禁不住伏下身来用嘴含住一颗奶,一只手紧紧地握住另一颗,不住地挑拨爱抚,使竹更加兴奋冲动,腿不住地摇摆,家麟知道是时候了,就这样,那一夜,竹就真正地成了家麟的妻子了。这之后,两人都沉浸在爱的海洋中,但家麟却病了,也许是不服水土吧。沈昌在家麟回广州后三天也就回来了,最不幸的是他也并没有带钱回来。沈昌没有料到他母亲的病情已变得这样危险,母子见面没有责骂埋怨,反而是抱头痛哭。沈昌是个药剂师,自然知道这病拖不了多久,他总在尽力设法减轻母亲的痛苦,如常常为她打吗啡,另一件事就是到外面去张罗钱。沈伯母虽然如此病重,可是平时她却不唉声叹气,反而安慰家人,叫家人不要难过。

家麟也没有什么大病,就只觉得懒得吃饭,浑身无力,一病就病了一个星期。在病中,竹对他更加好了,两个人差不多整天腻在一起,沈昌也无心来问这些事,常常在外面跑。竹和家麟都有病,加之那时广州也没有什么地方可去,在病中他们一同读《淮海词》,背诵着"漠漠轻寒上小楼……无边丝雨细如愁""柔情似水,佳期如梦""雾失楼台,月迷津渡""韶华不为少年留"等等,小令背了些,又背长调,出名的如"倚危亭,恨如芳草""山抹微云""晓色云开"等等。从这些词中他们找到了他们恋情的写照,既旖旎又凄婉。

(未完)

丁编

月色

宗和战时散文

合肥张老圩的大树

别离

　　像我们这样整年整月在外面东奔西跑的人,别离简直就不算一回事了。战争拆散了家庭,移动了人口,叫本来在北方的人到了南方,叫我们这些本来在江浙一带的人跑到了云南,跑到了我们从来没有梦想到的地方。因为这样的大迁徙,别离对人生已经不是什么大不了的事了。许多人把别离都看淡了,可是这几年来有几件别离的事却使我很记得,印象很深。

　　二十七年(1938)夏天,我正在汉口的一个机关里做事,因为时局紧张,武汉吃紧,我的一个女朋友的全家准备迁到香港去。前一天晚上,我们在她家呆到深夜两点才走。第二天早上去上班,写张条子去请了半天假,上司不准,我就亲自去跟他说:"送姐姐弟弟们走,如今时局不知怎样,走了还不知何时能再见面,所以不得不去送他们。"其实送姐姐弟弟是假的,可是又怎么好意思说去送女朋友呢? 十一时三刻,我离开办公室,叫洋车到粤汉码头,过江到徐家棚车站,离开车时间还早,我们在站台上走来走去,女朋友很少说话,精神不大好,我想她昨天晚上一定哭的时间很长。时间过得很慢,我想等一会我要一个人回去,有点不大舒服,天又下起小雨来了。说话又好像说不出什么所以然来,大家都忧忧的,因为我们虽然已经很好了,可是大家都没有说明白。两点二十分开车,和他们一一握手,我跟着火车在站台上跑了一段，车快了，我还看见她的半个脸伸了一伸，又缩回去。我喜欢在火车站上送客，因为汽笛一响，火车马上就开走了，不像轮船半天还看得见人，叫人难过。过江回汉口，路过他们住的地方，心想以后不会再去玩了。一个人不知想些什么。晚上五弟到重庆，我没有送他，一天送客两次，心里不好过。

三十二年（1943）在重庆，遇到刚从成都军校毕业来的一个堂弟，几年不见，他从一个孩子，已经长成一个大人了。比我还要高，经过军校的训练，他身体特别强壮。他是奉命到重庆来，几天后即将去湖南，然后飞印度去受训，准备开到缅甸去作战。我们在一起盘桓了几天，最后他要走了，我们站在嘉庐门口，他用他那只又大又粗又热的手，紧紧地握住我的手，只一刹那，就松开，退后两步，向我行了一个最正式最规矩的举手礼。一时，我非常难过，鼻子一酸，几乎哭了出来。但他很快就走了。我沉默了半天，我想他从小是个惯宝宝，祖母特别疼他，一转眼，他已经是个最标准的军人。我又想这回到印度，一定要上前线，叔叔就是这么一个儿子，倘有不测，岂不是……哎！我为什么尽想这些呢？他去作战，乃是件好事，将来一定会发达的。

就在那年圣诞节后的一日，我们全家三口离开重庆，回到家乡去。在两路口汽车站上，我们都上了汽车，姐姐买了早点，又从附近茶馆里泡了茶来给我们吃，点心我是一点也吃不下，茶倒喝了不少。先前我们都说说笑笑的，车快开了，姐姐哭了起来，于是妻子也哭了起来，我们未结婚前姐姐和她就是好朋友，这次回家，实在是为了外面生活太高，养不活家，妻又有病，身体又不好，得回家好好养病。姐姐身体也不好，和妻一样，也时常吐血。我想她们都在想这一别不知何时得再见了，也许就是永诀了吧？果然不错，妻回家不到半年就吐血死了。当时我看到她们哭，也很伤心，不过我没有哭。车开了，我们半天没有说话，孩子不知为什么，看见妈咪伤心，也不敢吵了。

　　去年夏天,妻死还未满七七,我便离开了家来到立煌。天刚亮的时候,我们动身了,临走之前,我去看看我的小女儿,她才五岁,在床上睡得稳稳的,我在她脸上吻了一下,眼泪忍不住滴了下来,妈妈才死,爸爸又抛开她走了,岂不是太狠心了吗?此后这孩子岂不是成了孤儿?虽然这里有些婶婶们照应,但到底要差一些。在帐子里我便拭干了泪,同着许多人一同上路了。在路上因为人多,说说还好一点,但我总想到孩子醒了找不到爸爸,一定要闹一场的。

　　现在,以及不久的将来,交通便利了,一定可以减少不少离别之苦。要想会见某人,坐上飞机,一小时两小时后就可以见到了,于是,根本没有离别。即使有,也是暂时的,再不必用诗词歌赋来吟咏这古往今来一种最痛苦的事了。

初恋

还只是在高中三年级的时候,年纪也不过十八岁,那时在一个教会中学里念书。学校对面有一个女中,也是教会办的,她便在那里读书,我们本来就认得,但是不大熟,有时在路上碰到我也只是点一点头就过去了。

她因为和我姐姐是朋友,常来我们家玩,晚了,便住在我家。其实她家离我们家并不远,不过好朋友也经常在朋友家住住,我姐姐也常到她们家去住。本来我们就常到楼上玩,她来了,我自然便在楼上姐姐们房里了。这样,我们就渐渐地熟了,好了。

她身个小小的,比姐姐小,但却比我大两岁。看上去好像很小,圆圆的脸,厚厚的嘴唇,近视眼,还戴一副眼镜,有人说女人一戴眼镜就糟了,不好看了。不过我一直都看她戴眼镜,看惯了,也没有什么。姐姐也是戴眼镜的。

有一次我们花了两毛钱,两人跑进了一座游人不很到的小花园里去(在苏州这样小小巧巧的小园子很多的),园子很荒凉,除了我们两人外,就没有什么别的游人。在山洞里,阴暗的地方,她停住了,我也停住了,她抱住我,吻我,我听到她心跳,也听到我心跳,我初次尝到恋爱的滋味。从山洞里出来,我们半天没有说话,回家,她写第一封情书给我,写得真正是热,我看了都有些心慌。以后,我们每次见面,总要找一个机会抱一抱,吻一吻,我被这些爱的动作迷住了,简直有些醉。两个人抱在一起,吻得透不过气来,真是一桩好游戏呢。我到她们家去,她自己有一间小小的房,我常坐在床上,她拿一张小凳子,坐在床边,依傍着我,磕松子给我吃,我们一边说话,一面吃松子。我记得那真是一段甜蜜的日子。每次我回家时,总要带一小盒磕好的松子回家,我独自一个人,珍重地一颗一颗慢慢地吃它们,除了香之外,我还能吃出甜味来。

战争拆开了我们,她们家搬到了上海,我也到北京去念书了。在上海她另外认识了一个男朋友,但是她仍然时常写信给我,直到她快要结婚了,才找我姐姐转来一封非常婉转的信。我并没有生气。

她是圣诞节结婚的,我年假回到了上海,姐姐用汽车把她接来,让我们会会。在小房里,她说的话比我说的多,我没有抱她吻她,我还有点古板,心里想,她已经是别人的妻子了,还去惹她做什么呢?晚上,她不肯回去,姐姐说:"不好,你们结婚还没有满月,你不能在外面歇。"仍然用汽车把她送回去了。

寒假过后,我仍到北京去念书,我们仍然通着信,因为我觉得她虽然结了婚,我们仍然是朋友。谁知后来不对了,姐姐来信说,快不要写信给她了,为了你的信,他们闹得几乎要离婚了。我想,离婚拆散人家不大好,所以我不再写信给她了。

慢慢地听说她生了一个孩子,两个孩子,三个孩子,有一次她当着很多人的面,说我不中用,连接吻都不会,还是她教的。又说,这都是我亲口告诉她的。我真窘。

妻看到她的照片,说一点也不好看。我心里大不高兴。

1945年9月30日

感伤

不久之前，得到家里小侄女的来信，满纸感伤的话，什么"悲伤""烦闷""抑郁"等等的话，最后还来个不如死了的干净。我当时就替她想想，年纪才不过十五六岁，正是在好玩的时候，父母双全，兄弟姐妹很多，环境虽不算很好，也还丰衣足食的，自己又在初中上学，一切都很顺利，有什么事叫她"悲伤""烦闷""抑郁"的呢？于是，我想到了我十几年前的情景，那时我的环境比她还好，可是我也好像抑郁，好像总有许多事不如意、不顺心，心里也有许多说不出的烦恼。以前欢喜看的《西游记》《封神榜》之类的书不要看了，却要看《红楼梦》《沉沦》《少年维特的烦恼》这一类的书，自己有点像《红楼梦》里的贾宝玉，无故寻愁觅恨。渐渐地似乎有点懂得"愁""恨"的意义了，又觉得不知"愁""恨"就不是大人，不时髦似的。看见女孩子，自己有些不自然，不愿意看她，却又偏偏爱偷偷地瞧她，不像在小学五六年级那样地看不起女生，不屑于和女生玩的情形了，这种情形我现在还分明记得，有时和朋友们谈起，问他们是不是也曾经经过这样一段时期，有的说有，有的说记不得了。

"烦恼""抑郁""悲哀"来袭，似乎并不要什么凭借，自然是为了一点小事它们是更容易袭击过来。即使到现在，我也常常觉得有几天特别不舒服，容易上火，不爱说话，对什么事都打不起精神来做。好像女人月经来的那几天特别烦闷。等这几天过去了，一切又都照常了。但我不知道是为了什么。有时是为了一点不顺心的事，比如前几天手上生疮，痒得很，一天光是心里发烦，什么事也不高兴做，便整天躺在床上，这是为了一点小病的缘故。但是有时什么事也没有，也会烦恼。难道说，烦恼之来袭，也像思民泼说的性欲周期似的，有一定的周期吗？事前你摸不着它什么时候来，什么时候去，白居易词有"夜半来，天明去。来如春梦几多时？去似朝云无觅处"。夜半、天明是它常来的时候，但也不尽然，它随时可以来随时可以去。

辛弃疾的词有"少年不识愁滋味，爱上层楼。爱上层楼，欲赋新词强说愁。而今识尽愁滋味，欲说还休。欲说还休，却道天凉好个秋"，把少年人寻愁觅恨的心理说得很透彻。但我们过来人也不必老是责备年轻人说，我们老了，一切都在你们年轻人身上了，你们得努力建设新中国，好像自己就从来没有年轻过，一生下来就是个小老头子。其实，我们已经郁闷过，也曾无故寻愁过，所以也不必责备年轻人，何况，发发愁，抑郁一下，也不犯什么大罪。我甚至觉得有点郁闷倒也正好点缀一下这平凡的人生。所谓愁怅、感伤这一类轻愁，倒是一种调节。艳阳天气固然好，无边雨丝细如愁的阴雨天，又何尝不美呢？

1945 年 9 月 28 日古碑冲

红叶

下了这么多天的雨，近来忽然晴了，而且晴得很稳定。早上山凹里布满了浓雾，乍起来也颇感寒冷了。门前小溪边原来叶子很满很密的大树，也渐渐稀疏了，太阳在中午时虽然还有点炙人，但早上下午却分外地温暖可爱。早就听人说过，这儿的红叶很出名，自己住在这儿，自然也该去看看，不消走远，只在学校的四周，就可以看到山腰上，山涧里，远处，近处，不少红叶，不能说是漫山遍野，因为本来山上田野间的树就不多，加上还有很多树的叶子不会变红，所以红叶树也就不很多了。唯其不多，故而可贵，再加上黄色、绿色的树，色彩上非常调合。天然的颜色，总是非常动人的，树叶的红、绿、黄的相配，决不像乡下女人穿的红袄绿裤那样刺目。

这儿的红叶没有真正的枫叶，许多种树的叶子都会变红的，我也弄不清楚。平常我们从来不注意的树，也变红了，远看一簇一簇，似乎很红，走近去一片片摘下来看，却又找不到一片完美的，全是有些斑痕的，倒是涧边的草丛中可以找到一两片全红的叶子。我找到一片绿叶子，每一片绿叶子上有一大块红斑痕，又找到一小枝上有许多叶子，每一片叶子一种颜色。有全红的，有半红半绿的，有全黄的，有黄叶上有红色的叶脉，还有一些叶片上有三种颜色，我对这一小枝最珍贵了。

古人咏红叶的诗词一定很多，可惜手头没有诗集。最普通的如

"停车坐爱枫林晚,霜叶红于二月花"。我总觉得叶子不能和花比,花好像天生就应该是红的,而叶子的红好像有些意外,故更能令人喜悦。假如花的红可以用娇、艳、丽这一类字来形容,那么我们似乎应该用清、素、雅等字去形容叶。春日的花如生气勃勃的少女,秋后的红叶似乎像一位饱经风霜的半老徐娘了,它告诉我们仅仅只剩这一点红的时候了,再往后便要残了,落了,烂了。喜爱红叶和喜爱春花不同,看樱花看桃花看海棠,我们可以狂欢,可以醉倒在花树之下,可以"客散酒醉夜深后,更持红烛赏残花",可以把电灯挂在芍药栏前,邀客夜赏(北平中山公园芍药盛开时即用此法)。但欣赏红叶我们不宜醉酒狎妓,只宜独自一人,至多两人,要怀着一种迟暮的心情去玩赏她,林黛玉葬花因为她到底还是个十五六岁的小女孩子哟。

有朋友一同游赏山水,自然很好,没有,一个人也不妨。我有时就常避开朋友,自己一个人溜出去散步,我觉得一个人要自由一点,可以把一切都放松,放松了肉体,也放松了感情,可以随口哼着最习惯的诗句、最喜爱的歌曲,眼前的景色好像全为自己所设,可以凝视一片红叶,可以静听一股流水,可以感到自己的伟大,但有时也可以感到自己的渺小。一天之中这是感到最快乐的时候,远山朦胧的斑斑点点的红叶,让我心中充满了悠然自得,往日的烦恼,悄悄地隐去。

生死

　　暑假一回家就碰到死人,虽然死者和我关系不深,但是有点不乐。那两天大家一见面总是谈死者生前的好处,许多人都夸他,好像他活在世上的时候,就没有做过一桩坏事。有几个人我明明记得也曾经在我面前骂过他,现在也都只说他好了,这本来是中国人的恕道,他已经死了,还说他的坏处做什么呢?无怪乎古往今来的墓志铭、行述、行状所写的,没有一个恶人,全是尽善尽美的君子。

　　第一件事是生孩子,照例这应该是喜事,可是生下来的是个女孩子,这便差劲了,不要说祖母不喜欢,就是做母亲的也不高兴。好在这还是第一胎,大家还都还打起精神来道喜,他们也勉强把喜蛋送给人吃。在吃喜蛋的时候,做祖母的告诉大家说,要早早地给孩子断奶,好叫少奶奶明年再添一个小毛哥。我听了真替那个女孩子担心,为了要弟弟早早出世,姐姐的粮食就要发生问题了。中国人不知要到什么时候才能不重男轻女呢!

　　还有件就是一个女孩子结婚嫁人。原也是一件好事,不过这女孩子太小了,才十六岁,十足年龄才十四岁多一点,为什么这么早就要嫁人呢?这自然有个原因。家里人口太多,经济又不宽余,才念到初中就无法继续升学了。父亲是个荒唐鬼,外面另娶了妓女,对家里毫无接济,母亲因为孩子多了,本来就不喜欢这个女孩子,在家里也是一天到晚做事,烧锅煮饭,洗衣服,还要替小弟弟们洗澡。母亲巴不得早点把她嫁了出去,好少了一个人的伙食。女孩自己呢,也愿意出嫁,大约家里的日子她也过够了,换一个环境,也许可以好一点。所以许多人反对她的婚姻,说她的丈夫丑,地位不高,学识不够,她都不在乎。她说这是我的命,我只配嫁这样的人,一切归命运。那还有什么可说的呢!

死是没有办法的事,本来没有什么可悲,当面对早死,都叫人有些惋惜,比如一个年轻人,正在发愤有为的时候,忽然死了,大家都同声叹息,至于老年人过了七十岁(我不记得是过了七十还是八十)死,我们家的规矩是按喜事办的。生孩子这件事现在已经有法子控制了。不过还只能控制到生和不生,却还不能控制到孩子的性别,也亏好还没有这种办法,不然中国或许全都是男人,成为一个男人国也说不定。嫁娶是一种古礼,普通人作为喜事看,虽然如贾宝玉一流不喜欢见姐妹们出嫁,但到底是少数,不过到了不得不嫁人,不得不娶人的情形之下,也就惨了。生死婚嫁似乎是自然的事,也是相关的,有了婚嫁,才有生育,才有死亡,这全没有什么可悲的,死是可喜还是可悲,只是个人的看法不同而已。

1945年9月26日皖院

谈战时男女关系

在昆明一个大学教书的时候，见到一个女学生，一天之中换了三套衣裳，在不同的时间中挂着三个不同的男生"拍拖"，在街上走过，于是我们很惊奇地打听这个女学生，一问，原来是很有名的"某某"，据说她还有一套人生观。她说："趁我现在还年轻，还漂亮，我至少像这样地玩，还可以玩十年，十年之后再说吧。"又有一次，在我班上忽然来了一个十分摩登的女学生，我因为从来没有见她来上过课，今天忽然来了，便问一个和我比较熟的男生："这个人你不知道？""'四千元'都不知道？"我自然要追问，于是他说："她在外面做生意，结交些阔佬，银行家、大商家，这种人，学校不知为什么不开除她！"接着，他又发了一通感慨："对于一个女人来说这是一种最便当的找钱方法，某大的女学生中还不是也有，唉，真是教育失败！"我除了感叹外，还有什么可说的呢。有一次，我去看我的一位亲戚——女性，并不漂亮，她是特地从上海到内地来结婚的。原来并没有对象，一到昆明两三个月的工夫，便和一位联大电机系毕业的，而且正在某某电力公司做事的青年结婚了。于是我们闲谈到她恋爱的经过，她告诉我说现在昆明的女学生光吃男生，男生有的因为做生意发了一点小财，结果都让女生吃光了，你想出去吃一顿饭看一场电影，就是三四百，若是再买一点东西的话，非一千不办。等到把你的钱吃光了，于是不理你，再去吃别人的。××

（她丈夫的名字）让这些女学生吃怕了。但他自从和我认得之后，我没有让他请我一回，也没有要他买一样东西，电影我在上海都看过的，饭菜也没有上海的好，化妆品我全带齐了，这儿又贵，又不好，所以我什么都不要，于是他觉得怪了，这个女人怎么倒不吃男人的了。他觉得我好，这样我们才结了婚。

在重庆我又碰到许多当公务员的朋友，三十多了，全没有结婚，有妈妈的，妈妈倒十分着急，看到我们是他朋友，总是说："你劝劝他吧，三十多岁再不结婚，快到四十了，我也快入土了。"但是一过了三十的人，总有些实利主义，自己已经这么多年未结婚了，也习惯了，而何况经济以及种种环境都不许他结婚，这样一误再误，自己有的虽然已有了女朋友，却让什么长之类抢去当"伪组织"了。好在重庆女人不少，还有许多女子特地赶到后方来找人结婚的呢。上海地方的女子比较有思想的，不肯嫁汉奸商人的，于是只好到后方来找出路了。我有一个很要好的朋友三十五岁了，还没有结婚，这次突然碰到一个上海来的话剧团的演员，这女的拼命地追他，连他自己也十分奇怪，自己官不大，又没有钱，人也不漂亮，为什么她会这样地看上我呢？于是他和我商量，我想，也许她厌倦了演员那一套浪漫生活，要找你这个老实人嫁嫁也未可知。后来，我又知道她做过特务工作，于是我便不敢说什么了。另一友人也三十多了，他的女朋友很好，既漂亮又聪明，性情也好，但他一定不要她。我们当中也不知劝了多少，总不行。一句话，没有钱。

以上是都市中我所见到碰到的战时男女关系，至于小地方，因为自己在云南外县的宣威、昭通一带教过书，也略略知道一些那里的情形。云南乡下似乎有许多地方还没有受到旧礼教的影响，所以在我们这些受过点旧礼教熏陶的人看起来似乎有点淫荡。宣威县政府兼管司法，秘书常常代理法官，办的案子，除了钱财之外，算是奸情案子最多了。有一次还把一个和尚和一个女人赤条条地绑了送到县政府,轰动了全县,我们学校正在县府隔壁,没有事了常常过去看审案子。民事站着回,刑事还要跪着。大老爷也还打板子。看审奸情案子最有趣了,战事在小地方乡下影响男女关系的莫过抽壮丁。壮丁出去了,许多女人往往出事,最明显的一个个例,就是有一次,一个男人被抽了出去,但到指定地点,一检查,不合格,又回来了,头尾一共三天。但他回到家里,老婆已经嫁了别人了。于是这个青年一气,拿出小刀把他的女人杀了。至于丈夫出去了一年半载就嫁人的那是更多了。像"马前泼水"那样情形的事也不少。

对于以上种种情形,现在想加以分析和解释。关于停妻再娶,无论在以前和现在都是犯法的,以前还可以圆转,后娶的就算是姨太太,但现在已不能存在,无以名之。名之为"伪组织"却十分合适。平心静气地想一想,整天在外面工作,到晚来,又没有个安慰,也委实太寂寞。以前还可以嫖娼,现在各地禁娼,即使有,也贵得吓人。而一般有知识的人,谁也知道嫖娼总有危险。于是寂寞、苦恼,又没有正当的娱乐,一下了班,就如丧家之犬,茫茫然不知所从。这时,忽然有一女性,经人介绍,或自己发现,自然刮光了胡须,加倍地努力追求。先自然瞒着,说家里没有太太,再不然就是太太已死了,等到生米已做成熟饭的时候再公开出来。难道她还真告你不成吗?即使小小的有点生气,你只要稍稍用一点手段,说什么我和太太一向就没有感情,结婚十年了,她一点不了解我,见了你之后才感到人生的乐趣、恋爱的真谛。女人本来心就软,你带着感情的调子哀告她,这一场风波也就没事了。好在抗战结束尚早,太太又远在后方,拖着一大群儿女,决不会赶来和你吵闹的。于是放心大胆地过你的新家庭生活。这种情形,我们要下一个是非的判断,很难,到底对不对呢?照法律上讲,自然不对,照人情上讲,就不同了,如他抛了妻子儿女不顾,专养"伪组织"这自然不对,但又有许多两方面都顾到,他也可以说出许多理来,我并不是遗弃,是实在没有办法,我不能回去她不能来,在外面,再另组织一个家也不为犯法。所以政府也好像确有这样一条通告。但问题不在现在,而在将来,现在离最后胜利已不远,一旦鬼子退出沦陷区,新老太太遇到一块就不是那么简单了。好在当事人自己总有办法,也不用我们替他去瞎操心。

……

不能不说有些变态。战前在北平,也有女学生在胡同里挂牌子的事,那完全是为经济所压迫,现在昆明女学生的情形,我以为除了经济原因之外,还有其他的原因,自然经济是一个最大的原因。如光为了经济困难,去当妓女,这情有可原,但是却不然,有许多是为了享乐。为了错误的人生观而去放荡,这不能不说是一个严重的教育问题。战争使人把什么都看淡了,昨天是个穷人,今天说不定成了富翁,昨天还好好的,今天说不定就被炸弹炸死了。战事前方后方是一样的,因为生死贫富的无常,自然会使人走上享乐、放荡这条路上去。所谓"今朝有酒今朝醉",这是每一个动乱时代必有的现象,也不足为奇。但大学女生,教育当局不能不注意。至于男子放荡荒淫享乐的情形,在战时更是举不胜举了。

第三点关于成年男子的不结婚,以上已经说过,三十岁以上当公务员的壮年男子还没有结婚的现在大多数不想结婚,第一是没有钱,再看到结过婚的朋友拖着太太孩子过着水准以下的生活,更是寒心。于是想到还是不结婚的好。一个人舒舒服服地过日子,多赚一点就多用一点,少赚一点就少用一点,也不愁柴米油盐,该多好! 固然,在个人方面看来,这样打算一点不错。等打完了仗,再结婚也不迟。但整个地讲起来,却不能没有影响。到结婚年龄的男女应该结婚,这是常态,不结婚便是变态,不结婚的人多了,下一代人就少了,抗战需要人力，建国更需要人力，最优秀的人，不留下种来，下一代岂不是要少了一批优秀的青年？这和我讲到的抽壮丁有关，壮丁抽走了，乡间剩下的大多数是壮年妇女和老弱童稚，这些壮年妇女，自然不得不忙着找男人嫁了。这又怎能怪她呢？三天工夫就嫁了人，也好像太快了点。乡间的壮丁抽出去，城市里的壮年不肯结婚，让一般过了结婚年龄的有钱有势的人娶了一个又一个，让一些不到结婚年龄的青年们在外面胡闹，浪费他们的精力。这样合适吗？自然不。旧的男女道德观念道德标准现在已经过时了，而新的呢，还没有产生，西洋的一套，又不一定适合中国社会。加上现在又是战时，于是男女关系的道德标准更无法来定了。我不知道中国再要过多少年才有个新的道德标准出来。但我在这儿愿意贡献一点很简单很普通的意见，就是男女双方都要自省，是否对得起对方，以及不妨碍社会秩序为原则。喜新厌旧，不负责任，始乱终弃，无论在哪一个时代都是说不过去的。强奸、诱奸、乱伦，这种妨碍社会次序的事件，在新的道德标准下也一定不能存在。最后，我呼吁政府注意这些所谓小事，因为有许多小事，往往会影响大事，影响得使你看不见，影响到百年之后。

1944年9月12日

湘君

昨天冯君来说在城里看戏的事,因为我们在云南时曾是两度同事,于是我们又谈到在昭通唱戏的琴湘君了。

关于琴湘君,我早就想替她写一点东西,我虽然不认识她,可是常常在台下看她的戏,似乎和她很熟似的。当时在云南,因为有许多顾忌,现在事过境迁,而且离云南又那样远,我们再提到她该不会有什么不好吧。

还是要从我们自己说起,刚从宣威到昭通,昭通既有电灯,又有戏院,我们都大为高兴,常常把才两三个月的小孩子一个人锁在房里不管,偷着出去看戏。那时在昭通唱的是朱美英,小小的个子,扮相也不错,她最拿手的好像是《贵妃醉酒》这一路戏,但是不久她就走了。新来的角就是琴湘君和她的妹妹琴湘玲。

打炮戏第一天,是《樊江关》。我一看戏码就知道是一出省力的戏,不过人还热闹,又是个角,所以我们很多人都去看了。行头果然不错,扮相也不错,个子高高的,圆圆的脸,眼睛还有神,可是没有嗓子,哑哑的喉咙,连那唯一的一段原板也没有唱好。叫我们印象最不好的,就是她把"吹牛×"三个字说得特别响,而且还一连说了几遍,似乎特别着重"×"字,我们觉得她简直太粗俗了,回来后大家都说不如朱美英,于是很久我们都没有去买牌子(当时昭通戏院不卖票,木牌子就是票）。后来我们看她常贴《玉堂春》《朱痕记》等一类唱工戏，觉得她居然能唱，于是又去看了几次，果然嗓子好，也唱得很工稳。又听说她初来时在路上辛苦了，所以嗓子不好听了。几天之后，我们对她的印象渐渐变好了，觉得她比朱美英还要好些。个儿大，也灵活，上台很自然。我觉得她《大英节烈》《花田错》《得意缘》这一类戏演得最好，自然她还是适于演花旦。

敌机一度光顾这边区小城，扫射了一下，学校就搬下了乡，下乡之后就很少进城，可是每进城则必听戏。那时在昭通唱戏的除了她们姐妹两人以外，还有老生周福珊，二三十年前在上海享有盛名的花旦而现在却改唱小生的赵君玉。我们会特烦他演《群英会》《白门楼》等戏，确实不错，不过他现在年纪老了，又有一口嗜好，弄得十分潦倒，我因为小时候在上海看过他的新戏，《拿破仑和约瑟芬》，好像对他特别有感情。三十一年（1942）夏天，我进城看了最后一次琴湘君和周福珊合演的《八搜邹应龙》。因为等我再进城时，听说琴湘君已经自杀了。

事情听说是这样的，那天晚上演了《对金瓶》（据说演得特别好），她回家，三公子到了她家（三公子是昭通名人之一，琴之所以来昭通演戏完全是为了三公子的缘故）。三公子本预备娶她为妾，可是因为她有病，自然是不太名誉的病，要带她到昆明去医，医好了再正式娶她，于是两个人靠在鸦片烟灯旁烧烟，三公子大约近来听到一些琴湘君和演小丑的孟继才相好的流言，于是便直接问琴，琴也居然直认不讳。三公子自然说："以后再不准和孟来往，如果以后再听说你和他有来往，我便派人整死他！"可是琴并不畏惧，反说："你要整死他，我便死！"三公子自然更是冒火，说："你死就死！"琴马上端起边上的鸦片膏子喝了，事闹大了，三公子把琴的假母叫了起来，灌好了琴，假母等以为没有事了，便退了出去，可是等到三公子第二天中午醒来，琴已经死冷了（一说琴死在三公子的手膀子之上）。琴死之后，当天下午就传遍了昭通城,许多戏迷都去吊丧。街上哄满了人,特别是女中的学生去得多,说是还有许多女生哭呢。三公子的太太也去了,说是也洒了一掬同情之泪。

唱小丑的孟继才听说他的爱人死了,而且是为他死的,把手上的金戒指抹下来吞,经人发觉,救了回来,但总是精神不怎么振。

琴出丧的那一天,昭通万人空巷,三公子亲驾执拂,可是总把头低着怕人看。琴湘君就葬在昭通城外,我不知道她是哪儿人,昭通报上对于这件事一字未提。

湘君活着的时候有人问她:"三公子待你这样好,又有钱,你为什么一定要跟孟继才好?"琴回答说:"嫁了三公子,是我服侍人,嫁了孟继才是人服侍我。"不管她的理论怎样,她总算有她的理论。琴死了之后,舞台上仍然有人演戏,但总没有好角色,于是很久大家都怀念琴湘君。我想,假如来了一个角,比琴好,也许大家很快就会忘记她了吧。孟继才呢,因为在后台失手打死了人,被法院判了二十年的有期徒刑。监狱里的人都很喜欢他,因为他常教同监狱里的人唱戏。

1945年追记,立煌

信件

不知为什么,我总忍不住不写信给你。我几次对自己说,写这些信又有什么用呢?这些信好比是石沉大海永远没有回音的。可是同时我又对自己说:虽然如此,一块石头投到海里,无论怎样总会引起一小阵波动涟漪,哪怕是小到几乎是等于没有。我不需要回信,回信对于我是一个意外,我这样有写信给你的权利就满意了。不!我能写信给你是权利吗?这是义务,我自己也搅不清。我觉得我想写信,而且我必须写信。

说话已经笨了,写信更笨,我无法说出我心里想说的,更无法把它写出来,我越慎重越留心便越说不出来,好像一说出来就错了似的。有一首诗说:"莫谓无情即无语,春风传意水传愁。"的确如此,春风和水都会替我说,而我自己却不会说。每天早上我听到鸟叫,闻到花香,我感到它们都在代替我诉说。它们说得又是那么悦耳,那样媚人,你有这样的感觉吗?

一个人的确不能先存心,我因为先存了心,所以一见到你,就会脸红。你一定会笑我,不,那也许会气我,说我存心不良,所以才会脸红。也的确是的,一见到你我仿佛做了一件犯罪的事,自己总觉得难为情。等你走了,我又懊悔。"我为什么这样不能镇静,我并没有什么亏心的事呀!我为什么一定要脸红呢?下次不可如此。"我这样地责备我自

己。但是第二次碰到你我又脸红了，我真是太没有用了。看你大大方
方地走过去，我简直奇怪，你为什么不会脸红呢？你也有脸红的时候
吗？回到房里，定定心，我回想到脸红的事，我非常窘，可是我愿意窘
自己。我觉得脸红窘自己，也是一件愉快的事。因为我愿意多见你几
回。有时我故意要碰到你，要我自己脸红，我好像非要虐待我自己才
能高兴似的。

晚上安静下来，而我的思想却不能安静，反而更活跃。我极力压
制我自己，叫他不要胡思乱想，虽然想人并不犯罪，但我却认为有些不
对。不过我也会宽恕我自己说，想想又有什么要紧呢？冥想时我可以
海阔天空地放纵我自己，我可以做上帝，也可以做小虫，可以翱翔在空
中，也可以潜游于海中，我爱做什么就做什么。假如在冥想中还要受
到社会道德的制裁，那人真是太苦了。许多实际上不能满足的事，在
冥想中却可以随心所欲，所以我又不肯压制我的冥想了。我想何必如
此自苦，让我在想象中得到一点安慰，一点欢乐吧！想久了，头疼，我
知道不好，可是我不忍让这冥想中的一点欢乐一点安慰很快地就消
失，我宁可头疼。世界上最困难的事也许就是现在正要做的事，向一
位和自己也不太熟的人来表明自己的心迹，这叫我怎样说呢！即使写
上一千句，一万句，结果还是什么也写不出来。陆放翁的词说："只道
真情易写，那知怨句难工。"我每一提起笔来，就有这样的感想，而且写
一句涂一句，结果还是什么也写不出来。今天就是这样的，结束这封
信了。我看，我所写的，并没有说出什么来，但又算是写了一点出来，
我只希望你能看我的信，不，只要你能接我的信就成了。

眼泪

据说哭是件丢人的事,别说大人,就是孩子们好哭,人们总说这么大孩子了还哭什么啊!女人的本事就是会哭,淌眼泪水!我实在是同情这样说的人,你们骂孩子和女人们好哭,你们自己凭良心想一想,难道你们生平就没有哭过么?不!我决不能相信你会这样硬气。在大庭广众之前,你也许没有哭过,在房里有人的时候你也许没有流过泪,但是,在夜深人静之后,你独自躺在床上,想起许多不堪回首的往事、不能复活的亲友、不可捉摸的将来,你暗暗地流下一滴泪,虽然只有一滴,但这小小的一滴泪中却深深地含着你自己的哀怨、人间的悲痛,以及一切不能解决的无奈。你流下这滴泪,好像倒安心了,于是睡着了。你能说这滴泪不值钱吗?不值得流吗?

孩子和女人往往以眼泪为要挟,这也许就是一般人看不起孩子和女人的最大原因。眼泪变成一种用来达到某个目的的工具,自然就不值钱了。不过你也得要想一想,孩子和女人是这世界上的弱者,他们没有力,没有势,他们要想做什么做不到,吃什么吃不到,有什么欲望得不到满足,真是最伤心的事,哭哭,淌淌眼泪,出出气,也不能算是丢人。大人先生们不满足的时候可以骂人,打老婆发脾气,孩子和女人们就只有哭了。

一个好哭的人,你问他为什么喜欢哭,他一定会向你笑笑,答不出什么来,你也许觉得他是不好意思说,其实你不必问他,只要问你自己就成。你也一定哭过,你回想回想看,每一回你都是为什么哭,你还记得清吗?记不得也不要紧,因为你根本就说不出原因来,即使说得出,也还靠不住。比如那一回你是为了你的女朋友嫁了别人,气不过哭一场,你却会说那是因为母亲的忌日。女朋友嫁了别人,固然是个导火线,但也还不是真正原因,真正的原因决不单纯,一定很复杂。人生本来就是复杂的。有一件不如意的事时,你似乎还受得住,多了,便受不住了。可是不如意的事往往连着来,不一定是它们连着来找我,倒是我自己要去找它们,那自然就多了。比如我今天高兴,看见街上的人也都是高兴的,太太怀着大肚子在街上走,也尽碰着些大肚子的女人,等到抱着小孩子在街上走时,碰到抱小孩的女人又特别多。这都是你特意去找的。不如意的事来了,你想哭,便想起了许多不如意的事来,其实,你所以要哭,还是因为你想哭才哭的。

不过,要哭也不一定哭得出来,我自己就有过这样的经验。有几天,我特别不痛快,不舒服,心里想痛痛快快哭一场一定会好过一点,于是极力把环境造得凄惨些,黄昏时分,不点灯,把窗帘放下,低着头,想些过去悲惨的事,想诱出些眼泪来,说来可笑,这样拼命地做,却一点眼泪也挤不出来。相反,在许多场合之中,想要叫自己不哭,却总是忍不住。开眼泪水的门,有一把奇妙的钥匙,钥匙一关,眼泪再也不会流出来;钥匙开,眼泪挡也挡不住。这钥匙便是你自己的心境了。

哭,有时也好像是件好事,不知趣的人却偏要来劝你,你心里一定讨厌他,劝也不见得就中用,你哪一回是别人劝好的?大约还是你自己哭累了才止住的吧。

1945年6月24日

音乐趣味

对于音乐，我可以说是完全外行，可是我却十分喜爱它。我想社会上像我这样的人一定很多。绝对讨厌音乐的人一定没有，除非他是疯子，是有病的人，才会讨厌音乐的。

每天早上我们听到鸟叫，假如你留心听一下，可以听出各种各样的声音。这许多声音听起来并不讨厌。相反的，你会觉得十分悦耳。即使你是被鸟叫声惊醒的，你一定不会讨厌它，因为它给你的是清脆，是轻快，是喜悦。晚上人静下来，假如你是住在流水边上的，那便会听到潺潺的流水声。下过雨，山水大，水声也大，但是它不会吵得你睡不着。水小的时候细细的，有节奏，有规律的声音，可以使你想得很远很长很细。渐渐地你仿佛离开了你自己，随着水走了，远了，睡着了。刮风的时候，你也不必害怕，你听呼呼的松涛声，你会觉得你自己忽然伟大了，像风一样，一会儿飞过一万重山，刮倒了许多柔弱的小树。下雨时听着雨声，也许你会很烦闷，我想那不是声音的关系，却是颜色的关系，天灰灰的仿佛要压到你身上似的，叫你透不过气来。雨声虽然单调一点，却也不讨厌，假如它下在洋铁上，自然更好听一点。自然界的一切声音大都是音乐，许多著名的曲子都模仿自然。

人为的声音，只要听来悦耳，也都是音乐，最简单的，如苗人夷人所唱的山歌，最复杂的如贝多芬的交响曲，同样的都可以感动人。但是叫一个从来没有听过交响曲的人去听贝多芬的作品,也许会觉得一点不合胃口。这是他的修养不够,不会欣赏的缘故。正如我们在昭通的时候,学校学生唱四部合唱,昭通人说一点不好听。听了京戏的人,觉得昆曲实在难听。记得我小的时候,父亲逼着我学《扫花》,我老是唱不准,急得哭,因此对昆曲感情大坏,觉得老是伊伊呀呀的,一点也不好听,后来渐渐地不知为了什么,居然也特别喜欢昆曲了。我有一个七弟,是在上海国立音专跟董自学作曲的,他先也是最反对昆曲,他说:"我一听见笛子声音就讨厌,咬字总不准,难听极了。"可是现在他所谱的歌曲上,往往标上"昆曲风"三字。所以,一个东西能够存在,能够流行和渐渐衰亡,决不是偶然的事,我们小时候都流行唱黎锦晖的曲子,现在呢,为什么没有人再唱《毛毛雨》了呢?

月色

听见外边有人说"今晚月亮真好",我正好做完了一段笔记,于是不由得放下了笔,走了出去,果然满地的好月色。抬起头来,月亮并不满,今天大约是初七八的样子吧,既不是一钩新月,也不是圆的明月,却是个并不太好看的半圆形,但也不像下弦月那样怕人,那样惨。

我踱到了小木楼,月亮已经被雾遮住了,但还是有光。山里的景色自然看不清楚,只觉得比日里要美一点,这大约是因为许多东西看不清的缘故。原来小河边许多垃圾,河里的菜叶子,墙上的大裂缝,全都看不清了,只觉得是一湾清水,一片黄墙和露出一点灯光的小窗。远山更美,许多山头似乎确实应该如此生的,而且生得十分协调,树的姿态因为叶子落了,更清楚,每一株都有不同的美,远远的有一点灯火,一明一暗,那是人家房里的灯光呢,还是行路人提着的风灯,一点也辨不清。

一切显得十分和平宁静,和白天忙碌紧张的情形大不相同,虽然外面也有人走动,却一点也显不出紧张来,人们大概都休息了,或者都在准备休息。你听,那本来很紧张、很脏的厨房现在也安静了。假如你不知道,一定不会觉得那是一座厨房。你看,它多美的轮廓,纸窗上一片灯光,屋顶上一个烟囱,不是和画片上的小洋房一样吗?慢着,那里面发出歌声来了,是一种流行小调声音,那样清脆,接着唱的,虽然单调，却不讨厌，我为它驻足，听了半天，也不知是哪一个满身油腻的厨工，忽然高兴了，唱了起来，我想他唱这小调的时候，一定满身轻快，绝闻不出一点油味儿来。

我不喜欢满月，也不喜欢万里无云的月夜，一切都"无遗"了，似乎太乏味了。一片浮云从月上飘过，如一层薄纱罩在一个美丽的脸上，朦胧得十分有意思，一块黑云遮住了月亮，会叫人失望，同时也叫人希望它快些出来。厚厚的白云，月亮钻进去，像是钻进了被窝，蒙着脸，故意不叫人看见似的。有了云和月，好像复杂一点，不像光是一轮明月那样单调。

月光会引起人种种感触，但是我并没有感触，我哼着诗词，只觉得轻快、舒适，缓步走来走去，脑子里特别空闲，什么也不想，像是和月色溶在一起，我也变美了，我也变成了月光下的一种风景了……因为我见到远远地走来一个人很美，走路的姿势和身段都很好，他是月下动态的美，所以我想到我自己大约也是如此。

月下的景色不是一幅画，画不出，我想它不是色彩所能表现的，即使色彩能画出月色，也表现不出月光下种种动态的美和那些声音的美来。

月色好像一件对什么都合适的衣裳，无论怎样丑恶怎样污浊，只要一穿上这件月光衣，一切都变了，都市里的月夜，陋巷里的月夜，山里的月夜，我想都同样有它的美。起风了，我正背着"似此星辰非昨夜，为谁风露立中宵"的诗句，我想我为谁呢？既不为谁，不如回去吧。

1944 年 11 月 25 日立煌古碑冲

生气

大概没有人不会生气的吧！我自己就是一个喜欢生气的人，明明知道生气对自己对别人都不好，可是到时候却不由得你不气。有许多事情确实值得生气，但是也有许多事情却并不一定值得生气。好生气的人便不管了，只要沾到一点便会气半天。

小孩子也会生气，不过气性小一点，一会儿就好了，哪怕两个小孩子才打过架，吵过嘴，马上又会好起来，就记得自己小时候也总是这样的。有一次我的日记让一个好朋友偷去看了，不但看，而且看过之后还在后面批上批语，仍然放回我的抽屉里，我发现了之后，真是啼笑皆非，气得半天说不出一句话来。但是我却并没有和他绝交，因为我的日记上略微有些秘密怕他宣传，不但不敢生他的气，倒反而和他更好了。

年纪渐渐大了，可气的事仿佛更多了。听到别人背后批评你，或是当面奚落你，固然会叫你不高兴，即使是恭维你，捧你，但如果捧得不对劲，你也会不乐意的，因为故意捧你就是骂你。

据说结婚之后有一个时期是两个人最容易吵嘴生气的，问过多少人也都承认，自己也有过这样的经验。大约两个人在恋爱时期，各人都尽力压制自己，不发脾气；一结婚之后，禁忌少了一点，各人都露出本相，时时有我为什么要将就你的意思，于是就容易吵嘴生气了。夫妻们的争吵往往是很小很小的事,在别人看来是不值得生气的,而他们两个却吵得十分认真,比如太太打好了洗脚水,一定要先生洗脚,而先生却正在做事,不愿意马上洗,水冷了,这就可以惹起一场风波,甚至于可以闹得一夜不睡觉。太太说:"我这样伺候你,服侍你,你却不知好歹,也不知体贴人,只顾看你那些倒头的书,可见你已经不爱我了,既没有爱情,还是离婚好了!"先生说:"人家正在做事,你偏要来打搅,一天不洗脚,也不会脏死人了,你一定是嫌我脚臭,我不上床就是了!"就这样,你一句,我一句,越说越冒火,越说气越大,吵到后来,连原先是为什么吵的都忘记了。其后两个人之中,自然有一个屈服才算了事。不然真的离了婚,岂不可惜! 不是先生说:"好了,好了,我再去打水来洗,好不好?"就是太太说:"我知道你做事累了,是我不好。"又打来了水,说:"这次可真要洗了。"先生想,我们拗了半天,就为了这点小事,不觉好笑起来,又赶紧笑嘻嘻地把太太拥入怀中。所以说情人们吵架不用劝,越吵越好,这话说得一点都不错。可是也有越吵越糟的甚至真正离了婚的。

有人说越是要好的朋友,越是亲近的人,越是容易吵架,生气。这话一点不错,初见面的人,点头朋友,同事之间,有多少吵架生气的事发生? 相反,两个经常在一起玩的孩子,年龄相仿的兄弟,两个好朋友,一对年轻夫妇,这几种人是最容易吵架生气的。有时我同我的太太说:"你为什么老好跟我吵,叫我生气?"她很干脆地说:"你不是爱我吗? 我喜欢看你生气的样子!"真的有许多人都喜欢看他心爱的人受苦。

生气在生理上说起来是不好的,记得不知哪本书上曾经说过,生一次气,发一次怒,要死许多细胞,要减少多少阳寿,所以总劝人少生气为是。好生气的人也知道不好,不过总是忍不住。我想生气之后能使两人的感情更进一步,那不妨多吵吵嘴,多生几次气。要死要活的话靠不住，我们也从来没有看到因为生气而死的人，不过是生了气，过一会又好了。有时无缘无故地自己会生气，看起来什么都不如意，几乎想找个人打一架出出气才好，可是我又没法找人打架，就只好跑出去走一圈，看看戏，花一点钱，吃一回馆子，再不然，找个朋友谈一谈，谈着谈着，也就没有什么可气的了。最后我说不要生气的好，生气好像是女人的事，男人原不应该，我记得有一句话说："一怒而天下安。"怒才好像气魄变大一点。

1944 年 6 月

温情

天气真是太冷了,雪老是不得化,山里的白日又是那样短,太阳很迟才出来,很早就落了,它似乎也很怕冷,要赶紧回家去烤火。

在北方住惯了房里总有火,所以一到这山里,就特别怕冷,早早地就从学校里把炭领了来。规定一天只有三斤炭,我总要烧到六斤以上。因为我觉得炭火架小了,房里一点热气也没有,还不是和不生火一样。

房里一有了火,自然就不愿意出去了。有时要在房里做事,没有事做的时候,也总躲在房里烤火。烤火自然免不了要玩火了,我想大约人人都喜欢玩火,小娃娃看见火,就不哭了,再大一点,就喜欢烧纸、烧东西玩,到了十二三岁,也许就跟着几个同伴乘秋天草枯的时候到山上、城墙上去放野火了。一旦有地方失火,赶着也一定要去看。爱火似乎也是一种天性。人类若是到现在还没有火,一定和黑猩猩差不多。

闲着无事,用火钳拨弄着火,看着活盆里的一团红色,不,光是红色还太简单了,它是一团活动着的红色。火盆里的炭不如柴火那样动荡得厉害,它要静一点,但静中有动,仿佛一个处女的红唇,又静又有生气。她并没有疯狂地跳舞,她只是静静地凝视着你,只要你也凝视她,她仿佛在和你做爱,她是不吝啬的,尽量用温情温暖你的身心。你玩弄着火，就仿佛初次和一个女子在调情一样，又爱她，又有点怕她。

房里除了火盆之外，平常我常燃着一只烟，那烟头上的一点火，也十分令人喜悦。我抽烟向来就没有瘾，夏天它太热，手上又都有汗，我便不大爱抽；可是冬天黄昏的时候，我却分外地爱抽，除了爱看那袅袅的青烟和从嘴里吐出的一圈一圈的小烟圈渐渐地淡，渐渐地消失外，我更爱烟头上的火所给与我的一点温暖。虽然只要一小点，真正一小点，可是精神上总算有了热，有了火。

晚上点了灯，房里光明了，可是这一点光明，却很惨，说它亮，一点也不亮，说它不亮，却又充满了一房，与其说是一盏灯，倒不如说是一撮火。因为冬天的晚上，我们除了要它的亮之外，心里总觉得靠近灯热一点，虽然它比手里的香烟给我们的温暖还要少。

夜深了，我做完了事，把火盆里的红炭用灰盖上封起来，以备明天一早不必再生火。吹熄了灯，准备睡觉之前，我点上一支印度奇南香，香头上那星火，比油灯香烟上的火更小了，这一小点香上的火也能给人温情，比全房都黑了要温暖得多。而且这一小点温情和香味一样，充满了一房。上床之后，被里渐渐温暖，睡着十分舒服，香渐渐短了，灭了，散了，我想我该做一个温情的梦了。

1944年12月19日古碑冲皖院

寂寞

寒假的时候,我住在学校里,那时全校几乎只剩几个人,十分冷落。学校附近的小馆子,也因为学生们全走了,没有生意,大半关了门,连校工也多回家过年去了。那两天又正下雪,更显得凄凉。其实那时我大可以进城去找朋友和亲戚们去玩,不必躲在学校里受这种寂寞。不过我却愿意独自住在我的小房里,我几乎有点爱这点寂寞了。

有人说,寂寞真是难过,假如把我一个人关在房里,关上几个月,那我非自杀不可!但是我却不然,我愿意寂寞一点,有时我故意躲避热闹,寻找寂寞。我觉得寂寞能给我宁静,给我安闲,能使我定心地回想,能使我沉湎在甜蜜美妙的回忆里。并且能叫我想到将来,梦想着雾一般的将来,忘却现在。人总是不满意现在的,能忘记现在,也是一件叫人乐意的事。

开学了,学校里的人渐渐多了起来,河边上也热闹了,寂寞也渐渐地少了。人一多,事情一多,就觉得热了。人情能给人温暖,一点不错。假如在冬天,你一个人在房里,你会觉得很冷清,不但身上觉得冷,即使心情上也觉得冷。在这种时候,忽然来了一位好朋友,你房里马上就会温暖起来了,如这位朋友再是位会谈笑的,那么你的房里马上就热闹了,你的心也会被这位热心肠的朋友温热了。夏天,却不然了,你一个人正在房里冷冷清清的,假如来了一位会闹的朋友,那你会觉得更热，不要说别的，隔壁房里大声的说笑声，也会使我在夏天出汗。房里的东西多，再乱轰轰的没有理好，也会叫你觉得热。

冷热比较起来，我还是比较喜欢冷一点。天气冷，可以多穿一点衣裳，可以烤火，但天气热，可就没有办法了，在重庆、在汉口，我碰到过最热的天气，热得叫你简直没有办法睡觉。对人，我喜欢冷一点的人，一见你非常亲热，一路打哈哈的人，说老实话，我真有些怕他，觉得他太做假了。相反的，比较不大说话的、冷一点的人，我倒喜欢和他亲近。对环境，我也喜欢寂寞一点，冷清一点的。我并不是说不喜欢热闹，看戏，看电影，参加各种集会。人多的地方我也不是不去，凑热闹似乎也是人的一种天性。可是在这种场合中，我却意外地感到寂寞。因为那么多人，好像全认识，又好像全不关心似的，茫茫人海之中，似乎只有我自己一个人，这时候，我会感到孤独，感到寂寞。相反的，一个人时，无论在房里，在外面散步，我有时并不感到寂寞。虽然也不会觉得热闹，却也不感到冷落。房里的灯、花、窗帘、点着的烟，好像全是你的朋友，它们可以给你无限的温情，叫你一点也不觉得寂寞。你的事情做累了，看一看灯，它似乎正在望你，拿起一杯茶来喝一口，也好像是在和情人接吻一样。小老鼠偶然从洞里伸一伸头，也好像是在和你打招呼，手表嘀嘀哒哒的响声，永远伴着你，好像在和你谈话，只要你理它。假如一个人在外面走，那伴你的可更多了，路旁的野草山花，田里的蛙声，远远的灯火，天上的繁星，全是你的朋友。你会觉得世界上的东西全在爱你，关怀你，你一点也不寂寞了。

寂寞似乎是心上的事，只要你自己想到寂寞，马上就寂寞，你自己不意识到，似乎永远不会有寂寞来临。一个人在房里不会觉得寂寞。两个人在一起，若是没有话说，或是话说完了的时候，这种寂寞，比一个人在房里还要厉害。所以在这种情形之下，你们宁可走出去，外面的世界大一点，两个人也都不寂寞了。

近来也许一个人生活怕了,所以尽是赞美寂寞了。也许是不得不过寂寞的日子,所以竭力从寂寞中求得安慰。其实,自己也是个很爱热闹的人啊!

1945 年 5 月 17 日

纳凉

下午下了一场不小的暴雨,天气凉爽多了,我们一行人,在雨后的野地里走着,到二十五里外的周新圩子去。那儿除了是我们的表叔家之外,现在又是我弟弟的丈人家了。弟弟在家六月六结了婚。乡下的路真是坏,田坎上的路缺口特别多,水大了,缺口冲得更宽了,本来是可以跨过去的,现在只好涉水而过,路又全是小路,对面来人就必须擦身而过,自然更不能并肩而行。走长路,人多,说话可以不寂寞,可是因为不能并肩而行,说话要回头,太不方便,所以说话的人不多。我是最爱瞎说的,一路上老是回头找最小的二表妹说话,有时说得很无聊,她大约也不见得爱听吧。二十五里路过水绕路,走到三点半才到,也真是太慢了。

周新圩不像我们家圩子,因为被日本人烧过一次,老房子全烧了,房子是重新再造起来的,所以一点不密,疏疏落落的几间小房子,其余的全是空地,空地上栽了许多花,特别是月季,有几十种之多,现在正轮流着盛开。我们到达他们家时,二表叔正带着许多表弟表妹们在环绕圩子的壕沟里划船,见到我们大批人马到,赶快跳上岸来接我们。

洗过澡,吃过晚饭,把身子弄干净,肚子装饱,已经没有什么别的欲望了,天也到了夏天最凉快的时候,在夏天大约没有不喜欢晚间乘凉的吧? 小小的院子里,用凉床围成一个方形,从上海提了他心爱的小提琴，一路步行而来的七弟，是音乐学院的高才生，乘凉正是他一显身手的好时候。还有一位陈先生，是他的同学。等他们打开琴盒的时候，小表弟表妹们已经把他们全围住了。

　　拉的全是最普通的老少都能懂的一百零一曲，这些已经算是古老的曲子，似乎能把人带入远远的古时候。二弟为了要使这小小的音乐会环境更美，便在一棵喜马拉雅雪松枝上挂了一盏风灯，天已是六月十几，月亮迟迟没有上来，风灯不是很亮，看不清人的脸，有了一点从树影里透出来的光，好像被树影割碎了的影子，似乎更能增加朦胧的美。灯光映在人身上，点着了雪松婆娑的树影，人也变美了，人和树似乎联合了起来。我们看树枝的影子映在五弟新房的纱窗上，已经够美的了。

　　音乐叫人闭上嘴，环境叫人昏昏的，小孩子们渐渐地入梦了，不知不觉地人渐渐稀少了，露水已沾湿了凉床，大更楼上已熄了灯，黑黑的像一个巨人，但并不怕人，像夜里的哨兵叫人同情他。一天的星斗乱乱眨眼，叫人料到明天又是一个可怕的大晴天。提琴继续了一两小时，琴师们大约都累了，于是把琴收起来。大家开始闲谈，从国际大形势，日本何时投降谈起，直谈到梨园的西皮二黄的好坏，也不知是怎样扯的，一点也不生硬，谈风就转了方向。茶几上的茶杯里没有了茶，小表叔带了梨，不够，让他们再去偷，月光照到小更楼上旁边一棵高高的直杆子香椿树，五弟老是说像热带的房屋，倒是不错。我觉得有些倦了，站起来准备回房去睡觉，走到廊沿上，看见那怪样子的下弦月已经爬上了墙，高高地挂在天上，下弦月不知为什么特别难看，像一个恶人可怕的丑脸，颜色也不好，有些姜黄色，我不敢多看它，怕做梦。还没有踏进房门，一阵风吹来，身上已经有些凉了，亦知道夜已深了。

1945 年 7 月 21 日周新圩

附录一 关于《秋灯忆语》的通信

巴金致张兆和（两封）

（一）

三姐：

好久没有给您写信了，我收到您两封信，也不曾写一张纸条，原来我写字的确有困难，而且客人来了也往往不容易拿起笔来写信。今年八月小林去北京出差，曾到府上看望您，她回到上海对我谈过您的情况，这之后四姐来上海探亲，两次到我家来，谈了三十年代的一些往事，我还找出几张她的旧照送给她。我四〇年在江安见过她。接着二姐得到了充和的电话，把宗和的《秋灯忆语》寄来了，读着它，我好像又在广州开始逃难，我又在挖掘自己前半生的坟墓。我还想到从文，想到您，三十年代四十年代的许多事情是忘不了的。我还要活下去，能动脑筋就要争取多活。今天我仍然要说生活是美好的，因为生活里有友情，我不曾白活，我有不少的朋友。

上次您要我写的那一段讲话，我抄给您看了，现在又找到一篇书面发言请您看看。

小林和《收获》社工作同志十一月二十八日去海南省出席笔会，月半回来。

别的以后再说吧。

　　祝　好!

　　　　　　　　　　　　　巴金　（一九九一年)十二月二日

问候小龙、小虎和小红。

（二）

三姐：

　　李辉返京,托他带上《秋灯忆语》复印件一部,这是几年前充和寄给我的,以后在上海见面她也未谈到这部稿子,我不知道怎样处理它。翻开稿子我便想起三八年我和宗和同船逃出广州的情景,现在我把《忆语》原件交给您,请您在方便时代我还给充和,不过我留下了一份新的复印件,也可以应付那些问我要三八年逃难的材料的朋友。

　　这两三个月身体很不好,什么事都做不了。我自己也感到像您说的那样累,那样苦,想休息了。请保重。我不会忘记您。

　　祝　好!

　　　　　　　　　　　　　巴金　（一九九四年)三月四日

问候小龙、小虎和小红。

张充和致刘文思①（一封）

文思：

　　谢谢你回信，知小平已有一女，不知老四、小平是否已不抽香烟？至念！我以现身说法去劝他们想也无用。《秋灯忆语》本是等巴金写个序再找出版处，看来是无希望，不知三姐处的是巴金寄回来的还是另有一部在巴金处，因他有病又年老，不便多催。但是他读后曾有一信给三姐提及此书，把他的信抄在后面亦可。这都是所谓"因缘"，倒不是要借名。

　　我存宗弟及家中姐弟信最全，宗弟信最多，寅弟最少。也算是四九后的史料。

　　说起汉斯病情，相当复杂。去年一月十二日，大腿动手术后已无其他毛病，忽然左臂脱节，不易还原，后找专科还原，但某一处仍不可救，除了再动手术。医生说划不来，所以只可常病了。此后到现在时好时坏，但可以为盲人录音了，短程路也可开开车了。但还是不大放心。

　　现在以元所在西北航空公司可直飞北京或上海，但我无法脱身，

---

① 刘文思，台湾首任巡抚刘铭传的曾孙女，张宗和的第二任妻子，张以䴖的母亲，张以靖的继母。

亦无法与汉斯回来,只希望1997年了。匆匆,今天又要打预防针又要看医生。

　　即问　合家安乐!

四姐　1996年10月30日

张充和致张以靖（两封）

（一）

以靖：

前信想必收到，我现在把《秋灯忆语》重抄一遍，因为原本印得太坏，纸又粗糙，重印绝印不出，而且排字也有许多错误。我抄了后再细细地校对几遍就把原本寄还你。你爸爸原意是要好好地印一本，加上照片同日记及你妈妈亲笔字迹，我现在要收集一些放在书上，先向你要你妈妈的照片，要又清楚又漂亮的单人照一张（我记得你爸爸常供在他的书桌上的那张，全身照最好）寄我。还有你们三人和爸妈两人的都要。不要在贵州重印，我要在美重照重印。你如有你妈妈写给你爸爸的信哪怕一鳞半爪都可寄来。只要是笔迹，否则我就把你妈妈写给我的那封信放上去，那是毛笔写的，写得也好。

《秋灯忆语》写得真情实意，你爸爸做人真率坦白，文章也是，从不天花乱坠，花言巧语。我想在香港和台湾重印，要看哪边印得好，又要便宜（近来台湾贵得不成话），在中国大陆印，怕出钱也没有人肯印，因为不是小说又不是什么宣传的东西（按说还要通过检查才能印）。你爸爸一辈子做教书匠，抗战中颠沛流离，解放后又没有好日子过，"文革"中更是受尽苦难，就算是把你们三人养成了，但他的著作并无一本留世，我想把这本东西好好印出，第一是他的希望，第二也留给你们子孙们看看你爸爸这个时代的辛苦。

我当时曾读过《秋灯忆语》，虽然流过泪，但没有像这几日，我每抄二三千字就会流泪，其中动人处太多，何况你爸爸是我亲兄弟，你妈妈是我好朋友。

再问问你舅舅看有点你妈同他全家一起的照片没有？有也请寄我，我一并印在书上。

汉思时好时坏，大病又没有，只是一种忧郁症，不能工作，一部分有点像你爸爸当年的病，我的身体粗安，不知以端近日如何？我把她的地址丢了，想写信却不得地址，你若来信可给我一个。

匆匆即祝　安好

四姑充和　1989年2月11日

（二）

亲爱的以靖：

一瞬间六十年，多少事历历在目，记得当你出生时，我到医院看你，真是啼笑皆非，因为当时医生说有些复杂问题，或许大小不能两全，三姑说应该尽量救大人，你妈妈大哭说："我是个废人（她只有半个肺），即使活，亦不能多久，一定要救孩子，留我一条命根。"不想她还能抚爱你几年。你现在儿孙满堂，更知道母爱是多么伟大……

寄还《秋灯忆语》，抄了一份寄国内，转巴金，要他作序，不想他得"帕金森症"，不能多用脑子，只写了一封信给三姐，据说先在《水》上发表。

四姑充和　2000年6月16日

张兆和致刘文思(两封)

(一)

文思:

　　寄来巴金两封信的复印件,你再向四姐要她复印缺的那一页,这样就齐了,单看在什么地方印。只要有出版社肯出书,经费大家凑一些,能把他印出来就好。这几天金玉良晚间来陪我,帮了我许多忙,复印、跑邮局都是她,我这个女儿不错吧?

三姐　1996年11月27日

(二)

文思:

　　现在我又成了孤家寡人。红红已于前天飞西南(贵州、四川),要到下月九日始返。大为也正在为赴港忙于办手续,现去太原,三日后返京。虎虎、之佩要我去他们家暂住,我的报刊、牛奶、花木无人管,特别是飞来客小鸽,一天也离不开我! 好在我还有个准女儿,她主动要陪我去按摩。我因手边还有工作要做,一时不暇去按摩,但迟早是要去做的,何况有人愿意陪我。她今晚就来。

　　我已找出巴金在91、94年给我的《秋灯忆语》的两封信。你带去的那本是巴金还来的。他自己复印了一份备用，将原件寄我。由于有病，看来是无法写序了。但是两信写得非常真挚感人，出书时应当用上。我复印后即寄你。

三姐　1996年11月26日

附录二　张宗和存诗小辑

（一）

十年音讯两茫茫,边地时光分外长。

洞里恩情还在否,箧中容像犹珍藏。

满腔幽怨凭谁诉,转眼儿女忽成行。

遍地腥膻家国远,云帆何日得还乡。

（1941 年 9 月 23 日）

（二）

觉来斜月照窗台,妇咳儿啼亦可哀。

千种凄凉千种恨,一时都到枕边来。

（1942 年 4 月 8 日）

（三）

廿载恩情拆不开,终日忙碌为谁来。

累汝受尽千般苦,劳她尝遍万种哭。

可怜汗湿台前土,愤激陈词泪满腮。

衰老残年赖看顾，同床共枕又同灰。

（四）

卅年消息渺无踪，羡煞长天一征鸿。
梦里依稀阿姐泪，街头羞对万人瞳。
心事满腔凭谁诉，一夜相思几处同。
寄语远人须珍重，白头他日定重逢。

（五）

四十年来是书生，一旦坠落在风尘。
反手低头过闹市，弯腰曲膝亦伤情。
生死存亡置度外，是非真假不分明。
自问生平无憾时，任他辱骂与欺凌。

（六）

消息传来泪满裳，东方隐隐露微光。
牛栏依旧三人坐，薪水仍支五十洋。
心似弓弦紧复弛，身如折尺短还长。
深夜细思世间事，叫人怎得不悲伤。

（七）

三十五年一梦烟，依然故态展眼前。
清澈歌声犹在耳，缠绵病榻欲生天。
娇女二八均已大，老夫终夜不成眠。
地下相逢应不识，风姿怎得似当年。

（八）
吊陶光兄，步充姐读《独往集》诗原韵（三首）

其一：

清华园内有遗踪，滇翠湖边影已空。
心力枉抛作词赋，豺狼不畏向刀丛。
孤标傲世谁能识，一曲轻歌我独同。
海外飘零无音信，桥头饿倒只因穷。

其二：

细拍琵琶日几回，歌声高亢又重来。
凄凉一片黔山月，豪迈当年长顺杯。
半世猖狂终不改，十年友谊未能埋。
损人毁己事难说，他日相逢是夜台。

其三：

噩耗传来还费猜，悼念迟迟事更哀。
早已故人成白骨，何劳新贵说怜才。
感叹吊唁无人接，痛哭泪珠滴院台。
往事如潮齐涌现，中宵不寐起徘徊。

《秋灯忆语》的故事(代后记)

先父宗和公遗著《秋灯忆语》,于抗战后的1945年,在安徽立煌印过一版。草粉纸,字迹模糊,装帧简陋,典型的"抗战版"书籍。这本书是孙凤竹妈咪(大姐以靖的生母)病逝后,父亲对这段爱情、婚姻生活的回忆录。父亲在后记中说,原想等打完仗,条件好了,再好好印出来,但看来一时无望,只好先因陋就简印一批,赠送亲友,纪念死者。这以后,就一直没有正式出版过。父亲和孙妈咪,结合在战乱中,诀别在战乱中,这本书从它的内容、写作、出版到保存,承载了太多太多的苦难。同时,它也承载着半个多世纪深厚的亲情和爱情。

1985年春节前,在美国居住了三十多年的四姑充和,终于回国来探亲了。四姑是我父亲的小姐姐,只大他一岁,小时候一起游戏读书,长大一起到北平上清华,在众多的兄弟姊妹中,感情最深。但四姑回国时,我父亲已去世近十年了。她为了要看看她挚爱的大弟生活和离去的城市,特地到贵阳来,与我母亲相聚了一个月。记得我们去机场接她,她一下飞机,就抱着我妈失声痛哭,那种疼爱伤心无以言表。在筑小住期间,她每天夜不成寐,翻看我父亲的日记和信件。这时候,家里那本《秋灯忆语》早已被抄家抄没了,大姐以靖好不容易从云南一位亲友处访得一个孤本,四姑看后,准备把它重新印刷出版。她带了此书回到美国,手抄了一遍。并让三姑兆和(沈从文夫人)转求巴金先生为书作序,可是巴金先生当时已患帕金森症,不能执笔了。但他写了两封情深意切的信给三姑,信中说:"宗和的《秋灯忆语》寄来了,读着它我好像又在广州开始逃难了,我又在挖掘自己前半生的坟墓。我还想到从文,想到您,三十年代四十年代的许多事情是忘不掉的。""翻开稿子我便想起三八年我和宗和同船逃出广州的情景……"巴金先生和三姑二姑夫妇都是好朋友,曾经一起度过艰苦的抗战岁月。三姑把巴金先生的信和四姑抄件的复印件寄还以靖,我母亲(刘文思)就以四姑手抄《秋灯忆语》复印件为底本,动手用毛笔抄在稿纸上,说是要抄三份,留给我们姐妹三人作纪念。

1998年6月,我到深圳参加全国藏书票大会,开会期间结识了《香港笔荟》的编辑胡志伟先生。他听到有关《秋灯忆语》的故事后,非常愿意为此书出版提供帮助。我回贵阳后,把母亲的抄稿复印件寄给他,经过他的努力,《秋灯忆语》得以在《香港笔荟》复刊号(1999年12月)、千禧年期(2000年3月)、第十五期(2000年6月)、第十六期(2000年9月)、第十七期(2000年12月)上全文连载。胡先生逐期寄给我,我又寄往北京、苏州等地,亲友们收到后都非常高兴。衷心感谢胡志伟先生!后来此书又在我们的家庭杂志《水》上连载过。

时间一晃又过去了十几年。四位姑母中,硕果仅存的四姑快奔百岁了。我母亲也日渐衰迈。我退休后,把全副精力用来整理父亲的文稿、书信、日记。在仔细辨识手迹模糊的陈年手泽时,父亲的音容笑貌时时浮现在眼前,无比亲切。四姑给我大姐的信说:"你爸爸原意是要好好印一本,加上照片同日记以及你妈妈的亲笔字迹,《秋灯忆语》写得真情实意,你爸爸做人真率坦白,文章也是,从不天花乱坠,花言巧语。你爸爸一辈子做教书匠,抗战中颠沛流离,'文革'中更是受尽苦难,他的著作并无一本留世,我想把这本东西好好印出,第一是他的希望,第二也给你们子孙看看爸爸这个时代的辛苦。"四姑的这几句话,说过又是多年。逝者已矣,生者还在盼望。我父亲的同辈亲人们,现在除了四姑和我母亲,就只有北京的周有光(二姑爹)、苏州的张寰和

（五爷）夫妇、南京的四妈（周孝棣）、比利时的七妈（吉兰），尽都是耄耋之年的老人了。

而今，此书终于得到了正式出版的机会。我和母亲、姐姐感到无比的欣慰，解开了一个多年的心结，也了了四姑她们老一辈的宿愿。这是所有亲人对父亲的最好的怀念方式。

由于年龄和时代的原因，我虽是父亲的女儿，受他特别的宠惯，却真的全然没有了解他。近几年在整理他的数量浩大的遗稿过程中，才真切地、深刻地体会到四姑对父亲的评价：坦诚、真率、善良。我也才知道他们走过的人生之路是多么艰辛痛苦，从他们身上，我领悟了爱情的真谛、人生的担当，以及许多许多此前我所不知道的……

张以眠

再版后记

　　《秋灯忆语》再版了，这次是由浙江大学出版社出版的。这本书2013年曾由人民文学出版社出版过一次；再早一点，世纪之交时曾在《香港笔荟》上连载过五期；更久远一点，该书初版于1945年抗战胜利后在安徽立煌印行。这本书是父亲为了纪念前妻孙凤竹而写的，书中记录了父亲与孙凤竹之间凄美的爱情故事。有人说，它可以和巴金的《寒夜》媲美。我每次读它，都会流下眼泪。

　　这本书即将在人民文学出版社出版时，我曾打电话给远在美国的四姑充和，并请她为新书题写书名。四姑听了，非常高兴，并很快将题字写好，寄给我。她一再嘱咐我，说书出版了，赶紧把书寄过去给她看。后来新书出版了，我赶紧把书寄到美国。听美国的亲友们说，四姑病时躺在床上，就把这本书放在被窝里，时时拿出来看，一边看一边流泪。

　　这本书顺利出版，也算完成了四姑的一个心愿。但是还留有一个小遗憾：四姑题写的书名，不知什么原因，没有用上。四姑是十分慎重地给这本书题写书名的，因为我后来在一次拍卖会上，见过一张写有"秋灯忆语"的条幅，和我收到的不完全一样。我想，她当时为了题写书名，是预先写过好几张，最后才把自己最满意的那张寄给我的。

　　这次浙江大学出版社再版此书，封面特意选用了四姑的字，我由衷感到欣慰。

　　陈安娜女士曾经把我四姑生病时及弥留前的情况告诉我们。她说，四姑102岁生日那天，大家去给她祝寿，那时她已经不能吃饭了，但是看见了蛋糕，自己拿着叉子，吃了一大块，然后说了一句意味深长的话："如果……如果，我想的人，我都可以看见，那样——那样多好啊。"

这本书，一直陪伴四姑走完生命最后的旅程。这是她最亲爱的弟弟这一辈子出版的第一本书。

我又想起我小的时候，父亲常常牵着我的手出去散步，给我讲故事。我生病的时候，父亲在我的床头，给我放唱片，放《病中吟》，父亲那种寂寞凄凉的神色深深地印在了我的心里。我十来岁的时候，曾经看过《秋灯忆语》，黄草本子的，又是许多的繁体字，我觉得读起来很晦涩，看不懂，不好玩，那时的我喜欢看《林海雪原》。后来四姑回国探亲，把《秋灯忆语》带回美国，抄了一份寄给我们，那时我才认认真真地看了它。那时，我真正地看懂了它，我悄悄地看，我悄悄地流泪，我第一次理解了父亲，懂得了爱情，懂得了爱情的凄楚和无奈。后来，我老是想着要把这本书再版，想让更多人能看到它。父亲在自己日记里说，这本书在立煌第一次出版后，他就送给了他的兄弟姐妹们看……当时我的母亲也在立煌念书，她也看到了这本书。当时的许多女孩子，都被这本书感动了，为这本书流泪。

父亲的这本书，写得平实无华，可是真真切切地叙述了他们的爱情，叙述了那个时代生活的无奈和艰辛。

人民文学版的《秋灯忆语》出版以后，我把它分别寄给国内外的亲友们，大家都十分高兴。直到前几天，还有朋友问我要这本书。我真盼着第二版赶快出来，好让更多朋友们能够看到它，喜欢它。

我的父亲母亲在贵阳花溪下葬的时候，我把这本书仔细地包好，放在父母的墓里。我想，他们也一定能看到。

老一辈的人都逐渐逝去了，现在轮到我来担起这份责任。其实我只不过是一个抄书匠,在"抄书"的过程中,我感受到了许多许多,也更加理解老一辈。在有生之年,我将努力地做好这一份工作。这是我的责任,也是我的光荣。

张以㳇
2019 年 7 月

图书在版编目(CIP)数据

秋灯忆语 / 张宗和著;张以靖整理. —杭州:浙
江大学出版社,2019.12
ISBN 978-7-308-19618-5

Ⅰ.①秋… Ⅱ.①张… ②张… Ⅲ.①张宗和—
回忆录 Ⅳ.①K825.4

中国版本图书馆 CIP 数据核字(2019)第220735号

秋灯忆语

张宗和 著　张以靖 整理

责任编辑	罗人智　闻晓虹	
责任校对	杨利军　程曼漫	
封面设计	周　灵	
出版发行	浙江大学出版社	
	（杭州市天目山路148号　邮政编码310007）	
	（网址:http://www.zjupress.com）	
排　　版	杭州朝曦图文设计有限公司	
印　　刷	浙江海虹彩色印务有限公司	
开　　本	880mm×1230mm　1/32	
印　　张	12.25	
字　　数	290千	
版 印 次	2019年12月第1版　2019年12月第1次印刷	
书　　号	ISBN 978-7-308-19618-5	
定　　价	58.00元